Peter Lovesey, 1936 in Whitton (England) geboren, schrieb 1970 den Kriminalroman »Der Tod hat lange Beine«, der auf Anhieb einen Wettbewerb als bestes Erstlingswerk dieses Genres gewann. Einige Zeit später gab er seine Tätigkeit als Lehrer auf und widmete sich ganz der Schriftstellerei. Er veröffentlichte weitere erfolgreiche Kriminalromane, die im viktorianischen Milieu angesiedelt sind und nach denen zwei beliebte englische Fernsehserien gedreht wurden. Sein Buch »Abschied auf englisch«, dessen turbulente Handlung in den zwanziger Jahren spielt, erhielt den »Gold Dagger Award« als bester englischer Kriminalroman des Jahres 1982. Peter Lovesey lebt mit seiner Familie in Surrey (England).

Von Peter Lovesey sind außerdem erschienen:

»Abschied auf englisch« (Band 1316)
»Sein letzter Slapstick« (Band 1453)
»Flußpartie zum Galgen« (Band 1503)
»Tod eines Mediums« (Band 1504)
»Abrakadaver« (Band 1659)
»Eine Bombeneinladung« (Band 2944)

Deutsche Erstausgabe Dezember 1990

Titel der Originalausgabe »Bertie And The Tinman«

Originalverlag The Bodley Head, London
Umschlaggestaltung Charlie Dengler
Umschlagillustration Andreas Marschall / c/o Becker-Derouet
Satz Ventura-Publisher im Verlag
Druck und Bindung brodard & taupin
Printed in France 5 4 3 2 1
ISBN 3-426-02894-8

Peter Lovesey:
Seine Hoheit, der Detektiv

Roman

Aus dem Englischen von Judith Schwaab

Knaur

1

Der Tinman fragte: »Kommen sie?« und griff nach seinem Revolver.

Seine Schwester Emily gab keine Antwort. Sie stand an einem der Schlafzimmerfenster von Falmouth House in der Nähe von Newmarket und sah auf die Biegung der kiesbestreuten Auffahrt zwischen den Rasenflächen hinab. Es war Montag nachmittag, der 8. November 1886, ungefähr zwanzig nach zwei. Sie gab keine Antwort, weil sie die Frage nicht verstand.

Sie war todmüde, aber zutiefst erleichtert darüber, daß ihr Bruder sich nach einem beängstigenden Wochenende wieder erholt hatte. Am Donnerstag abend war er von dem Rennen in Lawes zurückgekommen und hatte über eine fiebrige Erkältung geklagt. Am nächsten Tag war seine Temperatur auf eine gefährliche Höhe angestiegen. Zwei Ärzte hatten ihn untersucht, und man hatte eine Krankenschwester aus Cambridge angestellt. Erst Sonntag abend hatte das Fieber wieder zu sinken begonnen. In der letzten Nacht hatte er, dem Himmel sei Dank, geschlafen, und als an diesem Morgen wie üblich der Arzt kam, saß er wieder aufrecht in seinem Bett. Seine Temperatur war fast ganz normal gewesen. Einige seiner Freunde hatten ihn besucht, und er hatte gutgelaunt mit ihnen geplaudert. Vor ein paar Minuten hatte er Emily gesagt, sie könne die Schwester zum Mittagessen wegschicken.

»Kommen sie?« Was meinte er damit?

Emily hörte ein Geräusch hinter sich. Sie drehte sich um.

Der Tinman war aufgestanden und ging im Nachthemd auf die offene Tür zu. In seiner linken Hand hielt er die Pistole.

Emilys Kehle schnürte sich zusammen. Sie griff sich an den Hals und rief: »Was machst du denn?« Mit einem Satz kam sie durch das Zimmer auf ihn zu.

Er ging rückwärts zur Tür, die ins Schloß fiel.

Emily erstarrte.

Er hatte die Pistole gehoben und richtete sie auf sein eigenes Gesicht.

Jemand, der eine solch heikle Situation nicht miterlebt hat, kann niemals wissen, wie er reagieren wird. Emily kämpfte gegen ihre lähmende Angst an, streckte blitzschnell den Arm aus und versuchte, ihren Bruder aufzuhalten. Es gelang ihr, die Pistole zur Seite zu drücken. Er nahm sie mit dem rechten Arm in den Würgegriff und schob sie auf die Tür zu. Etwa eine Minute lang rangen sie miteinander.

Sie schrie mehrmals um Hilfe.

Er drückte fester zu. Emily ruderte hilflos mit den Armen. Wenn man bedachte, wie krank ihr Bruder gewesen war, war seine Kraft außerordentlich, geradezu übermenschlich. Er hielt sie rechts von sich fest, drehte dabei das Gesicht nach links und hob die Pistolenmündung an seinen Mund.

Sie war außerstande, ihn aufzuhalten. Sie konnte nur schreien.

Er sagte nichts mehr. Er drückte den Abzug, und der Schuß schleuderte ihn rückwärts. Er schlug auf den Boden auf.
Hysterisch schluchzend, taumelte Emily durch das Zimmer und zog an der Klingelschnur.
Kamen sie? Für den Tinman war es nicht mehr wichtig.

2

Sandringham, 31. Dezember 1886

Ich muß sagen, es ist ein sonderbares Gefühl, am letzten Tag des Jahres 1886 in meinem Arbeitszimmer zu sitzen und mich an jemanden zu wenden, der noch nicht geboren ist, aber genau das ist, wie ich annehme, bei Ihnen der Fall. Und es wäre auch *besser* so. Was mich betrifft, so bin ich ein toter Mann oder werde es zumindest sein, wenn Sie dies lesen. Und es würde mich nicht wundern, wenn die Geschichtsbücher schrecklich viel Falsches über mich geschrieben hätten.
Um der Geheimnistuerei ein Ende zu bereiten: mein Name ist Albert Edward, und neben anderen bemerkenswerten und bekannten Dingen bin ich der Prince of Wales, der älteste Sohn Ihrer Erlauchten Majestät, Königin Victoria. Meiner Mutter und dem Vaterland zu Gefallen trage ich eine Zwangsjacke. Dieses unerfreuliche Kleidungsstück ist bekannt unter dem Namen Protokoll. Es nötigt mich dazu, diesen intimen Bericht gewisser Abenteuer meinerseits für hundert Jahre einer sicheren Metallbox im Nationalarchiv zu überantworten. Aus diesem Grund kann ich Ih-

nen mit Gewißheit mitteilen, daß ich tot bin. So wie auch all die anderen armen heimgegangenen Geister, die ich nunmehr auferstehen lassen werde.

Nun denn, einen guten Tag Ihnen allen. Kein schlechter Tag, um zu Feder und Papier zu greifen. Die Weihnachtsfeierlichkeiten sind vorüber; zuviel Nebel, um auf die Jagd zu gehen; die Rennsaison für dieses Jahr beendet; und eine gewisse Dame, die dafür bekannt war, auf angenehme Art meine Zeit und Energie in Anspruch genommen zu haben, ist für eine Spielzeit an die New Yorker Bühnen engagiert worden.

Falls es Sie überraschen sollte, daß die wachen Stunden des gesetzlichen Thronfolgers nicht mit offiziellen Verpflichtungen angefüllt sind, erlauben Sie mir festzustellen, daß ich durchaus meinen Obolus an Grundsteinlegungen, Paradeinspektionen und Preisverleihungen an Universitätsschlaumeier ableiste. Und ich tue das für die Königin gleich mit, denn es ist kein Geheimnis, daß die Kaiserin von Indien ihre eigene Spielart von *purdah* praktiziert. Das Jahr 1887 wird das fünfzigste ihrer Regentschaft sein, ihr Goldenes Jubiläum, und wer, glauben Sie, wird wohl als der Gastgeber fungieren? Möglicherweise die größte Versammlung gekrönter Häupter wird sich nach London begeben, und meine überaus entmutigende Aufgabe wird es sein, den eigentlichen Gegenstand solcher Zusammenkunft dazu zu bewegen, ihr Wohnzimmer in Windsor für einen Nachmittag zu verlassen.

Welch ein Unterfangen! Als wollte man einen Tiger ohne Elefanten oder Treiber zur Strecke bringen!

Immer mit der Ruhe, Bertie. Dies sind Memoiren, kein Beschwerdebrief.

Es ist sieben Wochen her, daß ich die schockierende Neuigkeit erfuhr, die mich dazu veranlaßte, zum Detektiv zu werden. Ja, zum *Detektiv*. Überrascht Sie das? Mich hat es überrascht. Ich hätte an eine solche Möglichkeit nicht im Traum gedacht, bevor sie mich buchstäblich am Bart packte und mich aus meinem Armsessel zerrte. Und doch scheint mir, wenn ich es so recht bedenke, daß ich mich gerade durch meine besondere Position wunderbar dafür eignete, eine solche Herausforderung anzunehmen.

Am Nachmittag des 8. November 1886 kam per Fernschreiber die erste Nachricht aus Newmarket nach London, daß Fred Archer sich umgebracht habe. Sie können sich nicht vorstellen, was für eine Sensation das war. Archer, der größte Jockey, der sich jemals auf den Rennstrekken Englands die Ehre gegeben hatte –, und ich bin voller Zuversicht, daß selbst Ihnen in einem Jahrhundert noch sein Name geläufig sein wird, selbst wenn Sie nie jemanden seinesgleichen kennen werden – hatte sich mit einer Revolverkugel das Hirn aus dem Kopf gepustet. Er war neunundzwanzig Jahre alt. In diesem Jahr hatte er sein fünftes Derby und sein einundzwanzigstes Classic gewonnen.

Wie soll ich den Schock begreiflich machen, der die ganze Nation erschütterte?

Archer war eine Legende. Überall, wo er auftauchte, gab es einen Auflauf von Menschen, die einen Blick auf ihn erhaschen wollten. Frauen, denen er nie begegnet war, drückten ihm leidenschaftliche Briefe in die Hand. Jeder Rennstallbesitzer im Land wollte ihn haben. Er verkehrte mit den Höchsten des Landes. Nun, mit den Zweithöchsten jedenfalls – Mama geht nicht zu Pferderennen. An dieser Stelle muß ich ein persönliches Interesse einräumen. Im April 1886 ritt Archer auf einem tapferen kleinen Stutfohlen mit dem Namen Counterpane bei einem Maiden Plate in Sandown Park als erster ins Ziel: mein allererster Sieger beim Flachrennen. Das Publikum spendete uns rauschenden Beifall. Bedauerlicherweise platzte Counterpane zwei Wochen später ein Blutgefäß, und sie brach tot zusammen. Ich trug es mit Fassung, aber rückblickend frage ich mich, ob das vorzeitige Ableben meines Fohlens nicht das tragische Schicksal vorwegnahm, das seinen Reiter ereilte.

Wie ich hörte, war die Fleet Street, als die schreckliche Nachricht von Archers Tod London erreichte, unpassierbar wegen der Menschenmengen, die sich vor den größeren Zeitungshäusern stauten. Extraausgaben, die nur die Feststellung beinhalteten, daß der große Jockey tot war, waren innerhalb von Minuten ausverkauft. Sonderextraausgaben wurden nachgedruckt und ungefaltet so schnell von den Stapeln gerissen, daß die Zeitungsjungen kaum mehr nachkamen.

Der Zufall wollte es, daß der Tag danach, der 9. November, mein fünfundvierzigster Geburtstag war. Wie gewöhnlich wurden im ganzen Land die Fahnen gehißt, Salutschüsse gegeben, und Glocken läuteten von früh an in regelmäßigen Abständen, aber die Kanoniere und Glockenläuter hätten ebensogut im Bett bleiben können, was die Aufmerksamkeit betraf, die meinem Geburtstag zuteil wurde. Einzig und allein ein Thema beschäftigte die Nation. In der Innenstadt fochten Mitglieder der Börse mit Regenschirmen um die Erstausgabe der *Times*.

Diejenigen, die eine Zeitung ergattern konnten, lasen im Leitartikel:

»Ein großer Soldat, ein großer Staatsmann, ein großer Poet, selbst ein Prinz königlichen Geblüts könnten eines plötzlichen Todes sterben, ohne der Öffentlichkeit einen auch nur halb so großen Schock

zu versetzen, wie er durch die Nachricht vom tragischen Tod FRED ARCHERS, des Jockeys, ausgelöst wurde.«
Wie wahr! Ich war erschüttert wie jedermann, wenngleich ich nicht umhin kann, zu betonen, daß die Bemerkung über den Prinzen königlichen Geblüts von bedauerlicher Geschmacklosigkeit zeugte, und das besonders an meinem Geburtstag. Man weiß nie, welch unangenehme Überraschungen einem in den Zeitungen auflauern. Mir stehen noch immer die Haare zu Berge, wenn ich daran denke, wie ich 1876 aus der *Times of India* von dem Vorhaben erfahren hatte, meiner Mutter den Titel einer Kaiserin zu verleihen. Weder sie noch Disraeli (der im selben Jahr den Titel eines Earls entgegengenommen hatte) hatten es für nötig erachtet, mich von dem königlichen Ernennungsvorhaben in Kenntnis zu setzen, und ich habe bei beiden aufs energischste protestiert, das kann ich Ihnen versichern. In keinem anderen Land hätte man den in der Thronfolge nächsten Erben mit solcher Geringschätzung behandelt.
Trotz meiner Vorbehalte gegenüber der Presse wollte ich mehr über Archer erfahren. Ich ging noch vor dem Frühstück aus dem Haus und strampelte wild auf meinem dreibeinigen Hochrad die Auffahrt in Sandringham hoch, um meinen Zeitungsjungen abzupassen. Habe ihm wohl einen gehörigen Schrecken versetzt. Die Bemerkungen in der *Times* las ich damals noch nicht. In dem weitaus ansprechenderen Organ *The Sporting Life* wurde der Vorfall haarklein berichtet.
»Mögest du noch viele Geburtstage feiern, Bertie, mein Lieber«, flötete meine First Lady, als ich in den Frühstücksraum zurückkehrte. Die gute Alix hatte die außerordentliche Anstrengung unternommen, um diese Uhrzeit be-

reits auf dem Posten zu sein. Ich kann der Nachwelt wohl anvertrauen, daß die Princess of Wales nicht gerade für Pünktlichkeit berühmt ist.
Die Tafel war überhäuft mit Geschenken in kunterbunten und mit Bändern verschnürten Schachteln. Ein Kübel Duminy *extra sec* stand an meinem Platz, und ein Diener harrte untertänigst meiner Befehle. Alix gurrte wie ein Korb voller Tauben.
»Mein Geburtstag ist schwer überschattet«, teilte ich ihr mit.
Ich muß hier einfügen, daß Alix zu diesem Zeitpunkt von den tragischen Ereignissen in Newmarket nicht unterrichtet war. Am vorherigen Abend hatte sie sich früh zurückgezogen. Ich hatte einigen meiner Hausgäste bis spät in die Nacht Gesellschaft geleistet. Die Nachricht von Archers Tod hatte ich durch Knollys, meinen Sekretär, um halb zwei erfahren.
Alix erbleichte. Sie neigte sowieso zur Blutarmut, und jetzt war sie weißer als das Tischtuch. »Doch nicht schon wieder ein Skandal, Bertie?«
»Ganz und gar nicht. Nicht die leiseste Spur davon«, protestierte ich in empörtem Ton.
»Was kann denn dann geschehen sein?« Sie legte die Hand an ihren Hals, als ihr ein anderer Gedanke in den Sinn kam. »Es ist doch nicht – sag, es gibt doch wohl nicht schlechte Nachrichten aus Windsor?« Unpassenderweise kehrte eine Spur Farbe in ihre Wangen zurück.
»Soweit ich weiß, erfreut sich Mama allerbester Gesundheit«, antwortete ich kühl und wiederholte dann: »allerbester Gesundheit.« (Alix ist ein bißchen taub.) »*Lang möge sie regieren,* wie uns die Hymne auf ewig gemahnt.«
Sie seufzte leise und lehnte sich zurück. »Was sonst also?«

Ich warf ihr die *Sporting Life* zu.
»*Nahm sich das Leben?*« las sie in ihrem dänischen Singsang laut vor, durch den alles, was sie sagt, klingt wie Little Jack Horner. »Welch unerwarteter Schritt.«
»Man schreibt ihn geistiger Verwirrung zu, wenn man dem Bericht Glauben schenken soll«, erklärte ich. »Der arme Kerl litt anscheinend an den Folgen einer Typhuserkrankung.«
»*Anscheinend.* Du klingst skeptisch.«
»Das bin ich auch«, gab ich zu und fügte in gemessenem Ton hinzu: »Mir sind die Symptome nicht unbekannt.«
»Natürlich, mein Liebster«, bekräftigte Alix mit gesenktem Blick und erinnerte sich zweifellos daran, wie mein Vater, Prinz Albert, an der schrecklichen Krankheit gestorben und ich selbst ihr im Alter von dreißig Jahren um ein Haar erlegen war.
Ich gab ihr eine schnelle Zusammenfassung, um ihr die Mühe des Weiterlesens zu ersparen. »Es scheint, daß es Archer gestern deutlich besser ging und er normal mit seinen Freunden und seiner Familie sprach. Irgendwann am frühen Nachmittag dann verließ die Krankenschwester auf Archers eigenen Vorschlag hin das Zimmer, um zum Mittagessen zu gehen. Mrs. Coleman, seine Schwester, blieb im Schlafzimmer. Sie ging durch den Raum, um aus dem Fenster zu schauen, und Archer stand mit der Pistole in der Hand vom Bett auf. Sie lief zu ihm und kämpfte mit ihm, aber er schob den Lauf der Waffe in seinen Mund und erschoß sich.«
»Schrecklich«, sagte Alix.
»Ich würde es *verschroben* nennen«, sagte ich. »Ich werde darüber nachdenken.«
Ich ließ dem Küchenchef mitteilen, er solle ein volles

Frühstück zubereiten, wie vor einer ganztägigen Jagd. Das heißt Speck und Eier, und zwar reichlich, gefolgt von geräuchertem Schellfisch, danach Huhn, danach Toast und Butter und alles hinuntergespült mit viel Kaffee. Für mich muß ein Frühstück sein wie das Böse in der Bibel: anhaltend bis zum Ende aller Tage. Ich hatte die deutliche Vorahnung, daß dieser Tag schwere Anforderungen an meine Konstitution stellen würde.

Das Frühstück ließ nicht lange auf sich warten, noch blieb es lange stehen. Ich aß schnell und voller Genuß.

Alix zuliebe packte ich ein Kistchen Corona y Coronas und ein Paar Pantoffeln aus, die ich, wie sie mir unfairerweise mitteilte, einzig und allein in meinem Schlafzimmer in Sandringham tragen dürfe, und dann blieb ich allein zurück, um den seltsamen Selbstmord Frederick James Archers weiter zu überdenken.

Typhus?

Für seine dramatischen Auswirkungen auf Körper und Geist kann ich mich verbürgen. Als diese Krankheit mich gegen Ende des Jahres 1871 niedergestreckt hatte, lag ich tagelang im Delirium. Man sagte mir, ich hätte meine Diener angeschrien, mit Kissen nach ihnen geworfen und Lieder angestimmt, die Sie wohl kaum in einer Sammlung alter und neuer Kirchenlieder finden werden. Die arme Alix mußte man wegen gewisser Namen, die ich in meinen Fieberanfällen aussprach, aus meinem Zimmer fernhalten. Einmal versuchte sie heimlich auf allen vieren hereinzukriechen und wurde von mir mit einem Kissen zu Boden gestreckt. Ich selbst war mir meines Benehmens ziemlich unbewußt, wie Sie verstehen werden. Selbst meine angebetete Mama, die Königin, war dazu gezwungen, sich hinter einem Paravent zu verstecken. Wochenlang schwebte ich ständig zwischen Leben und Tod. Wie der Dichter es auf dramatische Weise ausdrückte:

Über Draht die Nachricht uns erreicht
»Es geht ihm nicht besser; sein Zustand blieb gleich.«

Als ich dann tatsächlich genas, ging ein Seufzer der Erleichterung durch das ganze Empire. In St. Paul's wurde ein Dankgottesdienst abgehalten.
In Archers Fall hatte es, wenn der Bericht stimmte, am Tag der Tragödie keinerlei Anzeichen für ein Delirium gegeben. Er hatte so lange auf seine Freunde eingewirkt, bis sie ihn der Obhut der Krankenschwester und Mrs. Colemans überlassen hatten. Er schickte die Pflegerin in aller Ruhe zum Essen und dann sich selbst mit einer Kugel ins Jenseits. Ein sonderbarer Fall von Typhus, wenn Sie mich fragen.
Ich rief Sir Francis Knollys zu mir. Was täte ich ohne Knollys? Ein treuerer Sekretär hat nie zum Schreibgerät gegriffen. Etwas von einem Stockfisch hat er schon, jetzt, wo er über fünfzig ist, aber er ist ein prima Kamerad, wenn man in der Patsche sitzt, und in dieser Hinsicht haben wir beide schon so manchen Sturm erlebt. Ich könnte von Francis und seiner Strumpfbandsammlung so manche Geschichte erzählen, aber er hat mich auch aus einigen brenzligen Situationen gerettet, also Schwamm drüber.
»Ich hege die Absicht, der gerichtlichen Untersuchung beizuwohnen«, teilte ich ihm mit.
»Der gerichtlichen Untersuchung?« wiederholte er begriffsstutzig.
»Bezüglich Archers Tod. Es wird wohl eine geben müssen. Leiten Sie das freundlicherweise in die Wege, Francis.«

»Natürlich, Sir.« Er zögerte. »Ich nehme an, Sie wünschen, daß Ihre Anwesenheit inoffizieller Art ist.«

»Wenn Sie einen Stuhl im Hintergrund meinen, dann sorgen Sie dafür, daß er gut gepolstert ist.«

Ich machte noch ein Geschenk auf, während er wegging, um Erkundigungen einzuziehen. Mama hatte mir die üblichen Manschettenknöpfe geschickt und dazu eine Ausgabe des *Goldenen Schatzkästleins der Dichtkunst* mitsamt einem Lesezeichen, das betonterweise bei einem Gedicht mit dem Titel »Ein Verzicht« steckte. Die Quelle der Hoffnung ist im Busen meiner Mutter nie versiegt.

Knollys war zurück, bevor ich ein weiteres Päckchen öffnen konnte.

»Sie ist heute, Sir. Die Untersuchung findet heute nachmittag statt.«

»Das ist ungewöhnlich schnell. Ich frage mich, wozu die Eile.«

»Unglücklicherweise haben Sie einen Tag voller Verpflichtungen.«

»Wann habe ich das nicht?«

»Der Bürgermeister von Cambridge kommt heute morgen, um über den Fonds für das königliche Institut zu sprechen.«

»Wimmeln Sie ihn ab, Francis. Ich würde lieber an der Untersuchung teilnehmen.«

»Die Landarbeiter auf dem königlichen Landsitz werden sich bei den Stallungen zum alljährlichen Festessen zu Ehren Ihres Geburtstages einfinden.«

»Die Arbeiter? Um Himmels willen, die brauchen ja wohl nicht mich als Appetitanreger.«

»Dann sind da Ihre Geburtstagsgäste: Lord und Lady Randolph Churchill, der Comte und die Comtesse de Paris, Prinz und Prinzessin Christian – «

»Wo genau soll diese Untersuchung stattfinden?«
Knollys gab sich keine Mühe, einen Seufzer zu unterdrükken. »Newmarket, Sir. In Archers Privatwohnung.«
»Um wieviel Uhr?«
»Zwei Uhr.«
»Dann kann ich bis sechs spätestens zurück sein. Die Prinzessin wird meine Gäste derweil unterhalten, und ich komme zum feierlichen Abendessen nach. Lassen Sie die Kutsche vorfahren.«
Obwohl ich mir fröhlichere Anlässe für einen Besuch in Newmarket vorstellen konnte, wollte ich diese düstere Matinéevorstellung um keinen Preis versäumen. Fred Archer hatte zu Lebzeiten so manches rasche Finish geritten, aber eine gerichtliche Untersuchung der Todesursache innerhalb von vierundzwanzig Stunden nach seinem Ableben war selbst für seine Verhältnisse bemerkenswert schnell.
Was meine Geburtstagsgäste anging (überlegte ich, während meine Kutsche die Straße nach Newmarket entlangratterte), so bereitete es mir kein schlechtes Gewissen, sie für den Nachmittag sich selbst zu überlassen. Randolph konnte froh sein, überhaupt empfangen zu werden (und das wußte er auch), nach seinem schändlichen Verhalten vor Jahren wegen einiger unschuldiger Briefe, die ich einst an Lady Aylesford verfaßt hatte. (Während ich im Ausland, in Indien, weilte, war er damit zu meiner Frau Alix gegangen und hatte gedroht, er würde sie an die Öffentlichkeit bringen, wenn ich nicht meinen Einfluß in einem Scheidungsfall geltend machte, bei dem sein Bruder die schuldige Partei war. Ich war so wütend, daß ich ihn zum Duell forderte, das anzunehmen er natürlich nicht Manns genug war. Acht Jahre lang hatte ich mich danach gewei-

gert, in einem Haus zu dinieren, in dem er auch eingeladen war.) Von meinen anderen Gästen war der Comte de Paris nur gekommen, um Fasanen zu schießen. Und der entsetzliche einäugige Christian wurde nur geduldet, weil er mit meiner Schwester Lenchen (Helena) vermählt war. Abgesehen von unseren familiären Meinungsverschiedenheiten bezüglich Schleswig-Holsteins waren dem Mann selbst die einfachsten Grundregeln gesellschaftlichen Benehmens abhold. Seine Lieblingsnummer auf Einladungen war es, beim Abendessen seine verschiedenen Ersatzglasaugen hervorzuholen und sie in einer Reihe auf den Tisch zu legen. Wenn das die Tischgäste noch nicht genügend entsetzt hatte, pflegte er das blutunterlaufene Exemplar herumzureichen, welches er trug, wenn er erkältet war.

Das Wohnhaus Archers, Falmouth House, erwies sich als eine für einen Jockey eindrucksvolle Heimstatt, ein Gebäude aus roten Backsteinen mit vielen Giebeln, das auf eigenem Grund in der Bury Road stand. Er hatte es vor drei Jahren gebaut, als er die Tochter des Trainers John Dawson geheiratet hatte. Doch dem Paar sollte das Haus kein Glück bringen. Ihr kleiner Sohn starb nur wenige Stunden nach der Geburt im Januar 1884, und im folgenden November war auch die Frau verschieden, nachdem sie einem zweiten Kind das Leben geschenkt hatte. Und jetzt, innerhalb von nur drei Jahren, nachdem es gebaut worden war, hatte Falmouth House einen dritten Schicksalsschlag erlebt.

Meine Kutsche wurde von einem Menschen in einer losen Jacke mit Gürtel in Empfang genommen, den ich zunächst für ein Familienmitglied Archers hielt, bis er sich als Captain Buckfast vorstellte.

Buckfast. Man merke sich den Namen. Ich kannte ihn aus dem Rennalmanach. Er besaß Pferde und schickte sie auf Rennen, und er war ein enger Freund Archers. Ich vermutete, daß ihn die Familie wegen seines Ranges bei der Armee zum Empfang des königlichen Besuchers beordert hatte. So geht das gewöhnlich: Such dir einen Exoffizier und schick ihn vor. Buckfast war der Aufgabe gewachsen, wenngleich etwas zurückhaltend. Ich schätzte ihn auf über vierzig, doch meine Schätzkünste, was das Alter anbelangt, haben mir in letzter Zeit einige unwillkommene Überraschungen beschert. Ich muß nämlich feststellen, daß ich Männer meines Alters immer um einige Jahre älter schätze. Ich werde meine Ansichten, was das Alter von fünfundvierzig in Hinsicht auf dünner werdendes Haar und dicker werdendes Sonstwo wirklich bedeutet, revidieren müssen. Wenn Sie sich Captain Buckfast bildlich vorstellen wollen, so war er Besitzer eines militärischen Schnurrbarts mit gewachsten Spitzen, hinter denen ein durchaus weniger dramatisches Gesicht hervorlugte. Dazu hatte er braune, weit auseinanderstehende Augen und schmale Lippen, die ohne ausgesprochene Ermunterung zu keinem Lächeln zu bewegen zu sein schienen. Seine interessanteste Besonderheit war ein verkrüppelter linker Arm, der ihm, wie ich später erfuhr, im Zulu-Krieg von einem Speer buchstäblich abgehackt worden war.

Da ich meine Anwesenheit nicht publik machen wollte, ließ ich die Kutsche wegfahren und fragte Buckfast nach den genaueren Gegebenheiten. Als ich mich erst einmal mit der Anordnung des Hauses vertraut gemacht hatte, ließ ich mich von ihm ins Bad führen. Im Versteckspielen in Landhäusern bin ich nämlich ziemlich versiert. Ich hatte vor, mich nach einer geruhsamen Zigarre, während der

Coroner, der Leiter der Untersuchungskommission, unten die Präliminarien erledigte, in den Speisesaal hinabzuschleichen, welcher an den Salon grenzte. Von dort aus konnte ich dann durch eine offene Tür den Ablauf verfolgen, ohne von der Presse bemerkt zu werden.
Aber es verlief nicht so wie geplant.
Das schrille Durcheinander von Stimmen wurde lauter, als immer mehr Leute eintrafen. Abgesehen vom Coroner und seinen Beamten waren da Zeugen, ferner die Familie, die Kommission und die Presse. Als ich aus einem plötzlichen Verstummen des Lärms schließen konnte, daß die Untersuchung begonnen hatte, lehnte ich mich über das Geländer und hörte, wie die Kommission vereidigt wurde.
Ich beschloß, meinen Weg nach unten anzutreten. Unglücklicherweise befand ich mich erst auf der dritten oder vierten Treppenstufe, als ich das Scharren von Stuhlbeinen hörte.
Ich blieb wie versteinert stehen.
Eine Tür ging auf, und Leute traten in die Halle unter mir hinaus. Sie kamen die Treppe hoch.
Glücklicherweise blieb ich durch eine Biegung im Treppenhaus ihren Blicken verborgen. Ich drehte mich um, stieg die vier Stufen wieder hoch und stieß die am nächsten liegende Tür auf.
Ich befand mich in einem Schlafzimmer, was mich nicht überraschte. Aber da war jemand im Zimmer, und das überraschte mich schon. Dieser Jemand lag in einem offenen Sarg. Ich war allein mit den sterblichen Überresten Fred Archers.
Aber nicht lange. Die Kommission kam die Treppe hoch, um die Leiche in Augenschein zu nehmen.

3

Mein erster Impuls war, mich zu verstecken. Ich hatte die Wahl zwischen einem großen Mahagonischrank oder dem Platz unter dem Bett. Keine von beiden Möglichkeiten schien mir passend. Wenn die Ehre einer Dame auf dem Spiel gestanden hätte, hätte ich mir nicht lange überlegt, ob ich in einen Schrank schlüpfen oder mein Glück neben einem Nachttopf versuchen sollte, aber es handelte sich hier ja nicht um einen derartigen Notfall.

Ich sah in Richtung Vorhänge und verwarf auch diese Möglichkeit. Ich war ja keine Gestalt aus einer französischen Farce. Mein Rang in der Nation verpflichtete mich dazu, mich auf so würdige Weise wie möglich zu betragen, sofern die Umstände es erlaubten. Mir blieb nichts anderes übrig, als jeden Gedanken daran, anonym zu bleiben, aufzugeben.

Ich nahm in würdevoll königlicher Haltung (linker Daumen hinter den Mantelaufschlag geschoben, rechte Hand mitsamt Stock, Hut und Handschuhen auf Taillenhöhe) Aufstellung neben dem Sarg, während der Coroner die Kommission in den Raum führte. Er ermutigte sie auf wohlgeübte Weise: »... eine unangenehme, aber notwendige Formalität. Dabei ist jedoch das Aussehen des Verblichenen nicht so schockierend, wie Sie befürchten könnten, da die Kugel durch den Mund geschossen wurde und am Hinterkopf wieder austrat. Wenn Sie also bitte ...«

Sie stellten sich auf beiden Seiten des Sarges auf. Zu meinem Erstaunen schenkte keiner von ihnen mir einen zweiten Blick. Sie traten einfach neben mir an den Sarg heran. Ich konnte nur vermuten, daß ihre traurige Pflicht sie für alles andere blind gemacht hatte, selbst für ein Zusammentreffen mit dem gesetzlichen Thronfolger.

Der Coroner vollführte eine kleine, anhebende Geste mit den Fingern, der ich einen Moment lang irgendeine rituelle Bedeutung beimaß. Dann wiederholte er: »Wenn Sie nun bitte ...« und es dämmerte mir, daß seine Geste mir galt.

Hier muß ich eine Anmerkung bezüglich meiner Bekleidung einfügen. Im Einklang mit dem traurigen Anlaß trug ich einen dunklen Übermantel mit Revers aus schwarzem Samt und eine schwarze Krawatte, sowie einen Seidenhut und schwarze Glacéhandschuhe. Entweder der Coroner hielt mich für einen Leichenbestatter, oder er wollte mir die Gelegenheit geben, mich als solcher auszugeben.

Man brauchte mich nicht zweimal zu bitten. Zuvorkommend beugte ich mich nach vorne und hob das Leintuch hoch, das das Gesicht des armen Fred bedeckte.

Er bot einen mitleiderregenden Anblick. Das letzte Mal hatte ich ihn vierzehn Tage vorher gesehen, direkt nachdem er nach einem verzweifelten Endspurt das Cambridgeshire verloren hatte, und damals hatte er ausgesprochen niedergeschlagen ausgesehen, allzu bekümmert für einen Mann, der früher im Jahr das Derby gewonnen hatte. Es klingt gewiß banal, wenn ich sage, daß er jetzt entschieden schlechter aussah, und es ist wohl besser, wenn ich das erkläre. Es war unverwechselbar das Archer-Profil: die breite Stirn, die wohlgeformte Nase, die vorstehenden Jochbögen und das klare, entschiedene Kinn. Im Grunde noch immer das Gesicht eines jungen Mannes. Ich könnte mir denken, daß die Totenstarre seltsame Auswirkungen hat, und zweifellos war das, was ich wahrnahm, nichts Bemerkenswertes, aber ich schwöre, daß da ein bestimmter Ausdruck auf seinen Zügen lag. Ein Ausdruck des Schreckens.

»Die Kommission möchte vielleicht die Hinterseite des Kopfes untersuchen«, sagte der Coroner zu mir und riß mich aus meinen Gedanken. Kein Zweifel, er hielt mich für einen Leichenbestatter.

Ich begann mich schon zu fragen, ob ich der Aufgabe gewachsen war, als eines der Kommissionsmitglieder, Gott segne ihn, sich zu Wort meldete: »Ich schlage vor, wir überlassen das der medizinischen Beweisaufnahme. Keiner von uns ist daran gewöhnt, Schußwunden zu betrachten.«

Zustimmendes Gemurmel.

»Sehr gut«, sagte der Coroner. Er wandte sich mir zu. »In diesem Fall wäre das alles.«

Ich zog das Tuch wieder an seinen Platz und trat einen Schritt zurück.

»Da wir nun schon hier sind«, sagte der Coroner zur Kommission, »beachten Sie freundlicherweise das Fenster, an dem eine der Zeuginnen, Mrs. Coleman, nach eigener Aussage stand, bevor der tödliche Zwischenfall eintrat. Hier, neben dem Bett, die Nachtkommode, in der der Revolver aufbewahrt wurde. Und der Kaminvorleger, auf den der Verstorbene fiel. Und jetzt schlage ich, Ihr Einverständnis vorausgesetzt, vor, die Untersuchung im Erdgeschoß fortzusetzen.«

Sie schlurften, ohne ein weiteres Wort zu wechseln, hinaus und ließen mich allein mit der Leiche zurück. Ich muß gestehen, daß ich etwas pikiert war, weil sie mich nicht erkannt hatten, aber dafür war die Sache gut ausgegangen. Und die Geschichte von Bertie, dem Leichenbestatter, würde auf meiner Geburtstagsparty groß herauskommen.

Wenn ich auf meine Laufbahn als Amateurdetektiv zurückblicke, erkenne ich, daß sie in Wirklichkeit begann, als ich in Archers Schlafzimmer allein zurückblieb. Durch einen puren Zufall bot sich mir eine hervorragende Gelegenheit, nach Lösungen für das Geheimnis seines plötzlichen Todes zu suchen. Es liegt mir nämlich gar nicht, in den Besitztümern anderer Personen herumzuwühlen, wissen Sie, aber da der Betreffende nicht in der Lage war, etwas dagegen einzuwenden, machte ich eine Ausnahme. Deshalb öffnete ich den Schrank, bevor ich wie die anderen die Treppe hinabging.

Der verstorbene Mr. Archer verfügte über eine beachtliche Sammlung von Anzügen, die ich systematisch durchsuchte. Zu meinem Pech verfügte er auch über einen fähigen Kammerdiener, der die Taschen geleert hatte. Ich fand nicht einmal einen Ersatzknopf. Ich wandte mich der hohen Schlafzimmerkommode zu, die neben dem Waschlavoir stand. Nichts von Interesse für einen Detektiv war hier zurückgeblieben. Ich durchsuchte auch die kleine Schubfachkommode und das Nachtschränkchen. Ohne Ergebnis. Weder ein Brief noch eine Visitenkarte waren zu finden. Nicht einmal ein Wettschein. Ich konnte einfach nicht glauben, daß ein Mann ein solch farbloses Leben geführt hatte, erst recht nicht der berühmteste Jockey der Geschichte. Jemand hatte sorgfältig jeden persönlichen Gegenstand weggeräumt, selbst Photographien. Jedes Schlafzimmer, in dem ich bisher genächtigt habe – und ich spreche aus nicht unbeträchtlicher Erfahrung –, hatte seine Sammlung mit Familienphotos auf der hohen Kommode: Mama und Großmama und die Großtanten und das Hochzeitsbild (das ich für gewöhnlich zur Wand umdrehe). In diesem Totenzimmer gab es kein Bild der verstorbenen Mrs. Archer, nicht einmal von dem Kind, das auf so tragische Art zur Waise geworden war. Ich verließ den Raum ohne einen neuen Hinweis, aber mit deutlich gestiegener Neugier.

Captain Buckfast machte gerade seine Aussage, als ich die Treppe hinabging. Ich durchquerte unauffällig die Halle und schlüpfte in den leeren Speisesaal, wo aufmerksamerweise gleich bei der offenen Tür ein Stuhl bereitgestellt worden war. Von dort aus hatte ich einen Blick auf den Coroner und die Zeugen, ohne mich selbst den Augen der Presse preiszugeben.

»Ungefähr vier Jahre«, sagte Buckfast gerade.

»Sie waren eng mit ihm befreundet?«

»Ja, Sir.«

»Besuchten Sie ihn oft?«

»Ja.«

»Und Sie begleiteten ihn auf einer Besuchsreise nach Amerika?«

»So ist es.«

»Das war gegen Ende 1884, kurz nach dem Tod seiner Frau?«

»Ja.«

»Und haben Sie den Leichnam oben als den von Frederick James Archer identifiziert?«

»Ja.«
»Würden Sie uns jetzt bitte berichten, wann Sie ihn das letzte Mal lebend gesehen haben und was für einen Eindruck er auf Sie machte?«
Die Aufforderung, von selbst einige Informationen beizusteuern, schien den ehrenwerten Captain etwas aus dem Konzept zu bringen. Er fühlte sich wohler mit Antworten, die nur aus einem Wort bestanden. »Ich war bis gestern um die Mittagszeit bei ihm. Er schien mir in wesentlich besserer Verfassung zu sein, deshalb ging ich weg. Als ich kurz nach zwei wiederkam, erfuhr ich, daß er sich erschossen hatte.«
»Haben Sie ihn je von Selbstmord reden hören?«
»Niemals.«
»Halten Sie ihn für einen Mann, der einer solchen Tat fähig war?«
»Nein, Sir.«
»Hatten Sie am Morgen mit ihm gesprochen?«
»Ja.«
»Sagte er da irgend etwas, das auf eine solche Absicht schließen lassen konnte?«
»Nein, Sir.«
Der Coroner hielt inne. Buckfast stand stocksteif da und wartete auf die nächste Frage. Wenn jemand gerufen hätte: »Kehrt marsch«, bin ich sicher, daß er sich auf dem Absatz umgedreht hätte.
»Ist Ihnen an seiner Art zu reden etwas Ungewöhnliches aufgefallen?«
»Nur das Abschweifen.«
Der Coroner beugte sich etwas vor, um das Wort richtig zu verstehen. »Das was?«
»Das Abschweifen. Er unterhielt sich bis zu einem gewis-

sen Punkt, und dann schienen seine Gedanken abzuschweifen.«

»Ich verstehe. Wie würden Sie seinen Geisteszustand beschreiben, als Sie ihn um die Mittagszeit verließen?«

»Glücklich und zufrieden.«

»Wirklich?« Der Coroner nahm einen Federhalter aus dem silbernen Schreibset vor ihm, tauchte die Tinte ein und machte sich eine Notiz. Er fuhr fort: »Der Verstorbene hatte seit kurzem gefastet. Ist das korrekt?«

»Ja, Sir.«

»Warum genau?«

»Er wollte für das Cambridgeshire Gewicht verlieren. Er ritt St. Mirin bei knapp fünfundfünfzig Kilo.«

»Das war ein außergewöhnlich niedriges Gewicht und für den Verstorbenen schwer zu erlangen, nicht wahr?«

»Ja.«

»Er war für einen Jockey recht groß?«

»Ein Meter dreiundsiebzig.«

»Mit ›Gewicht verlieren‹ meinen Sie, daß er praktisch nichts aß?«

»Zusätzlich zu anderen Methoden«, verriet der Captain.

»Können Sie das etwas genauer sagen?«

»Er nahm türkische Bäder. Und seine Mixtur.«

»Seine Mixtur?«

»Ein Trank, den er einnahm.«

»Woraus genau bestand dieser Trank?«

»Das könnte ich nicht sagen. Er tat sehr geheimnisvoll damit.«

»Hatte er eine entschlackende Wirkung?«

»Ich glaube, so würden Sie es empfinden.«

Der Coroner zeigte ein dünnes Lächeln. »Ich werde ihn wohl kaum ausprobieren. Ich danke Ihnen, Captain. Ich habe keine weiteren Fragen mehr an Sie, wenn nicht die Kommission Sie etwas fragen möchte.«

Für die nächste Zeugin, Mrs. Emily Coleman, die Schwester des Jockeys, rückte man einen Stuhl heran. Sie war von der Tragödie schwer mitgenommen, und selbst die einfache Formalität der Angaben zur eigenen Person bereitete ihr Schwierigkeiten. Äußerlich und im Auftreten erinnerte sie mich mit ihrem verzweifelten und doch sympathischen Blick etwas an meine jüngste Schwester Beatrice. Nach einer kurzen Pause, bei der wir alle unruhig auf unseren Stühlen herumrutschten, fand Mrs. Coleman ihre Stimme, und dann war sie kaum mehr zu bremsen.

»Ich lebe hier im Haus meines Bruders und war bei ihm, als er starb. Ich war ständig mit ihm zusammen, seit er am Donnerstag vom Rennen in Lewes hierhergebracht wurde.«

»Das wäre dann also der 4. November gewesen«, warf der Coroner ein, um dem protokollierenden Beamten seine Aufgabe zu erleichtern, aber die Dame hatte ihren Redefluß gar nicht unterbrochen.

»Ich dachte an jenem Abend nicht, daß er besonders krank war, und er ging um etwa halb acht zu Bett. Am nächsten Tag war er nicht in der Lage aufzustehen, und so ließ ich Dr. Wright holen, der hat dann seine Temperatur gemessen, und die war so hoch, sagte er, daß er eine zweite Meinung einholen wollte, aber Fred lehnte das ab. Dr. Wright sprach mit mir und bestand darauf, daß man für den Samstag Dr. Latham aus Cambridge holen würde ...«

»Der 6. November«, fügte der Coroner ein.

»... und zu diesem Zeitpunkt schweifte der arme Fred schon dauernd mit den Gedanken ab. Er schien Sachen zu vergessen, die er erst ein paar Minuten vorher gesagt hatte. Er wollte seine Medizin nicht nehmen. Er fragte bloß dauernd nach seiner Mixtur. Die Ärzte sagten, er leide an einer schweren Erkältung. Sie ließen zu meiner Unterstützung zwei Pflegerinnen kommen. Das Komische daran war, daß es ihm am Montag viel besser zu gehen schien. Ich hatte mehrere längere Gespräche mit ihm.«

Bei der Geschwindigkeit, mit der sie die Worte heraussprudelte, konnte ich mir das lebhaft vorstellen. Wie weit es dem Patienten möglich gewesen war, zur Unterhaltung beizutragen, war eine andere Frage.

»Obwohl es ihm besserging, schweifte er immer noch manchmal mit den Gedanken ab und sorgte sich sehr darum, wann er das wieder ablegen würde. Dann, ungefähr um zwei Uhr, sagte er, er wolle allein mit mir sprechen. Er sagte mir, ich solle die Schwester wegschicken, was ich dann auch tat.«

»Also kommen wir jetzt zu dem tödlichen Zwischenfall«, sagte der Coroner in einem *fortissimo* vorgebrachten Einwurf, der Mrs. Coleman endlich dazu veranlaßte, eine Pause in ihrem Redefluß einzulegen. Mit weniger Gebrüll gelang es ihm sogar noch, hinzuzufügen: »Sagen Sie mir, haben Sie an seinem Verhalten etwas Besonderes bemerkt?«

»Nein, er war ziemlich normal. Es war nichts Ungewöhnliches an der Tatsache, daß er mich bat, eine der Pflegerinnen wegzuschicken, und ich dachte mir nichts weiter dabei. Als sie weg war, ging ich zum Fenster und sah hinaus. Plötzlich sagte Fred: ›Kommen sie?‹ Dann hörte ich ein Geräusch, und als ich mich umdrehte, war er aus dem Bett aufgestanden und ging durch das Zimmer auf die Tür zu. Zu meinem Entsetzen sah ich, daß er eine Pistole in der Hand hatte. Ich lief auf ihn zu und versuchte, die Pistole

zur Seite zu drücken. Er legte mir einen Arm um den Hals und drängte mich auf die Tür zu. Ich weiß nicht, wo er diese Kraft hernahm. Er hatte den Revolver in der linken Hand. Dann hielt er ihn sich an den Mund und…«
Mrs. Coleman ließ den Kopf sinken und schluchzte.
Auf ein Nicken des Coroners hin trat eine andere Frau nach vorne, um die Zeugin zu trösten. Ich glaube, wir alle empfanden tiefes Mitgefühl mit ihr. Jeder, der den Bericht gehört hatte, war imstande, sich den Schrecken dessen vor Augen zu führen, was Mrs. Coleman durchgemacht hatte. Ich konnte mir vorstellen, wie die Zeitungen das Ganze ausschlachten würden.
Als sich die Dame wieder genügend gefangen hatte, sagte der Coroner: »Es gibt nur noch ein paar weitere Einzelheiten, die das Gericht gerne von Ihnen wissen möchte. Während dieser Szene, die Sie beschrieben haben, hat da der Verblichene noch weitere Worte gesagt?«
»Ich habe Ihnen die einzigen Worte genannt, die er sagte.«
»Kommen sie?«
»Ja, Sir.«
»Haben Sie mit ihm gesprochen?«
»Ich kam gar nicht dazu. Ich schrie nach Hilfe. Niemand hörte mich, weil die Tür während des Kampfes zugefallen war. Irgendwann konnte ich dann mit der Klingel Hilfe holen.«
»Wie lange hat Ihrer Einschätzung nach die ganze Sache gedauert?«
»Nicht mehr als zwei Minuten, Sir.«
»Und wie würden Sie sie erklären?«
»Er schien einem plötzlichen Impuls nachzugeben, ich kann es nicht besser beschreiben.«

Hiermit schloß Mrs. Colemans Zeugenaussage. Man mußte ihr hinaushelfen.
Was hätten Sie, verehrter Leser, zu diesem Zeitpunkt gedacht? Klang Mr. Archers Verhalten nach den Angaben, die Captain Buckfast und Mrs. Coleman gemacht hatten, wie ein Anfall von Delirium oder geistiger Verwirrung, wie es die Presse vermutet hatte?
Das Delikt des Selbstmordes bringt uns in eine Zwangslage. Einerseits ist es ein gräßlicher Akt, der durch das Gesetz bestraft werden kann, wenn der Täter in seinem Versuch scheitert. Andererseits empfinden wir mit den nächsten Angehörigen eines Individuums, das sich das Leben genommen hat, tiefstes Mitgefühl. Und hier gehen wir in die Falle, denn wir werden zu Heuchlern. Wenn man einen Mann davon abhält, den Abzug zu drücken, schicken wir ihn ins Gefängnis. Wenn wir zu spät kommen, suchen wir nach Anzeichen dafür, daß er zeitweise verrückt war. Aufgrund der bisherigen Aussagen war es wahrscheinlich, daß Archer gewußt hatte, was er tat. Ich wartete mit gespannter Vorfreude auf die medizinischen Zeugen.
Zuerst hörten wir jedoch Archers Kammerdiener, Harry Sarjent. Er war es gewesen, der als erster auf das Läuten der Glocke reagiert hatte und Mrs. Coleman zu Hilfe gekommen war. Er führte aus, wie er seinen Herrn auf dem Kaminvorleger hatte liegen sehen und wie er den Revolver aufgehoben hatte, der aus Archers Hand gefallen war. Seine Aussage befaßte sich fast nur mit der Waffe. Ungefähr einen Monat zuvor war Archer wegen eines kürzlich geschehenen Einbruchs in Newmarket nervös geworden und hatte seinen Revolver in Reparatur gegeben. Ein dankbarer Pferdebesitzer hatte ihn ihm einmal geschenkt. Er hatte

ihn selbst geladen und dem Kammerdiener Anweisung gegeben, ihn in das Nachtschränkchen neben seinem Bett zu legen, wenn er zu Hause war. Im anderen Fall hatte der Kammerdiener Anordnung, im Haus zu schlafen, die Pistole neben dem Bett. Als Archer am Donnerstag aus Brighton zurückgekehrt war, hatte der Kammerdiener, gemäß seinen Weisungen, den Revolver in die Schublade der Kommode gelegt.

Die Krankenschwester Charlotte Hornidge kam als nächste. Sie konnte nicht älter sein als neunzehn und war mit ihren roten Wangen und den schwarzen Löckchen, die unter ihrem Häubchen hervorschauten, nach meinem Dafürhalten ein viel zu hübsches Geschöpf, um Bettpfannen zu leeren.

Der Coroner war ganz meiner Meinung, wie man aus der Art schließen konnte, in der er seine Brille abnahm und sie zwei- oder dreimal putzte.

»Ich wurde um siebzehn Minuten nach zwei Uhr zum Essen geschickt«, stellte Schwester Hornidge fest und beeindruckte uns alle damit. Hier, so dachten wir alle, war endlich einmal eine exakte Zeugin, und eine sehr ansehnliche noch dazu. »Mr. Archer schlug das Mrs. Coleman vor.«

Vielleicht hatte der arme Fred ja wirklich seinen Verstand verloren, dachte ich. Jeder normale Mann hätte seine Schwester weggeschickt und die Pflegerin gebeten, zu bleiben.

»Ich war gerade eine Minute unten, als die Glocke heftig läutete«, fuhr sie selbstsicher fort. »Ich hörte auch Hilferufe und ein Geräusch, als ob eine Pistole losgegangen wäre. Ich stürzte die Treppe hoch und sah den Patienten auf dem Kaminvorleger liegen. Er sah ziemlich tot aus. Mrs. Coleman schrie. Der Kammerdiener war auch da. Er war gerade vor mir gekommen.«

»Sie sagten, daß Ihr Patient tot war, meine Liebe. Haben Sie ihn untersucht?«

»Ich sah, daß er aus dem Mund blutete. Ich schaute in seine Augen und fühlte seinen Puls, aber weiter habe ich ihn nicht untersucht. Ich wartete auf den Doktor.«

»Ausgesprochen vernünftig«, kommentierte der Coroner mit einem liebenswürdigen Lächeln. »Würden Sie mir jetzt vielleicht etwas über seinen Geisteszustand sagen, so wie Sie ihn an jenem Morgen wahrgenommen hatten? War er bei Sinnen, soweit Sie das beurteilen konnten?«

»O ja. Wenn ich mit ihm sprach, gab er immer vernünftige Antworten, aber während ich ihn pflegte, war er sehr niedergeschlagen. Ich erinnere mich an eine Unterhaltung, während der er mir sagte, er glaubte, er würde sterben. Ich sagte zu ihm, er solle den Kopf nicht hängen lassen, denn es gebe keinen Grund zu der Annahme, daß er sterben würde. Er erwiderte: ›Ich wünschte, ich könnte so denken wie Sie.‹«

»Aber Sie fanden ihn trotzdem vernünftig? Hatten Sie nicht den Eindruck, er sei mit den Gedanken ganz woanders gewesen?«

»Nein, Sir.«

»Überhaupt nicht?«

»Nicht im geringsten.«

»Sind Sie ganz sicher?«

»Absolut sicher.«

Ich kann mich täuschen, aber ich hatte den Eindruck, der Coroner klinge eine Spur weniger bezaubert von Schwester Hornidge, als er ihr für ihre Aussage dankte und sie aufforderte, wieder an ihren Platz zurückzukehren.

Der letzte Zeuge trat nach vorne. Dr. J. R. Wright aus Newmarket war ein silberhaariger Mann von knapper Redeweise, der wohl schon viele Male vor dem Coroner gestanden hatte. Seine Art auszusagen drückte Autorität aus. »Ich war seit vierzehn Jahren Mr. Archers Leibarzt. Er war bei ziemlich guter Gesundheit. Bis zu diesem letzten Fall von Typhus habe ich ihn nie wegen einer ernsten Erkrankung behandelt. Letzten Freitag, den 5. November, rief man mich zu ihm, und ich traf ihn mit extrem hohem Fieber und in ausgesprochen ruhelosem Zustand an. Ich verschrieb ihm etwas und kam um zwei Uhr wieder. Zu diesem Zeitpunkt hatten sich die Fiebersymptome verstärkt. In der Tat war seine Temperatur so hoch, daß ich vorschlug, eine zweite Meinung einzuholen. Der Patient lehnte ab, aber ich ließ auf eigene Verantwortung Dr. Latham aus Cambridge holen.«

»Er ist eine Autorität, was fiebrige Erkrankungen angeht?« erkundigte sich der Coroner.

»Er ist ein Kollege, dessen Meinung ich schätze«, stellte der Doktor in einem Ton fest, der die Frage überflüssig erscheinen ließ.

»Fahren Sie bitte fort.«

»Dr. Latham holte mich am nächsten Morgen um halb acht mit der Kutsche ab. Wir untersuchten den Patienten zusammen. Sein Zustand hatte sich nicht gebessert. Die Temperatur war gleich geblieben, und er war nicht bereit, sich kooperativ zu zeigen.«

»Inwiefern, Doktor?«

»Er sagte zu uns, er wolle keine andere Medizin mehr. Er wollte seine Fastenmixtur.«

»Wieso das?«

»Er hatte die Wahnvorstellung, eine Mahlzeit, die er drei

Tage zuvor zu sich genommen hatte, sei immer noch in seinem Magen.«

»Aha«, sagte der Coroner, nahm seine Brille ab und legte sie auf den Tisch. »Er schweifte wieder mit den Gedanken ab.«

»Das ist nicht ungewöhnlich bei Fieber.«

»Gewiß. Bitte, fahren Sie fort, Doktor.«

»Dr. Latham besuchte ihn noch einmal am Nachmittag und sagte dem Patienten, er habe Typhusfieber, und dann wurde er ruhiger.«

»Stimmten Sie der Diagnose zu?«

Dr. Wright antwortete: »Daran bestand gar kein Zweifel. Zugegeben, der Patient schien während des Wochenendes auf dem Wege der Besserung, und seine Temperatur fiel am Sonntag nachmittag, aber das ist nicht ungewöhnlich. Tatsächlich ging es ihm dann am Montag morgen besser.«

»Wenn Sie sagen ›besser‹, meinen Sie damit, daß seine Temperatur an dem Morgen, als er starb, normal war?«

»Mit Schwankungen in der Temperatur ist immer zu rechnen«, antwortete Dr. Wright.

»Ich brauche eine präzisere Antwort auf meine Frage.«

»Die Temperatur des Patienten gestern abend war normal.«

»Wie war seine sonstige Verfassung?«

»Er war sehr niedergeschlagen. Er sagte mir andauernd, er würde sterben. Um ihn zu beruhigen, sprach ich noch länger mit ihm und ging um halb zehn weg. Am Nachmittag, etwa um halb drei, rief man mich wieder. Als ich den Verstorbenen sah, lag er auf dem Rücken am Boden, bedeckt mit einem Laken. Er war tot. Im hinteren Teil des Mundes hatte er eine Wunde. Als ich seinen Hinterkopf untersuchte, fand ich eine Öffnung zwischen zwei zervikalen Wirbeln. Man zeigte mir den Revolver, ich sah die Kugel, die auf dem Ankleidetisch gefunden wurde, und für mich besteht kein Zweifel daran, daß es die Kugel war, die durch die Wirbelsäule wieder austrat und den Tod verursacht hat.«

»Ich bin mir sicher, Sie haben der Kommission mit Ihrer Aussage sehr geholfen, Doktor. Ich habe nur noch ein oder zwei weitere Fragen, die den Geisteszustand des Verstorbenen betreffen.«

Der Doktor brauchte gar keine Fragen. Er wußte, was man hören wollte. »Ich würde sagen, daß er im Fieber nicht delirierte, so unzusammenhängend in seinen Gedanken er auch war. Von Anfang der Erkrankung an schien das Ganze auf eine Depression hinzuführen. Man muß auch bedenken, in welch geschwächtem Zustand er sich aufgrund seiner Gewichtsabnahme mit unnatürlichen Mitteln befand. Das, gefolgt von dem Fieber, richtete in seinem Gehirn eine derartige Unordnung an, daß er für sein Handeln nicht verantwortlich zu machen ist. Mit anderen Worten, er war zeitweise unzurechnungsfähig, als er die Tat beging.«

Zustimmendes Gemurmel war zu hören. Es war, als hätte der Doktor für ganz Newmarket gesprochen, und es war gar keine Frage, wie das Urteil der Kommission lauten würde.

Man befand, Fred Archer hätte in einem Zustand vorübergehender geistiger Verwirrung, hervorgerufen durch ein typhoides Fieber, Selbstmord begangen.

4

Halten Sie Ihre Hüte fest und Ihre Gedanken beisammen, denn jetzt machen wir einen Sprung zurück. Nach jener niederschmetternden Untersuchung schlage ich Ihnen eine Prise frischer Luft und ein bißchen Sport vor. Natürlich von der vierbeinigen Sorte. Wir versetzen uns zwei Wochen zurück und holen den armen Archer wieder für kurze Zeit ins Leben, setzen ihn auf St. Mirin und schauen bei seinem letzten bedeutenden Rennen zu, dem Cambridgeshire von 1886. Meine Schwäche für den Pferderennsport ist bekannt, sollte Ihnen dies also nach hemmungslosem Egoismus meinerseits aussehen, so lassen Sie mich Ihnen versichern, daß das Rennen von fundamentaler Bedeutung für das Verbrechen ist, das ich aufdecken will.

Nun also zu den Headquarters, am Dienstag, dem 26. Oktober. (Headquarters, d. h. Hauptquartier, ist der liebevolle Name, unter dem Newmarket bei allen Anhängern des Pferderennsports bekannt ist.) Ein Tag für Übermäntel und Schals: kühl, schiefergrau und mit einer steifen Brise, die vom Moorland her weht. Nicht daß das Oktoberwetter das Rennpublikum etwa abgeschreckt hätte. Sie kamen in Tausenden, ganzen Eisenbahnzügen voll aus Liverpool Street und St. Pancras, den Midlands und aus dem Norden. Ich persönlich vermeide es, am Tag eines großen Rennens anzureisen, wenn es irgendwie einzurichten ist. Ich komme am ersten oder zweiten Veranstaltungstag an und übernachte in meinen Räumlichkeiten im Jockey-Club. Wenn Staatsgeschäfte mich dazu zwingen, am Tag des Rennens selbst zu fahren, mache ich mich wenigstens in aller Herrgottsfrühe auf den Weg. Tut man das nämlich nicht, rattert man die letzten vier Meilen im Schneckentempo zwischen einem Vierspänner voller jovialer »Männer« aus Cambridge und einem Pferdewagen mit einem Bauern und seinen kichernden Töchtern dahin. Nein, besten Dank.

Ich würde das den guten Leuten gegenüber, die dort wohnen, nicht erwähnen, aber unter uns gesagt ist die Stadt Newmarket eine schreckliche Enttäuschung, wenn Sie sie zum erstenmal sehen. Es ist kaum mehr als die Strecke von der London zur Norwich Road, gesäumt von ein paar trostlosen Gebäuden, die meisten von ihnen neuerer Bauart. Das einzige Gebäude von Interesse ist der Jockey-Club, und der zieht es vor, mit der Rückseite zur High Street zu liegen.

Glücklicherweise hat Newmarket mehr als nur seine Häuser. Vom ersten Tageslicht an hallt die High Street vom Geklapper der Hufe wider, wenn die Trainer ihre Pferde in Galopp fallen lassen. Sehen Sie nur ihren Atemnebel in der Morgenluft und das Schimmern der wohlgestrählten Flanken, und Sie wissen, was diesen Ort beseelt. Er wird mit Pferden in Verbindung gebracht, seit Königin Boadicea in ihrem Streitwagen die Izäner gegen die Römer anführte, doch das Verdienst, es zum Hauptquartier des Rennsports gemacht zu haben, gebührt den Stuarts. Jener schamlose und verruchte alte König James I. baute hier ein Schloß und königliche Stallungen und wurde ebenso wie sein Sohn und sein Enkel, Charles I. und der II., dafür getadelt, zuviel Zeit bei den Rennen zu verbringen. Ihnen gehört meine Sympathie. Wissen Sie, daß meine Mama, die Königin, noch nicht bei einem einzigen Rennen in Newmarket die Schirmherrschaft übernommen hat? Bevor ich alt genug war, ein Interesse daran zu bekunden, ließ sie das alte Schloß in Newmarket versteigern. Es wurde von dem Käufer abgerissen, und an seiner Stelle steht jetzt eine Gemeindekapelle.

An diesem Tag des Cambridgeshire war die High Street schon um die Mittagszeit praktisch unpassierbar. Vor den Subskriptionsräumen, in denen die Hauptwetten abgeschlossen werden, gibt es immer einen Menschenauflauf. Ich hatte dafür gesorgt, daß ich schon am Abend zuvor vernünftige Gewinnquoten bekommen hatte, somit können wir uns für den Fortgang dieses Berichts gleich auf das Renngelände begeben.

Das Cambridgeshire ist das letzte große Rennen der Saison und hat einen ganz spezifischen Charakter. Es bietet einem Pferd die letzte Möglichkeit, Eindruck zu machen, bevor es ins Winterquartier geht, und ist ein Bergaufrennen über eine Strecke von gut 1,8 km für Dreijährige und Ältere, bei dem sich Flieger ebenso wie Steher messen können. Auf das Ergebnis werden Vermögen verwettet. In den Augen eines Wettbegeisterten spricht so manches mehr für das gute alte Cambridgeshire als für andere klassische Rennen. Form und Vorgabe sind nicht unfehlbar, dem Herrn sei's gedankt, und es gibt eine reichhaltige Geschichte von Sensationen. Catch 'em Alive war 1863 der Sieger, aber danach im Wiegeraum die Katastrophe! Sein

Jockey unterschritt das vorgeschriebene Gewicht. Gerade wollten sie ihn disqualifizieren und das Rennen dem Zweiten zuerkennen, als jemand die Idee hatte, die Waage zu untersuchen. Kaum zu glauben – irgendein Gauner hatte sich daran zu schaffen gemacht und Bleiplatten an der Waagschale befestigt! Ein anderes Drama, das viele empört hatte, war Isonomys Sieg um zwei Längen 1878 bei 40:1, nachdem dieser alte Fuchs von Trainer, John Porter, seine Form ganze zwölf Monate vor den Wettbeobachtern geheimgehalten hatte. Fred Gretton, der Besitzer, soll damals 40000 Pfund eingestrichen haben. Ist es dann ein Wunder, daß ich meine Pferde zu Porter schicke? Und ich nenne Ihnen noch einen weiteren Streitfall aus der Geschichte des Cambridgeshire: Bendigos Sieg um eine Kopflänge 1883, an den niemand geglaubt hatte außer denjenigen, die auf ihn gewettet hatten, und auch das waren, wenn's wahr ist, nur kümmerlich wenige gewesen.

Zurück ins Jahr 1886. Der Tag hätte nicht angenehmer beginnen können. Meine Stute Lady Peggy brachte beim Maiden Plate für Zweijährige bei 10:1 meine Farben als Siegerin ins Ziel, machte dem Publikum prächtige Laune und mich selbst um 100 Guineen reicher. Inmitten eines Chores königstreuer Hochrufe begab ich mich zusammen mit einigen meiner Begleiter zum Sattelplatz.

Archer war der Jockey. Was mich betrifft, so gibt es nichts Schöneres, als eines meiner Pferde in die Siegerumzäunung zu führen, und ich gebe gerne zu, daß mein Herz vor Stolz anschwoll, als der Siegerjockey abstieg und neben mir und der dampfenden Stute Aufstellung nahm. Während ich diese Worte schreibe, habe ich eine kolorierte Photographie hier auf meinem Schreibtisch stehen, die mir das alles wieder lebendig ins Gedächtnis ruft: Archer in meinen Farben, purpurrot mit goldenen Litzen und scharlachroten Ärmeln und der mit goldenen Fransen besetzten schwarzen Samtkappe.

Ich zermartere mir den Kopf, um mich an einen Hinweis darauf zu erinnern, daß er damals irgendwie überlastet war. Es ist schwer. Der verkniffene Blick ist allen Jockeys gemein außer den Knaben, und Archer hatte, wie Sie wissen, mehr als gewöhnlich abgenommen, um das nötige Gewicht für das Cambridgeshirerennen zu erlangen. Er war dreieinhalb Zentimeter größer als ich und ganze 38 Kilo leichter (wenngleich ich nie Ambitionen hatte, Jockey zu werden).

Das einzige Anzeichen dafür, daß mit ihm etwas nicht stimmte, war vielleicht seine Gesprächigkeit. Ich muß Ihnen sagen, daß der größte Jockey aller Zeiten nicht für seine Konversationskünste bekannt war. Er sparte sich seinen Atem in der Regel dafür auf, in seinen Haferbrei zu blasen, wie man so schön sagt. Doch dort am Sattelplatz, umgeben von den üblichen Glotzern und Süßholzrasplern, kam ich in den Genuß eines regelrechten Redeflusses.

»Sie ist ein tapferes Mädchen, Eure Königliche Hoheit«, sagt er. »Ich würde sie nicht gerade eine klassische Schönheit nennen, aber sie wird noch so manchen Zaster einbringen, wenn Sie die Rennen sorgfältig auswählen. Ganz schön hartes Stück Arbeit auf den letzten vierhundert Metern, nicht? Als ich anfing, sie mit den Zügeln zu reiten, blieb sie beinahe stehen und stellte die Ohren auf, als fragte sie sich, was das wohl bedeutete. Dann hat sie alles gemacht, was ich wollte. War es nicht ein Genuß zuzusehen?«

»Absolut«, antwortete ich. »Aber wir wollen auch dem Jokkey seine Anerkennung zukommen lassen.«

»Danke schön, Sir.«
»Sie müssen sich ja recht siegessicher fühlen heute«, kommentierte ich, um ihm ein paar Informationen zu entlokken.
»Habe ziemliches Oberwasser, Sir.«
»Soll ich dann einen Zehner auf St. Mirin setzen?«
»Jeden Zehner, den Sie erübrigen können, Sir. Ich habe das Cambridgeshire bisher noch nicht gewonnen, aber so gute Aussichten wie heute hatte ich noch nie.«
Lord Edward Somerset, der Besitzer des Favoriten, Carlton, war zufällig unter meinen Begleitern und stand nahe genug, um das zu hören. »Na, hören Sie, Fred!« sagt er. »Sie werden mein Pferd nicht schlagen, und das wissen Sie. Ihres hat noch nicht gelernt zu galoppieren. Alec Taylor hat sie zusammen ausprobiert, und Carlton war haushoch überlegen.«
»Das habe ich gehört, mein Herr«, kommentierte Fred ungerührt, während er Lady Peggys Sattelgurt lockerte, »aber haben Sie nicht die Reiter in Betracht gezogen? Der Kerl auf St. Mirin war ein Neuling.«
»Woher haben Sie das denn erfahren?« fragte Somerset und wurde bis über beide Ohren rot.
»Aus dem Mund des Pferdes«, erwiderte Fred in vollem Ernst. Er machte eine Pause, bevor er hinzufügte: »Das arme Tier hing ja ständig in der Stange.« Mit diesen Worten hob er den Sattel herunter, tippte an seine Kappe und ließ uns stehen, mich mit lachendem und Edward Somerset mit puterrotem Gesicht.
»Frecher Hund«, kommentierte Edward, als der Jockey außer Hörweite war. »Man hat ihm angeboten, auf Carlton zu reiten, und er hat abgelehnt.«
»Spüre ich da ein Wanken?« fragte ich.

»Im Leben nicht.«
Trotzdem beorderte ich einen meiner Begleiter zum Tattersall-Buchmacherring und ließ ihn bei 10:1 fünfzig Pfund auf St. Mirin setzen. In den Subskriptionsräumen hatte ich am Abend zuvor bereits auf den älteren Außenseiter, Sailor Prince, der bei 25:1 stand, gewettet, und zwar aus sentimentalen Gründen (sein Vater war ein Hengst namens Albert Victor, und *mein* A. V. ging damals gerade in Dartmouth in die Kadettenschule; mein anderer Junge, George, ist noch bei der Marine).
Edward Somersets Geschichte von dem Querfeldeinrennen zwischen Carlton und St. Mirin stimmte und war schon allgemein bekannt. Beide Pferde wurden in Manton von Alec Taylor trainiert und als vielversprechende Dreijährige angesehen. Eines Morgens hatte er sie, unter den Augen von Kennern der ganzen Sportpresse, in den Marlborough Downs über eine abgesteckte Meile laufen lassen, und Carlton hatte spielend gewonnen.
Warum also war Archer dann so sicher, daß St. Mirin das Cambridgeshire gewinnen würde? Und warum war er so gesprächig gewesen? Zum erstenmal in seiner Karriere hatte er dafür gesorgt, daß in jeder Zeitung seine Siegesgewißheit verbreitet wurde. *»Der berühmte Jockey hält große Stücke auf sein Pferd.«*
Gewiß war St. Mirin allerbester Abstammung: Sein Vater war der tapfere Derby-Gewinner Hermit, seine Mutter Lady Paramount. Er hatte sehr vielversprechend begonnen, als Zweijähriger jedoch nicht einen Preis geholt. Wenn man mich als Pferdekenner fragt, ist er zu leicht um die Lenden und Hüften herum, um viel Durchhaltevermögen zu besitzen. Ich mag Pferde, die etwas auf den Rippen haben.

Meine Gedanken kehrten zu St. Mirins Hinterhand zurück, als die Teilnehmer am Cambridgeshire auf dem Sattelplatz vorgeführt wurden, der allen Rennsportbegeisterten unter dem Namen »Vogelkäfig« bekannt ist. Im Mittelpunkt der Aufmerksamkeit stand dort die Besitzerin des Tieres, die Herzoginwitwe von Montrose, das beeindruckendste Frauenzimmer, das sich je im Pferderennsport die Ehre gab. Sie ist respektloserweise, aber durchaus nicht unberechtigt, als »Sechs-Meilen-Hintern« bekannt, und wenn St. Mirin in diesen Teilen der Anatomie nur halbwegs so gesegnet gewesen wäre wie seine Herrin, wäre das Rennen so gut wie gelaufen.

Empfinden Sie das als eine ungalante Bemerkung? Tatsache ist, daß sich Carrie Montrose längst selbst jenseits von Gut und Böse manövriert hatte. Bevor ich geboren wurde, löste sie in der Gesellschaft einen Skandal aus, indem sie meine Mutter, die Königin, beleidigte. Das war während der sogenannten »Schlafzimmerverschwörung« im Jahre 1839, als Mama sich, ermutigt durch Lord Melbourne, hartnäckig weigerte, einige ihrer den Whigs angehörigen Hofdamen zu entlassen, und so Peel verärgerte, der eine rein konservative Verwaltung aufbauen wollte. Mama liebte Lord Melbourne abgöttisch, wissen Sie, und dank ihrer Beharrlichkeit wurde er Premierminister. Bei den Rennen in Ascot lud sie Melbourne zu sich in die Kutsche ein, damit er an ihrer Seite beim Rennen vorfuhr. Das alles war zuviel für die junge Herzogin Montrose und andere Tory-Damen. Sie traten dreist nach vorne und zischten die Königin aus. Mama war wutentbrannt. Sie sagte, solche Kreaturen verdienten es, mit Pferdepeitschen verprügelt zu werden. Wenn Sie mich fragen, war das Ganze von beiden Seiten übertrieben worden. Mama würde es nicht bil-

ligen, was ich sage, aber sie und Carrie Montrose haben vieles gemeinsam. Der Unterschied ist bloß, daß Carries Wutanfälle in der Öffentlichkeit stattfinden.
An diesem Nachmittag in Cambridgeshire hatte sich die Herzogin in einen Zobelmantel gehüllt, der den Wildbestand von Kanada deutlich dezimiert haben mußte. Sie hielt Archer, der darauf wartete, St. Mirin zu besteigen, eine lange Tirade, und der halbe Rennplatz konnte sie hören: »Schlafen Sie nicht im Sattel ein, Fred. Er ist ein Jahrhundertpferd, aber lassen Sie ihn ruhig die Peitsche spüren, wenn er nachläßt.«
Mit steinernem Gesicht starrte der größte Jockey aller Zeiten auf das Jahrhundertpferd. Niemand wußte genau, wieviel ihm die Herzogin als Vorschuß gezahlt hatte, aber es war in jedem Fall eine fünfstellige Summe, und so war er für jegliche peinliche Zurechtweisung entschädigt.
Am anderen Ende des Vogelkäfigs gab Edward Somerset dem älteren der Woodburn-Brüder letzte Instruktionen; dieser ritt Carlton mit nur 44,6 kg, verglichen mit St. Mirin, der immerhin 54,3 kg zu tragen hatte. Im Tattersall-Ring war Carlton klarer Favorit, obwohl sein Wert leicht nachgelassen hatte. St. Mirins Wettraten waren, trotz allen Vertrauens, das Archer und seine Besitzerin in ihn setzten, etwas im Fallen. Melton, der Gewinner des Derby 1885 und von St. Leger, hatte bei 100:6 massive Rückendekkung, trotz seiner schwankenden Form und dem Handikap von 60,65 kg, das er zu tragen hatte. Tyrone, über den ich wenig wußte, war bei 8:1 eingelaufen. St. Mirins Chancen waren auf 100:8 gesunken.
Das Zeichen zum Aufsteigen wurde gegeben, und wir Pferdebesitzer nahmen die Beine in die Hand, um die Plätze mit der besten Aussicht zu ergattern. Ich rief nach mei-

nem Klepper und galoppierte langsam den Hügel zur Zielgerade hinauf. Das Cambridgeshire, muß ich hier erläutern, hat im Gegensatz zum restlichen Tagesprogramm einen anderen Rennverlauf. Es startet bei der neuen Tribüne an der Rowley Mile und geht auf einem steilen Anstieg weiter, die ganze Zeit »auf der Kumme«, bis zu dem Teil der Heide, der als höchster Punkt der Stadt bekannt ist. Nach dem Ende des vorangegangenen Rennens gibt es immer eine vierzigminütige Pause, damit sich das Publikum zu Fuß auf den Hügel begeben kann, aber wahrscheinlich sind nur wenige mit dem zufrieden, was sie von dort aus sehen. Es ist nämlich ziemlich schwierig, einen wirklich guten Blick auf das Cambridgeshire zu bekommen. Sie müssen mindestens auf das Dach eines Brougham steigen, um den steilen Abfall zum Startpunkt hinabschauen zu können. Die Kutschen stehen hinter dem Zaun die ganze Strecke entlang. Ich fürchte, daß die Fußgänger höchstens einen kurzen Blick auf die Jacken der Jockeys erhaschen können, wenn sie nicht sowieso auf das Finish verzichten wollen und sich gleich gegenüber dem Red Post, ungefähr zwei Runden vor dem Ziel, aufstellen.

Meine Kutsche stand am Zielposten. Gutgelaunte Rufe und Applaus empfingen mich, als ich auf den Kutschsitz kletterte und mein Rennfernglas auf die Startflagge einstellte. Die Starthelfer waren immer noch damit beschäftigt, so etwas wie Ordnung ins Feld zu bringen, weshalb ich das Fernglas sinken ließ und erst einmal einen wärmenden Schluck Brandy trank. Wem beim Anblick des smaragdgrünen Bandes frischgemähten Rasens, der sich quer über die Heide erstreckt, nicht vor Aufregung der Mund trocken wird, den kann ich nur verachten.

Carlton oder St. Mirin?

Lord Edward Somerset oder die Herzogin von Montrose? Sechzehn galoppierten an den Start, also eines der kleinsten Felder, die es je gegeben hatte. Ich stieg auf das Dach meiner Kutsche und wurde noch einmal bejubelt. Ich sorgte dafür, daß mein Hut genügend fest saß, denn es blies ein ordentlicher Wind die Rennstrecke hinunter, der wahrscheinlich alle außer den kräftigsten in Schwierigkeiten gebracht hätte. Auch einige andere aus meiner Begleitung, die zu mir aufs Dach gestiegen waren, taten es mir nach.
Ich hielt mein Fernglas ruhig und nahm wieder den Start ins Visier.
Sie bewegten sich gerade auf die Bänder zu. Es gab einen Moment des Zögerns, als ein Pferd sich aufbäumte und versuchte zu wenden. Der Jockey hatte es rasch wieder unter Kontrolle.
Die Flagge durchschnitt die Luft. Das vertraute, unwiderstehliche Rufen hob an.
Ich stellte mein Glas auf die vielfarbige Linie ein, die wogte und sich wellte wie der Schwanz eines Drachens. Zweifellos preschten sie die Rennstrecke hoch, aber sie schienen dennoch kaum voranzukommen. Einen lähmenden Augenblick lang war es unmöglich, zu sagen, wer die Führung übernommen hatte, dann war der Name Carlton in aller Munde. Ich schwenkte mein Fernglas nach rechts. Die Farben von »Mr. Somers«, wie Edward allgemein genannt wird – Blau mit weißen Rauten – zeichneten sich deutlich vor dem Hintergrund ab. Es war bereits klar zu erkennen, daß Carlton ein gewaltiges Tempo vorlegte. Alle hatten sich konzentriert an die Arbeit gemacht, und ich konnte lange nicht ausmachen, wer der zweite war.
Dann entdeckte ich St. Mirin, der geschickt hinter dem Führenden eingeschert war; Sie werden verstehen, daß ich

für einen scharlachroten Ärmel ein scharfes Auge habe, und in den Kennfarben der Montrose dominiert ebendieser Farbton. Tom Cannon auf Melton folgte dichtauf. Die drei favorisierten Pferde hatten beschlossen, auf flacher Strecke zusammen zu laufen, verfolgt von mehreren anderen, während eine weitere Gruppe, zu der auch Tyrone und Sailor Prince gehörten, es vorgezogen hatte, sich nach rechts abzusetzen.

Als sie sich dem Red House näherten, lag der Favorit noch immer in Führung, und die gewieften Reiter Archer und Cannon bereiteten sich auf die Herausforderung vor. Ich packte mein Fernglas und feuerte sie zusammen mit der Menge an. Ich konnte erkennen, daß der junge Woodburn verzweifelt versuchte, Carlton mit einen paar Fersenhieben in die Rippen anzuspornen, aber Somersets Pferd schien darauf hinzuarbeiten, als erstes den Hügel hochzustürmen.

Die drei, auf die ich den Blick fixiert hielt, ließen eine richtige Dampfwolke aufsteigen. Der Wind und die Steigung machten ihnen ordentlich zu schaffen, und es waren immer noch zwei Runden zu laufen. Carltons Galopp wurde sichtbar kürzer. St. Mirin's auch? Ich befürchtete es.

Unter einem weiteren Aufschrei der Menge löste sich Melton, um den Führenden einzuholen. Cannons nilwasserfarbene Jacke schien in erster Position aufzublitzen. Er saß gut im Sattel. Melton lieferte ein phantastisches Rennen, und Tom brauchte man nicht zu sagen, daß er gut lag. Dann, bei Jupiter, kam das Scharlachrot von St. Mirin in Sicht! Er schloß mit Carlton auf. Er zog gleich mit Melton. Er schoß in erste Position. Zu früh, fragte ich mich? Besser als abgehängt zu werden, versuchte ich mir einzureden. Ich knirschte mit den Zähnen vor Anspannung angesichts von Archers Waghalsigheit. Ich bin ein furchtbarer Angsthase, wenn ich etwas sehe, bei dem mein Geld auf dem Spiel steht.

Tom Cannon ist keine lahme Ente. Er hatte in seinen besten Zeiten jedes Classic gewonnen. 1882 hatte er das 2000-Guineen, das Derby und das Oaks abgesahnt, und er war öfter hinter Archer Zweiter gewesen, als ich es mir in diesem Stadium des Rennens in Erinnerung rufen wollte. Jetzt ließ er es darauf ankommen.

Die Peitschen waren gezückt. Jetzt waren sie so nah, daß man das Donnern der Hufe hören und das Aufspritzen des Schlamms sehen konnte. Carlton schien davonzuziehen, was einige aus der Menge zum Verstummen brachte, aber es herrschte immer noch ein ohrenbetäubender Lärm.

Ich litt tausend Tode, als Melton sich St. Mirin von der Seite näherte. Cannon ist bekannt für seinen sanften Reitstil, doch ich kann Ihnen versichern, daß er in jener letzten Runde sein Pferd so heftig peitschte, wie Archer je ein Pferd gestraft hat. Und man kann auch nicht behaupten, daß St. Mirin die Peitsche erspart blieb. Wie auch immer das Ergebnis lauten würde, jedenfalls hatte Carrie Montrose keinen Grund zur Klage, denn Archer befolgte ihre Anweisungen musterhaft.

Und ich hätte ihm vertrauen sollen. Bei wem sonst außer Archer konnte man sich darauf verlassen, daß er bei einem Kopf-an-Kopf-Rennen als Erster ins Ziel ging? Darin war er Meister. Wenn das Pferd sich ins Zeug legte und in vollem Karacho aufs Ziel zupreschte, wußte Fred genau, wann er die Peitsche verwenden und wie er sich in den Steigbügeln aufrichten mußte, um sich so weit nach vorne zu schieben, daß es praktisch seine Kappe war, die als erste durchs Ziel schoß.

45 Meter vor dem Ziel fiel Melton zurück. In seinem Derby-Jahr hätte er noch mithalten können, aber als Vierjähriger mit einem Höchstgewicht im Sattel konnte er die Anstrengung nicht durchstehen. Er warf den Kopf hoch, und ich wußte, daß er geschlagen war.
Was für einen Schrecken er mir eingejagt hatte!
Ich ließ das Fernglas sinken und feuerte St. Mirin und seinen Reiter an.
Wie oft schon ist mir vor Augen geführt worden, daß nichts in diesem Sport sicher ist. Von nirgendwo her, wie es schien, tauchte ein schwarzroter Fleck auf. Jemand forderte St. Mirin im Vordergrund heraus. Er hatte sich aus dem Hauptfeld gelöst und war im Endspurt schneller als Carlton und Melton. Ich konnte es kaum glauben, er war schneller als St. Mirin!
Archer mußte die Gefahr aus dem Augenwinkel heraus erkannt haben. Er wandte den Kopf nicht, benutzte aber wieder die Peitsche. St. Mirin und sein Herausforderer passierten den Pfosten gemeinsam. Ich war auf der anderen Seite der Linie und konnte sie nicht auseinanderhalten.
»Wer war das?« fragte ich jemanden aus meiner Begleitung.
»Sailor Prince, Sir!«
Sailor Prince! Mein Außenseiter auf 25:1!
Verstehen Sie jetzt, was ich meinte, als ich vom Cambridgeshire sprach? Dieses Pferd war in einer lächerlichen Form. Es war das älteste Pferd im Feld, ein Sechsjähriger, der das Rennen schon zweimal gelaufen war und niemals besser als mit dem neunten Platz abgeschnitten hatte!
Die Menge war in das ängstliche und verunsicherte Gemurmel verfallen, das einem unerwarteten Ergebnis folgt. Wenige hatten auf St. Mirin oder Sailor Prince gesetzt,

aber ich war doppelt zufrieden. Wie auch immer das Ergebnis lautete, ich hatte auf den Sieger gesetzt. Wer aber würde es sein?
Diese Dinge dauern immer länger, als man erwartet, und ich hasse Spannung, weshalb ich von meiner Kutsche kletterte, um die Meinung der Jockeys einzuholen.
Als ich im Wiegeraum eintraf, stieg Archer gerade von der Waage, blaß, mit Schlamm bespritzt, die Augen niedergeschlagen.
»Na, Fred, was meinen Sie?« fragte ich ihn geradeheraus. »Kommen Sie, Mann, spielen Sie nicht die verschlossene Auster.«
Als er meine Stimme hörte, schaute er herüber, verzog sein Gesicht zu etwas, das wohl ein Lächeln sein sollte, und sagte ohne große Begeisterung: »Ich glaube, ich habe ihn geschlagen, Sir.«
Ich bemerkte, wie »Tiny« White, derjenige, der Sailor Prince geritten hatte, leicht den Kopf schüttelte, aber es wurde nichts mehr gesprochen, bis wir alle draußen standen und darauf warteten, daß die Nummern in dem Rahmen aufgehängt wurden. Dann trat Sir George Chetwynd an Archer heran und fragte ihn nach seiner Meinung, woraufhin der Champion seinem vorherigen Urteil widersprach und sagte: »Ich bin geschlagen worden. Ich habe zugelassen, daß Tom Cannon mich in die Pfanne gehauen hat.«
Er hatte recht. Einen Moment später wurde Sailor Prince zum Sieger um eine Kopflänge erklärt. Es war das älteste Pferd, das je das Cambridgeshire gewonnen hatte.
Ich sagte zu Archer, er solle sich meinetwegen keine Vorwürfe machen, da ich auf den Sieger gesetzt hätte, und fragte ihn dann, was seine Bemerkung bezüglich Cannon bedeutet hätte.

»Ich hätte nicht so früh abziehen sollen«, sagte er. »Mein Pferd konnte nicht mehr, als der Außenseiter angriff.«
»Sie haben sich keine Schande gemacht, Fred«, versuchte ich ihm zu versichern.
Er warf mir einen düsteren Blick zu und sagte die letzten Worte, die ich je von ihm hören sollte: »Ich wünschte, ich könnte Ihnen zustimmen, Sir.«
Ich hielt das für eine typische Archer-Bemerkung, nachdem er ein Rennen verloren hatte, das er geglaubt hatte zu gewinnen. Armer Teufel, dachte ich, das zweite harte Rennen blüht dir erst noch, wenn Carrie Montrose dich am Wickel hat. Ich möchte eine ihrer Schimpftiraden lieber nicht erleben. Fast so entmutigend wie eine Vorladung nach Windsor nach einer durchzechten Nacht mit der Clique aus dem Marlborough House.
Ich weiß nicht, was Carrie zu Archer sagte, aber sie verkaufte am selben Abend St. Mirin, das Pferd, das sie »anbetete«, für 4500 Guineen an den Herzog von Westminster.
Und die eigentliche Geschichte des Rennens sollte erst noch kommen.

5

Nach der Untersuchung blieb ich noch für einige Zeit im Speisezimmer des Falmouth House, weil ich mich nicht den Herren von der Presse zeigen wollte. Wenn ich mir meine Umgebung so anschaute, so schien es überaus vernünftig, daß Archer beschlossen hatte, sich mit einem Revolver auszurüsten, denn das Sideboard ächzte förmlich unter der Last der silbernen Trophäen, und die Wände waren mit Gemälden vollgehängt. Vier seiner Derby-Gewinner waren da in Öl abgebildet, wobei die zentrale Position über dem Kaminsockel Arnulls Porträt von Bend Or eingeräumt war, was nicht verwundert, wenn man bedenkt, auf welch phänomenale Weise der große Fuchs Robert the Devil geschlagen hatte. Haben Sie jemals die Geschichte gehört, was Archer damals vor jenem gefeierten Rennen passierte?

(Wenn Sie ein ernsthafter Leser sind (d.h ohne einen Sinn für Humor), haben Sie meine Erlaubnis, die nächsten ein oder zwei Abschnitte zu überspringen, weil sie keine Bedeutung für den Kriminalfall haben, aber wenn Sie, wie ich, eine Schwäche für ein wenig unterhaltsamen Klatsch haben, lesen Sie weiter.

Für manche war Fred Archer ein Musterbild von Jockey, doch die volle Wahrheit war, daß er ungewöhnlich hart mit seinen Pferden umging. Er zögerte nicht, Peitsche und Sporen zu verwenden, um ein unwilliges Pferd zur Arbeit anzutreiben, und eines davon, passenderweise mit dem Namen Muley (also Maultier) Idris, nahm eines Morgens nach einem Trainingsgalopp Rache. Es packte seinen rechten Arm mit dem Maul, warf ihn zu Boden und hätte ihn totgetrampelt, wenn nicht jemand zu Hilfe gekommen wäre. Der Arm war in einem schlimmen Zustand, und bis zum Derby waren es nur drei Wochen. Archers Doktor überwies ihn in die Harley Street, und der Spezialist, der ihn behandelte, stellte sich als niemand anderer heraus als Sir James Paget, ein Mann, der von Sport so wenig Ahnung hatte, daß er bei dem Namen Epsom an ein Abführmittel dachte. Sir James verband die Wunde und sagte zu Archer, in drei Wochen würde es ihm bessergehen.
»Aber werde ich für das Derby wieder fit sein?« erkundigte sich Fred.
»Ich glaube, Sie können hin, ja.«
»Ja, aber kann ich reiten?«
»Lieber fahren, mein Junge, lieber fahren.«
Mit bewundernswerter Selbstkontrolle sagte Fred: »Ich fürchte, Sir, Ihnen ist nicht bewußt, wer ich bin.«
Sir James schaute auf seinen Block und sagte: »Wie ich sehe, habe ich die Ehre mit einem Herrn Archer ...«
»Ja, Sir James«, sagte Fred, »und ich finde, ich sollte Ihnen sagen, daß ich in meinem Beruf das bin, was Sie in Ihrem sind. Wenn ich Bend Or reite, kann ich um die zweitausend Pfund verdienen.«
»Zweitausend?« sagte der Arzt nach einer nachdenklichen Pause. »Und Sie sagen, wir sind gleichgestellt. Ich habe für

einen Pferdebiß noch nie soviel verlangt, aber für Sie, Mr. Archer, bin ich gerne bereit, eine Ausnahme zu machen.«

Um die Geschichte zu Ende zu erzählen, ging Archer bei jenem Derby mit einem fast nutzlosen rechten Arm an den Start, der von einer Eisenschiene gestützt wurde. Etwa am Tattenham Corner lag er an fünfter Stelle und sechs Längen hinter Robert the Devil. In der letzten Runde griff er nach der Peitsche, doch der Schmerz in seinem Arm war so stark, daß er sie gleich wieder fallen ließ. Wie durch ein Wunder gelang es ihm allein durch Zurufe und hervorragende Reitkünste, Bend Or davon zu überzeugen, den Vorsprung Meter um Meter zu verkürzen und schließlich die Nase vorn zu haben. Später bemerkte er mir gegenüber: »Bend Or war nicht der beste, den ich je geritten habe, Sir, aber er war der beste Kumpel. Wir haben die Kastanien gemeinsam aus dem Feuer geholt.«

Verehrte Leser von Detektivgeschichten, hier geht's weiter. Anständigerweise befand sich in dem Raum, auf einem Tisch beim Fenster, auch eine Bronzestatuette von jenem schönen Tier, St. Simon, das seine Chance verpaßt hatte, das Derby zu laufen, aber bis zuletzt ungeschlagen gewesen und nie ernsthaft herausgefordert worden war. Der Bildhauer war, wie ich bemerkte, Boehm, von ihm später mehr. Ich schaute immer noch zum Fenster, als ich laut sagte: »Ein rechtes Weihnachtsmärchen, was?«

Captain Buckfast (ich hatte ihn in der Fensterscheibe gesehen, als er hereinkam) antwortete: »Ich bitte um Verzeihung, Sir.«

»Die Untersuchung«, klärte ich ihn auf. »Eine Scheinwelt, die da vorgegaukelt wurde mit dem Ausgang, den sich jeder wünschte.« Da er auf diesen gelungenen Vergleich

nicht ansprach, wandte ich mich um und sagte: »Sie glauben doch nicht wirklich an den Urteilsspruch, oder?«
Ich war unfair, das gebe ich zu – sein zukünftiger Monarch, der ihn dazu auffordert, die Entscheidung einer britischen Untersuchungskommission anzuzweifeln. Der arme Kerl war sprachlos. Sein Mund stand offen, und in seinen Augen war eine Mischung aus Verwunderung und Panik zu lesen. Um sein Vertrauen wiederherzustellen, gab ich einen Befehl (was bei einem Soldaten niemals seine Wirkung verfehlt): »Führen Sie mich im Haus herum, Captain, und ich werde es Ihnen erklären. Sind alle außer der Familie und den Dienstboten weggegangen?«
Das waren sie, und ich begann meinen Erkundungsgang im Keller. Mein Respekt für den verstorbenen Besitzer wuchs sogar noch, als ich seinen Champagner sah – ich schätze, es waren an die zweihundert Dutzend Jahrgangsflaschen, säuberlich gestapelt. »Er trank ihn mit Maßen«, versicherte Buckfast mir in dem ehrfürchtigen Ton, mit dem man von kürzlich Verstorbenen spricht.
»Zu welcher Tageszeit?«
»Mittagessen, Sir.«
»Und woraus bestand sein Mittagessen?«
»Ein Glas davon und eine Sardine.«
»Eine Sardine?«
»Ja, Sir.«
»Und danach? Ein Quentchen Rizinusöl?« witzelte ich.
»Nein, Sir. Das aß er zum Frühstück.«
Er war völlig ernst. Ich beschloß, die intimen Vorgänge von Archers Verdauung nicht weiter zu erforschen. »Wenn ich mich recht erinnere, erwähnten Sie in Ihrer Aussage, daß Sie ihn seit vier Jahren kennen.«
»Ja, Sir.«

»Als Freund?«
»Ich nenne es gern so, ja.«
»Ein Freund, dem er sich anvertraute?«
»Bei Gelegenheit.«
Ich schien es nicht besser als der Coroner anzustellen, ihn aus der Reserve zu locken. Ich muß das Gesicht verzogen haben, denn er fügte entschuldigend hinzu: »Ich bin für meine Diskretion bekannt, Sir.«
»Daran habe ich keinen Zweifel. Würden Sie so weit gehen, daß Sie, seit dem Tod seiner Frau letztes Jahr, Archer näherstanden als sonst jemand?«
»Das würde ich, Sir.«
Ich wartete.
Irgendwann räusperte er sich und machte einen Vorstoß: »Ich kümmerte mich um seine geschäftlichen Angelegenheiten, seine Rennengagements und so weiter.«
Mein Schweigen war ergiebiger als meine Fragen.
Er fügte hinzu: »Wenn ich sage ›kümmerte mich‹, so muß ich klarstellen, Sir, daß Fred seine Entscheidungen selbst traf. Er überließ mir einfach den Papierkram.«
»Also stand er mit Feder und Tinte etwas auf Kriegsfuß?«
»Er war des Schreibens und Lesens praktisch unkundig. Er konnte kaum seine Unterschrift hinkrakeln.«
Wir stiegen die Treppe hoch in das Wohnzimmer, in dem die Untersuchung stattgefunden hatte. Auch dieser Raum war mit Ölgemälden und Stichen voll behängt, einschließlich den Porträts zweier Pferdebesitzer, für die Archer geritten war, Lord Falmouth und den Duke of Westminster. Dann wurde meine Aufmerksamkeit von einem Gegenstand auf einem Spieltisch abgelenkt, der mir vertraut vorkam. Es war ein silberner Zigarettenbehälter auf einem unbearbeiteten Stück Metall, das, wie eine Inschrift uns

mitteilte, das Stück eines Geschosses war, das auf dem Deck des Kanonenbootes *Condor* explodiert war, als mein alter Kumpel Charlie B. (Lord Charles Beresford) beim Bombardement von Alexandria zu Ruhm und Ehren kam. Ich besitze auch eines. Gott weiß, wie viele davon Charlie verteilt haben mag.

Ich machte Captain Buckfast gegenüber eine witzige Bemerkung darüber, und er begann sich ein wenig zu entspannen. Er führte mich in dem Raum umher, zeigte mir die Gewinner des Classic, und wir tauschten Erinnerungen an einige von Archers bemerkenswerten Triumphen aus. Buckfast war auf rührende Weise selber stolz auf jeden Erfolg. Seine Reserviertheit, zu diesem Schluß kam ich, war nicht Folge von Dickköpfigkeit, sondern erwuchs aus seiner Loyalität einem großen Mann des Pferdesports gegenüber, der zufällig auch noch sein Freund gewesen war, und ich mochte ihn deshalb um so mehr.

»Freds Leistungen werden nicht so schnell zu übertreffen sein«, bemerkte ich, noch in deutlicher Erinnerung an die Nachrufe, die ich gelesen hatte. »Dreizehn Jahre hintereinander der Champion der Jockeys und über zweitausendsiebenhundert Siege.«

»Zweiundzwanzig von ihnen Classics«, steuerte Buckfast bei.

»Schlimm, das mit dem Selbstmord«, fügte ich beiläufig hinzu. »Ich kann verstehen, warum man die Untersuchung so kurzfristig anberaumt hat, oder ich glaube, es zu verstehen. War das Ihr Zutun, Captain?«

»Das der Familie«, sagte er. »Mr. Archer senior und Freds Bruder Charles wollten es so. Nachdem diese schreckliche Sache passiert war, wollten sie ihn, äh – «

»So schnell wie möglich beerdigen?«

Buckfast räusperte sich und flüsterte vertraulich: »Er war an den Zugriff der Presse gewöhnt, aber die Familie ist es nicht.«
»Gewiß. Sie wollen, daß die Sensationsjäger gar nicht erst zum Zuge kommen.«
»Genau, Sir.«
Ich nickte und bemerkte: »Ich glaube, jeder hat auf bewundernswerte Weise mitgeholfen.«
Entweder entging ihm meine Ironie, oder er beschloß, nicht darauf einzugehen. Er lächelte ein wenig betreten und sagte: »Möchten Sie gerne das türkische Bad sehen, Sir?«
Das türkische Bad, in dem allen Berichten zufolge der arme Archer den größten Teil seiner Zeit zu Hause verbracht hatte, lag außerhalb, hinter der Küche, und bestand aus zwei gefliesten Räumen. Wir standen einen Moment lang im Heißluftraum inmitten von Rohren und Holzlatten und kamen in der Abgeschiedenheit dieses Raumes auf die eigentliche Bedeutung der Untersuchung zu sprechen.
»Ich würde gern näher auf meine Bemerkungen von vorhin eingehen«, äußerte ich. »Ich habe keinen Anlaß zu glauben, daß irgend jemand bei der Befragung unaufrichtig war. Ich habe nur bemerkt, daß einige der Aussagen widersprüchlich waren. Nehmen wir zum Beispiel die Krankheit, die den armen Archer heimgesucht hatte.«
»Typhoides Fieber.«
Ich zog eine Augenbraue hoch. »So hat es uns der Doktor praktischerweise mitgeteilt. Praktischerweise deshalb, weil es wohlbekannt ist, daß Typhus zu Halluzinationen führt. Ich selbst habe darunter gelitten.«
»Und die ganze Nation litt mit Ihnen, Sir.«
»Wie freundlich von Ihnen, das zu erwähnen.«

Nach einer angemessenen Pause fragte Buckfast: »Sind Sie der Diagnose gegenüber skeptisch, Sir?«
»Vielleicht erinnern Sie sich daran, daß der Doktor bei der Befragung sagte, daß er und sein Kollege am Samstag nachmittag Typhus diagnostizierten.«
»Ja, richtig.«
»Wie seltsam ist es dann, daß Mrs. Coleman nicht davon unterrichtet wurde. Sie glaubte, ihr Bruder litte an einer schweren Erkältung. War es nicht das, was sie sagte?«
»Gewiß, da scheint eine Diskrepanz vorzuliegen ...«
»Wann wurde *Ihnen* denn mitgeteilt, daß er an Typhus litt?«
»Gestern, Sir.«
»Nachdem er sich erschossen hatte?«
»Ja, genau.«
»Nicht am Samstag, als, wie der Doktor behauptet, die Diagnose gestellt wurde?«
»Nein, Sir.«
»Kommt Ihnen das nicht seltsam vor?«
Buckfast zögerte. »Ich hege keinen Zweifel daran, daß er am Ende der Woche sehr krank war, Sir. Er fieberte. Eine sehr hohe Temperatur.«
»Zweifellos«, pflichtete ich ihm bei, » – ein paar Tage lang. Am Samstag und Sonntag ging es ihm miserabel, aber gestern saß er wieder im Bett und unterhielt sich.«
Buckfast nickte. »Völlig richtig, Sir.«
Ich sagte in vernünftigem Ton: »Das klingt ganz und gar nicht nach dem Typhus, den ich durchgemacht habe. Ich war drei Wochen lang zwischen Leben und Tod. An eine schwere Erkältung mag ich glauben, aber Typhus ...«
Buckfast stand kerzengerade da und sagte nichts.
»Natürlich«, fuhr ich fort und genoß es richtig (sehen Sie,

wie ich zu einem Detektiv erblühte?), »wenn jemand alle Logik auf den Kopf stellen und Ursache und Wirkung vertauschen wollte, käme man auf eine mögliche Erklärung. Selbstmord ist gleich Gehirnfieber ist gleich Typhus. Ein wohlmeinender Hausarzt könnte es als seine Pflicht betrachten, eine solche Diagnose zu stellen.«

Buckfast hielt es für angebracht, die medizinische Zunft zu verteidigen. »Da war noch die Sache mit dem Abschweifen.«

»Ach, das Abschweifen«, sagte ich. »Jeder gab sich große Mühe, diese zeitweilige Geistesabwesenheit zu erwähnen. Das ist immerhin eine wohlbekannte Begleiterscheinung von Typhus. Das heißt, jeder außer der Krankenschwester.«

»Ich dachte, sie hätte davon gesprochen«, sagte Buckfast mit einem Stirnrunzeln.

»Der Coroner tat es, als die Krankenschwester ihre Aussage machte. Er fragte sie insbesondere, ob der Patient mit seinen Gedanken woanders gewesen sei. Das verneinte sie. Sie sagte, sie sei ganz sicher, daß das nicht der Fall war.«

»Vielleicht war sie gerade draußen, als es geschah«, brachte der Captain vor.

»Möglich«, sagte ich und schlug dann, nicht ohne ironischen Unterton, vor: »Gehen wir weiter? Die Belüftung in diesem Raum läßt etwas zu wünschen übrig.«

Wir begaben uns in den Wintergarten. Auf dem Weg begegnete uns Mrs. Coleman. Ich glaube nicht, daß sie mit angehört haben konnte, was wir im türkischen Bad besprochen hatten. Sie brachte einen passablen Hofknicks zustande, den ich mit einem Nicken entgegennahm, weil man unter diesen Umständen wohl kaum lächeln konnte.

In Aussehen und Körperbau ähnelte sie sehr ihrem Bruder, wenngleich sie besser genährt war. Sie hatte immer noch rote, verweinte Augen, was mich daran erinnerte, daß die Familie wohl kaum übermäßig begeistert davon sein würde, wenn man das Urteil der Kommission in Frage stellte. Wie auch immer, wenn Archer, wie ich vermutete, in den Selbstmord getrieben worden war, war jemand dafür verantwortlich und mußte dafür zur Rechenschaft gezogen werden.

Inmitten der Farne und Palmen machte ich rasch den einzigen Wiener Stuhl, der mit Kissen gepolstert war, aus und ließ Buckfast eine Flasche von Archers Jahrgangsschaumwein holen. Wie ich ihm mit vernünftigen Argumenten auseinandersetzte, hatte der Besitzer ja sowieso keinen Nutzen mehr davon. Da mir Archers Ruf als Geizhals bekannt war – nicht umsonst nannte man ihn ja den Tinman, den Sparbüchsenmann –, möchte ich insgeheim bezweifeln, daß er uns zu Lebzeiten auch nur ein Glas Bier angeboten hätte, aber man soll ja von den Toten nicht schlecht reden, und so wollte ich im Zweifelsfall zu seinen Gunsten entscheiden und entkorkte seinen Champagner, sobald er gebracht worden war. Außerdem bot ich Buckfast eine Zigarre an. Ich gebe nicht oft eine von meiner Spezialmarke an einen praktisch Fremden. Doch in meinem Kopf begann der Gedanke Form anzunehmen, daß der Captain mir noch zu Diensten sein konnte. Als er mir ein Glas eingeschenkt hatte, forderte ich ihn auf, mir gegenüber Platz zu nehmen. Ohne viel Umstände klemmte er eine Streichholzschachtel zwischen die Knie, strich mit seiner heilen Hand ein Zündholz an und hielt es mir hin. Die Hand zitterte ein wenig, als sie sich meiner Zigarre näherte, aber bei wem wäre das nicht der Fall gewesen? Alles in allem verkörperte er all

das, was einen britischen Offizier so auszeichnet: Fähigkeit, gute Manieren und Loyalität der Krone gegenüber.
»Erzählen Sie mir von sich«, forderte ich ihn herzlich auf. »Haben Sie, wie ich, Familie?« (Dieses *wie ich* ist meine Methode, damit sich mein Gegenüber entspannt).
»Nein, Sir.« (Es klappt eben nicht immer.)
»Wie sind dann Ihre Verhältnisse?«
»Ich bin Junggeselle und habe mehrere Räume in London. Jermyn Street.«
»Eine gute Adresse«, sagte ich zu ihm. »Nicht weit von mir. Ich habe eine Wohnung in Pall Mall.«
»Ich weiß, Sir.«
»Und Sie waren einige Zeit bei der Armee? Beim Garderegiment?«
»Kavallerie, Sir. Die Siebzehnten Ulanen. Ich wurde im Zulu-Krieg in Kambula verwundet.«
»Verdammtes Pech.«
»Ich machte Bekanntschaft mit einem *assagai.«*
Ich schüttelte mitfühlend den Kopf. »Eine wilde Bestie.«
»Es war ein Speer, Sir.«
»Ich bezog mich auf den Eingeborenen, der ihn warf, Captain. Also kehrten Sie nach England zurück mit einer großzügigen Pension, will ich hoffen.«
»Sie ist ausreichend, Sir. Ich habe bescheidene private Einkünfte.«
»Und Sie wissen genug über Rennen, um ab und zu einmal ein paar Penny dabei zu verdienen?«
Er schenkte mir die Spur eines Lächelns. »Man weiß nie genug, leider.«
»Wie wahr!«
Er fügte hinzu: »Ich besaß ein Pferd, das das 2000-Guineen gewann und beim Derby zweiter wurde.«

»Oh! Welches war das?«
»Paradox.«
Ich war mehr als nur ein wenig beeindruckt. Er sprach von einem der herausragendsten Vollblüter der letzten Jahre. »Sie waren der Besitzer von Paradox? Ich dachte, er gehörte Brodrick-Cloete?«
»Ich habe ihn als Zweijährigen verkauft.«
»Schade. Was haben Sie für ihn bekommen?«
»Sechstausend. Ich hatte ihn für siebenhundert als Jährling gekauft.«
»Nicht schlecht! Jetzt weiß ich, warum Archer Sie sich warmhielt.« Wir stießen an, und ich schaute ihm forschend in die Augen. »Ich möchte offen zu Ihnen sein, Captain«, teilte ich ihm ohne lange Vorreden mit. »Nach all dem, was ich heute nachmittag gehört habe, glaube ich nicht, daß Archer durch den Typhus wahnsinnig geworden war. Ich glaube, er hat sich bei vollem Bewußtsein erschossen. Schockiert Sie das?«
Er war einen Moment lang still. »Warum sollte er etwas Derartiges tun, Sir?«
Ich ließ mein Glas sinken und beugte mich vor. »Das ist der Haken dabei, Buckfast, das ist genau der Haken. Ich hoffe, Sie können mich aufklären. Wir haben gehört, daß er sehr niedergeschlagen war. Stimmt das? Als Sie ihn gestern mittag verließen, war er glücklich und zufrieden. Waren das nicht Ihre eigenen Worte?«
»Nun, gewiß. Das war mein deutlicher Eindruck von ihm, Sir.«
»Und doch haben der Doktor und die Krankenschwester berichtet, daß er seelisch in schlechter Verfassung war. Er sagte zu ihnen, er würde sterben.«
Buckfast senkte einen Moment lang die Augen und legte

nachdenklich das Kinn auf die Faust. »Sie müssen damit einen viel früheren Zeitpunkt gemeint haben. Der Doktor ging um halb zehn weg. Um die Mittagszeit, als ich weg-ging, hatte sich Freds Zustand sehr gebessert. Sie können Mrs. Coleman fragen.«

»Ich finde, wir sollten sie jetzt nicht belästigen.«

»Ich hätte nicht im Traum daran gedacht, wegzugehen, wenn ich den Eindruck gehabt hätte, er sei niedergeschlagen, Sir. Ich mochte Fred gern. Ich habe ihn in so mancher schlimmen Situation erlebt – verleumderische Angriffe von Leuten, die es besser wissen müßten, der Tod seines ersten Kindes und seiner Frau. Ich nahm ihn damals mit nach Amerika, damit er seinen Kummer überwand. Wenn Sie einen Mann in den tiefsten Tiefen der Verzweiflung erlebt haben, kennen Sie die Anzeichen dafür. Er war ganz friedlich, als ich ihn das letzte Mal gesehen habe. Das schwöre ich.«

Für einen normalerweise zurückhaltenden Mann war das eine außerordentlich bewegende Rede gewesen. Buckfast war ziemlich errötet, während er sprach. Er zog ein Taschentuch hervor und wischte sich die Augenwinkel.

Ich füllte sein Glas wieder auf. »Jetzt, wo er nicht mehr ist, was haben Sie vor zu tun?«

»Ich hatte bisher kaum Zeit, darüber nachzudenken, Sir. Ich habe den Coroner durch das Haus geführt und Vorbereitungen für die Beerdigung getroffen. Danach wird man mich zweifellos bitten, den Testamentsvollstreckern beim Ordnen der Papiere zu helfen.«

»Wenn diese Pflichten erledigt sind, könnten Sie sich vorstellen, mir einen Dienst zu erweisen?«

Er rührte nicht einen Muskel, aber seine Augen glänzten wie der Kohinoor. Ich glaube, er dachte, ich würde ihm ei-

ne Stellung als mein Rennmanager anbieten. »Wessen auch immer Sie mich für fähig halten, Sir.«
Ich sagte: »Auch ich hielt große Stücke auf Archer, und ich gebe mich nicht damit zufrieden, zu glauben, daß das, was wir heute gehört haben, die ganze Wahrheit ist. Ich werde selbst einige Nachforschungen anstellen – bei größter Geheimhaltung –, und Sie sind bestens dafür geeignet, mich bei diesem Vorhaben zu unterstützen.«
Er sah eine Spur geknickt aus, fand ich, aber es spricht für ihn, daß er sofort sagte: »Es wird mir eine Ehre und ein Vergnügen sein, Sir.«
»Nicht viel Vergnügen, vermute ich«, sagte ich.
»Wie kann ich behilflich sein?«
Ich stellte mein Glas beiseite und rückte etwas vor. »Von all den Worten, die bei der Untersuchung gesagt wurden, fesseln mich zwei ganz besonders. Warum? Weil sie die letzten waren, die Archer je sprach.«
»Kommen sie?«
Ich nickte. »Eine einfache Frage, aber was für eine schreckliche Bedeutung sie unter diesen Umständen bekommt. ›Kommen sie?‹ Was kann er damit gemeint haben? Dem Coroner scheint dieser Punkt völlig entgangen zu sein. Wahrscheinlich tut er die Worte als das Gestammel eines wahnsinnig Gewordenen ab. Wahnsinnig geworden? Oder gequält? Das ist es, was wir herausfinden müssen, Captain.«
Seine Augen waren weit aufgerissen. »Also glauben Sie, Sir, er erwartete, daß jemand in sein Haus kommen würde? Jemand Reales?«
Ich antwortete: »Ich bezweifle, daß er die vier Reiter der Apokalypse meinte. Mrs. Coleman stand am Fenster und schaute hinaus, und Archer dachte, sie hätte irgendwelche

Besucher gesehen, was ihn so ängstigte, daß er zur Pistole griff. Captain, haben Sie irgendeine Idee, wer das hätte sein können?«

Er schüttelte den Kopf. »Jeder Jockey ist ein potentielles Opfer für kriminelle Elemente, Sir. Es gibt eine Menge schräger Typen, die sich am Rande des Rennsports herumtreiben.«

Ich nickte. Wir beide kannten die Versuchungen, die sich Jockeys boten, und Archer war mehr als einmal aufgefordert worden, ein seltsames Resultat zu erklären, aber er hatte die Rennbehörden jedesmal überzeugt. In all den Jahren war er nur einmal suspendiert worden, und das als grüner Junge von vierzehn.

Ich fragte: »Hatte er irgendwelche Feinde unter den Jokkeys?«

»Nicht, daß ich je gehört hätte. Rivalen, ja. Fordham, Cannon, Wood. Auf der Rennbahn kannte er kein Pardon, und das wußten sie. Aber sie respektierten ihn.«

Ich zog meine Uhr hervor. Ich hatte mich schon länger aufgehalten, als ich vorgehabt hatte. Meine Geburtstagsgäste würden sich in weniger als drei Stunden in der Vorhalle von Sandringham House versammeln. »Nun gut. Vor uns liegt offensichtlich einiges an detektivischer Arbeit, die erledigt werden muß. Sind Sie mit von der Partie? Es steht Ihnen frei, abzulehnen, wenn Sie nicht möchten.«

»Ich werde mein Bestes tun, um Ihnen dienlich zu sein, Sir.«

»Gut. Wie ist Ihr Vorname?«

Die Frage brachte ihn ein klein wenig aus der Fassung. »Charles, Sir.«

»Nennen Sie Ihre Freunde so?«

»Sie nennen mich Charlie, Sir.«

»Das ist gut genug für mich. Nun, Charlie, ich heiße Albert Edward. Bertie für meine engsten Freunde, aber Sie bleiben wohl besser beim Sir.«
»Wie Sie wünschen, Sir.«
»Hier sind Ihre Instruktionen. Durchforsten Sie Ihr Gedächtnis nach einem Vorfall, der Archer betrifft und der darauf hindeuten könnte, daß er bedroht wurde. Sie sagen, daß seine Testamentsvollstrecker in den nächsten paar Tagen wohl Ihre Hilfe beim Ordnen der Papiere benötigen werden. Sehen Sie sich diese Papiere genau an, bevor Sie sie weitergeben, selbst wenn das bedeutet, daß Sie die ganze Nacht aufbleiben müssen. Suchen Sie in den Rechnungen, seinen Briefen, seinem Wettbuch nach allem, was von Bedeutung sein könnte. Ich möchte einen Bericht, wenn ich Sie das nächste Mal sehe, und, wie ich hoffe, auch einige vielversprechende Vorschläge, wie die Nachforschungen weitergehen sollen.«
»Wird das bei der Beerdigung sein, Sir?«
»Ich glaube nicht, Charlie. Ich werde einen persönlichen Vertreter schicken.«
»Aber wie werde ich Ihnen dann Bericht erstatten? Brieflich?«
»Um Himmels willen, nein. Wir werden uns privat treffen. Das hier ist eine streng geheime Untersuchung.« Ich stand auf und griff nach meinem Hut. »Wie war der Name von dem Kammerdiener – der Mensch, der den Revolver in das Nachtschränkchen legte?«
»Sarjent, Sir.«
»Ich würde ihn gerne sehen, wenn er noch im Haus ist. Und würden Sie meine Kutsche rufen lassen? Sie wartet auf der Landstraße hinter der Kirche.«
Man sagt mir nach, ich sei pingelig, was meine Kleidung

angeht, und ich vermute, daß das gerechtfertigt ist. Für ein Mitglied des europäischen Hochadels habe ich keine große Garderobe, aber was ich habe, ist nur vom Feinsten, und ich lege viel Wert darauf, es auch so zu erhalten. Als Sarjent eintraf, sagte ich: »Wissen Sie, wer ich bin?«

Ich hätte mir meine Frage sparen können. Bei meinem Anblick überlief ihn eine Gänsehaut. Er war ein großer, gertenschlanker Mann von etwa fünfundzwanzig. »Ich glaube, Ihre Königliche –«

»Wie lange haben Sie für Mr. Archer gearbeitet?«

»Vier Jahre, Sir, zuerst als Knecht.«

»Er muß eine gute Meinung von Ihnen gehabt haben. War es Ihre Aufgabe, das Haus zu hüten, wenn er weg war?«

»Ja, Sir.«

»Haben Sie jemals etwas Verdächtiges bemerkt? Eindringlinge, etwas in der Art?«

»Niemals, Sir.«

»Was genau hat Mr. Archer gesagt, als er Sie bat, das Haus zu hüten?«

»Er sagte, er wolle vermeiden, daß man einbricht, wenn er weg war, Sir.«

»Ein verständlicher Wunsch. Und waren Sie als Kammerdiener so gut wie als Bewacher?«

»Ja, Sir.«

»Dann nehmen Sie diesen Hut und diesen Mantel und bürsten Sie sie ordentlich. Ich möchte sie in zehn Minuten wiederhaben, in der Eingangshalle.«

Er war schneller zurück, was ungünstig war, denn ich kam gerade, begleitet von einem Wasserrauschen, aus der Toilette. Als er mir in den Mantel geholfen hatte, ließ er das Zweishillingstück fallen, das ich ihm als Trinkgeld gegeben hatte, und zog sich errötend zurück.

Mein Mitdetektiv, Charlie Buckfast, hatte einen zeitlich besser abgepaßten Auftritt.
Um unser Geschäft zu beschließen, sagte ich vertraulich zu ihm: »Ich werde in ungefähr einer Woche ein Treffen mit Ihnen in London arrangieren. Gelegentlich habe ich Verpflichtungen im Metropolis, privater Natur.«
Er sagte ungerührt: »Meine Räume in der Jermyn Street stehen jederzeit zu Ihrer Verfügung, Sir.«
Ich blinzelte und sagte: »Sie geben mir Anlaß zu Hoffnung, Charlie.«

6

Und jetzt wollen wir zusammen das Tanzbein schwingen. Betrachten Sie sich als meine Gäste auf dem County-Ball in Sandringham am Freitag, dem 12. November 1886. Bringen wir mit meinem Lieblingstanz, dem *Triumph*, die Kronleuchter zum Klirren. Man muß ihn mit Leidenschaft tanzen, wissen Sie, und Signor Curti und seine Musiker werden kein Pardon geben, bis ich ihnen das Zeichen zum Aufhören gebe.

Für den Fall, daß Sie gemeint haben, Sie würden ihn auslassen können, muß ich Sie leider warnen – in meinem eigenen Ballsaal bin ich ein Tyrann. Niemand darf sich drücken.

Ich nehme Lady Randolph Churchills Hand und führe sie auf die Tanzfläche. Soweit ich es beurteilen kann, braucht Jenny eine Aufmunterung. Sie war ungewöhnlich niedergeschlagen, seit sie ankam, und man munkelt, sie und Randolph hätten kaum ein Wort miteinander gewechselt, bevor sie hier eintrafen. Das uralte Problem. Nicht für den gesamten Tee Chinas wollte ich an Randolphs Stelle sein, wenn sie ihm mit diesen wundervollen violett getönten Augen Vorwürfe macht. Aber durch die weißen Spitzenhandschuhe hindurch fühlt sich Jennys Hand warm an, und ich bemerke nicht die geringste Verspannung in den Fingern, als Randolph sich Lady de Grey zuwendet und sie auffordert, mit ihm ein Tanzgrüppchen zu bilden. Randolph, dieser alte Fuchs, in allem ein Politiker. Gladys de Grey ist eine schwarzhaarige Schönheit, die direkt einem Gemälde von Goya entsprungen scheint, ganz Leidenschaft und Feuer, aber sie hat letztes Jahr zum zweitenmal geheiratet und ist so vernarrt in ihren edlen Earl, daß sie die ungefährlichste Frau im Saal ist, mit der sich Randolph zeigen könnte.

Bevor Curti seinen Taktstock hebt, entdecke ich ein paar Drückeberger hinter den Säulen, wo sie gerne Zuflucht nehmen, wenn der *Triumph* angesagt wird. »Die Lakaien haben Anweisung, die Namen aller Deserteure zu notieren!« rufe ich und wiederhole für den Duc de la Trémouille den Satz auf französisch. Das erschreckt ihn so sehr, daß er den dicklichen Unterarm der Frau des Lord-Lieutenant packt und sie auf die Tanzfläche schleppt, wo sie sich einer Gruppe anschließen, die von meiner lieben Gattin Alix und dem Comte de Paris angeführt wird.

Ich lächele Jennie zu. »Sind Sie bereit, meine Liebe?«

»Wann immer Sie es wünschen, Sir.«

Soll das anzüglich sein? Ich bin mir nicht sicher, werfe ihr aber einen der Blicke zu, die ihren Zweck, nämlich eine hübsche Wange zum Erröten zu bringen, niemals verfehlen. Dann nicke ich Curti zu, und es erklingen die Eröffnungsakkorde. Die Herren verbeugen sich, die Damen machen einen Knicks, und das sind die ersten und letzten statischen Bewegungen in diesem Tanz. Wir stürzen uns in den wildesten Galopp, den Sie sich vorstellen können, und lassen Röcke und Frackschöße fliegen. Jennie und ich führen die Reihe an, die Mittelreihe hinauf und wieder hinunter, vorbei an einem verschwommenen Fleck aus roten und schwarzen Jacken und Taftkleidern in allen Schattierungen. Sie muß sich notgedrungen an mich klammern, um sich aufrecht halten zu können, und ich möchte nicht leugnen, daß das eine der Attraktionen des Tanzes ist. Ich habe die Absicht, in diesem Bericht meiner Abenteuer offen von meinen Liaisons zu sprechen, und das werde ich, also müssen Sie mein Wort darauf nehmen, daß ich mit Jennie nie im Bett war – unsere Vertraulichkeiten sind rein platonisch. Das heißt bis zu dem Zeitpunkt, an dem ich dies schreibe.

Wir treten beiseite, um die weniger stürmischen Tanzkünste des nächsten Paares, des Comte und der Comtesse de Paris zu beobachten, die meine wichtigsten Gäste sind. Die Ärmsten, sie leben seit ihrer Vertreibung aus Frankreich im Sheen House. Wer erhöbe da noch Ansprüche auf den französischen Thron? Und bedenken Sie, selbst ein eingefleischter Gegner der Republik muß der Comtesse gegenüber Ressentiments haben, die Pfeife raucht (beim Tanzen nicht) und sich bei jeder nur erdenklichen Gelegenheit von meinen Zigarren bedient.

Meine Sympathien für die Royalisten von der anderen Seite des Kanals sind wohlbekannt und in gewissen Kreisen berüchtigt. Als ich nach dem Fall des Second Empire Kaiserin Eugénie Chiswick House anbot, wurde ich nach Windsor gerufen, um mich zu erklären. Man teilte mir mit, daß mein Handeln diplomatisch unangebracht sei, was mir die Gelegenheit gab, zu antworten, daß man mir, der ich von den Diplomaten nie ins Vertrauen gezogen würde, wohl kaum den Vorwurf machen könnte, sie nun in Rage zu bringen.

Als wir weitertanzen, sehe ich Jennie an, doch ihre Augen ruhen auf Randolph oder der Dame, mit der er tanzt, also lasse ich die meinen zum hinteren Ende des Ballsaales schweifen, wo ich einem durchdringenden Blick aus einem Gesicht begegne, das die Verwüstungen von sechzehn heroischen Jahren in meinen Diensten trägt: Sir Francis Knollys. Wer würde glauben, daß Knollys in der Lage war, meine Aufmerksamkeit von der faszinierenden Lady Churchill abzulenken?
Sehen Sie, das ist nämlich der Tag des Begräbnisses von Fred Archer in Newmarket. Da es mir unmöglich gewesen ist, daran teilzunehmen, habe ich einen gigantischen Kranz und Knollys geschickt. Und jetzt warte ich ausgesprochen ungeduldig auf seinen Bericht.
Ich beschließe, Gnade vor Recht walten zu lassen und den Tanz ausnahmsweise nur zweimal wiederholen zu lassen, und meine Gäste lassen sich erleichtert auf die nächsten Stühle sinken. Unglücklicherweise ist mit dem Abendessen in den nächsten zwanzig Minuten noch nicht zu rechnen. Nachdem ich Jennie zu ihrem Gemahl zurückgebracht habe, sage ich zu Signor Curti, er solle eine langsame Quadrille für uns anstimmen, was mir zumindest die Möglichkeit einer Unterhaltung gibt. Dann gebe ich Knollys ein Zeichen.
Wir bilden ein Viereck, bestehend aus mir und Alix, Prinz Christian und meiner Schwester Lenchen, dem Comte und der Comtesse de Paris und ihrer jungen Tochter Hélène, der Princesse d'Orléans, deren Partner Knollys ist. Das Tempo stellt keine großen Anforderungen, und so kann ich jedesmal, wenn ich nahe genug an Knollys bin, leise eine Frage an ihn loswerden.
»Ein angemessenes letztes Geleit für den Tinman?«

»In der Tat, Sir. Mehr als dreißig Kutschen.«
»Viele Kränze, vermute ich?«
»Mehr als ich zählen konnte. Sie versperrten die Halle und das ganze Treppenhaus.« Mit diesen Worten tritt Knollys beiseite, und ich finde mich meinem ungehobelten Schwager gegenüber, der mich mit seinem heilen Auge fixiert. Christian hat Ambitionen, in den Rennsport zu gehen, und muß etwas aufgeschnappt haben, denn er sagt so laut, daß es für die gesamte Gruppe hörbar ist (außer vielleicht für Alix): »Ihr sprecht wohl von dem toten Jockey. Wo hat man den armen Kerl begraben?«
Lenchen schlägt mit der Hand nach ihrem tolpatschigen Mann und sagt: »Das ist wohl kaum ein Thema für den Ballsaal, mein Lieber.«
Knollys murmelt verlegen etwas vom örtlichen Friedhof, und die junge Hélène erkundigt sich strahlend: »Friedhof? *Que veut dire ceci?*«
Alix, die die schrille Bemerkung des Kindes aufgeschnappt hat und immer dankbar für eine Gelegenheit ist, zu den höflichen Plaudereien beizutragen, versorgt unsere französischen Gäste mit einer Definition des Wortes und ergänzt dann ihr Vokabular mit noch einigen anderen wie *mausoleum, sepulchre* und *crypt.* In der Zwischenzeit bin ich nahe genug bei Knollys, um zu fragen: »Haben Sie eine Liste von den Kränzen angefertigt?«
»Soweit es möglich war, Sir.«
»Und außer meinem ...?«
»Lord Falmouth, sein erster Herr.«
»Natürlich. Und ...?«
»Der Duke of Westminster.«
»Oh, wo denn?« sagt Alix und schaut sich im Saal um. »Ich habe ihn gar nicht gesehen.«

»Die Markgräfin von Ormonde«, fährt Knollys fort, der ebenso wie ich daran gewöhnt ist, daß Alix nur die Hälfte mitbekommt. »Graf Kinsky.«
»So 'übsch!« murmelt die Comtesse, die auch nicht durchblickt.
»Sir George Chetwynd.«
Es wächst sich langsam zu einer Auflistung der gesamten Rennaristokratie aus.
Nachdem ich mir alles angehört habe, sage ich voller Zuversicht: »Mein Kranz war wohl der größte, nehme ich an?«
Der Fortgang des Tanzes zwingt mich dazu, auf eine Antwort zu warten, und als sie kommt, zeigt Knollys wieder einmal seine diplomatischen Fähigkeiten: »Er machte alle Ehre, Sir.«
Ich blinzle vor Überraschung. »Nicht der größte?«
Er schüttelt den Kopf.
Ich sage ihm ins Ohr, als wir aneinander vorbeikommen: »Sagen Sie mir, wer hat sich denn so sehr vergessen, einen Kranz zu schicken, der größer ist als meiner?«
»Die Herzoginwitwe von Montrose.«
»Carrie Montrose?« sage ich empört.
»Wer ist diese Montrose?« fragt die Comtesse.
»Mes sentiments, exactement«, sage ich zu ihr.
Das Abendessen wird im Speisesaal eingenommen. Die Kapelle des Norfolk-Regiments spielt Bizet, während ich bei meinen französischen Gästen den Gastgeber spiele – ganz zu schweigen von den dreihundert anderen, die sich auf die *Mousse de Saumon aux Concombres* und die *Ortolans à l'Aspic* stürzen, als hätten sie seit vierzehn Tagen nichts mehr zu essen bekommen. Ich vermute, daß es das Tanzen ist, was den Appetit anregt. Der Duc de la Trémouille

macht sich über die *Noisette d'Agneau à l'Anglaise* her, als wollte er Rache für Waterloo nehmen.

Nach den Erdbeeren werden die Teller abgeräumt, Kaffee und Zigarren herumgereicht, und ich werde zum Objekt vorübergehenden Interesses, weil niemand wagt, sich zu erheben, um einem natürlichen Bedürfnis nachzugeben, bevor ich von meinem Stuhl aufstehe.

Ich erhebe mich und mache eine ausladende Geste, die für jeden, der es nötig hat, Erleichterung signalisiert. Dies ist auch das Zeichen für verspielte Debütantinnen, ihren Anstandswauwaus zu entschlüpfen und auf den Korridoren Rendezvous zu verabreden.

Ich gehe zu dem Tisch hinüber, an dem Francis Knollys mit einigen Gleichgesinnten sitzt, darunter auch Christopher Sykes und Lord Arthur Somerset, der uns allen im Marlborough House unter dem Namen Podge bekannt ist.

Bevor das Tanzen wiederaufgenommen wird, beabsichtige ich, einen vollständigeren Bericht von der Beerdigung einzuholen. Der Leichenzug, teilt uns Knollys mit, bestand aus sechs Kutschen mit trauernden Familienmitgliedern, dem Leichenwagen selbst, einem großen Wagen, der mit Kränzen und Blumenspenden beladen war, und an die zwanzig Privatkutschen. Obwohl die wichtigsten Rennpferdbesitzer es nicht für passend erachtet hatten, teilzunehmen, war der Rennsport würdig vertreten durch Mr. Tattersall von der berühmten Firma; durch John Porter und Tom Jennings, zwei der bedeutendsten Trainer der vergangenen Jahre; Tom Cannon, Freds alten Rivalen im Sattel; und meinen Mitdetektiv, Charlie Buckfast. Völlig unpassend als Mitglied einer solchen Gesellschaft (ich bin gezwungen, das Ungeheuer zu erwähnen, weil es in unserer Geschichte noch eine Rolle spielen wird) war Abington

Baird, der berüchtigte Gentlemanreiter, der unter dem Namen »der Squire« bekannt ist.

Der Leichenzug brach um zwei Uhr nachmittags in Falmouth House auf und verlief ungefähr eine Meile die Straße neben dem Rennplatz entlang, vorbei an einer undurchbrochenen Reihe von Stallburschen, die rührenden Respekt für Fred bezeugten, indem sie wie Ehrengardisten bei einem Staatsbegräbnis Aufstellung nahmen. In der langen Hauptstraße von Newmarket, in der jeder Laden geschlossen und an jedem Fenster die Jalousien heruntergezogen waren, standen die Bewohner des Städtchens in drei und vier Reihen am Straßenrand, ungeachtet des Regens. Nur der engste Familienkreis betrat die kleine Kapelle für den Trauergottesdienst. Dann wurde Archer in einem Grab, das mit Lorbeer und weißen Chrysanthemen geschmückt war, zur letzten Ruhe gebettet, neben den Gräbern seiner Frau und seines im Kindesalter verstorbenen Sohnes. Ich hörte, daß sein Vater vom Kummer zu sehr überwältigt war, um teilzunehmen.

»Wurde etwas über den Selbstmord gesagt?« frage ich Knollys.

»Durch den Pfarrer, Sir?«

»Durch überhaupt jemand.«

»Es wurde allgemein von einer schrecklichen Tragödie gesprochen.«

»Nicht von einem Rätsel?«

»Nicht, daß ich gehört hätte, Sir.«

»Podge« Somerset hat bisher äußerst interessiert zugehört, zieht sich jetzt aber zurück und widmet sich mit unangebrachter Intensität seiner Zigarre, als wäre sie ihm gerade in die Hände geflogen. Solche Rückzüge lasse ich nicht gelten.

»Was wissen Sie darüber?« frage ich.
»Nichts, was auch nur die Erwähnung wert ist«, weicht er aus.
»Heraus damit, Podge. Sie mögen ganz gut gepolstert sein, aber Sie sind doch leicht zu durchschauen.«
Er wird puterrot. »Ich möchte mir nur die Bemerkung erlauben, Sir, daß es mich nicht überrascht, daß Archer sich erschossen hat. Er war nicht besonders gut angeschrieben nach dem Cambridgeshire.«
»Oh! Bei wem?«
»Bei meinem Bruder Edward zum Beispiel.«
»Worüber hat sich denn Edward zu beschweren? Sein Pferd wurde deutlich geschlagen.«
»Es wurde gestoppt.«
Ich starre ihn verblüfft an. Er will mir sagen, daß Carlton, der Favorit 4:1, nicht gewinnen durfte. Man hört oft unbegründete Beschwerden, wenn ein Favorit nicht hält, was er verspricht, aber das kommt dann vom Besitzer. Und wenn es stimmt, dann zieht es zumindest eine Untersuchung durch den Jockey-Club nach sich.
Ich versuche, der Logik dessen, was er gerade angedeutet hat, zu folgen, aber er hat mich ganz durcheinandergebracht. Selbst wenn Carlton gestoppt *wurde*, warum sollte man dann Archer dafür die Schuld geben? Woodburn war der Reiter, nicht Archer.
Er erklärt: »Woodburn wurde von Archer bestochen, das Rennen zu verlieren.«
Ich bin sprachlos.
Er fügt hinzu: »Seit seine Frau gestorben ist, hatte Archer in seinem Leben nichts mehr als den Rennsport. Das Cambridgeshire zu gewinnen wurde seine Obsession. Dazu waren ihm alle Mittel recht. Er ging davon aus, daß Carl-

ton die Hauptbedrohung war, also bezahlte er Woodburn dafür, daß er verlor, aber er hatte die Rechnung ohne den Außenseiter gemacht. Er war am Boden zerstört. Das ist der Grund, warum er sich umgebracht hat, Bertie.«

Nach einem Moment, den ich brauche, um meine Fassung wiederzuerlangen, sage ich: »Podge, wissen Sie, was Sie da andeuten – daß der größte Jockey im Königreich korrupt war?«

»Das sage ich, Sir.«

Christopher Sykes, diese Bohnenstange von Mann mit seinen traurigen Augen und dem längsten Gesicht, das Sie je gesehen haben, der ganz offensichtlich auf die Welt gekommen ist, um ein Opfer deftiger Scherze zu werden, und ewig versucht, mich vom Gegenteil zu überzeugen, fragt Podge: »Haben Sie mit Woodburn gesprochen? Haben Sie ihn beschuldigt, Schmiergeld angenommen zu haben?«

»Mein Bruder hat das getan.«

»Und ...?«

»Der Mann leugnet es. Natürlich tut er das. Sein Lebensunterhalt steht auf dem Spiel.«

»Haben Sie denn dann einen anderen Beweis?«

Podge beginnt nervös zu werden. »Nicht gerade einen Beweis, aber ich bin verdammt sicher, daß wir ihn hätten bekommen können, wenn wir es versucht hätten. Jetzt, wo Archer tot ist, käme es mir nicht sehr fein vor, es noch zu versuchen.«

Als ich das höre, sehe ich rot. »Das ist ja stark von Ihnen, muß ich sagen! Sie und Ihr Bruder verleumden einen Mann, der kaum unter der Erde ist, und dann geben Sie zu, daß Sie noch nicht einmal die Spur eines Beweises für Ihre Theorie haben. Aber Sie sind ja so große Verfechter der

Fairneß, daß Sie noch nicht einmal vorhaben, den Beweis zu liefern. Verfechter der Fairneß, heiliger Strohsack! Sie sind ein Schaumschläger der schlimmsten Sorte, und ich habe mehr von der Sache gehört, als ich ertragen kann!«
Mit diesen Worten marschiere ich zurück in den Ballsaal und versetze, so leid es mir tut, das einzugestehen, zahlreiche meiner Gäste, die zurücktreten und sich gegen die Wand pressen, in Angst und Schrecken – immer ein Zeichen dafür, daß ich die Leute finster anstarre. Sie mögen denken, daß ich Podge gegenüber übertrieben hart war, wenn man bedenkt, daß ich ihm praktisch befohlen habe, seine Theorie darzulegen. Vielleicht war ich das. Ich empfand großen Respekt für Archer. Meiner Meinung nach war er weder schlecht noch verrückt, und ich werde es beweisen.
Während der erste langsame Walzer nach dem Abendessen im Gange ist, beruhige ich mich wieder, indem ich mich zu Earl und Lady de Grey setze, oder Fred und Gladys, wie ich sie nenne. Fred ist der beste Schütze in ganz England, und das ist viel, aber es ist auch *alles,* wie so ziemlich jeder meint, außer vielleicht Gladys. Sie hängt sehr an ihm, also ist vielleicht doch mehr an dem kleinen Mann, als wir alle ihm zutrauen, obwohl wir unter uns immer der Meinung sind, er hätte sie nur bekommen, weil sie sich trösten mußte, der Glückliche. Sie war in erster Ehe mit dem vierten Earl of Lonsdale verheiratet, der sie schändlich behandelte. Sein plötzlicher Tod war eine richtige Erlösung für Gladys gewesen. Sie ist erst siebenundzwanzig und, ich wiederhole es gern, ein faszinierendes Geschöpf. Ich bitte sie um den nächsten Tanz.
Ich brüte immer noch über Podges ungeheuerlicher Behauptung. Selbst wenn man einmal annimmt, daß das Un-

denkbare stimmt und Archer wirklich einem anderen Jokkey ein Schmiergeld gezahlt hat, so war doch das Scheitern seines Plans kaum Grund für einen Selbstmord. Nun gut, das Cambridgeshire war so ziemlich das einzige Rennen von Bedeutung, das er noch nicht gewonnen hatte, und die Abmagerungskur, der er sich willentlich unterzogen hatte, um seine Unterlassungssünden auszuwetzen, war außergewöhnlich, ja obsessiv, um Podges Umschreibung zu verwenden.

Aber mit seinen Neunundzwanzig hatte Archer durchaus noch Aussicht auf Cambridgeshires gehabt. Viele Jockeys reiten bis in die Vierziger. Warum also sollte er seinen Ruf aufs Spiel setzen, ja sein Leben, wegen des Ergebnisses eines einzigen Rennens?

Gladys de Grey unterbricht meine düsteren Überlegungen, indem sie bemerkt: »Vielleicht könnte in diesem Fall weibliche Intuition von Nutzen sein?«

Ich runzle die Stirn. »Wie kommen Sie darauf?«

Sie lächelt. Sie sieht berückend aus mit ihrer Brillantentiara und einer Kette aus alten Perlen, die sich dreifach um ihren Hals windet und in einer langen Schlaufe von den bloßen Schultern über ihre Brust bis auf die Taille fällt. »Wie jede andere Frau im Raum habe ich Sie beobachtet, Sir. Es ist offenkundig, daß Ihnen etwas im Kopf herumgeht. Trügt mich mein sechster Sinn, wenn ich vermute, daß es mit einem traurigen Ereignis in Newmarket zusammenhängt?«

»Großer Gott, Gladys, wie zum Teufel ...«

»Ich habe meine Quellen.«

Ich setze ein strenges Gesicht auf. »Weichen Sie mir nicht aus, junge Dame, oder –«

Wieder dämmert ein Lächeln auf ihrem Gesicht. »Oder was, Eure Königliche Hoheit? Wie verfahren Sie denn mit ausweichenden Frauenzimmern – sperren Sie sie in den Tower, oder gehört diese Methode der Vergangenheit an?«

Der Tanz geht seinem Ende zu. Ich gebe Signor Curti ein Zeichen, ihn etwas zu verlängern, und vertraue Gladys an: »Die Strafe, die ich für Sie vorschlage, ist wesentlich strenger als ein Aufenthalt im Tower. Ich werde Sie zwingen, mit mir zu tanzen, bis Sie mir versprechen, mit mir zu kooperieren.«

Sie sagt feierlich: »Wie könnte ich *nicht* kooperieren bei einem Mann, der so göttlich tanzt wie Sie? Ich stehe völlig zu Ihrer Verfügung, Sir. Ich werde alles erzählen. Ich sah Sie in ernsthafter Unterhaltung mit einem gewissen Gentleman, der sich zum Ball verspätete, also fragte ich Charlotte Knollys, wo ihr Bruder heute gewesen sei.«

»Aha.«

Sie seufzt. »Jetzt sind Sie nicht mehr beeindruckt.«

»Falsch. Stellen wir doch einmal Ihre Intuition auf die Probe. Wo würden *Sie* nach einer Erklärung für Fred Archers Selbstmord suchen?«

Sie hob die Augenbrauen, als ob die Antwort klar auf der Hand läge. »*Cherchez la femme,* würde ich meinen.«

Ich höre auf zu tanzen und verursache damit einen Rückstau auf der gesamten Länge des Ballsaals. »Eine *Frau.* – Archer hatte keine Zeit für Frauen.«

»Er hat eine geheiratet«, sagt Gladys tonlos.

»Ja, aber sie ist gestorben.«

»... und ließ ihn allein in der Welt zurück mit einem schönen Haus und Geld wie Heu. Natürlich gab es da eine Frau, die bereit war, ihre Stelle einzunehmen.«

»Dann nennen Sie mir ihren Namen.«

Gladys lächelt boshaft und zitiert einen Vers, der vor ein oder zwei Jahren die Runde machte:

»Ist Craw nicht ein Glückspilz
mit Carrie Red und Corrie Roy?
Corrie Roy und Carrie Red
Der eine für'n Stall, und die andere fürs Bett.«

Das sollte ich wohl besser übersetzen. »Craw« war der verstorbene Stirling Crawfurd, eine herausragende Persönlichkeit im Rennsport, und Corrie Roy gewann für ihn das Cesarewitch. »Carrie Red« war seine vollbusige und energische Ehefrau.

Ich sage ungläubig: »Carrie Montrose?«

Gladys nickt.

Ich habe jeden Vorwand zu tanzen aufgegeben. Ich geleite sie an den Rand des Ballsaals. »Gladys, das ist grotesk! Carrie Montrose muß fast siebzig sein!«

»Achtundsechzig! Was ist grotesk daran, wenn eine alte Frau einen jungen Mann begehrt, wo das Gegenteil doch gern akzeptiert wird?«

Das überhöre ich. »Meinen Sie das ernst – das mit Carrie Montrose?«

Sie schaut mich aus braunen Augen tief an, was mich fast schwach werden läßt. »Glauben Sie mir, sie ist ihm regelrecht nachgelaufen. Sie bot ihm die Ehe an.«

»Woher wissen Sie das?«

»Ich höre zu, Bertie. Was gibt es denn sonst für eine ehrenwerte verheiratete Dame zu tun, als sich dafür zu interessieren, was die nicht ganz so ehrenwerten Damen tun?«

Dem läßt sie einen durchdringenden Blick folgen. Die Tatsache, daß sie mich zum erstenmal mit Bertie angesprochen hat, ist mir nicht entgangen. Ich begleite sie zurück zum besten Schützen Englands und denke mir, daß sie eigentlich doch ganz gut zusammenpassen.

7

Der Ball endete offiziell am Samstag morgen um zwei Uhr. Nachdem die letzten Kutschen abgefahren waren, vergnügten sich meine Hausgäste noch eine Weile mit meinem Leierkasten, bis ich gegen drei Uhr den Damen eine gute Nacht wünschte und die Herren in den Rauchsalon geleitete. Ich habe schon viele Male die Erfahrung gemacht, daß nichts geeigneter ist, den wahren Charakter seiner Kumpels ans Tageslicht zu bringen, als eine kleine Party im Rauchsalon in den frühen Stunden des Tages. Randolph ließ mit den Franzosen auf der Kegelbahn nebenan die Kugeln rollen; Christian sank in meinen Lieblingsstuhl und schnarchte; Knollys ging gleich zum Brandy über; Podge Somerset, der nach seinem peinlichen Auftritt am liebsten eine Million Meilen weit weg gewesen wäre, wanderte an den Wänden entlang und studierte meine Leech-Bilder, als sähe er sie zum erstenmal in seinem Leben; und der Große Xtopher (Sykes) versuchte sich unentbehrlich zu machen, indem er im Feuer herumstocherte.

Sykes war es auch, der das Thema Archer wieder aufs Tapet brachte. Ich vermute, er mischte sich im Auftrag von Somerset ein, um den Gedanken einzubringen, daß an der

Bestechung vielleicht doch etwas dran war, aber bei Christopher kann man nie so sicher sein. Er hat gelernt, mich abzulenken, sobald der Brandy serviert wird. Eines Abends nach dem Essen im Marlborough-Club, als allgemein die Langeweile ausbrach, gab ich einer Laune nach und kippte mein Glas mit Brandy über seinem Kopf aus. Daran war nichts weiter Bemerkenswertes außer der Tatsache, daß der Kerl es wie ein Philosoph hinnahm, die Flüssigkeit langsam sein Gesicht und den Bart hinunter auf sein feines Hemd und seine Smokingjacke laufen ließ, mir dann sein feuchtes Gesicht zuwandte und in seiner feierlichen Stimme sagte: »Wie Euer Königliche Hoheit belieben«, woraufhin wir alle in brüllendes Gelächter ausbrachen. Ich könnte mich immer noch schütteln vor Lachen, wenn ich daran denke. Natürlich wurde es zu einem Partygag. Jetzt ist kein Abend komplett, bis Sykes nicht mit Brandy getauft ist, wenn möglich einer ganzen Karaffe, oder ich meine Zigarre auf seinem Handrücken ausgedrückt habe. Seine Reaktion ist immer die gleiche höflich zuvorkommende: »Wie Euer Königliche Hoheit belieben«, und furchtbar komisch anzuhören.

Bevor man mir ein Glas reichte, sagte er: »Da war noch etwas, das ich vorhin schon erwähnen wollte, wegen des Cambridgeshire, aber ich habe die Gelegenheit verpaßt.«

Ich musterte ihn, ohne großes Interesse zu zeigen.

Er kam so nah, wie er es eben wagte. »Was die Möglichkeit – die entfernte Möglichkeit – angeht, daß das Rennen sozusagen nicht das allerschnellste war, hörte ich aus gewisser Quelle, daß eine Persönlichkeit, die in Rennkreisen nicht unbekannt ist, ein anständiges Sümmchen gewonnen hat, indem sie auf den Außenseiter gesetzt hat, der dann gewann.«

»Na und?« kommentierte ich. »Ich selbst habe bei 25:1 auf ihn gesetzt.«
»Sir, diese bestimmte Person hat bei dem Rennen fünfzigtausend eingesackt.«
»Fünfzig Mille?«
»Er hatte seine Einlage auf mehrere Buchmacher verteilt. Er hat am selben Abend im Romano's gesessen und prahlte bei jedermann mit seinem *coup.*«
»Na, dann seien Sie nicht so gottverdammt geheimnisvoll, Christopher. Wer war denn dieser Glückspilz?«
»Baird, Sir.«
Nach kurzem Zögern fragte ich argwöhnisch: »Meinen Sie Abington Baird? Den Squire?«
Sykes nickte und schickte noch ein ernstes Starren hinterher – und niemand in meinem Kreis kann so ernst starren wie er.
Ich bin mir nicht sicher, wie ich diese Nachricht aufgenommen habe. Vielleicht habe ich gepfiffen oder mit den Lippen geprustet wie ein Pferd, oder ich habe irgend etwas Belangloses gesagt. Jedenfalls hatte ich begriffen, worum es bei Baird ging. Wenn dieses Ungetüm der Falschheit auf den Gewinner gesetzt hatte, mußten zweifellos ein paar Fragen gestellt werden.
Es wird Ihnen nicht entgangen sein, da bin ich mir sicher, daß Bairds Name bereits gefallen ist. Knollys erwähnte ihn mir gegenüber als einen der Trauergäste bei Archers Begräbnis. Und jetzt werde ich Sie für den Fall, daß Sie mich der Vorurteile verdächtigen, über Mr. Bairds Ruf aufklären.
Er ist ein junger Mann, noch in den Zwanzigern, immens reich, etwa drei Millionen Pfund, die er an seinem einundzwanzigsten Geburtstag geerbt hat. Sein Vater und seine

Onkel, sieben Söhne eines verarmten schottischen Bauern, hatten ihr Glück in Kohle, Eisen und den Eisenbahnen gemacht. Das Familienunternehmen William Baird & Company besitzt heute große Gebiete in Westschottland und betreibt dort Bergbau. Die Brüder, die es gegründet haben, repräsentieren alles, was am schottischen Charakter schätzenswert ist: Energie, Unternehmungsgeist und Weitsicht, geleitet von Sparsamkeit und Frömmigkeit.

Unglücklicherweise wurde nichts von alldem außer dem Geld auf die nächste Generation vererbt – womit ich George Alexander Baird meine, in Rennkreisen bekannt als »Mr. Abington« oder »The Squire«. Man schickte ihn nach Eton und Cambridge, um einen Gentleman aus ihm zu machen, doch er trieb seine Erzieher zur Verzweiflung. Wenn die Gerüchte stimmen, nahm er nicht an einer einzigen Vorlesung teil, solange er im Magdalen war. Er ging überall sonst in die Schule – in Spielhöllen, primitiven Wirtshäusern und billigen Bordellen. Er trieb sich mit Frauenzimmern von fraglichem Ruf herum. Er umgab sich mit einer widerlichen Bande von Rauhbeinen und Boxern und machte sich ein teuflisches Vergnügen daraus, anständige Leute zu beleidigen. Eine seiner Lieblingsnummern, wenn er ein Restaurant oder Wirtshaus betrat, bestand darin, einem Fremden den Hut herunterzuschlagen oder die Zigarre wegzuschnappen. War das Opfer dann so vorschnell, zu protestieren, fing es sich eine blutige Nase ein, welchselbige ihm ein Mitglied aus der Boxerbegleittruppe des Squire beibrachte. Zur letzteren, darf ich erwähnen, gehörten Mitchell und Smith, beide englische Meister.

Beim Durchlesen des vorangegangenen Abschnitts kommt mir der Gedanke, daß gewisse Zeitungen, die wild auf indiskrete Geschichten aus höheren Kreisen sind, in Versu-

chung geraten könnten, gehässige Vergleiche anzustellen. Ihnen sei hier geraten, daß es einen deutlichen Unterschied zwischen privaten Späßchen und öffentlichem Rowdytum gibt.
Niemand, der nicht gerade in Anspruch nimmt, selbst ein Heiliger zu sein, würde natürlich behaupten, daß Baird ganz vor die Hunde gegangen war. Was einen mit Baird versöhnen könnte, ist die Tatsache, daß er ein hervorragender Reitersmann ist, wahrscheinlich der beste »Gentlemanreiter« im ganzen Königreich (ich benutze das Wort »Gentleman« nur, um ihn von professionellen Jockeys zu unterscheiden). Während er in Cambridge war, hielt er sich ein Spiel Jagdhunde, nahm am Steeplechase der Universität teil und kam zwangsläufig auch in Kontakt mit Trainern aus Newmarket. Der Rennsport erregte ihn wie nichts sonst. Sein größter Ehrgeiz war es, Fred Archer nachzueifern. Zu diesem Zweck wurde er zuerst Pferdebesitzer und gab große Summen aus, um gute Reitpferde zu erwerben. Er folgte Archer von Rennen zu Rennen, studierte seinen Stil und seine Taktik. Schließlich überredete er den Champion, ihm Unterricht zu geben, wofür er saftig bezahlte, wie man sagt, die höchsten Preise, die je für Reitstunden verlangt wurden, denn billig verkaufte sich der Tinman nie. Dennoch bekam der Squire etwas für sein Geld; er lernte, wie man den kostbaren letzten Meter in einem Kopf-an-Kopf-Finish ergattert, und auch, wie man sich über den Hals des Pferdes legt und so den Blick eines Preisrichters auf sich lenkt. Im letzten Jahr hat er fast dreißig Siege geritten.
Dennoch müssen seine Ausgaben für den Rennsport seine Einnahmen weit überschreiten. Er hält Pferde im ganzen Land – viele sind unter anderen Namen registriert –, weil

es sein Prinzip ist, immer dann, wenn irgendwo ein Rennen stattfindet, ein Pferd in der Nähe zu haben, das teilnehmen kann. Er hat wohl nicht die leiseste Vorstellung, wie viele er überhaupt besitzt. Jedesmal, wenn bei einer Veranstaltung, an der er teilnimmt, ein Verkaufsrennen stattfindet, erwirbt er den Sieger. Als Lord Salmouths Pferde vor einigen Jahren zum Verkauf standen, ging der Squire zusammen mit Archer den Katalog durch und empörte die gesamte Rennaristokratie, indem er die schönsten Tiere der Sammlung kaufte. Also war es zumindest angebracht, wenn auch nicht typisch für den Squire, daß er an Archers Begräbnis teilgenommen hatte.

Es ist gar keine Frage, daß er Archer bewundert hat – Grund genug dafür, möchte man meinen, ihm die letzte Ehre zu erweisen, selbst wenn er nicht gerade dafür bekannt war, die Ehre anderer besonders zu achten. Dennoch beunruhigte mich diese Geschichte von einem enormen Gewinn beim Cambridgeshire, direkt nach Podges bizarrer Anschuldigung, zutiefst. War es möglich, daß Archer etwas davon gewußt und Sailor Prince geschmiert hatte? Der Squire mußte sehr zuversichtlich gewesen sein, wenn er sich auch noch die Mühe machte, seine Wette auf mehrere Buchmacher zu verteilen. Ein Gewinn von fünfzigtausend war für einen Millionär kleine Fische, aber die restliche Welt beeindruckte er gewaltig. Sein eigentlicher Gewinn war das Prestige, den Außenseiter herausgepickt zu haben, und er hatte dafür gesorgt, daß dies überall publik wurde. Der Squire war begierig darauf, als Rennspezialist zu gelten, weshalb es kein Wunder war, daß er seinen Erfolg im Romano's ausposaunt hatte. Die Frage war, ob er jetzt, angesichts Archers gewaltsamen Todes, bedauerte, es publik gemacht zu haben. Hatte seine Prahlerei in irgendeiner

Weise das beschleunigt, was geschehen war? Waren Schuldgefühle der Grund dafür, daß der Squire auf der Beerdigung erschienen war?
Ich erkundigte mich bei Sykes: »Wie haben Sie davon erfahren?«
Er fingerte nervös an seinem Bart und schaute sich im Zimmer um. »Von meiner Schwägerin Jessica, Sir. Sie hat es von einer ihrer Bekannten.«
Ich kicherte. »Das kann nicht stimmen.«
»Wieso nicht, Sir?«
»Jessica hat doch keine *Bekannten,* oder?«
Christopher errötete. Sein älterer Bruder, Sir Tatton Sykes, hatte die lebhafte Jessica Cavendish-Bentinck geehelicht, als sie achtzehn und er achtundvierzig war. In den letzten zehn Jahren war er geistig praktisch wieder zum Kind geworden. Er lebte von Milchpuddings und ging früh zu Bett. Jessica, die noch in der Blüte ihrer Jahre stand und glaubte, daß es noch mehr im Leben gab als eine Schüssel Tapioka und süße Träume, mietete ein geräumiges Haus in der Grosvenor Street und gibt die lustigsten Abendparties in ganz London. Bei den Klatschmäulern ist Lady Tatton Sykes als Lady Satin Tights, Lady Seidenhöschen, bekannt, und ich glaube nicht, daß es ihr auch nur das geringste ausmacht.
Armer Christopher! Es verschlug ihm fast die Stimme, von seiner liederlichen Schwägerin zu sprechen. Er sagte: »Ihr Informant war ein, äh, ein befreundeter Herr, der zufällig im Romano's war, an dem Abend, als Baird dort war.«
»Und wird man mir nicht seinen Namen nennen?«
»Bei aller Ergebenheit, Sir, es könnte ergiebiger sein, den Namen der jungen Dame zu wissen, die an Bairds Tisch saß.«

»Durchaus denkbar. Wer war das?«
»Sie nennt sich Miss Bliss, glaube ich. Sie schienen auf vertrautem Fuß zu stehen.«
»Miss Bliss? Klingt verdammt nach einem Mitglied des horizontalen Gewerbes.«
»Soviel ich weiß, ist sie so weit noch nicht gesunken, Sir. Sie ist Varietékünstlerin.«
Ich war für diese Information so dankbar, daß ich an diesem Abend davon absah, Sykes mit Brandy zu begießen. Wenn Nachforschungen angestellt werden mußten, dann klang Miss Bliss, die Varietékünstlerin, nach einem besseren Anknüpfungspunkt als der Squire. Mir war bei der Erwähnung dieses verkommenen Subjekts das Herz in die Hose gerutscht. Können Sie sich meine Lage vorstellen, wenn ich versuchen sollte, mit einem solch großmäuligen Barbaren ein diskretes Gespräch zu führen?
Im Bett in jener Nacht entwarf ich noch einen Schlachtplan. Ich mußte London am folgenden Wochenende sowieso einen Besuch abstatten. Unter dem Vorwand, daß der Teufel für müßige Hände immer noch irgendeinen Unfug zu tun findet, scheuen meine liebe Mama und ihre Ratgeber keine Mühen, sich immer obskurere Möglichkeiten auszudenken, um mich zu beschäftigen. Die allerneueste ist das »Komitee für die Wellington-Statue«. Ich bitte Sie! Vor einigen Jahren wurde Wyatts scheußliche Reiterstatue von dem alten Herzog aus dem Bogen in Hyde Park Corner entfernt und nach Aldershot verfrachtet, und seither ist eine Debatte im Gange, was an ihre Stelle kommen soll. Das Komitee wurde gegründet, um einen Wettbewerb auszuschreiben, damit ein weniger angreifbarer Ersatz gefunden wird, und als idealen Vorsitzenden befand man mich. Wenn ich aus der Erfahrung irgend etwas ge-

lernt habe, dann das, daß Bildhauer und Soldaten besser voneinander ferngehalten werden sollten.
Hören Sie hier einen bitteren Unterton heraus? Dies ist ein bedeutungsvolles Jahr des Schicksals für die Nation gewesen, mit zwei Regierungswechseln und der großen Debatte über Gladstones Home Rule Bill. Als zukünftiger König habe ich den aufrichtigen Wunsch, in den Staatsangelegenheiten auf dem laufenden zu sein, und trotzdem bin ich gezwungen, selbst die winzigsten Informationen Ministern wie Lord Rosebery und Sir Henry James, die zufällig auch meine Freunde sind, aus der Nase zu ziehen. Sie und ich sind dabei genötigt, so verdammt verschwiegen bei der Sache zu sein, daß man fast Schuldgefühle bekommt.
Jedenfalls sollte mich die große Entscheidung über die Wellington-Statue in die Stadt führen. Bei diesen Gelegenheiten wohne ich im Marlborough House, wo angenehme Gesellschaft immer in Reichweite ist und die Dienerschaft handverlesen, was die Loyalität angeht. Diesmal benachrichtigte ich Captain Charlie Buckfast, daß ich am Freitag abend privat zu ihm in die Jermyn Street kommen würde.
Dann traf ich meine Vorbereitungen. Ich überraschte einen meiner Gärtner, indem ich ihn bat, mir ein paar seiner ältesten Kleider zu leihen. Nachdem ich mich mit Stiefeln, Hosen aus Wollstoff, einer Rehfellweste, einer Sergejacke, Paletot, Schal und Melone ausstaffiert hatte, verließ ich Marlborough House am Freitag abend durch den Lieferanteneingang und ging zu Fuß zur Jermyn Street. Es ist eine wenig bekannte Tatsache, daß es für mich nichts Ungewöhnliches ist, in der Bekleidung eines Arbeiters durch die Straßen von London zu gehen. Vor ein oder zwei Jahren, als ich Mitglied der königlichen Kommission für die

Wohnsituation der arbeitenden Klassen war (auch eine Idee IM, um mich zu beschäftigen), wagte ich mich *incognito* in einige der schlimmsten Armenviertel von St. Pancras. Ich kann Ihnen sagen, daß ich mich damals sicherer gefühlt hatte als an diesem Abend, als ich durch St. James's ging. Ich fing einige entschieden feindselige Blicke auf.

Captain Buckfast wohnte über Boyd's, dem Obsthandel. Um zu seiner Tür zu gelangen, war ich gezwungen, über zwei Orangenkisten zu steigen – mal was anderes als ein roter Teppich. Ich begann mir schon selbst zum Erfolg meiner Verkleidung zu gratulieren, als die Tür aufging und ein Butler sich so tief verbeugte, daß ich seinen Kragenknopf zu sehen bekam. Ich murmelte: »Nicht hier, Sie Scherzbold«, und das erschreckte ihn so sehr, daß er ein Windchen fahren ließ. Dies ist eine der Gefahren des Verbeugens, wie jeder weiß, der einmal an einer Ordensverleihung teilgenommen hat.

Als ich die Treppe hochkam, hatte wenigstens Buckfast die Güte, angesichts meines äußeren Erscheinungsbildes verwirrt auszusehen. Das erste, was ich ihn fragte, war, ob das sein regulärer Butler sei, und er gab zu, daß er ihn für die Gelegenheit extra angestellt hatte. Ich war höchst ungehalten und ließ ihn das auch merken.

Ich wies ihn kurz und bündig an, dem Mann den Laufpaß zu geben, nicht wegen dem, was am Eingang geschehen war, denn das kommt in den besten Familien vor, sondern weil ich, verdammt noch mal, diesen Besuch als einen privaten verstanden hatte. Während er das verdauen mußte, sah ich mich im Zimmer um: alles ganz der Exsoldat, akkurat aufgeräumt, mit kolorierten Stichen von Reiteroffizieren, die in symmetrischen Abständen an den Wänden verteilt waren; Zebrafelle auf beiden Seiten des Kamins;

einige Eingeborenenspeere; eine Zulutrommel; und, als Zeichen seiner Beziehung zum Rennsport, ein Gemälde von Paradox, mit Archer im Sattel. Ich nahm einen Kienspan aus einer chinesischen Vase auf dem Kaminsims, entzündete ihn und rauchte eine Zigarre an.

»Kann ich mich überhaupt auf Sie verlassen?« fragte ich, als Buckfast, voll der Entschuldigungen, zurückkam. »Haben Sie bei der Beerdigung etwas herausgefunden?«

»Ich muß zugeben, nein, Sir. Das Wetter war überaus unfreundlich.«

Wie das ihn behindert haben sollte, fragte ich nicht. »Haben Sie Archers Papiere durchgesehen, wie ich Sie gebeten habe?«

»Ja, Sir.«

»Und ...?«

»Ich habe nichts Ungewöhnliches gefunden.«

»Aber Sie können mir sagen, wie reich er war?«

»Etwa um die sechzigtausend Pfund, würde ich schätzen.«

»Sind Sie sicher? Ich habe vor ein paar Jahren einmal gelesen, er besäße eine Viertelmillion.«

Buckfast schüttelte den Kopf. »Eine Übertreibung, da bin ich mir sicher, Sir. So wohlhabend war er nie. Natürlich hat er enorme Summen in den Bau von Falmouth House gesteckt.«

Ich wartete ab, ob noch etwas käme, aber das war nicht der Fall. Wenn man mehr als drei Sätze aus Charlie Buckfast herausbekam, machte man seine Sache schon sehr gut. Ich ermahnte ihn sanft: »Charlie, Sie enttäuschen mich. Wie sollen wir denn als Detektive zusammenarbeiten, wenn alle Entdeckungen ich mache?« Nicht ohne es zu genießen, erzählte ich ihm zuerst von dem Verdacht der Somersets, was das Ergebnis des Cambridgeshire anging, und dann

von den Prahlereien des Squire im Romano's. »Kennen Sie den Squire, Charlie?«
»Er ist kein Freund von mir, Sir.«
»Freut mich, das zu hören. Aber er war ein Freund von Archer, also sind Sie ihm bei manchen Gelegenheiten gewiß begegnet, oder?«
Buckfast schüttelte den Kopf. »Ich bin mir nicht sicher, ob Fred Baird jemals als Freund angesehen hat. Meistens war er eine tödliche Nervensäge. Hat keine Gelegenheit verpaßt, auf seine Freundschaft zu pochen.«
»Was ist dann an der Geschichte dran? Ist es möglich, daß Archer ihm geraten hat, auf Sailor Prince zu setzen?«
Ein gequälter Ausdruck nach dem anderen war auf seinem Gesicht zu sehen, während er versuchte, mit dieser abscheulichen Vermutung fertig zu werden. »Ich vermute, es war nicht unmöglich.«
Ich war ihm gegenüber im Vorteil. Ich hatte das Undenkbare schon gedacht. »Die Gelegenheit dazu war bei der Veranstaltung in Newmarket durchaus gegeben. Sie waren beide die ganze Woche über auf der Rennbahn.«
Charlie Buckfasts Blutdruck war deutlich sichtbar am Steigen. Er platzte heraus: »Ich kann nicht glauben, daß Fred absichtlich langsam ritt, Sir. Ich kann es einfach nicht glauben. Seine ganze Karriere stand auf dem Spiel. Er wäre lieber tot gewesen, als ...« Die Worte erstarben ihm auf den Lippen, als ihm klar wurde, was er gesagt hatte.
Ich sagte zu ihm: »Ich denke, es ist ein Besuch im Varieté angesagt.«

8

Das muß man Buckfast lassen: Sein Schnurrbart zuckte, als er hörte, daß der königliche Thronfolger ein schlichtes Varieté aufsuchen wollte, aber ansonsten nahm er es hin, wie man es von einem Exoffizier erwarten konnte. »Ich vermute, Sir, daß dies im Rahmen unserer Verpflichtungen zu geschehen hat.«

»So ist es, Charlie.«

Ich erzählte ihm von der Verbindung (wenn das nicht unziemlich klingt) zwischen dem Squire und Miss Bliss. Er räumte ein, daß er noch nie von Miss Bliss gehört hatte.

»Ich auch nicht.«

»Wie werden wir sie dann finden?«

Ich lächelte rätselhaft. »Letzten Sonntag morgen, Charlie, nahm ich in Begleitung von Lord Randolph Churchill, Prinz Christian und einer Handvoll rotäugiger Überlebender vom County-Ball am Gottesdienst in Sandringham teil. Der Subdekan von der Chapel Royal war extra von Windsor gekommen, um die Predigt zu halten. Als Textgrundlage benutzte er das Gleichnis von den zehn Jungfrauen – nicht gerade die passendste Wahl. Ich hätte es für despektierlich halten können, Charlie, aber ich tat es nicht.

Ich lauschte dem Wort des Herrn und werde es in Zukunft auf mein tägliches Leben anwenden.«

»Um eine weise Jungfrau zu werden?« sagte Buckfast.

Ich sah ihn scharf an. »Um gerüstet zu sein.«

»Aha.«

»Ein vernünftiges Prinzip für Detektivarbeit, würden Sie nicht auch sagen?«

»Absolut, Sir.«

»Also bin ich heute gerüstet. Ich habe mir eine Ausgabe jenes nützlichen Periodikums, der *Era*, besorgt. Ich studierte die Veranstaltungshinweise für die Varietés und erfahre, daß eine Miss Myrtle Bliss zweimal pro Abend in Mr. George Belmonts Varieté, dem Sebright in der Hackney Road, auftritt.«

»Hackney Road?« Buckfast flüsterte die Worte, als dürften sie nicht laut ausgesprochen werden. Er war so entsetzt, daß er fast versäumt hätte, mir zu gratulieren. Im Interesse meiner Leser in der Provinz möchte ich erläutern, daß die betreffende Straße von Shoreditch aus nach Cambridge Heath führt und durchaus nicht das Schlimmste vom Londoner Osten ist, aber dennoch eine Örtlichkeit darstellt, an die sich Leute von Buckfasts Klasse – ganz zu schweigen der meinen – nur unter Gefahr begeben.

Der Grund für mein Auftreten in Arbeiterkleidung war nun offenkundig, und wir wandten uns vorerst diesem Problem zu. Wir öffneten eine Truhe und fanden einen Chesterfield-Übermantel, den er seit den siebziger Jahren nicht mehr getragen hatte, sowie ein Paar Armeestiefel, die wir in Wasser tauchten, um den Glanz zu beseitigen. Der Hut stellte ein größeres Problem dar. Notgedrungen mußten wir die einzige schwarze Melone nehmen, die er besaß. Nachdem wir jegliche Form aus ihr herausgedrückt hatten und sie großzügig mit Gänsefett und Asche bestrichen hatten, hatten wir schließlich einen Deckel, der schäbig genug aussah.

Ich schaute auf seinen Reiterschnurrbart und sagte: »Der muß ab.«

Er war fassungslos. »Es hat Jahre gedauert, ihn heranzuzüchten, Sir.«

Er sträubte sich so sehr dagegen, sich unter die Schere zu begeben, daß ich davon überzeugt werden konnte, wie gering der Unterschied sein würde, wenn wir nur die gezwirbelten Enden entwirren würden. Wir ließen das Wachs über einer Schüssel mit kochendem Wassers weich werden, und ich zupfte die Härchen mit einem silbernen Zahnstocher auseinander. Er trug es mit Fassung. Als es vollbracht war, versicherte ich ihm, daß der verwahrloste Eindruck, den er jetzt machte, ganz nach Arbeiterklasse aussah.

Wir verließen die Jermyn Street etwa um acht Uhr. Ich schlug zuerst vor, wir sollten eine Kutsche bis zur Shoreditch High Street nehmen und von dort aus tippeln, wobei mir jedoch völlig entgangen war, daß kein Mietkutscher in der Klubgegend für uns anhalten würde, weshalb wir gezwungen waren, zum Oxford Circus zu laufen und dort nach einem Bus Ausschau zu halten. All das war neu für mich, und ich genoß es immens.

»Das hier kommt mir gefährlicher vor als Hackney Road«, bemerkte ich, als wir mit unseren Nagelschuhen die Regent Street hoch stapften und dabei so manchen deutlich unfreundlichen Blick von den gutbeschuhten Westendern einfingen.

»Es wäre vielleicht sicherer, wenn Sie beiseite träten und ihnen den Vortritt ließen, Sir«, schlug Buckfast vor.

Er hatte natürlich recht. Mit lebenslangen Gewohnheiten ist schwer zu brechen.
Während wir in der Oxford Street auf den Bus nach Clapton warteten, gestand ich: »Das könnte ganz schön in die Hose gehen, Charlie.«
Er antwortete mit untadelig guten Manieren: »Was mich betrifft, ist es jedenfalls eine Ehre, gleichgültig, was dabei herauskommt.«
Die dicke Frau vor uns drehte sich um und sah uns beide streng an. Ich fürchte, wir waren doch nicht völlig überzeugend als Mitglieder der Gesellschaft der Ungewaschenen. Auf die Verwirrung, die ich im Bus stiftete, als ich unser Dreipennyfahrgeld mit einem Sovereign bezahlen wollte, möchte ich lieber nicht eingehen. Gott sei Dank hatte Buckfast einen Shilling übrig.
Da es ein nicht allzu kalter Abend war, setzten wir uns auf das obere Deck, wo wir freier reden konnten. Und freier reden, das tat Buckfast, nachdem ich ihm eine Zigarette angeboten hatte, wobei er seine gewohnte Zurückhaltung ziemlich aufgab. Er ging auf das Thema von Fred Archers Beziehungen zum schönen Geschlecht ein. Er erzählte mir, daß bis zum Zeitpunkt seiner Heirat und darüber hinaus interessierte Frauenzimmer zu den außergewöhnlichsten Mitteln gegriffen hätten, um Treffen mit Archer in die Wege zu leiten. Ich weiß nicht, was die Damen, die als Förderinnen von Rennen auftreten, dazu bewegt, aber so manchem Jockey wurde für nach dem Rennen noch ein Extraritt in Aussicht gestellt, wenn Sie mir diesen Ausdruck aus der Welt der Herrenwitze verzeihen wollen. Fred hatte natürlich mit seinem dunklen Haar, den glitzernden Augen und seiner überragenden Größe noch besser ausgesehen als die meisten. Nach Aussagen Buckfasts hatte man

ihm Einladungen höchst eindeutiger Natur unter der Tür durchgeschoben. Für ihn hatte es schon zur Routine gehört, daß er, wenn er sich in Hotels einschrieb, dem Personal einschärfte, Fragenden beiderlei Geschlechts seine Zimmernummer nicht mitzuteilen. Trotzdem war er oft gezwungen gewesen, das Hotel zu wechseln, um seinen schönen Verfolgerinnen zu entkommen.
»Charlie, mein guter alter Knabe, so wie Sie es darstellen, waren diese Frauen wie hungrige Wölfe auf der Jagd«, kommentierte ich.
»Manchmal waren sie das auch.«
Ich dachte einen Moment nach. »Das könnte ein Hinweis sein.«
»Was meinen Sie, Sir?«
»Kommen sie?«
Ich hatte die Bemerkung als Witz verstanden, aber lachen sah ich Buckfast unter seinem herunterhängenden Schnurrbart nicht. Ich vermute, daß es ihm als Mann des Militärs an Vorstellungskraft mangelte. Mich persönlich amüsierte es aufs beste, wenn ich mir ausmalte, wie eine Horde begieriger Damen auf Archers Haus zukam.
Ich fragte: »Hat er sich denn einfangen lassen?«
»Indem er seine Ehe außer acht ließ?«
»Natürlich.«
»Nein, Sir. Soweit mir bekannt ist, widerstand er ihnen allen. Er war zu allen charmant, aber unnachgiebig.«
»Ich frage mich, warum.«
»Es gab wichtigere Dinge, Sir.«
»Rennen zu gewinnen, meinen Sie?«
»Und sein Geld beisammenzuhalten. Frauen können teuer werden.«
Der Bus fuhr Holborn entlang und durch die Innenstadt,

vorbei an Liverpool Street Station und nach Shoreditch hinaus. Als er in die Hackney Road einbog, begannen wir nach der beleuchteten Vorderfront des Varietés Ausschau zu halten. Man kam nur langsam vorwärts in der schmalen Durchgangsstraße, weil die meisten Bewohner Shoreditchs ihre Besorgungen scheinbar auf den späteren Abend verlegt hatten, sich um die Gemüsekarren an der Bordsteinkante scharten und die Straße überquerten, ohne auch nur im geringsten auf den Verkehr zu achten. Verlokkende Düfte nach heißer Suppe, Kuchen und Röstkastanien stiegen zu uns hoch, und ich wurde so davon abgelenkt (ich hatte Buckfasts Einladung zu einer Mahlzeit abgeschlagen), daß ich das Sebright verpaßte, als es schließlich in Sicht kam. Mein adleräugiger Begleiter zeigte darauf; es war ein schmaler Eingang, eingerahmt von ganzen Scharen von Gipsengeln, die mit bunten Lichtern beleuchtet waren.

Kaum waren wir aus dem Bus gestiegen, näherten sich uns schon zwei angemalte Damen, die nach billigem Parfüm rochen. Die eine hängte sich bei mir ein und sagte: »Nimmste mich mit rein, Mausi? Wird dir nich leid tun, Schätzchen.«

Ich sagte entschieden: »Das ist noch die Frage, Madam, und ich habe nicht die Absicht, es zu riskieren.«

Worauf sie zurückgab: »Hör dir den an. ›... habe nicht die Absicht, es zu riskieren.‹ Wer denkst du, daß de bist? Graf Rotz?«

Ich klärte sie nicht auf. Wir kämpften uns durch die Menge von Orangenverkäufern, Kuchenmännern und Nutten hindurch, bezahlten einen Shilling für einen Platz ganz vorne und traten ein.

Ich freue mich, berichten zu können, daß das Sebright ein

Varieté im alten Stil war, mit Tischen für die Gäste, an denen man an seinem Pott Bier nippen und Eisbein mit Erbspüree verspeisen konnte, wenn man wollte, während man von der Bühne aus unterhalten wurde. Ich sage »alter Stil«, um es von solchen Verirrungen wie dem wiederaufpolierten London Pavilion zu unterscheiden, die zunehmend im Westend auftauchen. Was für eine mißverstandene Freiheit soll das sein, sie als Varietés auszugeben, wenn sie den Besucher in eine enge Reihe von Klappsitzen quetschen, wo er gerade ein Brettchen hat, um sein Bier daraufzustellen, und höchstwahrscheinlich gar nichts sieht, weil jemand mit einem Hut vor ihm sitzt. Mir scheint, daß die Manager nur daran interessiert sind, so viele Leute wie möglich in ihre langweiligen »Paläste der bunten Unterhaltung« hineinzupferchen. Woraus Sie schon schließen können, daß ich ein eiserner Verfechter der traditionellen Varietés bin. Vor Jahren stattete ich einmal dem Evans's in Covent Garden einen privaten Besuch ab und sah die Show von einer abgetrennten Box aus, und diese Erfahrung hatte mir alles verdorben. Seither bin ich oft in den verschiedensten zugänglicheren Häusern zu Gast gewesen. Und ich lade regelmäßig meine Lieblingskünstler zu Vorstellungen in Sandringham und dem Marlborough House ein, wobei ich sagen muß, daß die Privatvorstellungen doch einiges an Atmosphäre einbüßen. Gäste zum Abendessen können so steif sein.
Buckfast und ich fanden einen passenden Tisch, der nicht im Scheinwerferlicht stand, aber auch nicht zu nahe an der Promenade war. Es war, wenn ich das sagen darf, das erste Mal für mich, daß ich anonym im Publikum eines Varietés saß, und ich genoß jeden Moment. Wir versuchten unser Glück mit Würsten, gebratenen Zwiebeln und Kartoffel-

püree und bedienten uns aus einem unsäglich verkrusteten Töpfchen mit Senf. Was für ein schmackhaftes Mahl das war! Und welchen Spaß es machte, beim Essen den Hut aufzubehalten!

Niemand schenkt in einem richtigen Varieté dem, was auf der Bühne geschieht, besondere Beachtung, bevor die Hauptattraktionen auftreten. Alles unterhält sich lautstark, und es herrscht ein ständiger Geräuschpegel, der mit Gelächter durchsetzt ist. Die Kellner und Schankhelfer laufen zwischen den Tischen umher; und die Gäste können zwanglos im Saal umherspazieren. Tatsächlich machte Belmont, der Besitzer, während der Nummern im Publikum die Runde, die Zigarre in der Hand, und fragte die Gäste: »Na, was haltet ihr von dem für dreißig Shilling pro Woche? Nicht schlecht, hä?«

Ich war hauptsächlich damit beschäftigt, meinen Teller leerzuessen und einen Nachschlag zu bestellen, aber natürlich hielt ich dabei für die Ankündigungen des Conferenciers ein Ohr offen. Er saß auf einem Stuhl an einem Tisch direkt vor dem Orchester unterhalb der Bühne. Bis dahin hatte er Sam Redman angekündigt, einen Komiker mit geschwärztem Gesicht, der monoton und fast ohne Luft zu holen sprach; Marie Lloyd, die Sängerin von *The Boy in the Gallery*, von der man behauptete, sie sei nicht älter als sechzehn; und ein Paar weiblicher Schwingkünstler oder auch »voltas«, die sich von Seilen herabschwangen, die über unseren Köpfen hingen, dabei aber nichts Bemerkenswertes taten, außer daß sie uns ihre Beine in pinkfarbenen Schlüpfern zeigten. Die meisten der Nummern, das muß man sagen, wären in einem besseren Varieté ausgebuht worden. Aber Varieté ist ja nicht nur das, was auf der Bühne passiert; jeder ist lautstark beschäftigt, vom Confe-

rencier mit seiner weißen Krawatte bis hin zu dem bulligen Schauermann, der sein Flittchen ausführt.
Ich möchte Ihre Geduld nicht auf die Probe stellen, indem ich Sie durchs ganze Programm führe. Etwa gegen zehn Uhr klopfte wieder das Hämmerchen, gefolgt von: »Und nun, meine Damen und Herren, Schönheit und Huldigung – die anbetungswürdige Miss Myrtle Bliss und Cocky.«
»Und Cocky?« piepste ich überrascht. Mit einer Zweiernummer hatte ich nicht gerechnet.
Ich hatte lauter gesprochen, als ich wollte.
»Ja, und Cocky, alter Bocki«, gab der Moderator zurück, was das Publikum mit einem begeisterten Gejohle quittierte.
Ich wollte schon etwas zurückrufen, als Buckfast mich zum Verstummen brachte, indem er mir eine Zigarette zwischen die Lippen schob. Natürlich hatte er recht. Ich bin von meiner Stellung her daran gewöhnt, im Mittelpunkt des Interesses zu stehen. Es war kein Benehmen für einen Detektiv in Zivil, und als der peinliche Moment erst einmal vorüber war, war ich froh über das, was er getan hatte. Charlie Buckfast mauserte sich langsam zu einem wertvollen Begleiter, bei allem Mangel an Humor.
Während er für mich ein Streichholz anzündete, sagte ich ihm ins Ohr: »Ich hatte erwartet, sie wäre eine Sängerin.«
»Ich auch, Sir«, pflichtete er mir bei.
Wie sehr wir uns getäuscht hatten! Miss Bliss zeigte eine Nummer mit trainierten Vögeln, und Cocky war ein weißer Kakadu, der sich wie ein Mensch an winzigen Apparaten zu schaffen machte, darunter einem Miniaturfahrrad und einer klitzekleinen Trommel. Um die Wahrheit zu sagen, war es keine besonders berauschende Vorstellung, bis ich, wenn auch ohne mein Zutun, Teil der Show wurde.

Und das kam so. Unerwartet wanderte das Schlaglicht von der Bühne zum Publikum, tanzte über unseren Köpfen und blieb dann, aus irgendeinem Grund, der mir zu dem Zeitpunkt verborgen war, an unserem Tisch stehen. Daraufhin stieß Cocky ein markerschütterndes Kreischen aus und flog geradewegs auf mich zu, pickte mir die Zigarette vom Mund weg, flatterte in die Höhe und präsentierte sie jemandem auf der Galerie. Das Ganze erntete den größten Beifall des Abends. Scheinbar war es einer seiner üblichen Tricks.

Ich muß eine ziemlich komische Figur abgegeben haben, denn es ist wahrlich kein Spaß, sich plötzlich in gleißendem Scheinwerferlicht zu befinden und einen riesigen Kakadu auf sich zufliegen zu sehen.

Miss Bliss schimpfte den Vogel scherzhaft aus und befahl ihm, sich bei dem Herrn zu entschuldigen, aber ich wedelte mit der Hand, um zu zeigen, daß ich mit Cocky nichts mehr zu schaffen haben wollte. Das böse Tier drehte mir den Rücken zu und sagte etwas, das ich nicht verstand, den Umsitzenden aber lautes Gelächter entlockte.

Ich habe Ihnen noch nicht gesagt, daß Miss Bliss eine ungewöhnlich hübsche schwarzhaarige Person in einem zitronenfarbenen Kleid mit silbernem Gürtel war. Sie trug weiße Handschuhe bis zum Ellbogen und einen großen weißen Hut mit einer blaßgelben Straußenfeder. Als die Nummer vorüber war, schenkte sie mir ein überaus entwaffnendes Lächeln.

Ich rief einen Kellner und bat ihn um Bleistift und Papier. Als er das Zwei-Shilling-Stück in seiner Hand spürte, das ich ihm zusteckte, war er eifrig dazu bereit, dienlich zu sein.

»Meine liebe Miss Bliss«, schrieb ich, *»ich schreibe Ihnen als je-*

mand, der nicht nur gefesselt von Ihrer zauberhaften Vorführung heute abend war, sondern das Privileg hatte, eine kleine Rolle darin zu spielen. Ich war der Raucher der Zigarette, die Ihr Papagei so geschickt wegschnappte. Ich betrachte es als Ehre für mich, in bescheidenem Maße an Ihrem Erfolg heute abend beteiligt gewesen zu sein. Und ich wäre doppelt geehrt, wenn Sie damit einverstanden wären, mit mir und meinem Begleiter zu Abend zu speisen.«

Ich faltete es zusammen und gab es dem Kellner.

»Für wen ist es, Kumpel?«

Ich wollte ihm gerade schon kurz und knapp mitteilen, daß ich kein Kumpel von ihm sei, als Buckfast dazwischenfuhr: »Miss Bliss, die junge Dame, die gerade eben ihre Darbietung beendet hat.«

»Myrtle? Da seid ihr zu spät dran.« Er grinste und fügte hinzu: »Der Vogel ist ausgeflogen und Myrtle mit ihm.«

»Was?«

»Sie wird jetzt schon das Gebäude verlassen haben. Sie tritt in einer halben Stunde im Royal Eagle auf.«

»Verdammt!«

Ich *wußte,* daß Varietékünstler am selben Abend in mehreren Programmen auftraten. Wenn ich das *Era* systematisch studiert hätte, anstatt es in eine Ecke zu pfeffern, nachdem ich ihren Namen auf dem Programm des Sebright gesehen hatte, hätte ich gewußt, daß sie zu einem anderen Varieté eilen würde. Soweit war es also her mit meinem Entschluß, eine weise Jungfrau zu sein.

»Wo, zum Teufel, ist denn das Royal Eagle?« fragte ich.

»City Road – als wenn ihr das nicht wüßtet.«

Buckfast sagte scharf: »Wenn wir's wüßten, würden wir ja wohl nicht fragen.«

»Ach, du grüne Neune, Kumpel – kennst du nicht das

Lied? *Rauf und runter die City Road, rein und raus im Eagle, das ist's, wo das Geld hingeht.«*
Ich sagte: »Ist es weit?«
»Nein. Hoxton. Könnt ihr leicht in zwanzig Minuten gehen.«
Leicht war nicht das Wort, das ich benutzt hätte, als wir uns den Weg durch die Menschenmassen auf der Hackney Road erkämpften, über Betrunkene und Bettler stiegen und wiederholt von Nutten und Opiumverkäufern belästigt wurden. Stehenzubleiben und nach dem Weg zu fragen war in dieser Gegend ausgesprochen gefährlich, und Gott sei Dank hatten wir mit den Personen, die wir ansprachen, Glück. Wir kämpften uns unermüdlich bis zur Old Street und weiter zur City Road durch, wo es auch nicht gerade ersprießlich war, das kann ich Ihnen versichern.
Das Royal Eagle war ein weiterer Anziehungspunkt für Gauner und Ganoven jeglicher Art. Bevor wir hineingingen, schaute ich auf das Programmplakat und sah, daß Myrtle Bliss tatsächlich auftrat, »mit ihren gefiederten Freunden«. Hier stand ihr Name ganz unten, was bedeutete, daß sie nur als zweitrangig galt. Glanzpunkt des Abends war, wie ich mit einem ironischen Lächeln bemerkte, das »wundersame Verschwinden einer Dame«.
Wir gingen seitlich um das Gebäude zum Hintereingang. Es kostete mich einen Sovereign, um auf diese Weise Zugang zu erhalten, und selbst diese Münze prüfte der diensthabende Zerberus mit den Zähnen, bevor sie uns durchlassen wollte. Miss Bliss, teilte man uns mit, hatte ihre eigene Garderobe oben unter dem Dach. Welch ein Luxus! Der Grund dafür sollte sich rasch herausstellen.
Als ich klopfte, hörte man ein Kreischen von Cocky, oder so vermutete ich wenigstens, doch dem folgte ein wahres

Pandämonium von schrillen Quietschern und Krächzern. Ich öffnete die Tür und trat in ein wahres Papageienhaus. Es herrschte ein wildes Durcheinander von Farben und ein ohrenbetäubender Lärm. Da mußten sechs große Papageien vom Ausmaß Cockys sowie unzählige kleinere sein, die auf jedem nur erdenklichen Platz hockten, wo eben ihre Krallen Halt fanden. Sie schrien und schaukelten und schlugen mit den Flügeln. Einer von ihnen rief: »Tür zu!«, und ich gehorchte.

Miss Bliss sprach hinter einem japanischen Wandschirm hervor. Sie mußte rufen, um überhaupt gehört werden zu können, und es war offensichtlich, daß sie mich für jemand anderen hielt. »Hab ich dir nicht gesagt, du sollst nicht so plötzlich reinkommen? Du weißt doch, daß sie das aufregt. Oh, halt die Klappe, Binky. Ich krieg schon wieder Kopfweh.« Und als Binky nicht aufhörte: »Na gut, du Teufelsbraten, jetzt dreh ich dir den Hals rum!«

Plötzlich war sie keine körperlose Stimme mehr. Tatsächlich war sie wesentlich mehr Körper, als Buckfast oder ich gedacht hatten, denn sie trug nur ein Leibchen, Schlüpfer und ein Korsett, als sie auf der Jagd nach dem lautesten Papagei, einem böse dreinblickenden rotgelben Ara, der auf einer Stuhllehne saß, hervorgeschossen kam. Sie warf ein Handtuch über ihn und sperrte ihn in einen Käfig, woraufhin er mit seinem Radau sofort aufhörte. Der Vogel, das versichere ich Ihnen, war nicht weniger verblüfft als Captain Buckfast und ich.

Es war kein unwillkommener Schock. Myrtle Bliss im Korsett war bei weitem der hübscheste Anblick, den wir an diesem Abend genossen. Ihre Figur stand im Einklang mit den Gesetzen der Physik, so wie ich sie verstehe. Es war Festigkeit ohne Einbuchtungen, Masse, die der Schwerkraft standhielt. Und mit den Augen langsam die Länge ihrer Beine zu erkunden hieß, die Unendlichkeit zu begreifen.

Unbeeindruckt starrte sie Buckfast und mich an und sagte: »Wer, zum Teufel, seid ihr?«

Ich sagte: »Der Prince of Wales.« Ich hatte eigentlich nicht vorgehabt, meine Identität preiszugeben, aber ich bin ein impulsiver Mensch. Ich liebe es, hübsche junge Frauen zu überraschen, und in diesem Moment wünschte ich mir nichts so sehr, als zu erleben, wie Myrtle Bliss wie ihre Vögel aufkreischte und hinter dem Wandschirm Zuflucht nahm.

Es geschah nicht. Sie sagte: »Und ich bin Florence Nightingale. Und wer ist das – der Erzbischof von Canterbury?«

Buckfast sagte: »Madam, achten Sie darauf, wie Sie mit Seiner Königlichen Hoheit sprechen.«

Sie zögerte und sagte dann: »Ihr seid mir ja zwei Verrückte. Bleibt, wo ihr seid. Diese Vögel haben scharfe Schnäbel, wißt ihr.«

Ich sagte: »Ich weiß es aus Erfahrung, meine Liebe. Einer von ihnen hat im Sebright meine Zigarette geholt.«

Sie klatschte in die Hände und sagte mit deutlicher Erleichterung: »*Daher* kenn ich dich also, alter Schnorrer! Ich dachte mir doch, ich hab dich schon mal gesehen. 'nen Moment lang glaubte ich wirklich, du wärst der Prince of Wales.«

Ich warf Buckfast einen warnenden Blick zu. Jetzt, wo es als sicher galt, daß wir keine Irren, sondern bloß alte Schnorrer waren, schien Miss Bliss bereit zu sein, mit uns Freundschaft zu schließen, und dagegen hatte ich nichts einzuwenden. Ich konnte verstehen, daß der Squire sie zum Abendessen ins Romano's ausgeführt hatte. Sie war ungefähr vierundzwanzig, schätzte ich, hatte schimmernde braune Augen, schwarze Ringellöckchen und ein überaus einnehmendes Lächeln. Ich sagte: »Wir möchten Sie zum Essen einladen.«

Sie kicherte, zupfte an ihren Schlüpferbändchen und sagte: »So wie ich bin?«

Um die Form zu wahren, sagte ich: »Großer Gott, nein. Wir werden unten warten.«

Buckfast, der immer noch mehr an die praktische Seite dachte, fragte sie: »Was werden Sie mit Ihren Papageien machen?«

Sie sagte: »Ich werde sie erst ins Bettchen bringen.«

Vorsichtig fragte ich: »Wo genau?«

»Hier. Sie schlafen hier, wenn ich ein Engagement habe. Alle außer Cocky. Er kommt mit mir nach Hause.« Sie warf mir einen kecken Blick zu. »Er ist sehr bevorzugt.«

Buckfast sagte erschrocken: »Schlagen Sie vor, daß wir den Kakadu mit zum Essen nehmen?«

Sie sagte: »Wir werden zu Mr. Hollis oben an der Straße gehen. Er ist an Cocky gewöhnt.«

So wurde es gemacht, und ich war dankbar dafür; keines der Lokale, die ich kenne, hätte uns, angezogen, wie wir waren, ob mit oder ohne Vogel, willkommen geheißen. In Hollis' Austernladen in der City Road hockte sich Cocky auf einen Mantelhaken und verfiel in ein dezentes Schweigen.

Myrtle (wir waren rasch auf vertrauterem Fuß) hatte sich einen großen schwarzen Plüschhut mit einer Spur Purpur im Hutband aufgesetzt und ein schwarzes Kleid mit verwirrend tief ausgeschnittenem Dekolleté sowie rubinrote Ketten und Ohrringe angezogen. Sie war kräftig mit Frangipani parfümiert. Sie saß Buckfast und mir an einem

Tisch gegenüber, der von drei Seiten durch dunkelgetönte Holztafeln nach außen abgetrennt war.
Wir bestellten, plauderten etwa zehn Minuten über Cocky, der, wie sich herausstellte, ein Großer Schwefelkamm-Kakadu war, und dann brachte ich das Gespräch auf Tiere im allgemeinen und Rennpferde im besonderen. Myrtle gab zu, daß sie ganz gern einmal »auf ein paar Hottehüs« setzte, wenn sie es sich leisten konnte. Darauf erzählte ich die Geschichte von meinem alten Freund Sir Ernest Cassel, der, als er als Rennstallbesitzer anfing, Lord Marcus Berresfords Rat einholte, was auf die Seite seiner Pferdeboxen geschrieben werden sollte. Ernest ist zu Recht stolz auf seinen Rittertitel und wollte wissen, ob es angemessen sein würde, die Buchstaben KCMG nach seinem Namen eintragen zu lassen. »Oh, das ist ziemlich klar«, sagte Marcus. »Sie schreiben KCM außen drauf, und das Hottehü kommt von selbst in die Box.«*
Myrtle gab ein kreischendes Gelächter von sich, das sogar Cocky in Verwirrung stürzte, und ich nutzte meine Geschichte, um sie zu fragen, ob sie denn in letzter Zeit bei den Rennen nicht gewonnen hätte.
»Zufällig habe ich das wirklich«, gab sie zu. »Ich habe auf den Gewinner des Cambridgeshire gesetzt.«
»Sailor Prince?« sagte ich und bemühte mich, überrascht zu klingen. »Wie überaus klug!«
»Bertie, ich wußte, ich konnte nicht verlieren«, räumte sie ein.
»Ein Herr aus meiner Bekanntschaft sagte mir, ich solle je-

* Unübersetzbares Wortspiel: *gee* ist im Englischen sowohl die erwähnte Bezeichnung eines Pferdes in der Kindersprache als auch der ausgesprochene Buchstabe »G«; Anm. d. Ü.)

den Penny, den ich hatte, setzen. Das hab ich nicht getan, aber ich habe immerhin eine ganze Wochengage lockergemacht und einen sehr guten Gewinn eingestrichen.«

»Dieser Herr – war das zufällig Mr. Baird, der Squire?«

Ihre Augen wurden groß wie Untertassen. »Woher weißt du das?«

»Oh, es ist allgemein bekannt, daß er die Buchmacher damals ganz schön geschröpft hat, und es sei ihm vergönnt.« Ich blinzelte ihr über den Tisch hinweg zu. »Weißt du zufällig sein Geheimnis, Myrtle?«

»Was?«

»Ich meine, woher er seine Information hatte?«

Sie sagte mit Ehrfurcht in der Stimme: »Um Gottes willen, sprich leise, Bertie. Er wird uns beide töten, wenn wir an einem Ort wie diesem darüber quasseln.«

Ich sagte: »Später vielleicht – an einem anderen Ort?«

Sie sagte mit tiefer Stimme: »Du bist Optimist, und das ist kein Fehler.«

Sie weigerte sich, noch weiter über das Thema Baird angezapft zu werden, weshalb wir uns mit voller Aufmerksamkeit Hollis' Austern zuwandten, und lecker waren sie, frisch aus Colchester vom selben Morgen. Ohne mir etwas dabei zu denken, bestellte ich Champagner. Was kann man denn sonst zu Austern trinken? Hollis bot uns zuerst Chinin-Tonic an, was, wie ich ihm mitteilte, nicht das richtige Getränk für einen Papagei war. Ich bestand auf Champagner und schlug vor, daß er ihn von auswärts holen ließ. Er wollte eine Sicherheit, daß wir auch dafür zahlen konnten, also nahm ich eine Handvoll Sovereigns und gab ihm einen davon.

Diese Transaktion war in mehrerer Hinsicht dienlich, denn ich sah zufällig, wie Myrtles Blick auf das Geld fiel und ih-

re Pupillen riesig wurden wie die einer Wildkatze. Aha, dachte ich; jetzt begreife ich, was dich erregt, junge Dame, und was dich am Squire anzieht.
Hollis war lange Zeit weg und kam schließlich mit einer Flasche Champagner ohne Jahrgangsangabe und von minderwertiger Marke zurück, die mich fünf Shilling kostete. Ein- oder zweimal in der nächsten Stunde, während Myrtle und ich angeregt über das Varieté und unsere liebsten komischen Nummern plauderten, wobei selbst Buckfast auftaute, spürte ich die Berührung von Myrtles Schuh an meinem, und glauben Sie mir, es war nicht zufällig. Als es langsam Zeit für uns wurde aufzubrechen und Buckfast zuvorkommenderweise unsere Mäntel holen ging, beugte sich Myrtle vor und sagte: »Kannst du diesen alten Fahnenmast nicht loswerden?«
Ich murmelte: »Ohne die geringste Schwierigkeit.«
Während Myrtle Cocky holen ging, teilte ich Buckfast auf freundlichste Weise mit, daß seine Pflichten für diesen Abend beendet seien und ich die Nachforschungen auf eigene Faust weiterführen würde.
»Ist das denn klug, Sir?« fragte er.
»Charlie«, antwortete ich, »dies ist eine Straße, auf der sich nur einer von uns weiterwagen darf.«
Also trennten wir uns vor der Tür, Buckfast, um sein Glück am Droschkenplatz zu versuchen, und ich das meine mit Myrtle. Sie wohnte in der Mile End Road, nicht gerade eine der besten Adressen, aber günstig gelegen für ihre Varietéengagements und, wie sie mit einem neckischen Zupfen an meinem Bart hinzufügte, gesegnet mit einer sehr verständnisvollen Hauswirtin.
Myrtle machte keine Umstände, mich hineinzubitten. Wir tasteten uns eine knirschende Treppe hinauf bis in den

obersten Stock, und sie bat mich, Cocky zu halten, während sie ihren Wohnungsschlüssel suchte.
Sie schloß uns auf und griff nach Streichhölzern und einer Lampe. Als das Licht anging, blickte ich in eine Mansarde von bescheidenem Ausmaß mit Bett, Schrank, Tisch, Waschlavoir und einer T-förmigen Vogelstange, auf der ich Cocky erleichtert absetzte. Da es keinen Stuhl gab, stand ich unbeholfen herum, den Hut in der Hand, während Myrtle ein paar Körnchen für den Vogel holte.
Als das erledigt war, wandte sie sich mir zu und sagte: »Nun, Bertie, es ist zu lausig kalt, um herumzustehen. Ich gehe gleich ins Bett.« Mit diesen Worten begann sie, ihr Kleid aufzuknöpfen. Vielleicht denken Sie, der gute Geschmack würde es mir gebieten, an dieser Stelle das Kapitel zu beenden, doch da gibt es noch einiges Wichtige zu erzählen, selbst auf die Gefahr hin, daß es mich selbst etwas in Verlegenheit bringt. Wenn Sie diese Zeilen lesen, denken Sie freundlicherweise daran, so wie ich mich auch bemüht habe, klarzumachen, daß meine Anwesenheit dort einen ernsten Anlaß hatte.
Ich beschloß, daß es jetzt vielleicht die letzte Möglichkeit war, Fragen zu stellen, weshalb ich, während Myrtle fortfuhr, sich auszuziehen, sagte: »Du hast im Austernhaus angedeutet, daß du weißt, warum Sailor Prince für das Cambridgeshire ein sicherer Tip war.«
Sie hob die Röcke über ihren Kopf und sagte: »Gott bewahre, Bertie, du wirst doch nicht etwa jetzt über Pferde sprechen wollen!«
Ich sagte: »Ich hatte es so verstanden, daß *du* es würdest.«
Sie war wieder beim Korsett angekommen. Sie drapierte ihr Kleid über das Bettende und sagte: »Das mußt du den Squire fragen.«

Ich sagte: »Das ist keine Antwort, Myrtle.«
Sie kam zu mir herüber und begann beiläufig meinen Mantel und die Jacke aufzuknöpfen. »Du bist an andere Klamotten gewöhnt.«
»Weich mir nicht aus, mein Fräulein.«
Sie sagte mit sanftem Spott: »Meisterhaft!« und machte sich an die Weste. »Bertie, alles, was ich weiß, ist, daß es ein sehr großes Geheimnis ist. Sailor Prince war ein viel besseres Pferd, als die Buchmacher wußten. Der Squire hat seine Wettbeträge so verteilt, daß er die Quoten nicht verdarb.« Mein Mantel, die Jacke und die Weste landeten neben ihren Kleidern auf dem Bettende.
»War das Rennergebnis getürkt?«
»Würdest du bitte mein Korsett aufschnüren?«
Ich gehorchte und versuchte tapfer, meine Gedanken vorrangig auf die Ermittlung zu richten.
Während Myrtle das Korsett über ihren Hüften lockerte und herausstieg, bot sie an: »Ich könnte versuchen, es herauszufinden.«
»Wann wirst du den Squire wiedersehen?«
»Morgen.«
An diesem Punkt der fortschreitenden Ereignisse begann meine Konzentration zu wanken. Es ist kein Geheimnis, daß ich mein ganzes Leben lang mutig und mit wechselndem Erfolg gegen meine amouröse Natur angekämpft habe. Der Anblick von Myrtle in Hemd und Höschen hätte selbst einen Heiligen zweimal über das Paradies nachdenken lassen, aber ich hatte mehr zu erdulden als nur die optische Herausforderung, denn sie hatte die Daumen unter meine Hosenträger gelegt und streifte sie mir über die Schultern. Die geliehenen Hosen fielen wie eine Flagge bei Sonnenuntergang.

Sie kommentierte: »Nette Unterwäsche. Warum ziehst du sie nicht aus?«
»Ich traue deinem Kakadu nicht.«
Sie schüttelte sich vor Lachen. »O Bertie, er pickt nur Zigaretten!« Sie wand sich aus den verbleibenden Kleidungsstücken und stand in ihrer ganzen Pracht und Herrlichkeit nackt vor mir. »Dann komm eben ins Bett, wie du bist.«
Was für Wangen. Was für Wangen.
Der kultiviertere Teil meiner Leserschaft wird erleichtert sein, wenn er erfährt, daß ich nicht tat, was die Dame mir vorgeschlagen hatte. Ich zog zuerst meine Stiefel aus.
Wie lange es dauerte, bis wir unterbrochen wurden, kann ich nicht sagen, nur daß es nicht lange genug war, weder für Myrtle noch für mich. Es waren schon mehrere Male Schritte auf der Treppe zu hören gewesen, also achteten wir nicht weiter auf einen besonders schweren Tritt, der sich näherte, bis die Tür, sogar ohne ein höfliches Klopfen, aufging und jemand hereinstolperte, mit Cockys Stange kollidierte, sie umwarf und wie die Tay-Brücke über mir zusammenbrach.
Myrtle gelang es, der Himmel weiß wie, sich unter mir herauszuwinden und die Lampe anzuzünden. Der Kakadu saß auf dem Kissen und zupfte mir wild wie ein Berserker ganze Haarbüschel aus dem Bart. Der Eindringling lag quer über meinem Rücken in einer Haltung, die ich nicht versuchen werde zu beschreiben.
Als das Licht anging und Myrtle unerschrocken den Vogel entfernte, gelang es mir, mich zu befreien. Unser ungebetener Gast war glücklicherweise nicht sehr schwer.
In der Tat, er war ein berühmter Gentlemanreiter. Wir kannten ihn beide.
»Der Squire!« flüsterte Myrtle.

Er schlug die Augen auf und sagte: »Wo bin ich, in dem Scheiß-Marlborough-House?«
Dann machte er die Augen wieder zu. Er war voll wie eine Strandhaubitze.

9

Wenn Sie meine Situation am Ende des letzten Kapitels bedenken, wird es Sie vielleicht überraschen, zu erfahren, daß ich am Samstag morgen pflichtgemäß an der Zusammenkunft des Komitees für die Wellington-Statue teilnahm. Ich bin in der Erfüllung meiner Pflichten immer peinlich genau gewesen. *Ich diene* ist, wie Sie wahrscheinlich wissen, das Motto des Prince of Wales. Ich diene, ganz gleich, was in der Nacht zuvor vorgefallen ist, und setze meine engsten Freunde immer in Erstaunen, wenn ich nach einer anstrengenden Nacht früh aufstehe. Aber daran ist nichts Besonderes. Ich werde einfach bestimmt von gewissen Prioritäten – im allgemeinen vom Druck auf der Blase.

Das war die erste Gelegenheit des Komitees, die Gipsmodelle zu begutachten, die von den Bildhauern eingereicht worden waren. Nach mehrstündiger, strohtrockener Debatte darüber, ob die Ähnlichkeit mit Wellington wichtiger sei als die Anatomie des Pferdes, entschieden wir uns für Mr. Boehms Entwurf und vertagten die Sitzung, um uns den Gipsstaub von den Anzügen zu klopfen. Die schwerwiegende Entscheidung, in welche Richtung die Statue blicken sollte, wurde auf den nächsten Samstag verlegt, für den wir uns wieder im Hyde Park Corner verabredeten. So bedeutend sind also die Staatsgeschäfte, mit denen ich mich befasse. Premierminister beider Couleurs, Disraeli und Gladstone, haben die Königin wiederholt gedrängt, mich in die Funktionen einzuweihen, die ich als Thronfolger einst einnehmen werde. Ich habe immer noch nicht die Erlaubnis, den Inhalt einer Depeschenkassette des Außenministeriums einzusehen. Man legt mir jedes nur erdenkliche Hindernis in den Weg, wenn ich reisen möchte. »Jegliche Ermutigung seiner ständigen Lust herumzufahren«, schrieb Mama an Disraeli, »anstatt zu Hause zu bleiben oder in der Nähe der Königin, ist offen und ernsthaft zu mißbilligen.« Aber was gab man mir für Anreize, zu Hause zu bleiben?

Als die Sitzung vorüber war, wies ich meinen Kutscher an, ich hätte in der Jermyn Street einige Besorgungen zu erledigen und daß er nicht auf mich zu warten brauchte, wenn er mich dort abgeliefert hatte. Er ist ein verläßlicher Bediensteter, absolut diskret. Wie man doch von solchen Leuten abhängig ist! Wie oft hat er mich schon zu Adressen gefahren, die ich gar nicht gern im Hofrundschreiben gedruckt sehen würde.

Charlie Buckfast öffnete seine Vordertür diesmal selbst, und ich gebe gerne zu, daß ich bei seinem Anblick kicherte, denn ich hatte ihn bei der Reparatur seines Schnurrbarts erwischt. Eine Seite war schon gewachst, die andere hing noch schlaff herunter.

Ich sagte: »Ist es schon so spät?«

Er verstand nicht.

Ich sagte: »Ihr Gesicht steht auf halb vier.«

In seiner Wohnung ließ ich mich in einem seiner ledernen

Armstühle nieder und erlaubte ihm, mit seinen Reparaturarbeiten fortzufahren, während ich ihm einen Bericht von meinem nächtlichen Abenteuer gab. In allen wichtigen Gesichtspunkten war es ein wahrheitsgetreuer Bericht. Wenn Sie im folgenden ein paar kleine Diskrepanzen entdecken, so deshalb, weil ich immer schon der Meinung war, daß guter Geschmack eine jede Unterhaltung regieren sollte.

»Als ich Miss Bliss in ihre Unterkunft begleitet hatte«, führte ich aus, »begann ich, ihr auf den Zahn zu fühlen – im juristischen Sinne, versteht sich. Das war ja immerhin auch der Grund, warum ich dort war.«

Buckfast stand vor dem Spiegel der Anrichte und kämmte die unfrisierte Hälfte seines Schnurrbarts. »Das versteht sich von selbst, Sir.«

»Gewiß, Charlie.«

Seine Augen begegneten den meinen im Spiegel. »Und war sie ... entgegenkommend, Sir?«

»Auf mein Wort, ja, es war ein einziges Geben und Nehmen, fast eine ganze Stunde lang, Charlie.«

»Ist etwas dabei herausgekommen?«

Ich schnüffelte. »Ich glaube fast, Ihr Wachs ist etwas überhitzt.«

Er schnappte sich die Brennschere und rettete die Dose von der Ecke des Kaminrosts.

Während er die Schnurrbartenden wieder auszog und aufzwirbelte, erzählte ich ihm: »Myrtle und ich wurden mitten in unserem Austausch unterbrochen. Jemand platzte zur Tür herein, stolperte quer durch den Raum und fiel auf das Bett.«

»Großer Gott! Das muß aber unangenehm gewesen sein, Sir.«

Ich sagte mit Nachdruck: »Ich stand von dem Stuhl auf,

auf dem ich gesessen hatte, und ging zu dem Bett, um zu protestieren. Der Mann war offensichtlich betrunken, wie zu erwarten war. Aber ich hatte nicht erwartet, ihn zu kennen, Charlie. Es war Abington Baird, der Squire.«

Buckfast drehte sich vom Spiegel um, und der Schnurrbart sank wieder herab. »Aber wie um alles in der Welt...«

»Er hatte sich für Samstag mit Myrtle verabredet, und sie nahm an, er meinte Samstag abend, nachdem sie mit ihren Auftritten im Varieté fertig war. Sie hatte nicht mit den frühen *Morgen*stunden des Samstag gerechnet, und ich auch nicht. Ich meine, man platzt doch nicht einfach mitten in der Nacht in die Wohnung einer Dame hinein. Es war doch keine Party zugange.«

»Unerhört«, pflichtete mir Buckfast bei. »Hat er Sie erkannt?«

»O ja. *So* betrunken war er nicht.«

»Was haben Sie getan, Sir?«

»Was ich getan habe? Mein erster Impuls war, auf der Stelle zu gehen. Der Himmel weiß, was ein Schurke wie Baird aus einer solchen Zwangslage meinerseits machen könnte, ganz gleich, wie harmlos sie sich erklären läßt. Dann kam mir ein zweiter Gedanke. Bis zu diesem Zeitpunkt hatte ich ausgesprochen gezögert, dem Kerl gegenüberzutreten, wie auch immer seine Beteiligung an dem Rätsel um Archer geartet sein mochte. Jetzt aber war ich ihm gegenüber im Vorteil. Er war endlich einmal weg von seiner Bande Rauhbeine und Boxer. Wie die meisten Rüpel seiner Art ist er ein anderer Mensch, wenn er ohne die übliche Unterstützung ist. Ich sagte zu Myrtle, sie solle mir den Wasserkrug vom Waschstand bringen. Sie war großartig. Sie wußte, was zu tun war.«

»Sie kippte ihn dem Squire über den Kopf?«

»Und zwar alles. Hat ihn innerhalb von Sekunden nüchtern gemacht.«
»Sehr Saubere Arbeit! War er gewillt, Fragen zu beantworten?«
»*Gewillt* würde ich es nicht nennen. Er wurde überzeugt.« Buckfast ließ eines seiner seltenen Lächeln sehen. »Ein bißchen den Arm umgedreht, Sir?«
»Nein, nein. Ich verabscheue Gewalt. Ich gab ihm eine Zigarette und ging in Deckung wie ein Bombenschütze.« Ich grinste, aber Buckfast war langsam im Begreifen, also erklärte ich: »Cocky, der Kakadu, gab seine Nummer aus dem Varieté zum besten.«
»Aha.«
»Der Squire war hinterher sehr kooperativ.«
»Also waren Sie in der Lage, ihn über das Cambridgeshire auszufragen?«
»Ja. Erstens konnte ich bestätigen, daß es stimmte, daß er all das Geld auf Sailor Prince gewonnen hatte.«
Buckfast bemerkte ziemlich taktlos: »Ich dachte, das wüßte jeder in London.«
»Captain, jeder Detektiv, der sein Geld wert ist, geht allem auf den Grund.«
Er errötete sichtbar.
»Weiterhin fragte ich ihn, was ihn veranlaßt hatte, bei 25:1 soviel auf ein Pferd zu setzen. Er hat hämisch gelacht. So nah war ich dem Mann noch nie gekommen. Er hat ein zutiefst unangenehmes Äußeres, Charlie. Diese dicken Lippen, die wie Cervelatscheiben unter dieser Himmelfahrtsnase hängen. Ziemlich widerlich.«
»Wie lautete seine Antwort, Sir?«
»Er sagte, er hätte gehört, daß ich selbst auf Sailor Prince gesetzt hätte. Ich sagte zu ihm, *meine* Gründe seien rein

sentimentaler Natur gewesen, und machte eine ziemlich deutliche Anspielung darauf, daß seine das eben nicht waren.«

»Wie hat er darauf reagiert?«

»Mit einem gewaltigen Rülpser.«

»Wie ekelhaft!«

»Ziemlich, ja.«

»Haben Sie auf einer Antwort bestanden?«

»Natürlich. Ich bin ein seriöser Detektiv. Ich bat Myrtle, Cockys Stange ein klein wenig näher ans Bett zu bringen, und das wirkte Wunder. Der Squire erzählte mir, daß Sailor Prince beim Training in dieser Saison besseres Durchhaltevermögen bewiesen hätte, als er es jemals zuvor gehabt hatte. Es war eine Entdeckung. William Stevens, der Trainer in Compton, konnte es nicht erklären, war aber so schlau, seine Form vor den Wettschnüfflern geheimzuhalten.«

»Stevens? Ich kann es kaum glauben«, sagte Buckfast. »Die Stevens-Brüder sind über jeden Trick erhaben.«

»Sie haben ihn für den Summer Cup in Liverpool gemeldet und dem Jockey gesagt, er solle ihn hinter dem Führenden zurückfallen lassen und keine aufsehenerregenden Aktionen versuchen. Sailor Prince wurde in dem toten Rennen schließlich Dritter, hätte es aber mit einem leichten Galopp um eine Kopflänge gewinnen können.«

»Also ist er nicht besonders aufgefallen.«

»Genau, Charlie. Sie haben ihn bis zum Cambridgeshire nicht mehr laufen lassen.«

Es trat eine Pause ein, während Buckfast noch einmal einen Zwirbelversuch unternahm. Er sah mich an und klemmte mit den Fingern das Schnurrbartende in Form. »Ist das einigermaßen gerade, Sir?«

Ich nickte, und er trug das Wachs auf.
Schließlich drehte er sich völlig wiederhergestellt vom Spiegel um und bemerkte: »Als Sie sagten, ›sie‹ hätten das Pferd vor dem Cambridgeshire nicht mehr laufen lassen, wen genau meinten sie da?«
Charlie Buckfast ließ sich – das konnte ich deutlich erkennen – von niemandem zum Narren halten.
Ich sagte zu ihm: »Das ist der springende Punkt an dem Ganzen. Als der Squire von der Art und Weise sprach, wie man das Pferd auf das Rennen vorbereitet hatte, benutzte er nicht das Wort ›sie‹, sondern das Wort ›wir‹. Das erste Mal, als ich das anmerkte, sagte er, er habe einige seiner eigenen Pferde bei Stevens im Training, und für ihn sei das Gelände bei der Eibenschonung in Compton wie ein zweites Zuhause. Er sagte, er hätte Sailor Prince oft bei der Arbeit zugeschaut.«
»Wer ist denn der eingetragene Besitzer, Sir?«
»William Gilbert aus Ilsley.«
»Aha.«
»Kennen Sie ihn?«
»Ich weiß, daß er ein Nachbar der Stevens-Brüder ist.«
»Na, dann haben Sie's wahrscheinlich schon erraten«, sagte ich. »Der wirkliche Besitzer von Sailor Prince ist der Squire, und er ist unter Gilberts Namen eingetragen.«
Buckfast war beeindruckt. »Haben Sie das aus ihm herausbekommen, Sir?«
»Mit ein wenig Hilfe von Cocky. Er hat eine ganze Menge Pferde unter anderem Namen laufen und bezahlt fürstlich für dieses Vorrecht.«
»Das ist ein gewaltiges Risiko, nicht wahr? Er könnte von den Rennen ausgeschlossen werden, wenn die Stewards davon Wind bekommen.«

»Ja, aber denken Sie daran, was das letzte Mal passierte, als er verwarnt wurde.«

(Hier werde ich die Geschichte wohl besser einflechten, denn obwohl sie in Rennkreisen schon hinlänglich bekannt ist, möchte ich bezweifeln, daß sie auch für die Nachwelt erhalten bleiben wird. Der Squire ist, wie sein Vorbild Archer, ein aggressiver, um nicht zu sagen skrupelloser Reiter. Sein Verhalten auf und hinter der Rennbahn hat ihm unzählige Feinde in der Renngemeinde gemacht, und kein Wunder, denn wenn er ihren Pferden nicht heimleuchtet, umgarnt er ihre Ehefrauen, von denen die meisten geradezu verrückt nach ihm sind oder wahrscheinlich eher nach seinen Millionen. Die Sache spitzte sich zu, als beim Jagdverkaufsrennen auf der Flachbahn in Birmingham 1882 der Squire mit einem Handgalopp gewann und der Reiter, der als letzter ins Ziel gegangen war, ihn regelwidrigen Verhaltens beschuldigte. Dieser Reiter war ausgerechnet Lord Harrington. Offensichtlich hatte der Squire abfällige Bemerkungen über Harringtons Reitstil gemacht und gedroht, ihn über den Rennzaun zu werfen. Als das Rennen gelaufen war und Harrington protestierte, sagte der Squire: »Ich dachte, Sie wären ein blöder Kartoffelbauer.« Die Sache kam vor den Jockey-Club, und wir beschlossen, dem Kerl eine Lektion zu erteilen. Wir suspendierten ihn für zwei Jahre von jedem Rennen im Land. Was glauben Sie, wie er reagierte? Er hatte doch tatsächlich die unglaubliche Frechheit, publik zu machen, daß er vorhatte, die Limekilns zu kaufen – die Rennbahn von Newmarket, die die schönste überhaupt ist und praktisch als geweihter Grund gilt. Wir im Jockey-Club waren entsetzt über dieses Vorhaben. Stellen Sie sich diesen Gesetzlosen in einer Position vor, bei der er vorschreiben konnte, welche Trainer die Galoppbahn benutzten. Er hätte die Limekilns abzäunen oder sogar umpflügen können! Wir waren genötigt, still und heimlich in Verhandlungen mit dem Squire einzutreten, den Pachtvertrag in einer Weise abzusichern, die den Club nicht arm werden ließ, und natürlich wurde er schneller wieder rehabilitiert, als sein Bann Geltung hatte.)

Buckfast sagte: »Ich vermute, daß er Sailor Prince in der Zeit, als er ausgeschlossen war, heimlich kaufte. Er hat sich ordentlich bezahlt gemacht.«

Er goß mir ein Glas trockenen Sherry ein und fragte, was ich sonst noch vom Squire erfahren habe.

Ich formulierte meine Antwort vorsichtig und mit Bedacht. Ich hatte nämlich eine Aufgabe für Buckfast, von der er vielleicht nicht sehr begeistert sein würde. Ich bin nicht gerade berühmt für meinen Takt, aber ich spürte, daß hier ein gewisses Feingefühl vonnöten war. »Er nahm Archer in Schutz und wollte nicht den geringsten Vorwurf gegen ihn gelten lassen. Er sagte, Fred hätte nach dem Rennen in Cambridgeshire keinerlei Grund gehabt, sich zu schämen. Dieses Gerücht, das Lord Edward Somerset in Umlauf gebracht hat, nämlich daß Fred ein Schmiergeld gezahlt habe, um den Favoriten Carlton zu stoppen, sei seiner Meinung nach nichts als eine infame Verleumdung. Fred sei angeboten worden, Carlton zu reiten, und er hatte abgelehnt, weil er überzeugt war, daß St. Mirin das bessere Pferd war.«

»Da hat er auch recht«, räumte Buckfast ein. »Fred dachte, er liege damit hundertprozentig richtig.«

Ich blieb auf dem eingeschlagenen Weg: »Der Squire sagte, er hätte am Tag des Rennens ein freundschaftliches Gespräch mit Archer gehabt. Archer riet ihm dringend, auf St. Mirin zu setzen.«

Buckfast stellte seinen Sherry beiseite, als wäre er vergiftet.

»Charlie, Sie sehen skeptisch aus«, sagte ich. »Übrigens gab Fred mir denselben Tip.«

Er räusperte sich auf eine Weise, die anzeigte, daß er nicht meiner Meinung war.

»Heraus damit, Mann«, sagte ich.

»Nun, Sir, ich zweifle nicht daran, daß Fred Ihnen einen Tip gab, aber ich frage mich, ob er dem Squire gegenüber so großzügig war. Sie waren keine Busenfreunde, wie der Squire Sie glauben machen will.«

»Der Squire war Freds Protégé«, hob ich hervor. »Haben Sie die Reitstunden vergessen?«

»Die teuersten Reitstunden, von denen ich je gehört habe. Eine rein geschäftliche Vereinbarung«, sagte Buckfast abfällig. »Der Squire bezahlt gut, und Fred war nie abgeneigt, etwas extra zu verdienen.«

»Fred in seiner Eigenschaft als Tinman«, sagte ich.

»Genau.«

Ich bemerkte so beiläufig, als wäre mir der Gedanke gerade eben gekommen: »Hat es da nicht vor ein oder zwei Jahren Gerüchte gegeben, Archer und der Squire wollten in Newmarket Partner werden? In einer Art gemeinsamem Rennbetrieb?«

Buckfast zuckte zusammen, als hätte ich ihn geohrfeigt. »Das Gerücht kam nur von einer Seite. Fred hätte sich mit einem Unternehmen, das unter einem derart schle
Stern stand, niemals seinen Ruf verdorben. Er w
auf den Squire, weil der die Geschichte in Um
hatte. Unglücklicherweise glaubten di
Duke of Portland war einer davon.«

»Alter Dummkopf«, sagte ich. (

eilig gehandelt, als er von dem Gerücht hörte, und Archer befohlen, seine Kappe und Jacke zurückzugeben. Fred ist seither nie mehr in den Portland-Farben geritten.) »Was Sie sagen, ist, daß der Squire für Fred ein Ärgernis war. Letzte Nacht behauptete er, er sei sein einziger wahrer Freund.«

»Das ist purer Schwachsinn – bitte um Verzeihung, Sir.«

Ich sagte neckend: »Spüre ich da eine persönliche Animosität, Charlie?«

Er antwortete: »Ich bin dem Squire nie begegnet, Sir. Ich habe mich immer bemüht, ihm aus dem Weg zu gehen. Ich bezweifle, daß er von meiner Existenz überhaupt weiß.«

»Wunderbar«, sagte ich und hatte es nie ehrlicher gemeint, »denn ich möchte, daß Sie ihn beschatten.«

Sein Gesicht war ein Bild für Götter. Ich hätte einen Penny in seinen Mund werfen können. »Ihn beschatten?«

»Gehen Sie in Lokale, die er häufiger besucht. Das dürfte nicht schwer herauszufinden sein. Der Greyhound in Newmarket ist eines davon. Romano's auf dem Strand ein anderes. Wo's eine Keilerei gibt, können Sie zehn zu eins wetten, daß der Squire und seine Bande dort zu finden sind. Trinken Sie noch ein Glas Sherry, Charlie. Sie sehen so aus, als könnten Sie ihn brauchen.«

Buckfast rang schwer mit dem Undenkbaren. Er sagte: »Was wäre denn meine Aufgabe dort?«

»Das liegt doch auf der Hand, Charlie, oder? Der Squire sagt uns nicht die Wahrheit. Sie haben mir gerade eben gesagt, daß er kompletten Blödsinn redet. Wir können ihm das doch nicht durchgehen lassen, oder?«

Buckfast rieb sich seitlich am Kinn und befeuchtete die Lippen. »Ich denke, wenn Sie glauben, er hätte etwas mit Freds Selbstmord zu tun, Sir ...«

Ich sagte: »Kümmern Sie sich nicht darum, was ich glaube. Was glauben Sie denn?«

Nach kurzem Nachdenken antwortete er: »Er ist ein gefährlicher Mann.«

»Zweifellos.«

»Und das ist nicht nur der Squire. Da sind die ganzen anderen – Charlie Mitchell, Jem Smith – Männer, deren Geschäft körperliche Gewalt ist. Sie folgen ihm überallhin. Sie müssen sie auf dem Rennen gesehen haben, Sir.«

»Ich habe sie gestern nacht auf der City Road gesehen«, erzählte ich ihm.

»Sie waren dort?«

»Warteten unter einer Straßenlaterne auf den Squire, bis seine Verabredung mit Myrtle beendet war. Sie hat sie vom Fenster aus gesehen, mindestens ein Dutzend der übelsten Sorte von Menschen, die ich je gesehen habe. Es war praktisch unmöglich für mich, zum Marlborough House zurückzukehren, wie ich es vorgehabt hatte.«

»Was haben Sie getan?«

»Ich blieb die Nacht über dort.«

»Mit Myrtle und dem Squire?«

»Nicht mit dem Squire. Nach einer Stunde ermunterten wir ihn zum Gehen. Ich half ihm die Treppe hinunter und verriegelte hinter ihm die Tür. Das war die einzige Möglichkeit. Sein Mob grölte ihm lauthals zu, als er herauskam, und dann verschwanden sie, Gott sei Dank.«

»Aber Sie blieben?«

»Nur um eine Dame in Gefahr zu beschützen, Charlie. Ich unterschätze diese Schurken nicht, und das sollten Sie auch nicht.«

»Nein, Sir.«

»Sie sind dazu da, zu beobachten, nicht um irgendwelche

Unannehmlichkeiten heraufzubeschwören. Verhalten Sie sich unauffällig.«
Seine Hand legte sich schützend an seinen Schnurrbart.
Ich sagte in weichem, vernünftigem Ton: »Ist an der Zeit, daß er runterkommt, nicht wahr, Charlie?«
»Herunter, Sir?«
Ich nickte.
Er war entsetzt. »Komplett?«
»Jedes Härchen.«
Er drehte sich wieder dem Spiegel zu und betrachtete sich. »Ich nehme an, er ist ein auffallendes Merkmal.«
Ich sagte: »Auf zweihundert Meter und weniger. Der Himmel weiß, was der Squire und seine Gang tun würden, wenn sie Sie der Schnüffelei verdächtigten.«
Es trat ein Moment erschrockenen Schweigens ein.
Ich fügte hinzu: »Myrtle hat mir ihre Dienste als Spionin angeboten, aber ich würde mich lieber auf Sie verlassen, Charlie.«
Er ging zu einer Schublade und nahm eine Schere heraus. Solcherart ist die Pflichterfüllung eines britischen Kavallerieoffiziers.
Während er schnippelte, sagte ich: »Ich möchte nicht, daß Sie denken, ich sei außerhalb der Schußlinie, Charlie. Ich beabsichtige nur, von einer anderen Flanke her anzugreifen. Ich werde einen Besuch bei der Herzoginwitwe von Montrose in die Wege leiten.«
Er schnitt eine große Handvoll Barthaare ab und sagte: »Die Herzogin? Wozu?«
Wie ein Echo zu Gladys de Greys Bemerkung sagte ich: »*Cherchez la femme,* Charlie.«

10

Jeden Sonntagnachmittag, wenn die Staatsgeschäfte es erlauben, mache ich, einer alten Gewohnheit zufolge, einen Rundgang um das Landgut in Sandringham. Meinen Wochenendgästen – es gibt immer Gäste – steht es frei, mich zu begleiten, wenn sie wollen, alte Freunde jedoch (in dem Fall, von dem ich spreche, der Earl of Caernarvon, Lord Herschel und Sir Henry James) nehmen sich im allgemeinen die Freiheit, mich dabei allein zu lassen. An einem trüben Novembertag, dem einundzwanzigsten, vermummte ich mich wie ein Kutscher, denn es wehte ein bitterkalter Wind vom Wash herunter. Unter solchen Bedingungen strebe ich normalerweise schnurstracks den Treibhäusern zu, bloß gibt es dort zum Ende des Jahres hin kaum mehr als ein paar verfaulte Tomaten zu sehen. Also nahm ich Zuflucht zum Sägewerkerhof, wo immer ein Feuer brennt, und dort stieß ich auf einen jungen Burschen von etwa zwölf Jahren, der eine Ausgabe von *Reynolds's Newspaper* las.

Ich weiß nicht, ob Sie von *Reynolds's* gehört haben werden. Ich hoffe bei Gott, daß es, wenn Sie diese Zeilen lesen, längst vergangen und vergessen sein wird, denn es ist eine abscheuliche Publikation, ein Käseblatt, das Woche um Woche im Namen des Sozialismus böse Verleumdung und Rufmord betreibt. Damit Sie nicht denken, ich übertreibe, lassen Sie mich aus einem Artikel vom letzten Mai zitieren, der sich auf meinen Sohn Eddy bezieht, welcher eines Tages König werden soll:

»... Einen langweiligeren und dümmeren Burschen hat es nie gegeben. Er kann nicht einmal mit einem gewissen Maß an Anmut oder Würde eine Rede vom Blatt ablesen, die man ihm in die Hand gedrückt hat und die am nächsten Tag in den Zeitungen als die seine ausgegeben wird.«

Obwohl ich gewiß der erste bin, der zugibt, daß Eddys Konzentrationsfähigkeit etwas zu wünschen übrig läßt, muß daran erinnert werden, daß der Junge nach seiner Zeit auf See zum Trinity College, Cambridge, zugelassen wurde und schon bald ein Patent beim zehnten Husarenregiment erhalten wird. Wie kann ein verantwortungsvoller Journalist solches Gift aus seiner Feder spritzen lassen, wo doch wir, Eddys ergebene Eltern, alles in unserer Macht Stehende tun, um ihn auf die Aufgaben des Staates vorzubereiten? Ich kann Ihnen sagen, die arme Alix wäre untröstlich, wenn sie die ehrenrührigen Beschimpfungen kennen würde, die landauf, landab jeden Sabbat in Millionen Haushalten gelesen werden.
Das war noch nicht alles. Urteilen Sie selbst über die journalistische Qualität, wenn ich Ihnen den Rest des Artikels zitiere:

»Der Prince of Wales und andere ›Mitglieder der königlichen Familie‹, die es wagen, die Öffentlichkeit mit ihren Ansichten über

aktuelle Themen zu beehren, lassen ebenfalls ihre Reden von dem offiziellen Redenschreiber verfassen. Sie brauchen bloß einen Esel oder einen Affen entsprechend anzuziehen und ihn ›König‹ oder ›königlich‹ zu nennen, und die halbe Frauenwelt des Landes wird in Bewunderung verfallen, die hübschen Ohren, die überaus fein geformten Hufe, die zarte Haut und die feinen Manieren loben, gerade so, als wäre es das göttlichste aller Geschöpfe. Viele dieser armen Leute sind reif fürs Irrenhaus; aber solange sie natürlich nur im Stadium der Idiotie sind und ihre Freunde damit einverstanden sind, sie zu Hause zu ertragen, braucht sich der Staat nicht mit dieser Bürde zu belasten.«

Sie können also meine Reaktion verstehen, als ich zufällig auf den jungen Sägegehilfen stieß, der das *Reynolds's Newspaper* las. Ich riß es ihm aus den schmutzigen Händen und schlug es ihm ordentlich um die Ohren. Dann warnte ich ihn, er könnte sich woanders eine Anstellung suchen, wenn man es auf meinem Besitz noch einmal bei ihm finden würde. Er hatte sofort verstanden. Er versicherte mir, er lese es nur wegen der Rennergebnisse. Wie sehr wünschte ich, mein Eddy wäre auch so schlagfertig.
Der Vormann des Sägewerks, der auch nicht langsam ist, nutzte die Gelegenheit, um eine etwaige Schuldzuweisung von sich abzuwenden, indem er sich anbot, dem Jungen eine Tracht Prügel zu verpassen und das anstößige Blatt eigenhändig zu verbrennen. Ich erlaubte es nicht. Wie erwähnt, hatte ich bereits selbst eine kurze Bestrafung vorgenommen. Was die Zeitung anging, so war sie Eigentum des Burschen, wenngleich bei einem Gegenwert von nur einem Penny, und ich beabsichtigte, unserem jungen Sozialisten eine Lektion in praktischer Politik zu erteilen. Ich respektiere Besitz, und somit war es gegen meine Prin-

zipien, zuzulassen, daß man die Zeitung zerstörte. Statt dessen würde ich sie konfiszieren. Ich übergab sie Jarvis, meinem Gutsverwalter, und versprach dem Jungen, wenn er die Stelle bei mir verließe, was nicht lange dauern würde, wenn er so weitermachte, könnte er um die Rückgabe des Blattes ersuchen, und es würde ihm ausgehändigt werden.
Am späten Nachmittag fragte Jarvis, was er denn mit der verflixten Zeitung anfangen solle, und ich war einen Moment lang unschlüssig, bis mir Knollys einfiel. »Geben Sie sie Sir Francis«, sagte ich. »Er wird sie an einem sicheren Ort unterbringen.«
Am nächsten Morgen, nachdem meine Gäste sich verabschiedet hatten und zum Bahnhof gebracht worden waren, paßte mich Knollys an der Vordereinfahrt ab.
»Diese, äh, Ausgabe des *Reynolds's Newspaper,, Sir.«*
»Des was?« sagte ich und erinnerte mich dumpf an den Zwischenfall. In der vergangenen Nacht hatte ich mit meinen Gästen im Rauchsalon alte Geschichten erzählt, bis das Kaminfeuer zu Asche geworden war. »Ach, ja. Sie haben es irgendwo sicher verwahrt?«
Jetzt wurde Knollys vage. »Die Zeitung, Sir?«
»Was sonst? Wir reden doch nicht von rosa Elefanten, Francis.«
Es trat ein unbehagliches Schweigen ein, dann antwortete Knollys: »Die fragliche Zeitung wurde mir ausgehändigt. Man gab mir zu verstehen, daß Sie vorgeschlagen hätten, ich sollte mich ihrer annehmen.«
»So ist es.«
Er sagte in dem mißbilligenden Ton, der eine unheimliche Ähnlichkeit mit dem meiner Mutter aufwies: »Es ist kein sehr angenehmes Organ – nicht das Organ, das man auf Sandringham so gerne sieht, Sir.«

»Wahrhaftig nicht«, stimmte ich zu.
»Man kann sich nur wünschen, daß es nicht Ihrer Königlichen Hoheit oder den jungen Prinzessinnen durch einen unglücklichen Zufall in die Hände gerät.«
Mir gefiel die Richtung, die er dem Ganzen gab, gar nicht. Ich nickte widerwillig.
Er fuhr fort: »Nachdem das Blatt mir ausgehändigt wurde, schaute ich es Seite für Seite durch. Einiges davon war überaus beleidigend. Die Bemerkungen über Ihre Königliche Hoheit ausgesprochen ungebührlich.«
Ich sagte: »Ich habe sie nicht gesehen.«
Knollys verkündete energisch: »Und das werden Sie auch nicht, Sir. Ich habe mir erlaubt, sie zu zerstören.«
»Sie haben *was?*«
»Ich habe den einzigen in Frage kommenden Artikel für Ihr Sammelalbum ausgeschnitten und den Rest verbrannt.«
Ich war empört. Ich rief: »Verdammt noch mal, Francis! Sie hatten nicht das Recht dazu! Sie sind schlimmer als unfähig. Sie sind ein Zerstörer, ein Anarchist«, aber in Wirklichkeit machte ich mir selbst Vorwürfe. Nach meinem Sermon im Sägewerk über die Unantastbarkeit von Eigentum hätte ich dafür Sorge tragen sollen, daß das vermaledeite Blatt sicher verwahrt wurde. Wenn der Junge erwachsen wurde und die Revolution anzettelte, würde ich die Verantwortung dafür tragen.
Knollys war weiß um die Nase. Um die Zurechtweisung abzumildern, sagte ich: »Sie könnten mir eigentlich auch gleich das Stückchen zeigen, das Sie beschlossen haben aufzubewahren. Ist es amüsant?«
Er sagte: »So würde ich es nicht beschreiben. Es ist einer der Leitartikel.«
»Das Thema?«

»Der verstorbene Mr. Archer und sein Letzter Wille.«
Ich horchte auf. »Dann möchte ich es sofort sehen.«
Er nahm das Sammelalbum von seinem Schreibtisch. Der Schnipsel war bereits eingeklebt. Unter dem Titel *Das Vermögen eines Jockeys* wurde verlautbart, daß Fred Archer nach verläßlichen Quellen ein Vermögen von über hunderttausend Pfund hinterlassen hatte. Was darauf folgte, war zum größten Teil, wie zu erwarten, langweiliges sozialistisches Geschwafel über die Renngemeinde, die Berge voll Gold verdiente, während die Arbeiterklasse hungerte, ohne natürlich die Tausende, denen der Sport Beschäftigung gibt, mit einem Wort zu erwähnen. Archer, so unterstellte das Blatt, sei ein armer Stalljunge gewesen, der gut daran getan hätte, arm zu bleiben. Er hatte seine Klasse verraten, indem er mit *»Lords, Herzögen und sogar Prinzen auf Du und Du gestanden hat, während er von einigen seiner Landsleute jahrelang wie eine Art Halbgott verehrt wurde«*. Ich schaute auf und bemerkte, an Knollys gerichtet: »Die übliche freudlose Propaganda.«
Er sagte: »Wenn Sie weiterlesen, Sir, glaube ich, Sie werden vielleicht etwas finden, was Sie interessiert.«
Und so war es. Es stand schon im nächsten Satz: »Einer gewissen schlampigen, alten Herzoginwitwe mit einer Vorliebe für Sport sagt man nach, sie habe ihn beinahe geheiratet.«
Carrie Montrose.
»Meiner Seele«, sagte ich und prustete vor Lachen, »ich frage mich, ob sie das gesehen hat.«
Knollys meinte trocken: »Ich würde keinen Wert darauf legen, derjenige zu sein, der sie darauf aufmerksam macht, Sir.«
Ich kicherte noch den ganzen Morgen über Carries Vorlie-

be für den Sport, und es dauerte eine ganze Weile, bis ich zu begreifen begann, was die Feststellung bedeutete. Lady de Grey hatte mir erzählt, daß Carrie Montrose im vorgerückten Alter von achtundsechzig Archer im Hinblick auf eine Heirat nachgestellt hatte, und ich hatte es kaum geglaubt, und da stand es jetzt in einer Zeitung, die von Millionen gelesen wurde. Es geschehen seltsame Dinge, aber ich bezweifelte, daß *Reynolds's Newspaper* Gladys de Grey als Verfasserin von Artikeln angestellt hatte.

Genaugenommen ging *Reynolds's* wesentlich weiter als das, was Gladys angedeutet hatte. Der Herzogin wurde »nachgesagt, sie habe Archer *beinahe geheiratet*«. Erstaunlich, wenn das stimmte. Ich meine, erstaunlich, wenn Archer die Verbindung wirklich eingegangen wäre. Zugegeben, Carrie war außerordentlich reich und hatte von ihrem zweiten Mann möglicherweise den schönsten Rennstall und die besten Zuchtpferde im ganzen Land geerbt. Zugegeben auch, daß Archer immer darauf bedacht gewesen war, Geld zu verdienen. Darüber hinaus war er nach dem Tod seiner Frau ein einsamer Mann gewesen. Und Carrie hatte ihm geschmeichelt, indem sie all die Jahre enorme Vorschüsse an ihn hatte springen lassen. All das zugegeben. Trotzdem konnte ich sie mir nicht als Braut und Bräutigam vorstellen, sie achtundsechzig, er neunundzwanzig. Der Sechs-Meilen-Hintern, der vom Tinman über die Schwelle getragen wird.

Jedenfalls war ich froh, die Information zu haben, gleichgültig, was sie wert war. Sie gab meinem bevorstehenden Treffen mit Carrie eine besondere Würze. Sie wußte es noch nicht, aber sie würde am kommenden Samstag Charlie Buckfast und mich in ihrem Stadthaus in Cheyne Walk zum Abendessen zu Gast haben. Die Arrangements mußten

diskret getroffen werden, deshalb wurde alles in die Hände von Sykes' Schwägerin Jessica gelegt, die eine Bekannte von Carrie war. Ich hatte es Knollys gegenüber nicht erwähnt. Zum Glück ist er immer noch so vernünftig, von meinen privaten Dinnerarrangements die Finger zu lassen. Und er liest auch meine Briefe nicht. Ich erwähne das, weil am Dienstag, als man mir die Post brachte, dem Stapel ein intensiver Lavendelduft entströmte. Neugierig geworden, suchte ich nach der Quelle und zog einen parfümierten Umschlag in einem überaus vulgären Blauton hervor, abgestempelt im Londoner Osten und mit dem doppelt unterstrichenen Vermerk *Päsöhnlich* über der mit Rechtschreibfehlern gespickten Adresse. Ich brauchte nicht lange, um den Schluß zu ziehen, daß er von Myrtle Bliss kam.
Sie hatte zuerst geschrieben *Ihre Könikliche,* hatte es dann aber durchgestrichen und *Lieber Börti* darübergeschrieben.

Was hamer uns doch ammessiert letzten Freitach! Von wegen armer Deibel, un so! Wär doch ne Schau, wemmer sich mal wieder dreffen könnt! Bin nexten Sonntach mit dem Skwaier in Numarket, wennde also alles hörn wills, komm nexte Woch bei miä vorbei – Dinstach, um ellf. Cocky sacht, du solls deine Flubben mitbringn. Er had en neuen Drick, wo er dir zeign will.

In Libe, M.

Sosehr ich auch Gefühle im allgemeinen zu schätzen weiß, war ich doch schockiert von Stil und Orthographie – ich fragte mich sogar, wie ich bloß so impulsiv gewesen sein konnte, eine solche Zuneigung zu ermutigen. Auch auf die Gefahr hin, als Snob zu erscheinen, muß ich sagen, daß die Dame auf dem Papier den Großteil ihres Charmes verlor. Wenn man alles in Betracht zog, wollte ich mich lieber auf

Charlie Buckfast verlassen, um an Informationen über den Squire heranzukommen. Ich antwortete nicht. Wenn ich etwas in meinem Leben gelernt habe, dann ist es die Erkenntnis, daß Briefwechsel mit dem schönen Geschlecht, ob sie nun gebildet sind oder nicht, ein Weg voller Fallstricke sind.

Abgesehen davon galt die größte Aufregung jener Woche der Tatsache, daß am Montag, dem 23. November, meine jüngste Schwester Beatrice einen gesunden Knaben zur Welt gebracht hatte. Ich besuchte sie am Mittwoch in Windsor (ganz zu schweigen von Mama, was mir auch lieber ist, denn sie hielt mir die übliche Predigt über Mäßigung). Am Freitag fuhr ich dann nach Sandringham zurück, um an der Geburtstagsfeier meiner jüngsten Tochter Maud teilzunehmen. Geburtstage sind freudige Ereignisse, und ich wäre der letzte, der sich darüber beschweren würde, außer darüber, daß wir bei sieben engeren Familienmitgliedern und über dreißig Neffen und Nichten kaum mehr tun als Karten schicken und Kuchen essen. In jener Nacht brach ich spät noch nach London auf, wo mich am Samstag morgen das unumgängliche Treffen des Wellington-Statuen-Komitees erwartete.

Ich konnte es kaum erwarten, zu hören, was Buckfast in seiner Woche als Beschatter des Squire erlebt hatte, und ich hatte mit ihm ausgemacht, ihn am Samstag abend um sechs Uhr in seiner Wohnung in der Jermyn Street aufzusuchen, damit genügend Zeit blieb, um mir seinen Bericht abzustatten, bevor wir zu unserer Abendessenverabredung mit der Herzogin aufbrechen mußten. Ungünstigerweise war er nicht daheim, als ich eintraf, und ich war genötigt, zwanzig Minuten herumzustehen und mit dem Gemüsehändler über den Nährwert von Kartoffeln zu plaudern. Ich bin ein großer Fürsprecher der schlichten Ackerknolle.

Als irgendwann ein Vierräder anhielt und ein Mann ausstieg, hatte ich zunächst Schwierigkeiten, Charlie Buckfast zu erkennen. Ohne den Schnurrbart und mit einer schlechtsitzenden, gegürteten Jacke sowie einer Mütze hätte er glattweg als Lader bei einer meiner Jagdgesellschaften in Sandringham durchgehen können, bloß daß er mich überhaupt nicht beachtete und aufmerksam die Straße hinauf- und hinabschaute, bevor er den Schlüssel ins Schloß steckte. Er befolgte noch nicht einmal die elementarsten Regeln der Höflichkeit, nämlich mich zuerst eintreten zu lassen, sondern stürzte einfach hinein, während ich mir selbst überlassen blieb und die Tür hinter uns schließen mußte.

Ich hätte ihn gewiß dafür zurechtgewiesen, wenn ich nicht seinen Gesichtsausdruck gesehen hätte. Ich bin durchaus daran gewöhnt, in nervöse Gesichter zu schauen. Sie begegnen mir überall, so wie rote Teppiche und der Geruch nach frischer Farbe. Charlie war nicht einfach nur nervös; er war *gehetzt*. Und die ersten Worte, die er sprach, als wir oben angekommen waren, klangen auf schauerliche Weise vertraut.

»Kommen sie?«

Ich stand am Fenster. Ich starrte ihn einen Moment lang an. Dann drehte ich mich um und sah hinaus.

Er sagte: »Bewegen Sie um Gottes willen den Vorhang nicht!«

Unten in der Jermyn Street war der Wagen weggefahren, und jemand in einem dunkelgrünen Ulster und Melone kam aus dem Tabakladen gegenüber. Ein Paar in Abendcapes überquerte die Straße. Ich konnte nichts entdecken, was eine solche Beunruhigung in meinem Mitdetektiv verursacht haben könnte, und sagte ihm das auch.

Er erwiderte: »Sie sind mir von Newmarket bis hierher gefolgt. Sie schauten in das Abteil, bevor der Zug losfuhr, und ich sah sie weitergehen, bevor er aus dem Bahnhof fuhr. In der Liverpool Street bin ich vom Zug gesprungen, bevor er hielt, und sprintete zur Schranke, sie in wilder Jagd hinter mir her.«

»Großer Gott! Wer waren sie?«

»Zwei von den Kumpanen des Squire, seine Beschützer, wie er sie nennt. Der eine ist Preisboxer, gebaut wie ein Ochse. Er zeigt besonders gern seine Narben, und die hat er sogar an den Fäusten, weil er mit seinen Knöcheln am liebsten Schädel zertrümmert. Der andere ist größer und jünger, mit den kältesten Augen, die Sie je gesehen haben. Können Sie sie noch nicht entdecken, Sir?«

Ich schaute wieder auf die Straße hinab. »Nicht die geringste Spur, Charlie.«

Er wartete und rechnete jede Sekunde damit, daß ich etwas anderes sagte. »So Gott will, bin ich ihnen entwischt. Ich habe bei St. Paul's die Droschke gewechselt.«

»Haben sie irgendeine Ahnung, wer Sie sind?«

»Ich glaube nicht. Aber ich bin jetzt bekannt. Letzte Nacht gab es im Hinterzimmer des Greyhound einen Hundekampf. Er hat diesen mörderischen Staffordshire-Bullterrier namens Donald, den er auf jedes herumstreunende Tier losläßt, das seine Männer auftreiben. Ich würde es nicht kämpfen nennen – es ist mehr wie Rattenfang. Sie schließen dann Wetten ab, wie lange es dauert.«

»Und Sie waren da und haben es sich angeschaut?«

»Nein, Sir. Ich nutzte die Gelegenheit, um in Bedford Lodge einzubrechen, dem Hauptquartier des Squire.«

»Sie sind in die Lodge eingebrochen? Bei Jupiter, Charlie, ich salutiere vor Ihnen! Haben Sie eine Spur?«
Buckfast hatte uns zwei Mordsbrandys eingeschenkt. Er reichte mir einen und warf bei der Gelegenheit einen Blick aus dem Fenster. »Ich würde mein Leben dafür aufs Spiel setzen, Sir. Ich höre jetzt schon die ganze Woche die Prahlereien des Squire. Wenn nur die Hälfte davon wahr ist, brutzelt Fred Archer ordentlich in der Hölle. Der Squire sagte, daß es keinen Jockey in England gibt, den man nicht schmieren kann. Er sagt, Archer und Charlie Wood hätte er schon in der Tasche, und jetzt will er Cannon.«
Das war verheerend. Ich sagte mit vor Schreck belegter Stimme: »Archer nahm Schmiergelder vom Squire an? Ist es das, was Sie mir sagen wollen, Charlie?«
»So habe ich es mehr als einmal gehört, Sir. Er und Wood haben regelmäßig Rennen getürkt, und der Squire hat das Geld dafür aufgetrieben.«
Mir wurde allein schon bei dem Gedanken schlecht. Gerüchte von einer Verschwörung, einer »Jockey-Mafia«, an der Archer und Wood sowie einige »professionelle Wetter« beteiligt sein sollten, waren vor zwei Jahren aufgekommen, von niemandem jedoch geglaubt worden, außer jenem rachsüchtigen alten Rennhasen, Sir George Chetwynd, dessen eigene Rennpferde in jener Saison in äußerst unzuverlässiger Form gewesen waren.
Chetwynd war sogar so weit gegangen, die beiden Jockeys zur Rede zu stellen (sie wiesen die Vorwürfe zurück) und eine Notiz im Almanach des Jockey-Clubs zu veröffentlichen, in der er die Rennbehörde fragte, wie sie bezüglich der Behauptungen vorzugehen gedächte. Die Rennbehörde antwortete, daß sie deutlichere Beweise für einen Verstoß gegen das Berufsethos bräuchte, und eine Weile lang

war Chetwynd in Rennkreisen ausgesprochen schlecht angeschrieben gewesen. Nun hatte sich seine Klage offensichtlich bewahrheitet.
Das letzte, was ich wollte, war, Archers Namen in den Schmutz zu ziehen.
Und ich sollte von Buckfast noch Schlimmeres hören: »Der Squire behauptet, er habe gar keine großen Bestechungsgelder zahlen müssen, nachdem die Jockeys einmal Geld angenommen hätten, weil sie vor einer Untersuchung durch den Jockey-Club höllische Angst hatten. Ihr Lebensunterhalt stand auf dem Spiel. Sie hatten allzuviel zu verlieren.«
»Im Gegensatz zum Squire, dessen Ruf jetzt schon zum Himmel stinkt«, kommentierte ich beißend.
»Er hat sich einmal von einem Rennverbot freigekauft. Er könnte es wieder tun«, sagte Charlie.
»Zweifelsohne. Mit seinen Millionen hat er den Jockey-Club am Wickel. Was ich nicht verstehe, ist, warum er sich überhaupt die Mühe macht, zu bescheißen. Was springt dabei für ihn raus?«
»Genau das hat mich auch gewundert, Sir«, räumte Charlie ein. »Mein erster Gedanke war, daß es ihm einfach ein teuflisches Vergnügen bereitete, die Buchmacher auszunehmen. Dann hörte ich ihn etwas anderes sagen, eine Bemerkung, die mich die Logik in dem, was er tat, erkennen ließ. Er sagte, daß Fred ein Idiot gewesen sei, daß er sich ausgerechnet in dem Moment eine Kugel ins Hirn gejagt hat, als sich ihm die beste Gelegenheit bot.«
»Gelegenheit? Was für eine Gelegenheit?«
»Eine Partnerschaft mit dem Squire.«
Ich schloß die Augen und sagte etwas Gotteslästerliches. Charlie zuckte die Achseln. Wir erinnerten uns beide an

das gemeinsame Rennunternehmen. Und Sie, mein Leser, sollten sich auch daran erinnern, wenn Sie gut aufpassen, denn ich habe es erst im letzten Kapitel erwähnt.

Charlie sagte: »Die Schmiergelder waren nur der Köder. Der Squire plante von Anfang an, Fred in eine Falle zu lokken, damit er gezwungen war, eine Übereinkunft zu unterzeichnen. Er betete Fred an. Sein Partner zu sein war eine große Anerkennung, die höchste Auszeichnung. Ein Vertrag war aufgesetzt und Fred erpreßt worden, damit er ihn unterzeichnete. Der Squire hat mehrmals gesagt, er hätte das Dokument immer noch, brächte es aber nicht übers Herz, es zu vernichten. Deshalb bin ich in Bedford Lodge eingebrochen.«

»Um es zu stehlen?«

Charlie sah etwas schmerzlich berührt aus. »Um es an mich zu nehmen, Sir. Es gelang mir, ein Fenster zum Boxtrainingsraum einzudrücken, und ich verschaffte mir so Zugang zum Hauptteil des Hauses. In allen Räumen brannte Licht, aber es schien niemand dazusein. Ich suchte nach einem Arbeitszimmer oder zumindest einem Raum, in dem ein Schreibtisch stand. Das ganze Haus war in einem widerwärtigen Zustand, überall waren leere Flaschen und Gläser und Zigarrenstummel und halb abgenagte Knochen verstreut und die Kamine mit Asche und Schlacke vollgehäuft.«

»Haben Sie etwas gefunden?«

»Ich gab es auf, unten zu suchen, Sir.«

»Sie versuchten es in den Schlafzimmern?«

Charlie nickte. »Ich dachte, der Squire bewahrte vielleicht seine Wertgegenstände neben dem Bett auf. Unglücklicherweise war es zu diesem Zeitpunkt belegt.«

»Er lag zu Hause im Bett?«

»Nicht der Squire, Sir. Zwei seiner Männer, splitterfasernackt.«
»*Kerle?*« Ich malte mir die Szene in den schockierendsten Einzelheiten aus. »Und was dann?«
»Es waren zwei von seinen Boxerfreunden, ob Sie es glauben oder nicht, Sir – die beiden, die mich ständig verfolgen.«
»Charlie«, sagte ich voller Mitgefühl, »jetzt verstehe ich alles.«
Und alles war, gelinde gesagt, ausgesprochen unbefriedigend. Trotz unserer angestrengten Bemühungen in Archers Interesse schaute es für seinen Ruf schwärzer aus als zu Beginn. Wir hatten immer noch nichts Greifbares in der Hand, das uns weiterhelfen konnte, und Charlie Buckfast schied als Verfolger des Squire auch aus.
Er fragte mich, was ich zu tun gedächte, und nach kurzem Nachdenken holte ich den parfümierten Brief aus der Tasche und erlaubte ihm, ihn zu lesen. »Ich möchte, daß diese Sache erledigt wird«, sagte ich. »Wenn es ein Dokument *gibt*, das beweist, daß der Squire Archer zu einer Partnerschaft erpreßte und der arme Fred sich lieber erschossen hat, als zu unterschreiben, dann werde ich nicht ruhen, bis ich es gesehen habe. Ich denke, wir werden auf Myrtle Bliss zurückgreifen müssen.«
Charlie sah ausgesprochen skeptisch drein. »Sie ist nur eine Varietékünstlerin, Sir. Sie hat weder mein Hintergrundwissen noch eine militärische Ausbildung.«
»Aber sie hat Ihnen gegenüber einen unbezahlbaren Vorteil, Charlie – den Zugang zum Schlafzimmer des Squire.«
Hierauf wußte er nichts mehr zu sagen. Ich deutete an, daß es Zeit sei, sich für das Abendessen bei der Herzogin umzuziehen. Beim Gedanken daran, sich wieder hinauszuwa-

gen, machte er zwar ein paar ablehnende Geräusche, aber ich erinnerte ihn schnell an seine Verpflichtungen als Gentleman, ganz zu schweigen als Exoffizier. Er zog sich in sein Schlafzimmer zurück.

Es war gegen halb acht, als wir das Haus verließen. Ich bot mich tapfer an, als erster auf die Straße hinauszutreten, und als ich mich versichert hatte, daß niemand Verdächtiges draußen auf der Lauer lag, pfiff ich die erstbeste Droschke heran, die vorbeikam, und handelte einen Preis aus. Charlie überquerte blitzschnell den Bürgersteig und kletterte hinein, woraufhin wir im Handgalopp in Richtung Chelsea abfuhren.

Da ich Carrie Montrose noch nie vorher besucht hatte, konnte ich dem Kutscher keine genauen Angaben darüber machen, wo das Haus lag. Die Häuser sind numeriert, aber wer möchte schon ein Haus besitzen, das nur unter seiner Nummer bekannt ist? Das der Herzogin hieß Sefton House, nach dem Derby-Gewinner ihres letzten Mannes. Wir hatten einige Schwierigkeiten, es zu finden, was beim Benutzen einer Mietdroschke eine geläufige Erfahrung ist, während der raffinierte Kutscher jeden Vorteil nutzt, einem mehr als das vereinbarte Fahrgeld zu entlocken. Wir wurden den größten Teil des Walk entlanggefahren – fast eine halbe Meile das Themseufer entlang (denn die Häuser blicken auf den Fluß hinaus) – und den größten Teil wieder zurück, bevor der Fahrer das Pferd vor dem Tor der Herzogin anhielt. Ich gab ihm die ein Shilling Sixpence, die wir vereinbart hatten, und ein Trinkgeld von drei Penny, und er hatte die Frechheit, weitere Sixpence für die zusätzliche Strecke zu verlangen, die wir zurückgelegt hatten. Buckfast und ich waren schon ausgestiegen, und ich wollte verflucht sein, wenn ich mir auch nur einen Penny mehr abknöpfen ließ. Die widerliche Ausdrucksweise des Fahrers stieß mich ab, und ich fragte ihn nach seiner Nummer, die ich in der Dunkelheit nicht sehen konnte. Es war eine unerfreuliche, aber nicht ungewöhnliche Szene. Buckfast, dem das Ganze offensichtlich peinlich war, öffnete das schmiedeeiserne Tor von Sefton House und trat ein.

Das nächste, was ich hörte, war ein erstickter Schrei, der mir, ich schwöre es, die Haare im Nacken sträubte. Es war die Stimme von Charlie Buckfast, der offenkundig in Schwierigkeiten war, und sie kam aus dem Garten von Sefton House. Ich ahnte sofort, was passierte, denn ich rief sogleich dem Kutscher zu, er solle uns helfen, woraufhin er feige mit der Peitsche auf sein Pferd einschlug und mich im Stich ließ. Von der anderen Seite der hohen Backsteinmauer kamen die Geräusche von schweren Schlägen. Ich blickte die Uferstraße hinauf und hinunter, aber es war keine Hilfe weit und breit in Sicht. Während ich noch überlegte, was ich tun sollte, drang ein unbeschreiblich schreckliches Stöhnen an mein Ohr.

Ich warf mich an der Außenseite der Mauer flach auf den Boden. Tadeln Sie mich, wenn Sie wollen, aber steht es nicht außer Diskussion, daß die meisten Helden Leute ohne Vorstellungskraft sind? Als sensiblem Menschen war mir das, was meinem unglücklichen Gefährten widerfuhr, nur allzu deutlich und allzu schmerzlich bewußt, und es wurde in diesem Moment bestätigt, als zwei Schlägertypen durch das Tor traten und den schlaffen Körper des armen Charlie hinter sich herzogen. Seine Fersen schleiften auf dem Boden. Beide waren bis zu den Ohren vermummt und trugen lange Mäntel und Melonen. Der eine hatte den Körperbau eines Preisboxers, mit einem Rücken wie ein lederner Armsessel. Der andere war größer und besser proportioniert. Genaueres kann ich nicht sagen. Dieser Abschnitt des Cheyne Walk ist praktisch unbeleuchtet.

Tatsächlich hegte ich die winzige Hoffnung, daß die Beleuchtung so schlecht war, daß sie mich nicht bemerken würden, aber es hatte nicht sollen sein. Der gedrungene Mann sah in meine Richtung und rief: »Den holen wir uns!«

Wenn ich zurückdenke, so wäre meine beste Chance wahrscheinlich die gewesen, durch das Tor zu stürzen und den Pfad zur Eingangstür des Sefton House hochzulaufen. Möglicherweise hatte die Herzogin oder einer ihrer Angestellten bereits den Tumult gehört und die Tür aufgemacht, um zu helfen. Statt dessen begann ich Hals über Kopf die Uferstraße in Richtung Albert Bridge hochzulaufen. Rennen ist nicht gerade der Zeitvertreib, bei dem ich mich besonders hervortue.

Schon bei den ersten paar Schritten verlor ich meinen Hut. Im nächsten war ich schon außer Atem und wurde von meinem Verfolger buchstäblich am Kragen gepackt. Ein Arm wie ein Gewehrkolben legte sich um meinen Hals und drückte zu.

Die Bestie schleuderte mich zurück, auf seinen Kompagnon zu, der zu meinem Entsetzen gerade dabei war, Charlie Buckfast über die Uferstraßenbefestigung in die Themse zu stoßen.

Ich rief: »Ihr bringt ihn ja um!«

Die einzige Antwort war, daß der Arm um meinen Hals fester zudrückte.

Ich sah, wie Charlie über die Mauer gestoßen wurde. Ich hörte das Platschen, als der Körper auf dem Wasser auftraf. Einen Schrei gab es nicht. Ob er noch bei Bewußtsein

war, kann ich nicht sagen. Er wehrte sich nicht, was für einen Kavallerieoffizier sehr ungewöhnlich war.
Sie waren zwei gegen einen.
Der Umriß der Gestalt an der Mauer zeichnete sich einen Moment lang über Battersea Reach im Mondlicht ab. Er hatte deutlich Ähnlichkeit mit einem Affen.
Der Affe schlurfte auf mich zu und packte mich an einem Arm. Man stieß mich auf die Ufermauer zu und schob mich darüber, den Kopf nach unten, zehn Meter über dem jettschwarzen, glitzernden Wasser. Etwa eine Sekunde lang wurde ich an den Füßen festgehalten, und ich betete darum, daß meine Angreifer Gnade walten ließen und mich zurückzogen, denn ich bin kein besonders guter Schwimmer.
Endlich fand ich meine Stimme wieder. Ich keuchte: »Ich bin der Prince of Wales.«
Sie warfen mich in die Themse.

11

Wer auch immer die Zeile *Süße Themse, fließe sanft, bis ich mein Lied beende* geschrieben hat, hätte mit dem Kopf zuerst in diesen schlimmen Fluß geworfen werden sollen. Sein Lied hätte auf der Stelle geendet.

Ich kann Ihnen aus persönlicher Erfahrung sagen, daß süß nicht die korrekte Bezeichnung für die Themse ist. Ich würde brackig, faul und übelriechend gelten lassen, aber nicht süß. Man sagt uns, daß Mr. Bazalgettes wunderbares Drainagesystem den Fluß von einem offenen Abwasser in einen natürlichen Wasserweg verwandelt hat, und ganz London ist ihm dankbar dafür, also werde ich wohl der Natur die Schuld an dem unerträglichen Geschmack der schädlichen Flüssigkeit geben müssen, die ich in jener Novembernacht halbliterweise schlucken mußte.

Ich prustete und zappelte. Meine Kleider und Schuhe zogen mich hinab, und ich war in größter Gefahr unterzugehen. Für den Zustand des Wassers habe ich Mr. Bazalgette aus der Verantwortung entlassen, aber derselbe Herr ist eines anderen Vergehens schuldig, denn er entwarf auch die Uferbefestigung, und an ihr gibt es auf der gesamten Länge keine Stelle, an der sich ein Ertrinkender vernünftig festhalten kann. Ich erinnere mich noch an die Zeit, als sie noch ein Kai mit eisernen Haken und Ringen und sogar mit hilfreich herunterhängenden Seilen war. Seit Bazalgettes Verbesserungen sieht sich der glücklose Kämpfer gegen das Wasser massiven Granitblöcken gegenüber, die einen Wall bilden, eine unerklimmbare Mauer, an der seine Hände sich umsonst an Gestrüpp und Entendreck festklammern.

Wenn Sie mich fragen, was mich denn über Wasser hielt, so bin ich überzeugt, daß es Willenskraft war. Ich wollte verflucht sein, wenn ich zuließ, daß ich unter solch erbärmlichen Umständen den Tod fand. Man sagte mir, daß ein Ertrinkender sein ganzes Leben wie in einer Laterna magica an sich vorüberziehen sieht. Ich kann nur für mich selbst sprechen, aber jedenfalls sah ich den Herausgeber des *Reynolds's Newspaper* vor mir, wie er an einem hämischen Nachruf über den moralischen Aspekt meines Versinkens im Schlamm arbeitete. Diese Vision rettete mich. Ich holte aus wie Captain Webb, der Kanalschwimmer, beim Anblick von Calais.

Ungefähr vierzig Meter lang hielt ich einen strammen Brustschwimmerschlag durch, bis ich, dem Himmel sei Dank, mit der Hand an irgend etwas Festes stieß, eine Konstruktion aus Holz. Es war ein schwimmender Landesteg, wie er von den Pfennigdampfern benutzt wird. Es war die liebevollste Umarmung, die ich je genossen hatte. Es gelang mir schon beim zweiten Versuch, mich herauszuziehen, und erst einmal lag ich für unbestimmte Zeit keuchend wie ein Delphin auf den Planken, völlig erschöpft und halb ohnmächtig von den Unmengen Wasser, die ich geschluckt hatte. Irgendwann rappelte ich mich auf, setzte mich und lauschte auf Stimmen von oben. Wenn meine Angreifer dort oben warteten und sahen, daß ich noch am Leben war, würden sie keinen Augenblick zögern, mich wieder hineinzuwerfen. Als ich eine Weile lang nichts gehört hatte, kroch ich über den Landesteg und fand die Treppenstufen, die die Befestigungsmauer hoch führten. Das Wasser strömte aus meinen Kleidern, als ich emporkletterte. Fast oben angelangt, blieb ich stehen und lauschte.

Nicht das geringste Geräusch.

Ich schaute über den Mauerrand. Es war keine Menschenseele zu sehen. Ich kletterte hinüber und stolperte über die Straße auf die Häuser des Cheyne Walk zu. Am Tor von Sefton House lauschte ich wieder, bevor ich eintrat. Alles war still. Ich taumelte den Pfad hoch und klingelte an der Tür der Herzogin.

Ein Dienstmädchen in Livree trat heraus. Sie warf im Eingangslicht einen Blick auf mich, sagte »Jerusalem!« und schlug mir die Tür vor der Nase zu.

Zugegeben, ich gab ein wenig einnehmendes Bild ab. Mein Kopf und meine Smokingjacke waren mit Schlamm, Schleim und Wasserpflanzen bedeckt. Ein Ärmel war am Saum aufgerissen, als ich mich auf den Landesteg gezogen hatte. Ich hatte meine Fliege, beide Schuhe und einen meiner Handschuhe verloren. Unter meinen Füßen breitete sich eine Wasserlache aus.

Ich drückte ein zweites Mal auf die Klingel. Als niemand antwortete, bückte ich mich und rief durch den Briefschlitz: »Hier ist der Prince of Wales. Lassen Sie mich sofort herein!«

Ich schaute und lauschte, was für eine Reaktion es gab, und meine Ankündigung sorgte gewiß für einige Aufregung im Haus. In diesem Moment wurde das Licht in der

Halle schwächer, denn eine wuchtige Gestalt trat auf die Tür zu. Ein Augenpaar schaute von der anderen Seite durch den Briefschlitz, und die Stimme der Herzoginwitwe von Montrose sagte: »Wenn Sie nicht auf der Stelle von meiner Tür weggehen, rufe ich die Polizei!«
Das Ganze war zu einer Farce geworden.
Als hätte ich es nicht gehört, fragte ich: »Haben Sie mich nun zum Abendessen eingeladen oder nicht?«
Es trat eine Pause ein.
Die Tür ging ganze zwei Zollbreit auf. Ihr Gesicht starrte durch den Spalt. Sie riß die Tür weit auf und sagte: »Vor Ihnen muß man sich ja in acht nehmen, Königliche Hoheit! Sie und Ihre Scherzchen!«
Ich torkelte über die Schwelle, viel zu schwach, um eine Diskussion anzufangen.
Sie knickste, bekam eine Nase voll Flußgeruch mit und vergaß die guten Sitten. »Gott steh uns bei, dieser Geruch! Bleiben Sie, wo Sie sind, Königliche Hoheit. Keinen Schritt weiter mit diesen dreckigen Klamotten, und bleiben Sie von der Tapete weg!« Sie schickte die Zofe weg, damit sie Zeitungen holte und ein Bad einließ.
Sie werden wahrscheinlich ebensowenig wie ich daran interessiert sein, durch eine Beschreibung der nächsten paar Minuten zum Erröten gebracht zu werden. Es möge genügen, wenn ich sage, daß die Herzogin eine derart starke Persönlichkeit hat, daß ich mich dazu überreden ließ, mich auf eine Ausgabe der *Morning Post* zu stellen und meine durchweichten Kleider auszuziehen. Im Dienste der Sittlichkeit brachte sie es fertig, ihre breite Gestalt zwischen mich und den Stab von Hausangestellten zu schieben, die eine Sitzbadewanne in die Halle brachten und sie mit Krügen voll heißem Wasser aus der Küche füllten, woraufhin

alle sich zurückzogen und mich allein ließen, damit ich mich ungestört ganz ausziehen und ins Wasser steigen konnte. Trotz der ungewohnten Umgebung war mir ein Bad niemals willkommener.

Während ich mein Haar einseifte, kam mir ein höchst beunruhigender Gedanke.

Charlie Buckfast.

Angenommen, er war nicht ertrunken und schwamm noch in der Themse, in der Hoffnung auf Rettung! Es war wenig wahrscheinlich, denn ich hatte kein Geräusch gehört, als ich im Fluß war, aber ich konnte doch nicht allen Ernstes den armen Kerl im Stich lassen, wenn er nur die geringste Chance hatte, zu überleben. Ich beugte mich in der Wanne vor und rief nach der Herzogin.

Mir fällt ein, daß Sie es vielleicht etwas verspätet finden, wenn ich erst jetzt meine Gedanken auf Charlie Buckfast lenkte. Wenn dies so ist, möchte ich Sie daran erinnern, was gerade geschehen war. Ich war nicht nur wie durch ein Wunder dem Sensenmann noch einmal von der Schippe gesprungen. Dort unten in der Themse hatte das Schicksal der Nation auf dem Spiel gestanden. Indem ich über den Tod triumphiert hatte, hatte ich die Thronfolge gerettet und, so Gott will, dafür gesorgt, daß ich verschont blieb, um die große Verantwortung zu übernehmen, auf die ich mich mein Leben lang vorbereitet habe. Ich will nicht sagen, daß ich mir in jenen Momenten dieser Tatsachen voll bewußt gewesen war, aber hinterher hatten sie die Tendenz, andere Gedanken in den Hintergrund zu drängen.

Eines muß man Carrie Montrose lassen: Als ich ihren Namen rief, kam sie sehr rasch hinter einer der halboffenen Türen hervor, die in die Halle führten. Unglücklicherweise war sie nicht so schnell, als es darum ging, zu begreifen, was ich sagte. Meine Sorge machte keinen spürbaren Eindruck auf sie. Sie interessierte sich nicht für Buckfast. Unglaublicherweise schien sie immer noch überzeugt davon zu sein, daß der Vorfall auf einem der Streiche beruhte, für die ich bekannt bin. Schlimmer noch, das dumme Frauenzimmer war irgendwie zu der Überzeugung gelangt, daß ich ihn mit der bösen Absicht ausgeheckt hatte, mich ihr zu zeigen, wie Gott mich geschaffen hat. Sie war rot vor Aufregung.

Ich sagte zu ihr: »Captain Buckfast ertrinkt vielleicht in diesem Moment!«

Sie sagte mit einem überaus unangebrachten Anfall von Gelächter: »Sie sollten zur Bühne gehen. Sie sind besser als Henry Irving.« Sie schalt mich neckisch mit dem Finger. »Hören wir mit den Spielchen auf, Königliche Hoheit – oder darf ich Sie Bertie nennen? Sie sind allein gekommen.«

Voller Verzweiflung brüllte ich: »Herzogin, werden Sie so freundlich sein, Ihrer Dienerschaft unverzüglich Anweisung zu geben, daß sie die Suche am Flußufer aufnimmt?«

Sie zögerte stirnrunzelnd, und ich begann zu hoffen, daß sie endlich verstanden hatte. Dann sagte sie: »Wollen Sie wirklich, daß ich die Dienstboten loswerde, Bertie? So früh am Abend?«

Wie ich schon mehr als einmal erwähnt habe, ist Carrie Montrose eine Dame in reiferen Jahren. Darüber hinaus ist sie gebaut wie ein Zugpferd und färbt ihr Haar in einem widerlichen Orangeton. Sie trägt es hochgesteckt, in kleinen Löckchen, die sich über der Stirn bauschen und in die sie, zur Feier des Tages, ein Büschel rosa und grüner Straußenfederspitzen gesteckt hatte. Ihr Abendkleid war aus tomatenrotem Samt mit Spitzenepauletten und einem monströsen Etwas aus Rosen, Schleifchen und gerafften

Rüschen, das über dem hing, was man wohl allgemein als Turnüre bezeichnet und das in einer langen Schleppe endete. Sie trug weiße Handschuhe und einen japanischen Fächer. Die Wirkung war so bizarr wie unsere Unterhaltung.

Ich sagte: »Ein Mann ertrinkt dort drunten vielleicht. Geben Sie mir ein Handtuch, in Gottes Namen, und ich werde den Befehl selbst erteilen!«

Noch immer nicht gewillt, mir zu glauben, sagte sie: »Wollen Sie gar kein Abendessen? Es wird verderben.«

Ich fürchte, ich habe etwas nicht gerade Druckreifes über das Abendessen gesagt. Aber hier lag ein Notfall vor, der mehr verlangte als nur Worte. Da kein Handtuch im Anmarsch war – und um klarzumachen, wie ernst ich es meinte –, stand ich aus der Wanne auf. Ich bin nie sehr schamhaft mit meinem Körper gewesen. Es gibt nichts, dessen ich mich schämen müßte (ganz im Gegenteil), und ich machte keine Anstalten, mich zu bedecken. Ich verschränkte die Arme über der Brust und sah sie an.

Zum erstenmal in ihrem Leben war die respektgebietende Herzogin von Montrose sprachlos. Sie öffnete ihren Fächer und bedeckte den unteren Teil ihres Gesichtes in Ehrfurcht. Ich hielt es jedenfalls für Ehrfurcht.

Ich sagte: »Werden Sie mit den Dienstboten sprechen, oder soll ich es tun?«

Sie verschwand blitzartig aus der Halle und gab die Anweisungen. Ich ließ mich dankbar wieder ins Wasser sinken, denn in der Halle zog es.

Als meine Gastgeberin zurückkehrte, hatte sie ein Badetuch in der Hand, das, wie sie mir mitteilte, angewärmt war. Ferner versorgte sie mich mit einem flaschengrünen Seidenpyjama, einem wollenen Morgenrock mit Schottenkaromuster und Pantoffeln. Ich versicherte ihr, ich sei durchaus in der Lage, das Handtuch ohne fremde Hilfe zu benutzen, und sie zog sich in den Salon zurück. Ich überlegte mir, wie es wohl kam, daß eine ältere, verwitwete Dame in der Lage war, mit einem funkelnagelneuen Set Nachtbekleidung für einen Herrn aufzuwarten, und zwar sowohl in meiner Größe als auch genau in den Materialien und Farben, die ich bevorzuge.

Nun aber zu ernsteren Angelegenheiten. Es ist schrecklich, es berichten zu müssen, aber als die Dienstboten zurückkehrten, hatten sie keine Neuigkeiten von Charlie Buckfast. Fünf von ihnen hatten ihn fast eine Stunde lang mit Laternen gesucht. Sie sagten, es komme eine starke Flut herein, und es sei unwahrscheinlich, daß er weit flußaufwärts getrieben sei. Als ich mir wieder ins Gedächtnis rief, wie sehr ich gedrängt hatte, daß er mich begleitete, meldete sich mein schlechtes Gewissen. Ich hegte die geringe Hoffnung, daß der Schock des kalten Wassers ihn durch irgendein Wunder wieder zu Bewußtsein gebracht habe und es ihm wie mir gelungen sei, zum Landungssteg zu schwimmen. Der Optimismus bringt einen manchmal dazu, die unwahrscheinlichsten Vermutungen anzustellen, denn ich hatte geflissentlich übersehen, daß der arme Charlie einen verkrüppelten Arm hatte.

Die Herzogin, der nun endlich bewußt geworden war, was geschehen war, sagte: »Sollten wir nicht die Polizei holen?«

Das war kein Vorschlag, der mir willkommen war. Ich bin der erste, der der Arbeit der guten Bobbys gerne Beifall spendet, aber ich erwarte, daß sie mich dabei aus dem Spiel lassen, es sei denn in Fragen des Protokolls. Es wäre undenkbar für den Thronerben, in eine polizeiliche Ermittlung verwickelt zu werden. Ich wurde einmal als Zeuge in einem Scheidungsfall gehört, und obwohl mein Anteil an der traurigen Affäre völlig harmlos und ohne Belang war, will ich gar nicht erst damit beginnen, Ihnen zu berichten, welches Aufsehen mein Erscheinen erregte – und das war in einem Zivilprozeß. Stellen Sie sich vor, welch großen Tag die Presse haben würde, wenn sie berichten könnte, der Prince of Wales sei in eine Schlägerei an der Uferstraße verwickelt gewesen. Und – vielleicht noch schockierender – daß er auf einem Privatbesuch bei der Herzogin von Montrose gewesen war.

Wenn einem das Wasser bis zum Hals steht, greift man gerne zu jedem Strohhalm, der sich einem bietet. Ich lenkte die Herzogin ab, indem ich sie bat, einen Diener in die Jermyn Street zu schicken, damit er nachsah, ob Charlie durch ein Wunder mit dem Leben davongekommen und nach Hause zurückgekehrt war. Dies wurde arrangiert. Derselbe Mann wurde auch instruiert, beim Marlborough House vorbeizuschauen und mir ein paar Kleider zum Wechseln zu holen.

Ohne große Sorge um den heiklen Charakter meiner Situation beharrte Carrie Montrose auf ihrem Ansinnen. Sie hob hervor, daß das, was ich beobachtet hatte, Mord gewesen war, und daß es praktisch unmöglich sei, um nicht ein schlimmeres Wort zu gebrauchen, es geheimzuhalten. Die Angreifer sollten so rasch wie möglich gefaßt werden. Captain Buckfast sei ein feiner Mann, ein Anhänger des Rennsports, und sie empfinde höchsten Respekt für ihn. Und als loyale Untertanin der Krone könnte sie nicht zulassen, daß der Prince of Wales vor ihrer eigenen Haustür in die Themse geworfen wurde. Sie hatte einen anderen Vorschlag. Durch einen glücklichen Zufall war einer ihrer

Nachbarn der Polizeipräsident der Stadt, Sir Charles Warren, »ein überaus umgänglicher Herr und völlig diskret«. Ob es nicht sinnvoll wäre, mit Sir Charles ein informelles Gespräch über den Überfall zu führen? Er sei von allen am ehesten in der Lage, die Sache streng vertraulich zu behandeln.

Als der Dienstbote mit der Nachricht zurückkehrte, daß Captain Buckfasts Wohnung unbeleuchtet sei und niemand auf sein Klingeln geantwortet habe, war ich damit einverstanden, daß man Warren holen ging.

Mir blieb auf diese Weise nur ein unangenehm kurzer Zeitraum, um mich umzuziehen und mir darüber klarzuwerden, wieviel ich erzählen wollte. Sollte ich zum Beispiel erwähnen, daß Buckfast die letzte Woche damit verbracht hatte, den Squire zu beschatten, und daß unsere beiden Angreifer fast sicher die Männer gewesen waren, die ihn von Newmarket aus verfolgt hatten? Es war schon schlimm genug, wenn mein Name mit Carrie in Verbindung gebracht wurde, aber auch noch mit dem des Squire? Mich schauderte.

In jenem Scheidungsfall, den ich gerade erwähnte, riet mir der Rechtsanwalt, die Fragen wahrheitsgemäß zu beantworten und von mir aus nichts preiszugeben, was man mich nicht fragte. Das ist ein vernünftiges Prinzip.

Als Sir Charles Warren eintraf, war er unnötigerweise in voller Montur, vom Zweispitz bis zu den hohen Stiefeln, und mit seinen sämtlichen Orden behängt, was nach nur einer halben Stunde ein eindrucksvolles Zeugnis seiner militärischen Ausbildung war. Ich war ihm in derartigem Putz bei mehreren Gelegenheiten begegnet, aber man hat nicht viel Möglichkeit, einen Mann einzuschätzen, wenn er sich vor einem verbeugt, man ihm einem guten Tag wünscht und zum nächsten weitergeht, der einem vorgestellt wird. Er ist Soldat, königlicher Pionier, der in den Rang eines Generals erhoben wurde und dessen Ernennung bei der Polizei erst kürzlich erfolgt war. Er war zum Polizeipräsidenten eingesetzt worden, um mit öffentlichen Demonstrationen besser fertig zu werden, nachdem sein Vorgänger zugelassen hatte, daß die Arbeitslosen Krawall in der Oxford Street machten, Fenster einwarfen und Läden plünderten. Sir Charles hatte im Betschuanaland nützliche Erfahrungen im Umgang mit widerspenstigen Buren gemacht. Er ist ein Mann, der schlechtes Benehmen nicht toleriert.

Wir gingen in den Speisesaal, um zu essen. Sir Charles' Auftreten ist einschüchternd, aber das ist das meine, wie ich höre, auch. Er hatte einen dicken Schnurrbart im preußischen Stil, der in den Mundwinkeln rund gezwirbelt war, und einen wirklich außergewöhnlichen silberbraunen Bart, der sich in der Farbe deutlich vom Kopfhaar unterschied, welches jettschwarz war und mit Pomade über der Stirn in einen akkuraten Scheitel gelegt war. Als wäre das nicht schon markant genug, trägt er ein Monokel, was ihn ständig die Stirn runzeln läßt. Ich bin allerdings auch sehr gut im Stirnrunzeln.

Ich finde es manchmal zweckdienlich im Umgang mit Generälen, gleich zu Beginn einen moralischen Sieg zu erringen, weshalb ich ihn darauf hinwies, daß das KCMG, das er korrekterweise an einem Band um den Hals trug, teilweise durch seine Schärpe verdeckt war, welche mindestens einen halben Zoll breiter war als nötig. Überraschend, wie oft mir mein Wissen über Orden und Protokollfragen zugute kommt. Es brachte ihn ziemlich aus dem Gleichgewicht.

Als das Essen serviert worden war, ergriff ich die Gelegenheit, zu betonen, daß Warren sich glücklich schätzen könnte, mit uns zu essen. Wenn sich unsere schlimmsten Befürchtungen bewahrheiteten, täte er sich nämlich am Abendessen eines Toten gütlich.
Er war gerade dabei, ein Stück Brot zu schlucken. Er mußte mit einem Schluck Wasser nachhelfen, um es herunterzuspülen.
Auf seine Bitte hin erzählte ich, nachdem die Diener uns allein gelassen hatten, meine Geschichte, beschrieb die beiden Angreifer, so gut wie ich konnte, ohne jedoch meine Meinung preiszugeben, was ihre mögliche Identität oder ihre Absicht anging. Ich sagte, daß der arme Buckfast den schlimmsten Teil des Angriffs abbekommen hatte und meiner Einschätzung nach ohnmächtig gewesen war, als er in den Fluß geworfen wurde. Ich sagte Warren, daß ich ihm diese Erkenntnisse aus einem Gefühl der Pflicht heraus mitteilte und daß ich darauf vertraue, er habe die entsprechende Befugnis, sofortige Nachforschungen anzustellen – jedoch streng vertraulich. Ich sagte, wenn öffentlich publik würde, daß man mich angegriffen und beinahe ermordet hätte, könne ich für die Gesundheit meiner Mutter, der Königin, nicht garantieren. Solche Nachrichten sind bekannt dafür, daß sie bei Eltern im fortgeschrittenen Alter Herzanfälle verursachen können.
Als ich das sagte, fuhr er wie von der Tarantel gestochen zusammen. »Fordern Sie mich dazu auf, diesen schrecklichen Überfall selbst zu untersuchen, Euer Königliche Hoheit?«
»Wen sonst sollte ich fragen?«
»Aber ich bin Soldat von Berufung. Pionier. Inspektor. Zum Detektiv bin ich nicht ausgebildet, Sir.«

Ich sagte: »Na, kommen Sie, Sie sind der ranghöchste Polizeioffizier im Land.«
Er hatte die Unverschämtheit, mir zu sagen: »Der Hauptgrund für meine Ernennung, soweit ich informiert bin, Sir, ist, der Polizei Anweisungen zu geben, wie sie der aufrührerischen Elemente in der Gesellschaft Herr werden kann.«
Ich sah rot und sagte energisch zu ihm: »Und ich, Sir, gebe Ihnen die Anweisung, die aufrührerischen Elemente aufzuspüren, die ein Mitglied der königlichen Familie heimtückisch überfallen und seinen Begleiter möglicherweise getötet haben. Ist das klar?«
Er wurde so steif, daß ihm das Monokel vom Auge sprang. »Sonnenklar, Sir.«
Die Herzogin sagte: »Sie scheinen nicht viel gegessen zu haben, Sir Charles. Möchten Sie gerne noch etwas Meerrettich darauf haben?«
Er sagte: »Nein, danke. Das würde meinen Appetit auch nicht wiederherstellen.«
Er verließ uns kurz darauf.
Ich fand es in diesem Stadium des Abends ratsam, anzukündigen, daß ich nicht länger bleiben könne. Carrie nahm es gut auf und eskortierte mich zu einer letzten Zigarre in ihren Rauchsalon. Sie raucht ebenso gern wie ich. Es war ein großes Zimmer, bis auf halbe Höhe in dunkler Eiche getäfelt und mit allen Arten von Rennbrimborium dekoriert, Jockeyrennanzügen aus scharlachroter Seide, Peitschen, Steigbügeln, eingerahmten Rennkarten und Porträts ihrer beachtlichen Sieger – obwohl sie selbst noch kein Classic gewonnen hatte, weil der berühmte Sefton ihrem verstorbenen Ehemann gehört hatte.
Als sie mir einen Cognac einschenkte, bemerkte sie: »Ich

habe mich vorhin wirklich unmöglich benommen – wie ein richtiger Esel.«
Ich sagte würdevoll: »Ich werde mich nur daran erinnern, wie freundlich Sie waren.«
Sie seufzte tief und sagte: »Ich habe zwei gute Ehemänner überlebt und sollte zufrieden sein.«
Ich fühlte mich außerstande, dazu etwas zu sagen.
Sie fügte hinzu: »Mein Temperament geht manchmal mit mir durch.«
Ich sagte: »Überhaupt nicht.«
Wir schwiegen eine Weile. Dann sagte sie: »Sagen Sie mir doch, Bertie, was war denn Ihr *Grund,* hierherzukommen?«
Mein Grund, hierherzukommen? Es schien so weit weg und gar nicht von Bedeutung zu sein. »Ich wollte mit Ihnen über Archer sprechen.«
»Über den armen Fred?« Sie zog ein Taschentuch hervor und betupfte sich ihr Auge. »Ich weiß nicht, ob ich in der Verfassung bin, über Fred zu sprechen.«
Ich sagte: »In diesem Fall tun Sie es bitte nicht.«
Sie preßte das Taschentuch an ihre Nase und schneuzte sich. »Wir hatten einiges gemeinsam, Fred und ich. Wir haben beide große Verluste erlitten.«
Ich sagte wenig einfühlsam: »Er war ein schlimmer Spieler.« Sie sehen, ich war mit den Gedanken anderswo. Ich folgte Sir Charles Warren auf seiner Suche nach den beiden Mördern.
Sie sagte: »Ich meinte menschliche Verluste.«
»Oh.«
Als sie fortfuhr, gab sie mir von sich aus Informationen, die aus ihr herauszulocken ich zu einem früheren Zeitpunkt überaus glücklich gewesen wäre: »Wir hätten uns gegenseitig ein großer Trost sein können, Fred und ich.«

»Wirklich?«
»Ich entschloß mich, ihn zu heiraten. Dann erschoß er sich.«
Ich starrte in meinen Cognac hinab und sagte mir, wie entsetzlich es wäre, auch nur ansatzweise zu lächeln. Es gelang mir, eine Frage zu stellen: »Warum?«
Sie runzelte die Stirn. »Warum ihn heiraten?«
»Nein. Warum er sich erschoß.«
Sie antwortete: »Das weiß jeder. Es war der Typhus. Er hat seinen Geist verwirrt.« Sie riß die Augen auf. »War es nicht so?«
Ich sagte: »Archer ritt doch Ihren St. Mirin beim Cambridgeshire.«
Sie fragte: »Was hat das damit zu tun?«
Ich sagte: »Es sind Geschichten im Umlauf, daß er seine ganze Karriere bei diesem Rennen aufs Spiel gesetzt habe.«
»Ich habe nichts davon gehört.«
»Man sagt, er habe Woodburn bestochen, den Favoriten zu stoppen.«
Sie schüttelte ungläubig den Kopf. »Wer hat Ihnen das gesagt?«
»Arthur Somerset, der Bruder des Besitzers.«
»Die Somersets sollten vor Gericht gebracht werden dafür, daß sie solche Lügen in die Welt setzen. Ihr Pferd hat versagt. Warum können sie es nicht zugeben? Wir sind alle schon einmal von einem guten alten Rennpferd im Finish geschlagen worden, Bertie, und ich gönne es seinem Besitzer.«
Nach dieser großzügigen Geste konnte ich nicht widerstehen, zu sagen: »Wissen Sie, wer der Besitzer ist?«
»Von Sailor Prince? Willie Gilbert.«

»Er ist der *eingetragene* Besitzer.«
Sie verspannte sich wie ein Raubtier, das eine Fährte aufnimmt. »Wollen Sie damit andeuten, daß jemand anderes hinter diesem verdammten Außenseiter steckte?«
»Abington Baird – der Squire.«
»Was?« Sie kippte ihren Brandy ins Feuer und schleuderte das Glas durchs Zimmer. »Wenn dieses Ungeheuer das Rennen getürkt hat, dann bringe ich ihn um. Gott helfe mir, aber ich werde ihn mit bloßen Händen erwürgen!«
Und sie sah aus, als wäre sie durchaus fähig dazu.

12

Carrie Montrose hatte freundlicherweise einen ihrer Dienstboten eine Droschke rufen lassen, und als ich mich von ihr verabschiedete, wartete bereits ein Vierräder vor dem Tor auf mich. Das gelangweilte »Wohin geht's, Chef?« des Kutschers sagte mir sofort, daß man ihm nichts von der Identität seines Passagiers mitgeteilt hatte, was gut in meinen Plan paßte.

»Hoxton, bitte. Zum Royal-Eagle-Varieté.«

»Wird schon fast vorbei sein, wenn wir hinkommen.«

»Das ist nicht von großer Bedeutung«, sagte ich ihm unverblümt.

»Na schön. Immer herein.«

Er knallte mit der Peitsche, und wir zockelten los. Mir machte es nichts aus, das ganze Programm zu versäumen, solange ich noch rechtzeitig kam, um Myrtle Bliss abzupassen. Ich hatte nämlich, wie Sie sehen, keineswegs vergessen, daß der Squire Myrtle für tags darauf, also Sonntag, nach Bedford Lodge eingeladen und sie mir in ihrer schnurrigen, lavendelduftenden Nachricht angeboten hatte, mir zu erzählen, was passiert war. Bis zu diesem Abend, als Charlie aus Newmarket zurückgekehrt war, die Männer des Squire auf den Fersen, war ich eher geneigt gewesen, das Angebot abzulehnen. Jetzt aber war Myrtles Hilfe für mein Vorhaben unverzichtbar geworden. Ich würde nicht nur auf ihren Vorschlag eingehen; ich würde sie davon überzeugen, mehr als nur eine Beobachterin zu sein – sie würde effektiv als meine Spionin agieren. Ich wollte die Namen der beiden Mörder unter allen Umständen haben, und bei allem gebührenden Respekt vor Sir Charles Warren und der Stadtpolizei stellte Myrtle dabei meine beste Chance dar.

Sie können versichert sein, daß ich das Risiko, das sie dabei einging, nicht unterschätzte. Ich hatte vor, sie persönlich davor zu warnen, wie gefährlich der Squire und seine »Beschützer« waren.

Die Schreckschraube, die am Bühneneingang Wache schob, erinnerte sich an mich – oder an den Sovereign, den sie mir beim letztenmal abgeknöpft hatte – und ging sogar so weit, mich hereinzuwinken, als ich die Treppe hinabging. Es stellte sich heraus, daß einer der Künstler sie gebeten hatte, ihm eine Droschke zu besorgen, noch dazu einen Vierräder. Ich teilte ihr mit, daß meine nicht zur Verfügung stünde. Ich hatte den Fahrer schon angewiesen, auf mich zu warten.

Sie war nicht begeistert. Sie beschimpfte mich mit einer unwiederholbaren Obszönität und sorgte damit dafür, daß sie diesmal keine Sonderzuwendung bekam. Ich drängte mich durch die Tür hinein. Wie das Glück es wollte, begegnete Myrtle mir auf der Treppe, schwer beladen mit mehreren Käfigen, in denen sich Mitglieder ihrer gefiederten Truppe befanden. Als sie mich erblickte, stellte sie sie ab, um besser knicksen zu können, wie ich vermutete, doch statt dessen beugte sie sich vor, küßte mich leicht auf

die Nasenspitze und sagte: »Gotte segne dich, Bertie. Gerade wo ich jemanden zum Anpacken brauchen konnte.«
Ich habe Leute schon für weniger zusammengestaucht, aber ich war so erleichtert, sie zu sehen, daß ich nur bemerkte: »Ich dachte, die Vögel blieben hier.«
»Nein, mein Lieber. Heute war mein letzter Abend. Muß ausziehen. Sei ein Schatz, ja?«
Ich kapitulierte. Ich erwiderte gutmütig, ich sei bekannt dafür, ein Schatz zu sein. Mein Vierräder stehe zu ihrer Verfügung. Ich trug die Käfige auf die Straße hinaus und stapelte sie in die Droschke.
Myrtle drückte meinen Arm und sagte: »Du *bist* ein Schatz. Oben sind noch sechs. Und drei Stangen und eine Tränke.«
O ja, ich war ein Schatz, und wie, aber den Papageien oben hatte das niemand gesagt. Sie kreischten, plusterten sich auf und streckten ihre mörderischen Schnäbel zwischen den Gitterstäben durch, als ich die Hand nach dem Tragring auf dem Käfig ausstreckte. Erst als ich meinen Übermantel auszog und ihn jeweils über den Käfig warf, bevor ich ihn anhob, gelang es mir, sie überhaupt zur Mitarbeit zu bewegen. Dann, als die Vögel gezähmt waren und die Treppe überwunden war, begann sich der Kutscher zu beklagen. Er hatte etwas dagegen, den Wagen voller Vogelkäfige zu haben. Er wollte, daß die Papageien draußen, auf dem Dach, mitfuhren, aber Myrtle weigerte sich, sie der kalten Nachtluft auszusetzen, was sie in ein paar ausgewählten Worten artikulierte, die den Kutscher plätteten wie ein gemangeltes Hemd.
Die Truhe und die Stangen wurden auf die Kutsche verfrachtet und der Rest von uns blieb drinnen, in ohrenbetäubender Enge: sechs große Papageien oder Kakadus; di-

verse Sittiche, Liebesvögel und Loris; und zwei Menschen, der eine davon in ausladenden Röcken und Kamelhöckerbüste. Mein Gesicht war nur wenige Zoll entfernt von einem großen roten und grünen Makao, »ein lieber alter Kerl«, nach den Worten seiner Besitzerin, eine Beschreibung, die, wie ich zu denken wagte, zumindest auf seinen Schnabel nicht zutraf, mit dem er wiederholt durch die Gitterstäbe zu beißen versuchte. Er hatte eine obszöne schwarze Zunge wie einen Stachel, und sein Auge war eindeutig bösartig. Bertie, dachte ich, wie kommst du eigentlich dazu? Warum erwischt es dich immer so, wo du so sehr versuchst, Schwierigkeiten aus dem Weg zu gehen? Wir wurden in der Mile End Road abgeliefert und mit unserem Vogelgetier und dem Gepäck vor dem Haus, in dem Myrtle wohnte, auf den Gehsteig verfrachtet. Ich beglich die Rechnung beim Kutscher. Nachdem er sein Trinkgeld eingesteckt hatte, wurde er frech: »Na, meilenweit entfernt von Cheyne Walk, wie?«

Ich rümpfte die Nase und schaute weg.

Es war kurz vor Mitternacht, aber auf der Straße war das Leben noch voll im Gange – vorwiegend Leben der niedrigsten Sorte. Ich war augenblicklich von zerlumpten Kindern und ausgemergelten Frauen zweifelhafter Profession umgeben, die neugierig die Papageien anschauten und wissen wollten, ob sie sprachen und ob ich einen von ihnen aus dem Käfig holen und auf eine Stange setzen könnte. Myrtle, muß ich erklären, war bereits mit Cocky hineingegangen. Meine Aufgabe war es, auf die anderen Vögel aufzupassen, wozu sie meiner Meinung nach durchaus selbst in der Lage waren.

Jemand meinte, ich sehe aus wie der Prince of Wales, und ich gab genialerweise zurück, daß das jeder sage. Eine andere Frau, die zuviel Rouge trug und furchtbar nach Patchouli stank, sagte, wenn ich der Prince of Wales wäre, wäre sie Mrs. L. (eine Dame aus meiner Bekanntschaft, die ich lieber nicht nennen möchte), und schlängelte dabei mit ihrem Körper auf eine überaus vulgäre, suggestive Weise, wobei sie sogar so weit ging, zu versuchen, mich zu umarmen. Glücklicherweise bahnte sich in diesem Moment Myrtle einen Weg durch die Menge, packte die Frau an den Haaren, rief mir zu: »Sie hat deine verdammte Uhr mitsamt der Kette«, und tatsächlich hatte das diebische Luder sie, wobei sie ihr als Zeitmesser auch nicht mehr dienlich gewesen wäre, denn sie war voller Themsewasser. Ich packte sie am Handgelenk und holte sie mir zurück, und sie lief weg, während Myrtle ein Büschel schwarzer Haare in der Hand zurückblieben.

Ich übernahm jetzt das Tragen und brachte in mehreren Etappen alles nach oben. Zu diesem Zeitpunkt begann sich bei mir das Flußwasser bemerkbar zu machen, das ich geschluckt hatte. Ich fragte nach dem Badezimmer und bekam einen Nachttopf in die Hand gedrückt. Mit einem stillen Gebet, daß er für meinen Bedarf ausreichen würde, nahm ich ihn in Gebrauch, während sich Myrtle an ihrem Hut zu schaffen machte. Als ich mich erst einmal wieder wohl fühlte und Myrtle wieder vorzeigbar war, ließen wir die Vögel in lärmender Beschäftigung zurück und gingen aus, nicht ohne kurz am Gemeinschaftsklo im Hof haltzumachen und den Nachttopf auszuleeren – kein Ort, an dem man gerne lange blieb.

In der Ruhe eines Separées in einem Restaurant in der Stadt, wohin ich gelegentlich einen Kumpel zum Essen einlade, zog ich Myrtle komplett ins Vertrauen. Ihre großen, braunen Augen sahen mich unablässig an, als ich ihr von meinem Bemühungen erzählte, die Wahrheit über Archers seltsamen Tod herauszufinden, und wie ich Charlie Buckfast damit beauftragt hatte, den Squire zu überwachen. Ich sagte ihr ganz offen, wie Charlie auf der Suche nach Beweisen in Bedford Lodge eingebrochen war und zwei der Männer des Squire zusammen im Bett überrascht hatte. Darüber kicherte sie eine Weile, bis ich sie mit der Nachricht von dem brutalen Angriff am Cheyne Walk schockierte.

»Er ist tot?« sagte sie ungläubig. »Dein Kumpel Charlie Buckfast hat den Löffel abgegeben?«

»Ich befürchte es. Ich sah, wie er in den Fluß geworfen wurde. Er war nicht in der Verfassung, sich zu retten.«

»O Mann.«

Myrtle hielt sich nicht mit falschen Gefühlsbezeugungen auf. Immerhin hatte sie erst kürzlich Charlie mir gegenüber als alten Fahnenmast bezeichnet. Sie hatte Charakter, trotz all ihrer rauhen Seiten.

Sie fragte: »Wie sahen sie denn aus, die beiden?«

»Mein Liebes, viel sah man nicht, aber Charlies Beschreibung der Männer, die ihn von Newmarket aus verfolgt hatten, paßte auf sie. Ein breiter Kerl, gebaut wie ein Gorilla, und ein größerer, etwas über einen Meter achtzig, würde ich sagen. Sie waren vermummt und trugen lange Mäntel.«

Nach kurzem Nachdenken sagte sie: »Und was soll das alles, Bertie? Zwei Tunten, die im Bett erwischt werden? Dafür soll Charlie getötet worden sein?«

Ich schüttelte den Kopf. »Das ist nicht wahrscheinlich. Ich kann verstehen, daß sie sich ertappt fühlten. Mag sein, daß sie ihn deshalb verfolgten. Sogar ihn angriffen. Aber Mord – das wäre übertrieben.«

»Bist du sicher, daß es Mord war?«

Ich nickte ernst. »Sie wußten, daß Charlie schon jenseits von Gut und Böse war, als sie ihn über die Ufermauer warfen.«

Sie dachte wieder nach und stützte ihr hübsches Kinn auf eine kleine, geballte Faust. »Aber *dich* haben sie nicht um die Ecke gebracht. Warum haben sie dich nicht genauso behandelt wie Charlie?«

»Ich bin fast ertrunken«, hob ich hervor.

Sie sagte: »Sie hätten dafür sorgen können!«

»Was für freundliche Sachen du sagst!«

Sie lachte und legte ihre Hand über die meine. »Bertie, du weißt, was ich meine. Sie waren hinter Charlie her. Mit dir hatten sie keinen Knatsch. Du warst nur im Weg, also haben sie dir eins verpaßt und so weiter.«

Sie war eine scharfsinnige Denkerin und hatte wahrscheinlich recht. Ich seufzte ergeben. Für die zweithöchste Person im Land ist es etwas erniedrigend, im Weg zu sein und deshalb eins verpaßt zu bekommen und so weiter, aber das war, drücken Sie es aus, wie Sie wollen, die wahrscheinlichste Erklärung.

Der Champagner, ein guter Veuve Cliquot, der die Kehle unendlich angenehmer hinablief als die Brühe, die wir bei unserem vorigen Abendessen getrunken hatten, baute mich wieder auf. Er paßte famos zu Taubenpastete. Ich war froh über ein Häppchen. Ich hatte mich bei Carrie Montrose nicht allzu ausgiebig bedient, nachdem ich die halbe Themse ausgetrunken hatte.

Auch Myrtle hatte einen anständigen Appetit, und wir baten um Nachschläge. Wir saßen nebeneinander auf einem doppelendigen Sofa der Art, wie sie in weiser Voraussicht in Separées stehen, und der Kellner war deutlich fasziniert

von der Tatsache, daß meine Begleiterin noch nicht einmal ihren Hut abgenommen hatte, aber wir hatten an anderes zu denken als ans Schmusen.
Wieder unter vier Augen, sagte ich, um das Thema mit dem größten Taktgefühl anzuschneiden, weil ich die weibliche Seele kenne: »Es könnte auch noch eine andere Deutung der Vorfälle geben. Es ist doch möglich, oder etwa nicht, daß die beiden Männer geschickt worden waren, um Charlie Buckfast umzubringen?«
Sie verzog das Gesicht.
Ich sagte: »Sie können auf Anweisung gehandelt haben.«
»Wessen Anweisung?«
»Des Squire.« Ich legte eine feste, beruhigende Hand auf ihren Arm. »Bevor du an die Decke gehst, willst du mich anhören? Wenn der Squire erfahren hat, daß ein Mann ihn eine Woche lang observiert hat und sogar in sein Haus eingebrochen ist, würde er sich nicht fragen, wonach dieser Mann denn gesucht hat? Und könnte er nicht den Verdacht bekommen, daß es etwas war, das ihn belasten könnte? Und wenn es so war, könnte er dann nicht gewollt haben, daß der Mann endgültig zum Schweigen gebracht wird?«
Myrtle war so weiß geworden wie mein Hemd. Sie sah aus wie ein Geist, über dessen Grab ich gerade gewandert war. Sie schüttelte den Kopf. »Er ist ein Wüstling, das sag ich dir, aber er ist nie ein Mörder. Nie.«
Ich sagte: »Er ist ein Erpresser. Und außerdem lebt er von Blut und Gewalt. Was sonst ist denn der Faustkampf?«
»Es ist nicht dasselbe wie Töten, Bertie.«
»Hundekämpfe sind es. Und Hahnenkämpfe.«
Myrtle schaute mich mit einem vernichtenden Blick an und sagte: »Wieviel Moorhühner schießt du an einem Tag?«

Ich konterte mit einem: »Iß doch noch eine Scheibe Taubenpastete«, und sie lächelte widerwillig. »Um zum Squire zurückzukehren«, sagte ich, »wenn er zwei von seinen Rauhbeinen den Befehl gegeben *hat,* Charlie Buckfast zu erledigen, und sie entdeckten, daß sie auch noch mit mir – einem zweiten Mann – fertig werden mußten, ist es dann nicht logisch, daß sie sich verhielten, wie sie es taten? Sie sorgten dafür, daß Charlie tot war, und überließen mich im Wasser meinem Schicksal. Man hatte ihnen nicht gesagt, sie sollten einen Doppelmord begehen.«
Sie war immer noch nicht gewillt, sich den Squire, ihren Freund, als Mörder vorzustellen. »Warum soll er denn gewollt haben, daß Charlie umgebracht wird?«
»Ich habe es dir gesagt. Charlie fand das mit der Erpressung heraus.«
»Bertie, der Squire ist schon alles mögliche genannt worden – ein Rabauke, ein Bescheißer und ein öffentliches Ärgernis. Was ist schon Erpressung? Eins mehr auf seiner Liste.«
»Nein.«
Sie war überrascht, daß ich ihr widersprach. Sie schaute mich trotzig an.
Ich sagte: »Das war nicht einfach nur ein weiterer Posten auf seiner Liste. Der Squire mag wie ein Kerl erscheinen, der nichts und niemanden respektiert, aber laß dich nicht täuschen. Es gab einen Mann, den er anbetete.«
Sie wußte es sofort. »Diesen Jockey Fred Archer.«
»Ja. Er hatte Reitstunden bei Archer. Er übernahm seinen Stil und lernte, wie man das Beste aus einem Pferd herausholt und wie man die anderen Jockeys ›überrumpelt‹. Ergebnis war, daß er der beste Gentlemanreiter im ganzen Land wurde. Aber das war nicht gut genug für den Squire.

Er wollte mit Archer auf gleicher Stufe stehen. Er wollte eine Partnerschaft mit ihm. Sein Traum war es, zusammen mit Archer einen eigenen Rennstall zu besitzen, aber Fred wollte nichts davon wissen. Was tat also der Squire? Er heckte einen Plan aus, um Archer in die Falle zu locken. Es gelang ihm, ihn in einen Jockeyring zu verwickeln, eine Verschwörung. Und der einzige Zweck war der, Fred verwundbar für eine Erpressung zu machen.«
Myrtle ließ einen kurzen Seufzer ertönen, und eine Träne kullerte ihr die Wange hinab. All ihre Widerspenstigkeit war verflogen angesichts meiner rücksichtslosen Darlegung der Heimtücke des Squire.
Ich sagte: »Charlie Buckfast hat etwas von einem Dokument mit angehört, einem Vertrag: der Beweis dafür, daß nur noch Freds Unterschrift fehlte, um die Partnerschaft zu besiegeln.«
Sie verstand. »Und den hat Charlie in Bedford Lodge gesucht?«
Ich nickte. »Kannst du dir vorstellen, wie der Squire wohl die Nachricht aufgenommen hat, daß Charlie eingebrochen war? Es würde ihm gar nicht gefallen, wenn die Welt erfahren müßte, daß er seinen Helden in den Tod gehetzt hat. Das ist der Grund, warum Charlie zum Schweigen gebracht werden mußte.«
Myrtle biß sich auf die Lippe. Sie saß so steif da, daß ihr Korsett knackte.
Ich goß ihr nach, denn ich konnte ihren Kummer verstehen.
Nach einer Weile sagte sie traurig: »Was möchtest du, daß ich tue, Bertie?«
Der verlorene Ausdruck in ihrem Gesicht rührte mich zutiefst. Wie konnte ich sie bitten, den Mann zu hintergehen,

der, bei all seinen schlimmen Taten, offensichtlich einen Platz in ihrem Herzen hatte? Wie konnte ich auch nur daran denken, diese vertrauensvolle junge Frau einer solchen Gefahr auszusetzen?

Nur mit überdeutlichem Unbehagen und der Hilfe von Veuve Cliquot '78.

Sehen Sie – und so erklärte ich es auch Myrtle –, nichts hätte mich davon abgehalten, diese gefährliche Mission selbst zu übernehmen, außer der Tatsache, daß ich so verdammt bekannt bin. Es ist nahezu unmöglich für mich, in fremden Häusern die Gänge entlangzuschleichen, ohne erkannt zu werden.

Als sie sich einverstanden erklärt hatte, im Schlafzimmer des Squire zu suchen und den Vertrag in ihre Hände zu bekommen, sagte sie: »Es ist eine komische Sache, Bertie. Du sagst, der Squire hätte Fred Archer verehrt.«

»Abgöttisch.«

»Und Charlie Buckfast war ihm ergeben.«

»Ja, er tat alles für Fred, außer zu reiten.«

»Und du bist genauso. Du kannst ihn nicht vergessen. Du hast diese fixe Idee mit dem Selbstmord.«

»Wenn du es so nennen willst.«

»Dann sag mir eins: Was ist an diesem Fred Archer dran? Was machte ihn besonders?«

Das war eine schwerwiegende Frage, die eine wohlüberlegte Antwort verlangte. Ich kann mir vorstellen, daß die kritischeren unter meinen Lesern sich vielleicht diese Frage auch schon gestellt haben, während sie diese Zeilen lesen. Nach einigem Nachdenken sagte ich zu Myrtle: »Es ist nicht leicht zu erklären. In mancher Hinsicht war er unausstehlich. Ein Tyrann auf der Rennbahn, besonders bei ganz jungen Jockeys und weniger erfahrenen Reitern. Er bestand darauf, als erster gewogen zu werden, um die beste Position am Start zu haben. Seine Ausdrucksweise bei einem Rennen hätte dir die Haare zu Berge stehen lassen. Und er kannte bei seinen Pferden keine Gnade. Häufig peitschte und spornte er sie bis aufs Blut.

Und er war auch ein verdammter Geizhals. Sie nannten ihn den Tinman. Er hätte auch einem Toten die letzten Pennies abgenommen. Aber seine Spielerei geriet ihm manchmal außer Kontrolle. Er war stolz, ungesellig, humorlos und im allgemeinen wenig einnehmend. Natürlich war er klapperdürr. Er vernachlässigte seine Gesundheit, wenn es ums Rennen ging. Er hätte auch alles andere vernachlässigt, wenn es ums Rennen ging, was auch seine Frau und seine kleine Tochter zu spüren bekamen, da bin ich mir sicher. Aber trotz alldem war er ein Mann, wie du ihn unter Millionen nicht findest. Der beste Jockey, der je gelebt hat. Ungebildet, ungehobelt, aber ein Genie. Intelligent, ja, hochintelligent. Nach einem Rennen konnte er mir nicht nur immer sagen, wie sein eigenes Pferd abgeschnitten hatte, sondern auch alle anderen. Und er war tapfer wie kein anderer – und das ist der Grund, warum ich immer noch nicht verstehen kann, warum er sich umgebracht hat.«

»Man muß tapfer sein, um das zu tun«, bemerkte Myrtle.

»Aber ein noch tapfererer Mann würde sich seinen Problemen stellen – oder?«

Darauf erwiderte sie nichts. Sie sagte: »Ich bin ihm nie begegnet. Sag mir, wie seine Augen waren.«

»Seine Augen? Ja, sie *waren* bemerkenswert. Sie lagen tief in den Höhlen, unter schweren Lidern, und schienen immer nach innen zu schauen, wenn nicht gerade etwas sein Interesse weckte. Dann sah es aus, als würden kleine

Lichtpunkte aus ihnen sprühen. Sie waren dann sehr ausdrucksvoll. Ich werde sie nie vergessen.«
Sie sagte: »Man kann an Augen eine Menge ablesen.«
Woraufhin ich erwiderte: »Und ich kann an deinen ablesen, daß du reif fürs Bett bist.«
Und dann sah ich etwas anderes in ihnen: einen Schimmer, der nicht ganz panische Angst war, ihr aber sehr nahekam. Ich wußte, was ihr durch den Kopf gegangen war. Wie es sich ergab, war ich nach dem anstrengenden Abend, den ich hinter mir hatte, nicht in der Verfassung für fleischliche Vergnügungen. Also sagte ich: »Um genauer zu sein, ich vermute, du bist reif fürs Bett, und wie sollte ich es dir verwehren, wo ich dich für morgen mit einer solch entmutigenden Aufgabe betraut habe?«
Ich begleitete sie zurück in ihre Wohnung und lag um 2 Uhr 30 im Marlborough House in meinem eigenen Bett.

13

Ja, dreizehn, die Unglückszahl. Wenn ich zu einer Dinnerparty komme, zähle ich immer zuerst die Plätze am Tisch. Sollten es dreizehn sein, lasse ich mir meinen Mantel bringen. In der Praxis passiert das fast nie, weil Francis Knollys meine Gastgeber immer im voraus unterrichtet, daß dreizehn ebensowenig toleriert werden wie gekreuzte Messer oder verschüttetes Salz. Und ich lasse auch an einem Freitag meine Matratze nicht umdrehen.
Diese Anwandlungen von Aberglauben mögen einigen von Ihnen lächerlich vorkommen, aber es läßt sich nicht leugnen, daß das Kapitel Dreizehn einen unangenehmen Schock enthält. Ich erwähne das denjenigen Lesern zuliebe, die eine zarte Konstitution haben.
Aber ich darf nicht vorgreifen.
Ich verließ London am Sonntag, dem 28. November, um nach Sandringham zu fahren, und brachte mich selbst in Donnerlaune, indem ich eine Ausgabe der *Reynolds's News* erstand (warum bestrafe ich mich bloß selbst?), um sie im Zug zu lesen. Sie mögen nicht glauben, daß die Geburt eines unschuldigen Kindes (dem meiner lieben Schwester) Thema für einen politischen Kommentar ist, aber dann un-

terschätzen Sie die sozialistischen Propagandisten. *»Die Königin hat jetzt einunddreißig Enkelkinder«*, bemerkte der Autor, »und die Leute sind der Meinung, daß dies eine genügende Anzahl von Almosenempfängern der königlichen und teuren Sorte ist. Viel erfreulicher als die Geburt dieses Jungen wäre es für das Volk gewesen, wenn es erfahren hätte, daß dessen Vater sich auf irgendeine nützliche Beschäftigung verlegt hätte und in der Lage wäre, die Nachkommenschaft zu ernähren, die er in die Welt setzt.« Welch rachsüchtiger Kokolores! Wer sind sie, daß sie die Meinung des Volkes besser artikulieren können als ich? Ich zerknüllte das ekelerregende Blatt, warf es aus dem Fenster und zog statt dessen das *British Medical Journal* hervor.

Damit niemand vermutet, ich hätte morbide Interessen, lassen Sie mich rasch erklären, daß ich kein regelmäßiger Leser der medizinischen Presse bin. Tatsächlich hatte ich eine Ausgabe dabei, die mehr als eine Woche alt war. Francis Knollys hatte sie mir mit dem Vorschlag ins Aktenköfferchen gelegt, daß ich darin etwas Interessantes vorfinden würde, und ich hatte mich bis dahin nicht weiter damit befaßt. Wie sich herausstellte, handelte es sich um einen Kommentar zu Fred Archers Selbstmord. In Zusammenhang mit der angeblichen Typhuserkrankung, die den Jokkey heimgesucht hatte, stand da: *»Die Krankheit wird nicht nur in der Öffentlichkeit, sondern auch unter Medizinern derart häufig mit Erschöpfungszuständen und delirösem Gemurmel in Verbindung gebracht, daß die Tatsache, daß akutes Delirium, gekoppelt mit Wahnvorstellungen gewöhnlich selbstmörderischen Charakters, manchmal schon während des Frühstadiums auftritt, vielen neu sein wird.«* Ich hoffe, daß die Ironie dieser Ausführungen meinen Lesern nicht verborgen bleibt; ein Beweis mehr, wenn man überhaupt noch welche brauchte, daß der Ursprung der Tragödie kein medizinischer gewesen war.

In Sandringham sprach ich Knollys am Montag morgen ein Lob dafür aus, daß er den Artikel gefunden hatte. Die Anstrengungen, die er unternommen hatte, um meine Aufmerksamkeit darauf zu lenken, waren, so beschloß ich, ein Hinweis darauf, daß er meine Verwicklung in die Sache jetzt akzeptierte, auch wenn er sie nicht mit ganzem Herzen unterstützen konnte. Ich fragte ihn, welche Verpflichtungen ich in dieser Woche hatte. Bevor er antwortete, fügte ich, in Gedanken an Myrtle, hinzu: »... weil ich voraussichtlich den Dienstag und Mittwoch in London verbringen werde.«

Es trat ein Schweigen ein, das die Romanschreiber als bedeutungsschwanger bezeichnen.

Er sagte: »Darf ich so kühn sein, zu fragen, Sir, ob diese Verpflichtung privater Natur ist?«

»Das ist sie, Francis. Und sie kann nicht gestrichen werden.«

»Ich verstehe.« Er warf mir seinen berühmten Blick zu.

»Na, heraus damit«, sagte ich. »Wo liegt die Schwierigkeit?«

»Mittwoch, Sir, ist der 1. Dezember.«

»Um so besser. Der November war scheußlich.«

Er hüstelte hinter vorgehaltener Hand. »Ich habe mir erlaubt, die üblichen roten Rosen zu bestellen, Sir.«

Heiliger Strohsack! dachte ich. *Alix' Geburtstag.*

Ich sagte, bemüht, meine Würde zu bewahren: »Dieses Jahr habe ich beschlossen, Ihre Königliche Hoheit zum Geburtstag nach London mitzunehmen.«

»Aber sie verbringt ihn doch immer gerne hier, Sir.«

»Ich werde sie umstimmen.«
»Wie Sie wünschen, Sir.«
»Wie *sie* wünscht – wenn ich ihr erklärt habe, was ich vorhabe.«
»Zweifellos, Sir.«
Ich marschierte zum Fenster und starrte hinaus in den Frost. »Ich muß zugeben, ich habe etwas Schwierigkeiten, ein passendes Geschenk zu finden. Kann ihr doch nicht bloß die verdammten Rosen schenken.«
»Ein Kropfband, Sir?«
»Sie haben's, Francis! Das gute alte Hundehalsband.« Hier sollte ich erklären, daß Alix einen kleinen Leberfleck am Hals hat, der sie ungemein stört, weshalb sie immer bemüht ist, ihn zu bedecken. Und da man in der Mode so gerne nachahmt, trägt nun jede gutangezogene Frau im Land einen hohen Kragen oder ein Kropfband, und all das nur, weil Alix einen kleinen braunen Fleck am Hals hat.
Nach einer kurzen Pause, während der ich verzweifelt meine Erinnerung durchforstete, sagte ich: »Habe ich ihr nicht letztes Jahr ein Kropfband geschenkt?«
»Ja, Sir, aber Sie könnten andere Steine auswählen.«
Ich bat ihn, alles mit Garrard's, unserem Stammjuwelier, zu arrangieren, sich vorher aber noch mit seiner Schwester Charlotte, die erste Hofdame ist, zu beraten.
Beim Mittagessen kündigte ich Alix an, daß ich vorhatte, sie zu ihrem Geburtstag nach London mitzunehmen.
Sie wickelte ihre Perlenschnur um ihren Finger, was immer nichts Gutes verheißt. »Werde ich denn nicht wie sonst ein Fest auf Sandringham bekommen?«
»Dieses Jahr nicht. Ich nehme dich ins Theater mit.«
Ihre Unterlippe bebte, und ich wußte, daß es gleich Tränen geben würde, aber zu meiner Zufriedenheit kann ich be-

richten, daß es Freudentränen waren. »Bertie, was für ein lieber Ehemann du bist, immer voller Überraschungen. Was werden wir uns anschauen?«

Glücklicherweise hatte ich zur Vorsicht vorher die Zeitung studiert. »Eine neue komische Oper namens *La Béarnaise* mit Miss Florence St. John und Miss Marie Tempest. Man sagt, sie könne mit jedem Stück von Offenbach mithalten.«

»Eine komische Oper. Was für ein Spaß!«

»Du freust dich also.«

»Unbeschreiblich.« Sie zögerte. »Bertie, weißt du, was den Abend für mich vollkommen machen würde?«

»Abendessen bei Romano's?«

»Was mir wirklich gefallen würde, wäre, unsere beiden Turteltäubchen mitzunehmen.« (Diese liebevolle Bezeichnung gilt unseren Töchtern, den Prinzessinnen Louise, Victoria und Maud.)

»Gewiß, gern«, sagte ich so begeistert wie möglich, während ich mir schon überlegte, wie ich es schaffen sollte, am Dienstag abend in die Mile End Road zu entwischen. »Es wird ihnen guttun.« (Sie sind alle drei zarte Mimöschen, und ich kann mir wirklich nicht vorstellen, warum, bei einem Papa wie mir. Man sagte mir, im Gesellschaftsklatsch seien sie unfreundlicherweise als »Ihre Königlichen Schüchternheiten« bekannt.)

Alix komplizierte die Sache noch weiter, indem sie vorschlug, wir sollten am Mittwoch schon nach London fahren, aber dem schob ich mit einer Notlüge den Riegel vor, die mir aus all meinen Schwierigkeiten heraushalf. Ich sagte, ich hätte für Dienstag abend eine Einladung zu einem Treffen des Komitees für das Jubiläum der Königin im East End. Es würde sich wahrscheinlich lange hinzie-

hen, aber ich fühlte mich verpflichtet, meine Unterstützung nicht zu versagen.
Also nahmen wir fünf nebst meinem kleinen Hund Peter, sowie Knollys und seiner Schwester, am Dienstag morgen den Zug von Sandringham aus.
Am Eingang des Marlborough House steht ein ausgestopfter Pavian mit einem Tablett in der Hand, auf dem eingetroffene Briefe liegen. An diesem Morgen war das arme Ding bis zur Schnauze beladen mit Geburtstagskarten. Alix wollte sie sofort öffnen, doch ich bestand darauf, daß sie bis Mittwoch wartete. Und ich würde ihr auch nicht erlauben, eines der Päckchen zu öffnen, die an die Wand gestapelt lagen. Sie ist in diesen Zeiten immer wie ein Kind und bettelte darum, wenigstens die Adressen lesen zu dürfen, um zu raten, wer der Absender war. Einen Moment später rief sie: »Das ist nicht fair. Das größte ist für dich, Bertie.«
»Bist du sicher?«
Sie hielt einen Pappkarton in der Hand, der so groß war, daß ein gerahmtes Gemälde darin Platz gehabt hätte. Ich erhalte des öfteren unaufgefordert Klecksereien von Künstlern, die sich um königliche Förderung bemühen. Nach der Art zu urteilen, wie Alix damit umging, konnte es jedoch nicht so schwer sein wie ein Bild. Ich sagte: »Ich nehme an, es ist doch für dich. Jemand hat einen Fehler gemacht.«
»Da steht *persönlich* auf dem Etikett.«
»Dann laß uns doch das Geheimnis lüften.« Ich schnitt die Schnur entzwei und nahm den Deckel ab.
»Seidenpapier«, sagte Alix. »Etwas Besonderes offensichtlich. Vielleicht *ist* es ja für mich.«
Ich zog das Papier beiseite und erblickte mein Abend-

hemd, frisch gewaschen. Und den Anzug, den ich getragen hatte, als ich in die Themse fiel, frisch gereinigt, der abgerissene Ärmel kunstvoll repariert.
Ich murmelte: »Meine Wäsche.«
Alix sagte erstaunt: »Aber du schickst doch deine Kleider gar nicht in die Reinigung.« Sie griff noch tiefer in das Einwickelpapier und zog meine Socken und Hosenträger heraus. Dann meine Weste aus Merinowolle und Unterwäsche. Und einen einzelnen Handschuh. Alles war blitzsauber. Wenn man das sah, konnte man Carrie Montroses Wäscherei nur jedem empfehlen, aber in diesem Moment wünschte ich, ich hätte den ganzen Krempel verloren.
Ich sagte: »Das muß ein Scherz sein«, und meine Töchter unterstützten mich, indem sie hinter vorgehaltener Hand kicherten. Auch Alix ist einem Witzchen nicht abgeneigt, aber bei dieser Gelegenheit war sie gar nicht dazu aufgelegt.
Ich stritt weiterhin alles ab: »Ich möchte wissen, wer das getan hat. Charlie Beresford, würde mich nicht wundern.«
Alix sagte ungläubig: »Deine Kleider, Bertie? Deine Intimwäsche. Wie soll denn Charlie an sie herankommen?«
»Durch Knollys!« verkündete ich in meiner Verzweiflung. »Francis! Erklären Sie sich!«
Aber er war verschwunden. Francis legt man nicht so leicht herein.
Ich sagte: »Verdammte Frechheit! Ich rechne später mit ihm ab. Na ja, witziges Späßchen, immerhin. Charlie B. nimmt sich besser in acht. Ich zahl's ihm heim, sobald mir was genügend Gemeines einfällt.« Ich stopfte alles wieder hinein, machte den Deckel zu und sagte zu Alix: »Ich glaube, es würde nicht schaden, wenn du deine Geschenke

aufmachst, Liebes. Du wirst ja morgen noch viel mehr bekommen.« Während sie nach einem Päckchen griff, machte ich einen so würdevollen Abgang wie nur möglich, die Schachtel unter dem Arm.

Natürlich sagte ich nichts zu Francis, als ich ihn sah, außer, daß ich mich vergewisserte, daß ein glitzerndes Kropfband in Bestellung gegangen war.

Der Tag verlief auch weiterhin nicht besser für mich. Es stellte sich heraus, daß Sir Charles Warren mit Zweispitz in einem Vorraum auf mich wartete. Er hatte mir »eine dringende und vertrauliche Mitteilung« zu machen. Ich bat Francis, hinauszugehen und Warren hereinzuführen.

Der Polizeipräsident wollte lieber stehen bleiben. Seine Augen blitzten so hell wie seine Orden. »Gestern abend, Ihre Königliche Hoheit, haben wir etwas aus der Themse geborgen.«

Er unterstrich seine Feststellung mit einer kunstvollen Pause. Ich wartete auf ihr Ende.

Er fuhr fort: »Wenn ich sage ›wir‹, meine ich die Themsenwache. Wir haben die Leiche eines Mannes gefunden, auf den Captain Buckfasts Beschreibung paßt.«

Ich hatte das natürlich befürchtet, aber mir lief es trotzdem eiskalt den Rücken hinunter. Ich vermute, ich hatte auf ein Wunder gehofft. Ich fragte: »Wirklich? Wo hat man denn den armen Kerl gefunden?«

»In Battersea Reach, Sir. Es war ein Glückstreffer.«

»Glück? Das ist ein komisches Wort unter diesen Umständen, Herr Polizeipräsident.«

Er zuckte nicht einmal mit der Wimper. »Ich meine, es war ein Glück, daß wir ihn entdeckt haben. Bei diesem kalten Wetter sinkt eine Leiche meistens ab und bleibt wochenlang am Flußgrund liegen, bevor sie wieder aufsteigt. Ein

Lastschiffer bemerkte durch Zufall die Ferse eines Stiefels, die aus dem Wasser ragte. Stiefel schwimmen normalerweise nicht, also nahm er einen Bootshaken und traf auf etwas Größeres. Er informierte die Themsenwache, und die informierte mich.« Warren fügte stolz hinzu: »Ich hatte bereits darum gebeten, mir jede Leiche zu melden, die aus dem Fluß geborgen wird.«

»Gibt es denn so viele?«

»Zwanzig und mehr pro Woche, Sir. Die meisten von ihnen Selbstmorde oder Unfälle. Gewöhnlich bringen die Fährleute sie herein. Wir bezahlen ihnen einen Shilling für ihre Bemühungen.«

Ich sagte: »Sind Sie sicher, daß es Captain Buckfast ist?« Dann fügte ich hastig, aber nachdrücklich hinzu: »Für *mich* wäre es wohl nicht angemessen, die Leiche zu identifizieren. Es könnte verfassungsmäßige Einwände dagegen geben, daß ich vor einer Untersuchungskommission erscheine.«

Warren sagte beruhigend: »Das ist schon geschehen, Sir. Ich habe zwei Zeugen holen lassen, Leute, die Buckfast auch kannten: einen Mr. Harry Sarjent aus Newmarket, den Knecht und Kammerdiener des verstorbenen Fred Archer, und John Parker, den Gärtner.«

»Sarjent ist ein fähiger Bursche und ein guter Zeuge«, sagte ich und erinnerte mich daran, wie er sich bei Archers Untersuchung verhalten und mir danach Hut und Mantel gebürstet hatte.

»Sie kennen ihn?« sagte Warren, einigermaßen überrascht.

Geistesgegenwärtig antwortete ich: »Ich habe seine Aussage in der *Times* gelesen.«

»Aha.«

»Also kann es keinen Zweifel daran geben, daß das Captain Buckfast war?«
»Bedauerlicherweise nein, Sir. Sie haben zuerst die Kleidung identifiziert. Dann bat man sie, die persönlichen Besitztümer zu begutachten. Sein Notizbuch mit mehreren seiner Visitenkarten steckte noch in der Jacke, und eine Dienstmarke der Siebzehnten Ulanen hing an seiner Uhrkette. Schließlich sahen sie sich die Leiche an. Sie bemerkten dabei beide eine wahrhaft höchst sonderbare Tatsache.«
»Welche war das?«
»Der Mann, der aus der Themse gezogen wurde, war glattrasiert. Meiner Information nach war Captain Buckfast Träger eines besonders schönen Schnurrbarts.«
»Das ist korrekt.«
Ich glaube, ich habe die haarige Wucherung auf Sir Charles Warrens Oberlippe erwähnt. Als er von Buckfasts Verlust sprach, legte sich seine Hand schützend darüber.
Ich erklärte: »Er hat ihn kürzlich abrasiert. Ich hätte es erwähnen sollen.«
»Die identifizierenden Zeugen waren beide sicher, daß der Tote Captain Buckfast war, Sir, ob mit oder ohne Schnurrbart. Und dann gab es deutliche Hinweise auf den Überfall, den Sie beschrieben. Prellungen am Kopf und den Schultern.« Sir Charles holte einen tiefen und bedeutungsschwangeren Atemzug. »Es kann keinen Zweifel geben, Sir, daß ich es mit einem Mordfall zu tun habe.«
»Absolut kein Zweifel, Herr Präsident.«
Warren räusperte sich. »Dann möchte ich mit Ihrer Erlaubnis, Sir –«
Ich hob die Hand, um ihn zu unterbrechen: »Bevor Sie fortfahren, Präsident, möchte ich, daß Ihnen eines ganz

klar ist. Sie haben meine Erlaubnis, in dieser Sache vorzugehen, wie Sie wünschen, solange Sie mich heraushalten.«
Es trat ein unbehagliches Schweigen ein.
Warren beendete es. Er sagte steif: »Ich wurde mit gewissen Aufgaben betraut, als ich Polizeipräsident wurde, Sir, und die erste von allen ist es, Verbrechen zu ahnden. Mord ist das schlimmste aller Verbrechen.«
Ich bemerkte: »Ich glaube, Sie haben auch einen Eid auf Ihre Treue geschworen.«
»Dem Herrscher gegenüber, Sir, wenn Sie mir das verzeihen wollen.«
Ich sagte: »Ich *könnte* es Ihnen verzeihen, aber wird der Herrscher das tun, wenn Sie einen Skandal im Königshaus heraufbeschwören? Bei allem Respekt, Sir Charles, ich kenne jene würdige Dame besser als Sie, und in ihren Augen gibt es ein Verbrechen, das noch ungeheuerlicher ist als Mord, und das ist Indiskretion – Indiskretion durch verantwortungsvolle Individuen, deren Loyalität unerschütterlich sein sollte. Habe ich mich klar genug ausgedrückt?«
Da war ein Anflug von Aufsässigkeit gewesen, aber ich hatte ihn unterbunden. Und dazu ist man in solchen Situationen auch verpflichtet. Sir Charles Warren war neu auf diesem Posten und mir nicht ebenbürtig. Mit solchen Worten bleibt man immer Sieger, ob nun über einen protestierenden Ehemann oder einen wichtigtuerischen Polizisten.
Nachdem Warren hinausmarschiert war, verbrachte ich einige stille Minuten im Gedenken an den armen Charlie Buckfast. Ich hatte meine Zweifel, daß sein Tod viele Leute berühren würde, und wahrscheinlich würde er auch keinen Nachruf in der *Times* bekommen. Andererseits war er ein Mann des Pferderennens, der diesen Sport niemals in

Verruf gebracht hatte, und dann war er ja auch immerhin Archer ein treuer Freund gewesen. Und auch mir hatte er treue Dienste geleistet. Er war nicht gerade ein großer Unterhalter gewesen, und ich hätte ihn auch nicht als den brillantesten Begleiter bezeichnet, den ich je hatte, aber er war tapfer und zuverlässig, Eigenschaften, die man in der Detektivarbeit nicht unterschätzen darf. Der ganzen Tragödie zum Trotz dachte ich nämlich, wie Sie sehen, immer noch als Detektiv und war unerbittlich in meiner Entschlossenheit. Dieser brutale Mord würde mich nicht aufhalten; eher spornte er mich sogar noch an. Ich war es Charlie einfach schuldig, den Fall zu einem erfolgreichen Abschluß zu bringen.

Was nun also?

Zuallererst brauchte ich einen anderen Assistenten. Immerhin gibt es gewisse Aufgaben in der Ermittlung, die allein zu unternehmen für mich undenkbar war. Ich brauchte jemanden von unbestrittener Loyalität, einen guten Beobachter, tapfer und fähig, den Squire und seine Mörderbande zu überlisten.

Warum nicht eine Frau? Warum nicht Myrtle Bliss?

Im Zusammenhang mit dem Squire hatte Myrtle gewisse körperliche Vorzüge gegenüber Buckfast, auf die ich schon vorher hingewiesen habe. Gut, im Schreiben war sie kein großes Licht, aber ich verlangte nicht von ihr, daß sie mir Berichte schrieb oder Beweismaterial niederlegte. Aber sie war mir sehr ergeben, was ein Zeichen von Intelligenz ist.

Sie war gewissermaßen schon in der Probezeit für die Tätigkeit. An diesem Abend würde ich erfahren, was sie bei ihrer Verabredung mit dem Squire am Sonntag ausfindig gemacht hatte. Wenn es zu irgend etwas nütze war, würde

ich sie an Buckfasts Stelle einsetzen. Es machte mir nichts aus, ihr die Gage zu zahlen, die sie sonst bei ihren Varietéengagements bekam.
Ich nahm mein Abendessen früh ein und ließ Alix zu einem Whistabend mit unseren Turteltäubchen zurück. Sie drängte mich, von meinem Jubiläumskomiteetreffen nicht allzu spät zurückzukehren. Da wir getrennt schlafen (schon seit fünfzehn Jahren), war es sehr unwahrscheinlich, daß ich sie stören würde, aber ich versicherte ihr, daß ich bei der ersten Gelegenheit verschwinden würde, denn ich wollte an ihrem Geburtstag auf der Höhe sein.
Ich ging über die Straße zu meinem Club, dem Marlborough, und konsultierte die *Era*, um herauszufinden, wo »Miss Bliss und ihre gefiederten Freunde« diese Woche auftraten. Zuerst hatte ich die Idee, Myrtle in ihrer Garderobe aufzusuchen, aber als ich sah, wo sie engagiert war, überlegte ich es mir anders. Das Bell-Varieté liegt an der St. George's Street, in der Gegend der Docks im East End, eine Straße, die als die alte Ratcliff Highway so bekannt gewesen war, daß man ihren Namen in dem Versuch abgeändert hatte, sie von ihrem üblen Ruf reinzuwaschen. Einen schlechter beleumundeten und gefährlicheren Ort kann man sich nicht vorstellen.
Also blieb ich etwa zwei Stunden in meinem Club, wurde unweigerlich in ein Gespräch verwickelt und blieb länger, als ich vorgehabt hatte. Als ich schließlich entwischen konnte, war es schon nach zehn. Ich eilte zum Droschkenstand am Piccadilly und fragte den ersten Einspännerfahrer, ob er mich bis elf in die Mile End Road bringen könne. Er wartete mit jenem berühmten Spruch seines Metiers auf: »Geht in Ordnung, Sir Archer ist mit uns!«
Ich lächelte grimmig und sagte, das hoffte ich auch.

Ich muß gestehen, daß ich mich aus irgendeinem unerfindlichen Grund in jener Novembernacht in der Kutsche unbehaglich fühlte. *Archer ist mit uns!* war wohl schon millionenmal und mehr gesagt worden, um Vertrauen zu wekken. Mich beunruhigte es.

Da ist etwas an der Anordnung in einem Einspänner, mit dem Fahrer an erhöhter Stelle hinter einem, so daß man ihn nicht sieht, und nur der Schutzplane über Ihren Knien und der Kruppe des Pferdes vor Ihnen, das Ihnen ein Gefühl der Isolation vermitteln kann. Wenn dann noch der Nebel von Minute zu Minute dicker wird und das Lampenlicht verschwimmen läßt, braucht man nicht viel Phantasie, um dem Ganzen eine makrabe Wendung zu geben.

Durch die Stadt kam man nur langsam vorwärts. Es war weit nach elf, als wir in der Mile End Road ankamen. Ich wies den Kutscher an, zu warten, während ich hochging. Auf mein Klopfen an Myrtles Tür hin kam keine Antwort. Sie war noch nicht aus dem Bell zurück.

Ich möchte die Beschreibung dessen, was für mich eine lange Wartezeit von über vierzig Minuten werden sollte, nicht hinauszögern. Ich ging auf die Straße hinunter und sprach mit meinem klagenden Fahrer. Er sagte zu mir, er beende seinen Dienst um Mitternacht, also gab ich ihm eine halbe Krone und versprach ihm für das Ende der Fahrt einen Sovereign. Ich war ebenso durchgefroren und niedergeschlagen wie er.

So weit, wie ich nun schon gekommen war, war ich nicht in der Verfassung aufzugeben. *Dinstach um ellf* hatte Myrtle geschrieben, und ich hatte, verdammt noch mal, Alix' Geburtstag umarrangiert, um die Verabredung einhalten zu können.

Als ich es Mitternacht schlagen hörte, sagte ich dem Kutscher, er solle mich direkt zum Bell fahren.
Das ist die Stunde, wenn die Gasthöfe ihre Zimmer belegt haben und alle Glücklosen und Tunichtgute zu Tausenden auf den Straßen von East End umherwandern, auf der Suche nach Treppenhäusern und Einfahrten, in denen sie sich für die Nacht niederkauern können. Ausländische Matrosen kommen torkelnd aus den Tanzhallen und den Wirtshäusern. Es ist die schlimmste Zeit für eine junge Frau auf dem Heimweg, und doch bezweifelte ich, ob Myrtle eine Droschke finden oder sie sich leisten konnte.
Im Nebel nach ihr zu suchen kam nicht in Frage, also fuhren wir rasch durch Whitechapel, wandten uns nach Süden über die Commercial Road und die Cable Street (alles wahre Sündenpfuhle) und bogen schließlich in die St. George's Street ein, wo ich all meine Felle davonschwimmen sah.
Das Bell lag bereits in völliger Dunkelheit, als wir davor anhielten. Ich kletterte hinaus und ging über den Bürgersteig zum Vordereingang. Die Türen waren verriegelt, und mehrere zerlumpte Familien, leichenhaft magere Männer und Frauen mit Babies im Arm, hatten sich bereits davor wohnlich eingerichtet. Eine Gestalt von scheußlichem Aussehen versuchte mich anzupöbeln.
Ich suchte nach dem Bühneneingang, in der Hoffnung, daß noch einige der Artisten auf ebendiesem Weg hinausgehen würden. Die Tür war geschlossen und der Eingang ausgefüllt von einem riesigen Mann – wahrscheinlich einem Schauermann –, der mir nachdrücklich befahl, zu verschwinden, weil das sein »Pennplatz« wäre.
Ich ging zu meiner Kutsche zurück und fand meinen Fahrer in angeregte Unterhaltung mit einem jungen Mann vertieft, dessen Äußeres sich deutlich von dem der ande-

ren Bewohner dieser Örtlichkeit unterschied. Es stellte sich heraus, daß dieser hochnäsige junge Kerl vorhatte, mein Vehikel anzuheuern. Ich trat nach vorne, um ihn von diesem Ansinnen abzubringen, und erfuhr, daß er der stellvertretende Manager (wahrscheinlich in Wirklichkeit der Barmixer) des Bell war und daß er gerade für die Nacht abgeschlossen hatte.

Ich fragte, wann Miss Bliss gegangen sei, und er äußerte die Vermutung, daß sie schon mindestens vor einer Stunde gegangen sein mußte. Es war niemand mehr drinnen.

Ich fragte, ob er wirklich gesehen hätte, wie sie ging, und das hatte er nicht. Ich sagte, sie sei nicht nach Hause gekommen, was ihn zu der Annahme brachte, ich sei ihr Vater, was ich wiederum eher lästig fand.

Ziemlich aus dem Handgelenk braute ich jetzt eine überaus originelle Geschichte zusammen. Ich sagte, ich sei Tierarzt und hätte einen von Myrtles Papageien behandelt. An diesem Abend sei er gestorben, und ich fürchtete, daß die Ursache Psittakose sei, die auch Menschen befallen könne, manchmal mit tragischen Folgen (diese nützliche Information hatte ich von meiner lieben Mama erhalten, die in Windsor eine Volière hat und immer gehörigen Abstand zu den Papageien hält). Es sei eine Angelegenheit höchster Dringlichkeit, daß ich die anderen Vögel untersuchte.

In Wirklichkeit wollte ich mir natürlich Zugang zu Myrtles Garderobe verschaffen, um nachzusehen, ob sie mir wieder eines ihrer lavendelduftenden Briefchen hinterlassen hatte. Sie konnte unsere Verabredung unmöglich vergessen haben.

Nachdem er die Zusicherung erhalten hatte, er könnte meinen Einspänner mit mir teilen, wenn er mich hineinließ, zog der junge Mann seine Schlüssel heraus und trat forsch auf die Familie zu, die vor dem Haupteingang ihr Lager aufgeschlagen hatte. Sie ließen uns durch. Er sagte, er würde mir Myrtles Garderobe zeigen, wolle sie aber angesichts der drohenden Gefahr für sein Leben nicht betreten. Er fand noch ein paar Lampen und führte mich durch den Zuschauerraum zu einer Tür seitlich zur Bühne. Die Garderoben lagen zu unserer Rechten. Die von Myrtle, so teilte man mir mit, war die allerletzte, und ob ich so freundlich sein würde, allein ins Vordergebäude zurückzukehren, wenn ich fertig war?

Ich näherte mich der Tür, öffnete sie und leuchtete mit meiner Lampe hinein. Zwei oder drei der Vögel saßen schläfrig und schweigend auf ihren Stangen. Cocky schwankte mit dem Oberkörper hin und her und starrte, seine gelbe Federhaube sträubend, ins Licht.

Ich hielt die Laterne tiefer und erlebte eine Schrecksekunde, als der Spiegel über dem Frisiertisch ihr Licht blitzend zurückwarf.

Das alles geschah innerhalb weniger Sekunden, und doch erinnere ich mich so lebhaft daran, als hätte es sich in Minuten abgespielt.

Ich dachte dumpf, Cocky dürfte nicht hiersein. Sie nimmt ihn immer mit nach Hause.

Dann sah ich Myrtle auf dem Teppich vor mir liegen. Da war Blut. Da war ein Loch seitlich an ihrem Kopf.

Ich dachte: Ich muß hier heraus. Man darf mich hier nicht finden. Was immer das hier bedeutet, hier kann ich nicht bleiben.

Wenn dies einen Mangel an Mitgefühl zeigen sollte, so sei es drum. Das Mitgefühl kommt später. Bei einer schrecklichen Entdeckung denke ich nur praktisch.

Ich ging rückwärts hinaus, und als der Lichtschein durch das Zimmer wanderte, sagte eine Stimme: »Hallo, Bertie.«
Da war niemand.
Cocky wiederholte: »Hallo, Bertie. Gott segne den Prince of Wales.«
Myrtles Brief: »Er had en neuen Drick, wo er dir zeign will.«
Auf diesen neuen Trick konnte ich verzichten. Er würde der Polizei meinen Namen verraten.
Ich würde Cocky mitnehmen müssen.

14

Da Sie es bis zu diesem Punkt mit mir ausgehalten haben, wissen Sie, daß ich mich vor den Tatsachen des Lebens nicht drücke, wenn sie für meine Erzählung wichtig sind, und nun haben Sie erfahren, daß ich das Faktum des Todes mit derselben Offenheit behandele.

Ich hatte mit dem Gedanken gespielt, eine Anweisung an den Hersteller herauszugeben, er möge das vorige Kapitel mit einem schwarzen Rand versehen, zum Zeichen des Respekts und auch als Warnung für die Unbesonnenen. Nach langer Erforschung meines Herzens ließ ich die Idee fallen. Ich selbst habe größte Schwierigkeiten, es über mich zu bringen, etwas zu lesen, das mit einem schwarzen Rahmen versehen ist, wie kann ich also von meinen Lesern verlangen, das zu tun, was ich nicht könnte?

Verzeihen Sie mir. Wenn ein Todesfall eingetreten ist, möchte man instinktiv über alles mögliche sprechen, nur nicht über die schreckliche Tatsache selbst. Jetzt komme ich wieder darauf zurück.

Es fällt mir schwer, Worte zu finden, die den Schrecken jener trostlosen Novembernacht umschreiben könnten. Glauben Sie nicht, daß mein privilegiertes Leben mir persönliche Verluste erspart hat. Ich bin mit dem Tod naher Freunde und Mitglieder der Familie nicht unvertraut. Ich kenne den Vorgang: das Gefühl des Schocks, abgelöst von Benommenheit, die sich in Trauer verwandelt, wenn man im Geiste das zu akzeptieren beginnt, was geschehen ist. Danach tritt vielleicht Verzweiflung ein oder sogar der Verlust jeden Glaubens.

Myrtles gewaltsamer Tod traf mich auf andere Weise. Schreckliche Empfindungen bemächtigten sich meiner. Ich war entsetzt, geängstigt, und, das war das Schlimmste von allem, ich war überzeugt, daß ich dafür verantwortlich war.

Verantwortlich? mögen Sie fragen.

Erlauben Sie mir, das zu erklären. Der Mord an Charlie Buckfast hatte mich gelehrt, wie gefährlich es war, sich mit dem Squire und seiner Bande einzulassen. Ich war maßlos schockiert über die Brutalität des Angriffes gewesen. Der Tod Charlies hatte mich zutiefst bekümmert, und ich bereute es, ihn in die Bedford Lodge geschickt zu haben. Ich hatte mich auf schlimme Weise verschätzt. Andererseits hatte ich mich nicht direkt verantwortlich für seinen Tod gefühlt. Niemand hatte voraussehen können, daß wir es mit Mördern zu tun hatten.

Myrtles Tod ging eindeutig auf mein Konto. Gut, ich hatte sie auf die Gefahren aufmerksam gemacht. Ich hatte ihr gesagt, daß Charlie umgebracht worden war. Aber ich hatte sie trotzdem als meinen Spion angeheuert, weil ich wußte, daß sie gewillt war, das Risiko einzugehen. Sie war mit der Zuversicht der Jugend gesegnet oder verflucht gewesen. Sie hatte ein großes Herz gehabt und keine Furcht gekannt, und ich hatte mir ihr fröhliches Einverständnis zunutze gemacht, mit dieser schrecklichen Konsequenz.

Lassen Sie uns in jenes Zimmer des Todes zurückkehren. Wie ich berichtet habe, war unmittelbar nach der Entdekkung meine erste Reaktion die, den Ort fluchtartig zu verlassen.

Cocky sagte zum sechsten- oder siebtenmal »Hallo, Bertie«, und ich wußte, ich mußte mich zuerst um ihn kümmern. Ich stellte die Lampe ab und verfrachtete ihn in einen Käfig. Als ich nach ihm griff, gab er ein Kreischen von sich, wohl in der Annahme, ich habe vor, ihn zu erwürgen. So ließ er es sich ziemlich bereitwillig gefallen, daß ich ihn durch die Gittertür schob, und war fortan still.

Es stand außer Diskussion, auf dem Weg zu entfliehen, den ich gekommen war. Der Kutscher und der stellvertretende Manager warteten gewiß vor dem Gebäude. Bis jetzt hatten sie noch keinen Verdacht geschöpft, was meine Identität anging. Für den Kutscher war ich einfach eine »Fuhre«, die er am Piccadilly aufgenommen hatte; für den jungen Kerl ein Tierarzt. Nach dem, was ich gerade gesehen hatte, war es unabdingbar, daß sie im ungewissen blieben. Allerdings war ich nicht in der Verfassung, mich noch weiter zu verstellen, und ich war verdammt sicher, daß Cocky mich verraten würde, wenn sie ihn hörten.

Ich kletterte mit Hilfe eines Magiertisches aus einem Fenster im Requisitenraum. Im Hof draußen reichten meine Füße eben auf ein Faß hinab, und mir fiel gerade noch rechtzeitig ein, nach dem Papageienkäfig zu greifen, bevor ich auf *terra firma* hinabstieg.

Mein Ulster war über und über befleckt mit einer Art Fett von dem Fensterrahmen, und ich riß mir den Saum eines meiner Hosenbeine auf, was mir nur zum Vorteil gereichen konnte, wenn ich zu Hinz und Kunz auf die St. George's Street hinaustrat. Wissen Sie, daß ich glaube, ich

verdanke es Cocky, daß ich nicht überfallen und ausgeraubt wurde? Mit dem Papageienkäfig und meinem Bart ging ich nämlich als Seemann durch. Ich erhielt mehrere Einladungen von leichten Mädchen, die mich Matrose nannten, aber die Diebe und Würger ließen mich laufen in der Annahme, daß ein Mann, der zur See fährt, es wahrscheinlich mit ihnen aufnehmen konnte.
Ohne genau zu wissen, in welche Richtung ich ging, schritt ich forsch einher, immer gefaßt auf einen plötzlichen Angriff von hinten. Gruppen von Rauhbeinen standen an vielen Ecken herum. Ohne es allzu offensichtlich zu machen, beschleunigte ich meine Schritte und ging auf die andere Straßenseite hinüber, wann immer ich ein solches Grüppchen sah, und zu meiner Schande muß ich gestehen, daß ich dasselbe tat, wenn ich einen Polizistenhelm erblickte. Trotzdem konnte ich mich des Gedankens nicht erwehren, daß wir bei unserer heldenmütigen Polizei in großer Schuld stehen, die Nacht für Nacht in diesen schwärenden Gassen auf Streife geht.
Die Szenerie, die sich vor mir erstreckte, schien endlos; Mietskasernen ragten zu beiden Seiten empor, Durchgänge waren mit kleinen Haufen übersät, die man zuerst für Abfall halten konnte, bevor man ein Baby schreien oder einen Mann eine unflätige Bemerkung rufen hörte. Türen wurden ohne Warnung aufgestoßen, und Körper torkelten in einer Lichtbahn über meinen Weg. Immer noch ließen mir die Straßenmädchen keine Ruhe mit ihren Angeboten, die dann zu Spott und zu Fluchen wurden, wenn ich beiseite trat und an ihnen vorbeieilte.
Meine ganze Zukunft hatte sich darauf reduziert, lebend den nächsten Laternenpfahl zu erreichen.
Ich marschierte so schnell weiter, wie mich meine Beine

trugen, und schließlich bemerkte ich eine leichte Verbesserung in der Kleidung und dem Benehmen der Leute, an denen ich vorbeikam. Die Straße wurde breiter. Dann, Gott sei's gedankt, erkannte ich Tower Hill – gewöhnlich nicht gerade eine verheißungsvolle Örtlichkeit für jemanden von königlichem Geblüt, aber für mich in jener Nacht ein sicherer Hafen, denn dort gelang es mir, zu meiner tiefsten Erleichterung, eine Droschke anzuhalten. Natürlich wollte er eine Zulage. Hätte er es gewußt – ich wäre bereit gewesen, ihm ein halbes Königreich anzubieten. Er setzte mich in der Mall ab, und ich kehrte um 1 Uhr 45 ins Marlborough House zurück.

Knollys mußte mich gehört haben, denn er kam in Morgenrock und Pantoffeln die Treppe hinunter, während ich vor dem Schlafengehen mit einem kleinen Drink meine Nerven zu beruhigen versuchte. Ohne zu fragen, schenkte er sich selbst einen ein.

Er sagte: »Das ist aber verdammt früh für Sie.« Wir machen zu später Stunde keine großen Worte, Francis und ich.

Ich nickte.

Er sagte: »Ihre Hosen sind zerrissen. Wie haben Sie das denn gemacht – sind Sie aus einem Fenster gestiegen?«

»Das geht Sie wirklich nichts an.«

Das hätte eigentlich reichen sollen. Wenn Francis allerdings in Verhörstimmung ist, findet er kaum ein Ende. »Dann ist der Ehemann also unerwartet früher heimgekommen?« Er setzt es als selbstverständlich voraus, daß ich meine Nächte ehebrecherischen Abenteuern widme.

Ich tat so, als hätte ich die Frage nicht gehört.

Er bohrte weiter: »Es ist vor zwei.«

Ich sagte: »Soweit es Sie betrifft, Francis, ist es vor Mitternacht.«

Endlich bemerkte er meinen frostigen Unterton, denn er machte eine kleine Pause, bevor er beschwichtigend hinzufügte: »Ihre Königliche Hoheit haben sich um elf zurückgezogen.«
»In diesem Fall war ich viertel nach zurück.«
Es gab wieder eine Pause, während er über das Besprochene nachdachte.
Mit gebührender Formalität fuhr er fort: »Das Kropfband liegt eingepackt auf Ihrem Schreibtisch, Sir. Da ist auch eine Karte. Sie müssen nur noch unterschreiben.«
Alix' Geburtstag. Wie konnte ich mich nur nach diesem abendlichen Ausflug in die Hölle gedanklich auf einen Geburtstag einstellen?
Ich nahm mir vor, gleich in der Frühe etwas zu schreiben.
Knollys fragte mich, was ich da unter dem Mantel hätte (den ich ausgezogen und über den Papageienkäfig gehängt hatte).
Leugnen war zwecklos, also antwortete ich beiläufig: »Einen sprechenden Kakadu.«
Er bemerkte: »Was für eine brillante Idee, wenn ich das sagen darf.«
»Wirklich?« sagte ich perplex.
»Als Geburtstagsgeschenk.«
Er hatte recht, es war eine hervorragende Idee, und am Morgen darauf sollte ich zu meiner großen Freude den Dank dafür bekommen. Habe ich Ihnen erzählt, daß Alix Tiere und Vögel in geradezu lächerlichem Ausmaß liebt? Eines Nachmittags vor einigen Jahren, als wir eine Reise den Nil aufwärts machten, lehnte sie sich an einer schattigen Stelle auf dem Schiff in einen Stuhl zurück, als sie etwas Kaltes unter ihrem Rock spürte, das sich an ihr Knie schmiegte. Es war die Nase eines schwarzen Schäfchens,

das in der Küche aus seinem Strick geschlüpft war und frei umherlief. Anstatt zu erschrecken, war Alix entzückt. Sie bot dem Tier ein Stückchen Zucker an und ließ sich noch mehr davon bringen. Als sie erfuhr, daß sie sich mit dem Abendessen für den darauffolgenden Tag angefreundet hatte, war sie entsetzt. Dieses Schaf reiste den ganzen Weg mit uns zurück nach Sandringham und lebte noch einige Jahre bei uns.

Sie können also verstehen, warum Cocky als Geburtstagsgeschenk ein solcher Erfolg war. Sie nahm ihn heraus und erlaubte ihm, auf ihrem Arm zu sitzen. Als er sagte: »Gott segne den Prince of Wales«, war Alix vor Freude ganz aus dem Häuschen. Sie ließ sich davon überzeugen, daß ich den Vogel schon vor Wochen gekauft und ihm heimlich Sprechunterricht gegeben hatte. Sie faßte es als Zeichen meiner Ergebenheit auf, und ihr gingen fast die Augen über, als sie mir dies sagte. Ich beschloß, ihr nicht zu verraten, daß Cocky auch Dreiradfahren, Seillaufen und Theaterbesuchern Zigaretten aus dem Mund picken konnte.

Was das juwelenbesetzte Kropfband anging, so würdigte sie es keines zweiten Blickes.

Im Verlauf des Morgens kamen mehrere Besucher, sehr zu meiner Beunruhigung, denn ich erwartete jeden Moment, den Zweispitz samt Monokel um die Ecke kommen zu sehen. Ich war zu der Überzeugung gelangt, daß mein Droschkenkutscher oder der junge Mann aus dem Bell mich erkannt und als den wahrscheinlichen Mörder bezeichnet hatten. Als die letzte Person, die am Tatort erschienen war, bevor die Leiche entdeckt wurde, würde ich eine Menge zu erklären haben. Doch die Besucher, die kamen, taten dies ausschließlich, um Alix zu gratulieren, und als Oliver Montagu zum Mittagessen eintraf, wußte ich, daß ich endlich etwas kostbare Zeit für mich haben würde. (Oliver ist hoffnungslos in Alix verliebt, und das schon seit zwanzig Jahren. Die Zuneigung ist gegenseitig, was ich zulasse, denn ich weiß sehr wohl, daß Alix ihm nie die letzte Gunst erwiesen hat und dies auch nie tun wird. Ich glaube, sie weiß gar nicht mehr, wie das geht.)

In der Abgeschiedenheit meines Arbeitszimmers zermarterte ich mir den Kopf über meine Zwangslage. Mittlerweile hatte sicher irgendeine Putzfrau oder ein Hausmeister in das Zimmer mit der Toten geschaut und die Polizei gerufen. In diesem Moment würde man die Beschreibung eines bärtigen, gutaussehenden Herrn herausgeben, der ein gepflegtes Englisch mit einem interessanten deutschen Akzent sprach und sich eine Geschichte zusammengezimmert hatte, um sich Zugang zu der Garderobe zu verschaffen. Die verschiedensten Theorien würden kursieren: daß er ein geheimes Rendezvous mit seinem Opfer arrangiert hatte; oder daß er sie schon früher am Abend getötet hatte und an den Tatort zurückkehrte, wie es angeblich alle Mörder tun, und sei es nur, um ihre Spuren zu verwischen.

Sie könnten denken, daß ich als potentieller Verdächtiger gegenüber einem Bürgerlichen einen Vorteil habe. Das Gegenteil ist der Fall. Wenn der Prince of Wales seinen Bart abrasierte, um nicht entlarvt zu werden, würde jede Zeitung des Landes eine Sensation daraus machen. Für mich wäre es unmöglich, in der Menge unterzutauchen oder heimlich eine Passage nach Frankreich zu buchen. Ich war ein leicht zerstörbares Ziel.

Knollys kam gegen Mittag herein. Seine besorgte Miene war alles andere als tröstlich.

»Was ist?« fragte ich.

»Eine Schwierigkeit, Sir, ...«
Mein Herz klopfte wild.
»... und ich wage es kaum, es an diesem glücklichen Tag zu erwähnen.«
Ich sagte: »Bei mir brauchen Sie doch nicht um den heißen Brei herumzureden, Francis. Ist jemand draußen?«
»Ja, Sir.«
»Ist es Sir Charles Warren?«
Er runzelte die Stirn. »Nein, Sir. Es ist Sir Frederick Leighton.«
»Fred Leighton?« Ich konnte mir nicht im geringsten vorstellen, was den Präsidenten der Königlichen Akademie dazu brachte, zu mir zu kommen, ohne sich vorher anzumelden. Wir kannten uns von Abendeinladungen her, bei denen mehr als einmal sein Talent zutage getreten war, die Dekoration für einen schicken Kostümball zu überwachen: ein Mensch, den zu kennen nützlich war, der aber ohne jeglichen Sinn für Späße war – kaum jemand für das Marlborough House. »Was will er?«
»Es scheint, daß in gewissen Kreisen der Akademie Kritik laut wurde, und er wünscht, sie Ihnen zur Kenntnis zu bringen, bevor sie publik wird.«
»Kritik welcher Art genau?«
Knollys hustete.
Ich starrte ihn finster an. »An *mir?*«
Er wich zurück und schlug die Augen nieder.
»Was wirft man mir vor?« fragte ich.
»Begünstigung, soweit ich weiß, Sir.«
»*Begünstigung?* In welchem Zusammenhang, um Gottes willen?«
»Die Wellington-Statue.«
Man stelle sich das vor! Ich war in ständiger Gefahr, ins

Scotland Yard abtransportiert zu werden, um zu einem Mord verhört zu werden, und Fred Leighton wollte mit mir über die Wellington-Statue sprechen. Als ob ich diesem langweiligen Komitee nicht schon genug Zeit geopfert hätte.

»Bitte um Vergebung, Sir, aber Sir Frederick besteht darauf, daß er die Pflicht hat, Ihnen diese Information mitzuteilen.« Knollys war so überzeugend untröstlich, daß er mir begann leid zu tun.

»Mich ins Bild zu setzen, in anderen Worten«, witzelte ich und kam mir eine Spur umgänglicher vor. »Sehr gut. Sagen Sie ihm, Francis, er kann mir eine erhellende Kurzfassung geben.«

Wie ich erwartet hatte, war das Ganze der größte Blödsinn. Man erwartet von Künstlern einen Sinn für Proportionen, der ihnen natürlich völlig abgeht. Es kam heraus, daß gewisse Quertreiber in der Akademie sich beschwert hatten, weil Edgar Boehm im Wettbewerb um die Wellington-Statue den Zuschlag bekommen hatte. Sie sagten, sein Gipsmodell sei schlechter als mehrere der anderen, die unterlegen waren, und daß es ihnen zu Ohren gekommen sei, ich als Vorsitzender hätte mich für Boehm eingesetzt und die Entscheidung beeinflußt.

Ich bewahrte die Ruhe und fragte Leighton, warum ein Vorsitzender nicht seine Ansichten kundtun könne, und er sagte, es sei der Verdacht aufgekommen (den er natürlich nicht teile), daß meine Unterstützung Boehms mehr einer pro-deutschen Neigung entspringe als einem künstlerischen Urteil.

Ich schüttete mich aus vor Lachen, als ich das hörte, was Leighton beinahe den Wind aus den Segeln nahm. Ich sagte ihm wahrheitsgemäß, daß mich Boehms Nationalität nicht im geringsten beeinflußt hätte. Übrigens sei er gar kein Deutscher. Er war Wiener und vor über zwanzig Jahren naturalisierter Engländer geworden. Ich schlug vor, daß Leighton diesen Sachverhalt seinen kleinlichen Mitgliedern mitteilen solle. Als er durch die Tür ging, gab ich ihm mit meinem hannoveranischen Stiefel noch eins drauf, indem ich ihm sagte, daß Malerei und Politik nicht vermischt werden dürfen.

Nach diesem Zusammentreffen fühlte ich mich besser. Es half mir über das Mittagessen. Ich foppte Oliver Montagu ein- oder zweimal und war die Freundlichkeit in Person gegenüber Alix, und es gelang mir sogar, Überraschung vorzutäuschen, als sie mir erzählte, wie Cocky Oliver die Zigarette gestohlen hatte.

Am Nachmittag brachen einige schwächliche Sonnenstrahlen durch den Wolkenhimmel und ermutigten mich dazu, mit meinem Hund Peter einen Spaziergang auf dem Grundstück zu machen, während Alix mit ihrem Freier Tee trank. Da die Stunden vergingen und Sir Charles Warren immer noch nicht aufgetaucht war, begann ich ernsthaft die Hoffnung zu hegen, daß man mich bei Scotland Yard nicht angezeigt hatte. Statt dessen wanderten meine Gedanken in eine konstruktivere Richtung. Ich überlegte, was ich mit Mr. Abington Baird, dem Squire, tun sollte.

Allein der Gedanke an ihn ließ mich mit den Zähnen knirschen, und ich zog so ruckartig an Peters Leine, daß das unschuldige Tier sich unerwartet auf den Hinterbeinen aufbäumte. Der Squire war ein Mörder, der in der Gruppe, wenn nicht gar eigenhändig, in Aktion trat. Aus Gründen, die ich nicht zu wiederholen brauche, weil sie auf der Hand liegen, konnte ich der Polizei nicht alles sagen, was mir eine schwere Verantwortung aufbürdete.

Können Sie sich meine Zwangslage vorstellen?
Ich fragte mich, ob ich ohne Hilfe in der Lage war, es mit dem Squire und seiner Mörderbande aufzunehmen.
Natürlich nicht.
Wenn ich mich nach Hilfe umsah, wem konnte ich trauen? Den Clubmitgliedern aus dem Marlborough House? Unter gar keinen Umständen.
Den Freimaurern? Ich bin natürlich der sehr verehrte Großmeister von England, und meine Mitbrüder sind verpflichtet, mir beizustehen. Die Bruderschaft würde wahrscheinlich auch diskreter agieren als Leute wie Charlie Beresford und Podge Somerset. Unglücklicherweise war der zweite herausragende Freimaurer in London ausgerechnet Sir Charles Warren.
Die Freimaurer schieden aus.
Ich war gezwungen, allein zu handeln. Aber wie? Und was war zu tun?
Es ließ sich nicht umgehen: Ich mußte den Squire persönlich treffen. Ich brauchte mehr als nur Indizien, um ihm nachzuweisen, daß er Archer in den Tod getrieben und die Anweisung gegeben hatte, Charlie und Myrtle zu töten. Er war ein unverbesserlicher Angeber, also war ich verdammt sicher, daß ich keine Schwierigkeiten haben würde, ihn zum Reden zu bringen. Mein Ziel würde es sein, ein Geständnis zu bekommen, eine unterzeichnete Erklärung seiner Schuld, zusammen mit den Namen seiner Komplizen. Ich würde es Warren schicken, und der Fall wäre abgeschlossen, ohne daß ich ins Spiel käme.
Waren das alles Hirngespinste, oder war ich in der Lage, es zu schaffen?
An jenem Abend gingen wir wie geplant ins Theater, und ich glaube, daß Alix und unsere Töchter die Operette ge-

nossen. Ich erinnere mich nur an wenig, denn ich war intensiver mit dem Schmieden von Plänen und Ränken beschäftigt als jede Figur auf der Bühne.
Folgendes überlegte ich mir: Ich war entschlossen, dem Squire ein volles Geständnis abzuringen, daß er für die Tode von Archer, Charlie Buckfast und Myrtle verantwortlich war. Natürlich war es der pure Wahnsinn für mich, nach Bedford Lodge zu gehen. Ebenso war es Wahnsinn, ihn nach Marlborough House oder Sandringham zu zitieren. Die Konfrontation mußte also auf neutralem Gebiet stattfinden. Und er mußte überzeugt oder dazu veranlaßt werden, ohne seine Spießgesellen dort zu erscheinen. Zuerst dachte ich an den Jockey-Club, aber dort gibt es zu viele Mithörer. Der Treffpunkt mußte privat sein.
Neutrales Terrain, wo er sich sicher fühlen würde.
Bevor zum zweitenmal die Nationalhymne ertönte, hatte ich meine Wahl getroffen.
Nachdem ich das nun aus dem Kopf hatte, widmete ich den Rest des Abends Alix. Sobald wir zu Hause waren, forderten wir Knollys und seine Schwester zum Kegeln heraus und schlugen sie dreimal vernichtend. Dann war Blindekuh mit den Prinzessinnen an der Reihe, gefolgt vom Postspiel und einer wilden Runde Verstecken quer durch das ganze Haus. Für eine Frau von zweiundvierzig hat meine Gattin eine außergewöhnliche Energie. Sie zieht wilde Spiele, bei denen jeder so laut schreit, wie er kann, dem Kartenspiel vor, weil sie dort nie die Ansagen versteht. Ich bin sicher, daß sie erschöpft und glücklich zu Bett ging, und das freut mich, denn ich bin ihr sehr zugetan.
Am folgenden Morgen setzte ich meinen Plan in die Tat um. Als Knollys mit meiner Verabredungsliste hereinkam,

sagte ich zu ihm, ich hätte noch eine weitere, die eingeschoben werden müsse.

»Was wäre das, Sir?«

»Ich möchte den Großen Christopher sehen.«

»Mr. Sykes, Sir? Das könnte schwierig sein. Ich habe bereits einige Änderungen veranlassen müssen, damit Sie heute nachmittag frei sind.«

Ich sagte: »Ist mir egal mit heute nachmittag, Francis. Ich möchte ihn so bald wie möglich hierhaben.«

»Ja, Sir.«

Ich verbrachte einige Zeit damit, meine Zigarre zu kappen. »Wo liegt dann die Schwierigkeit? Was bringt denn meinen Nachmittag so durcheinander?«

Er raschelte mit seinen Papieren. »Ihre Majestät, die Königin, Sir. Sir Frederick Ponsonby hat aus Windsor antelephoniert. Ihre Majestät möchte Sie um drei Uhr privat sprechen.«

Ein Schmetterling flatterte in meinem Magen – die Sorte, die man den Monarchen nennt. »Ist es denn dringend?«

»Es hatte den Anschein, Sir.«

15

Zwei Berichte auf verschiedenen Seiten der *Times* erregten an ebendiesem Morgen meine Aufmerksamkeit. Unter den Anzeigen kürzlich Verstorbener fand ich den Namen Buckfast, *Captain Charles, Jermyn Street, früher bei den Siebzehnten Ulanen.* Über die Umstände von Charlies Dahinscheiden wurde nichts verlautbart. Es hieß einfach ... *plötzlich, in London, am 27. November.* Plötzlich war keine Übertreibung, armer Kerl. Die Beerdigung sollte am Freitag morgen in aller Stille in Highgate stattfinden. Ich notierte mir, Knollys daran zu erinnern, daß er einen Kranz besorgte.

Der zweite Artikel stand ganz versteckt am Ende des Polizeiberichts:

RÄTSELHAFTER TOD EINER VARIETÉKÜNSTLERIN

Die Leiche einer jungen Frau, die als Varietékünstlerin wohlbekannt ist, wurde gestern in einer Garderobe des Bell in der St. George's Street, East London, entdeckt. Sie war mit einem Schuß in den Kopf getötet worden. Identifiziert wurde sie als Miss Myrtle Bliss, 23 Jahre, Vogeldresseurin. Die Polizei von Whitechapel gibt bekannt, daß sie einen Mann befragen möchte, der sich am

Montag abend Zutritt zu dem Varieté verschaffte, nachdem es bereits geschlossen war. Der Beschreibung nach ist er ungefähr fünfzig Jahre alt, fremdländischer Abstammung, klein und von stämmigem Äußeren, trägt einen Bart, einen braunen Ulster sowie einen Homburg.

Meine erste Reaktion war ein verächtliches Schnauben wegen meiner Personenbeschreibung. Dann, nachdem ich es ja schwarz auf weiß hatte, daß ich eine gesuchte Person war, begann ich die Dinge anders zu sehen. Die grobe Verzerrung konnte sich zu meinem Vorteil auswirken. Gewiß würde sie die Öffentlichkeit verwirren, denn ich war davon überzeugt, daß sie bei ihrem zukünftigen König weder an einen Mann fremdländischer Abstammung noch an einen Fünfzigjährigen oder die anderen verleumderischen Dinge dachte. Die einzige richtige Information war der Hut. Sogar mein Ulster ist mehr grau als braun. Pech für die Polizei von Whitechapel und Pech für alle dicken Ausländer über fünfzig!

Eigentlich gab es etwas, das mir mehr Sorgen machte als die Polizei, und das war meine Einladung nach Windsor. Wenn meine Mutter, die Königin, von meinen Abenteuern in Chelsea und East End Wind bekommen hatte, dann sah ich mich noch lieber hinter Gittern mit einer Eisenkugel und Ketten an den Füßen.

Um mich abzulenken, erledigte ich einigen Papierkram. Das Teilnehmerfeld für das Prince-of-Wales-Steeplechase im Sandown Park forderte meine ungeteilte Aufmerksamkeit. Ein Tier namens Hornpipe fiel mir besonders ins Auge. Auf dem Block für Knollys notierte ich *25 Pfund – Hornpipe 1 Uhr 30, Sandown.* Ein Gedanke lenkte mich ab – was, wenn Knollys das als die Aufschrift betrachtete, die an Charlie Buckfasts Kranz angebracht werden sollte? Ich glaube fast, als Mann des Pferdesports hätte Charlie den Gedanken zu schätzen gewußt.

Christopher Sykes wurde mir gemeldet, noch bevor ich meine Wahl für das Zwei-Uhr-Rennen getroffen hatte. Eins muß man dem Großen Xtopher lassen: Er hatte innerhalb einer Stunde auf die Einladung reagiert und war von der Hill Street herübergekommen. Jetzt streckte er seinen breiten Kopf durch die Tür zu mir herein wie ein Büffel am Wasserloch.

»Großartig!« begrüßte ich ihn. »Ich hoffte, Sie würden in London sein. Setzen Sie sich doch und hören Sie auf, auf Ihre Schuhe zu starren, Christopher. Oder erregt etwas an ihnen Ihren Anstoß?«

Er ließ sich auf der äußersten Kante eines schnurgeraden Stuhls nieder und sagte: »Eure Königliche Hoheit –«

»Bevor Sie weiterreden«, unterbrach ich ihn, »wir kennen uns doch schon lang genug, um uns das zu schenken. Ich brauche Hilfe.«

»Was immer Sie wünschen, Sir.«

»Sie würden es sich besser erst einmal anhören. Ich möchte, daß Sie wieder einmal eine Ihrer Hausparties in Brantingham Thorpe geben.«

Brantingham war Sykes' Besitz in Yorkshire, ein jakobinisches Herrschaftshaus in der Nähe von Beverley, der Stadt, die er im Parlament vertritt. Es liegt günstig für das Rennen in Doncaster, weshalb er im September dort immer ein Fest gibt.

Er wand sich förmlich vor Stolz über diese Ehre. »Noch eine Hausparty, Sir. Was für eine großartige Idee! Meinen Sie an Silvester?«

»Am übernächsten Wochenende.«

Er schluckte und versuchte, ruhig zu bleiben, »So bald schon?«

»Unvermeidlich«, sagte ich. »Die Leute werden entzückt sein zu kommen, da bin ich mir sicher.«

»Ja, gewiß.« Er hatte seine langen Beine derart verknotet, daß sie mich an eine gewundene Pfefferminzstange erinnerten. »Dann werde ich mich am besten gleich um die Einladungen kümmern. Haben Sie denn besondere Gäste im Sinn, Sir?«

»Ihre Schwägerin Jessica zum Beispiel.«

»Jessica?« Seine Beine versuchten sich an einer weiteren Windung, die jedoch scheiterte. »Ich vermute, sie würde kommen... wenn man sie einlädt.« Jetzt zog er die Backen in die Mundhöhle wie ein Heiliger am Marterpfahl. »Sie kennen ihren Ruf, Sir. Sie gilt als leichtlebig.«

»Ja«, sagte ich tolerant. »Und sie hat auch noch ein paar leichtlebige Freundinnen. Sprechen Sie im Vertrauen mit ihr, Christopher. Bitten Sie sie, ein halbes Dutzend der flatterhaftesten Mädchen von ganz London mitzubringen.«

Er ließ seinen Hut fallen.

Während er sich bückte, um ihn aufzuheben, erklärte ich: »Ich möchte, daß diese Hausparty ein Knüller wird, ein wirklicher Knüller. Meere von Schampus, natürlich. Kaminfeuer in allen Zimmern. Bunte Lichter. Eine deutsche Musikkapelle. Ein Tanzbär.«

Er richtete sich kerzengerade auf und blinzelte: »Ein Bär in Brantingham, Sir?«

Ich machte eine ausladende Geste: »Na gut, ein irischer Fiedler, wenn Sie wollen. Oder ein Schwertschlucker. Irgend etwas, das die Damen in Stimmung bringt.«

Sykes sah aus, als müsse er gleich um die Letzte Ölung bitten.

Ich sagte: »Haben Sie Bauchweh?«
Er schüttelte den Kopf.
»Frostbeulen, Ischias oder Hämorrhoiden?«
»Nein, Sir.«
»Nun, was ist dann das Problem?«
Er schluckte schwer und sagte: »All diese aktiven jungen Frauen, und nur Sie und ich?«
Er ist manchmal ausgesprochen begriffsstutzig, und deshalb sagte ich:
»Die meisten von Jessicas Freundinnen sind doch verheiratet, oder? Sie sollen ruhig ihre Ehemänner mitbringen. Das wird sie auch nicht behindern, wenn sie die pfundigen Mädels sind, für die ich sie halte. Außerdem sind da noch ein oder zwei andere Gäste, die ich Sie bitten möchte einzuladen.«
»Persönliche Gäste, Sir?«
Ich lächelte: »Kommt darauf an, wie persönlich Sie es machen möchten, Christopher. Da gibt es ein charmantes kleines Geschöpf namens Lady Florence Dixie, die ich Ihnen gerne vorstellen möchte. Für manchen mag sie zuviel Rouge benutzen, aber sonst ist sie ausgesprochen spritzig. Sie hat einen gezähmten Jaguar, den sie in den Kensington Gardens spazieren führt.«
Er brachte soviel Würde auf, mit matter Stimme zu sagen: »Wie exotisch.«
»Dann laden Sie sie ein.«
»Oh, ich meinte nicht –«
»Und dann ist da noch ein Gast, den ich unbedingt auf der Liste haben möchte.«
»Mrs. Langtry?« wagte sich Sykes vor.
Ich sah ihn düster an. »Himmel, nein. Sie ist in Amerika. Außerdem würde ich Lillie auch nicht in die Nähe einer

solchen Hausparty lassen. Ich spreche von einem Gentleman – Mr. Abington Baird – der Squire.«
Sykes erstarrte wie ein Karnickel beim Klang von Gewehrschüssen.
Ich sagte: »Ich verstehe Ihre Bedenken, Christopher. Er ist ein übler Zeitgenosse.«
»Infam«, flüsterte Sykes.
»Christopher, ich will meine Karten auf den Tisch legen. Ich muß mit dem Squire zusammentreffen, von Mann zu Mann. Ein Treffen von größter Wichtigkeit. Ich übertreibe nicht, wenn ich sage, daß es um Leben und Tod geht. Brantingham Thorpe soll der Ort dieses Zusammentreffens sein.«
»Aber die anderen Gäste? All diese aufregenden Damen?«
»Sind der Köder, sozusagen.«
»Köder?« wiederholte Sykes, als verstünde er das Wort nicht.
»Der Squire ist ein absoluter Schürzenjäger.«
»Oh.«
»Wenn Sie die Einladungen herausschicken, erwähnen Sie nicht, daß ich komme. Erwähnen Sie es niemandem gegenüber. Sagen Sie dem Squire, daß einige der abenteuerlustigsten Damen von London begierig seien, ihn kennenzulernen, und machen Sie klar, daß die Einladung für ihn allein gilt. Wir wollen doch nicht, daß seine Boxfreunde ihre Schlagkraft an Ihren Ming-Vasen ausprobieren.«
Zu diesem Zeitpunkt war Sykes schon zu sehr aus der Fassung geraten, um sich um seine Vasen zu sorgen. Ich entließ ihn freundlich, und er schwebte hinaus wie ein Schlafwandler.
Lieber Leser, Sie mögen vielleicht mit Sykes Mitleid ha-

ben. Ich selbst habe es, wenn er nicht da ist. Es bereitet mir größte Schwierigkeiten, zu erklären, warum allein der Anblick des Knaben mich zu einem solchen Unmenschen macht. Es ist eindeutig gegen meine Natur, wie Sie mittlerweile gewiß schon erraten haben. Wie auch immer, Sie können denken, daß eine Art ausgleichende Gerechtigkeit am Werk war, als ich später an diesem Tag zu meiner Audienz bei der Königin nach Windsor fuhr. Ich befand mich in einem Zustand der Beklommenheit, der sehr an Panik grenzte. Jetzt hatte ich die Hosen nicht mehr an, und meine liebe Mama hat einen Tritt wie ein Maultier.

Eine Kutsche wartete vor dem Bahnhof von Windsor auf mich. Während der Fahrt übte ich meine Verteidigungsrede ein. Weiche keinen Zentimeter, hatte ich beschlossen. Laß dich nicht ins Bockshorn jagen. Lenke die Diskussion auf das zentrale Thema, deine Rolle als Thronfolger.

Es war eine geschlossene Kutsche, also sprach ich laut vor mich hin, indem ich mich an den leeren Sitz mir gegenüber wandte und ihn daran erinnerte, daß die besten Jahre meines Lebens vergeudet würden, wenn man mich weiterhin von den Staatsgeschäften ausschlösse. Vor zehn Jahren hatte man meinem Bruder Leopold, er ruhe in Frieden, den Schlüssel zum Geheimtresor der Königin gegeben. Im Alter von zweiundzwanzig Jahren hatte man ihm gestattet, geheime Depeschen zu öffnen. Mir, dem zukünftigen König, verweigerte man noch mit sechsundvierzig dieses Privileg. War ich so verantwortungslos, so nachlässig mit meinen Pflichten? Hatte ich denn irgendeines der pfennigfuchsenden Komitees, denen vorzustehen man mich für würdig erachtet hatte, schlecht gehandhabt?

Wenn man genauer hinhörte, klang dies so, als wollte ich mich beklagen. Ich mußte es bestimmter vorbringen. Ich bin in meinen besten Jahren, Mama. Ich bin fähig, gesund und voller Energie. Ich werde nicht versagen, wenn man mich einst zu der Pflicht ruft, die vor mir liegt. Natürlich wünschte ich nicht, daß dies auch nur einen Tag früher eintritt, als der Allmächtige in Seiner Weisheit es vorsieht, aber ich brauche dich nicht daran zu erinnern, daß du bereits im fünfzigsten Jahr deiner Regentschaft stehst. Ist es nicht an der Zeit, daß man mir einige der Lasten des Staates aufbürdet, die du in all diesen Jahren so wirkungsvoll getragen hast?

Das war besser.

Ich mußte reichlich heiße Luft produziert haben, denn das Kutschfenster war ganz beschlagen. Ich wischte mir ein Guckloch frei und sah Bäume. Zu viele Bäume. Das war nicht der Weg zum Schloß.

Man brachte mich nach Frogmore, zum Mausoleum.

Bertie, dachte ich, das verheißt nichts Gutes.

Seit dem Tod meines Vaters, Prinz Albert, waren fünfundzwanzig Jahre vergangen. Fünfundzwanzig Jahre auf den Monat genau. In der Familie sprechen wir vom 14. Dezember als vom »Mausoleum-Tag«, wenn wir uns wie alle Jahre zusammenfinden, um ihm unsere Reverenz zu erweisen, während Mama an ihrem »lieben Ruheplatz« so oft anzutreffen ist, wie Sie oder ich ihren Hund Gassi führen. Bei jeder Gelegenheit, jedem Jahrestag auch nur der geringsten Bedeutung findet sie die Zeit, ihm einen Besuch abzustatten. Am Tag vor unserer Hochzeit führte man Alix und mich in den Schrein, damit Mama unsere Hände zusammenlegte und uns sagte, daß Papa uns seinen Segen gab. Fälschlicherweise faßte ich dies damals als Zeichen dafür auf, daß man mir meine vergangenen Fehltritte verziehen hatte. Ich fürchte, sie wird immer mir die Schuld für Papas letzte Krankheit geben, obwohl sogar Dr. Jenner die Kanalisation in Windsor dafür verantwortlich machte. (Ohne hier eine Geschichte ausbreiten zu wollen, die vielen wohlbekannt ist, sollte ich erklären, daß mein Vater sich, obwohl er überhaupt nicht auf dem Posten war, verpflichtet fühlte, mich in Cambridge aufzusuchen und mich dafür zu ermahnen, daß ich mit einer Schauspielerin Schande über die Familie brächte.

Diese war scherzeshalber von Offizierskameraden aus der Grenadiergarde in mein Bett im Curragh Camp gelegt worden; und das zu einer Zeit, als meine Eltern mich drängten, mich mit Alix zu vermählen. Papas Erkältung hatte sich zu einem Typhus ausgeweitet und Mama sich in ihrem Kummer geweigert, mich holen zu lassen, so daß es mir erst möglich gewesen war, am Totenbett meines Vaters zu erscheinen, nachdem mir meine Schwester Alice ohne Mutters Wissen ein Telegramm geschickt hatte.)

Meine Großmutter mütterlicherseits, die verstorbene Herzogin von Kent, hat ihr eigenes Mausoleum in Frogmore. Sie war vorher, im selben Jahr, gestorben, was den Kummer meiner Mutter zweifellos vergrößert hatte. Es hatte seit Jahren zwischen ihnen ein Zerwürfnis gegeben, auf das ich hier nicht einzugehen brauche, aber Mama war der Verlust sehr nahegegangen. Sie weigerte sich, Frogmore und das Zimmer, in dem ihre Mutter gestorben war, zu verlassen. Sie warf mir vor, herzlos und egoistisch zu sein, weil ich ihr auf Trauerpapier geschrieben hatte, dessen schwarzer Rand nicht breit genug war. Als ich versuchte, sie persönlich zu trösten, sagte sie, ich zeigte nicht genügend Trauer. Sie sagte, ich sei einfach zu dumm, um Gefühle zu entwickeln. Alles in allem werden Sie jetzt verste-

hen, warum ich mir für ein Tête-à-tête mit meiner Mutter nicht gerade Frogmore aussuchen würde.
Wir hielten vor dem Mausoleum, das in der Konzeption gerade so heiter gehalten ist, wie der gute Geschmack es noch erlaubt, denn meine Mutter wollte eher ein lebendiges Denkmal als ein *Sterbezimmer.* (im Original auf deutsch; Anm. d. Übers.). Das Mauerwerk ist von heller Farbe und das Innere reich ausgeschmückt, mit üppigen Vergoldungen, die das Licht aus den vielen Bogenfenstern einfangen, wenngleich im Dezember die Hauptlichtquelle von Gas gespeist wird.
Im Inneren herrschte beißende Kälte, und ich dachte an all die Jahrestage im Dezember, die wir neben dem Grabstein Ehrenwache gehalten hatten, wenn ich meine Brüder und Schwestern anschaute, die ins Gebet vertieft waren, und mich fragte, wer von uns wohl als erster mit einer Lungenentzündung darniederliegen würde.
Direkt hinter dem Eingang versetzte mir ein indischer Diener einen Schrecken, als er aus dem Schatten heraustrat, sich verbeugte und mit einer Geste auf das innere Gemach deutete.
Ich schritt voran, wobei meine Schuhe auf dem Marmorboden ein solch grausiges Geklapper veranstalteten, daß ich nicht hörte, wie meine Mutter, die Königin, mich begrüßte. Immerhin sah ich sie im Gaslicht sitzen, eine kleine verschleierte Gestalt neben einem der vier Steinengel, die Papas Grabstein bewachen.
Ich sagte nur: »Mama, Liebe.« Es schien irgendwie nicht passend, wie sonst hinzuzufügen: »... welche Freude!«
Sie betrachtete mich einen Moment lang durch ihren Schleier und seufzte schwer. Ihre Stimmung paßte offensichtlich zu ihrer Witwenkleidung.

Ich erinnerte mich daran, zu sagen: »Die liebe Alix läßt Sie herzlich grüßen.«
Mama mag Alix sehr. Sie fragte: »Hatte sie ihren Geburtstag?«
Ich weiß nicht, welche Antwort auf diese Frage erwartet wurde. Wenn ich sie verneinte, wäre die arme Alix tot. Ich sagte so herzhaft, wie es die Umstände erlaubten: »Nie einen besseren gehabt.«
»Ich hoffe, sie hat das kleine Präsent erhalten, das ich ihr geschickt habe.«
»Auf mein Wort, natürlich!« Ich hatte keine Ahnung, was es gewesen war. »Und so willkommen! Sie benutzt es ständig.«
»Bertie, du schwindelst schon wieder. Laß uns beten.«
Also knieten wir nieder, und Mama sprach die einleitenden Worte. Wir beteten für Papa und für alle dahingegangenen Seelen. Wir beteten für die Kirche, das Parlament und die Streitkräfte, die Bauern und die Fischer, meine Brüder und Schwestern und die ganze Familie. Wir beteten für unsere Dienstboten und unsere Haustiere. Dann beteten wir darum, daß die Wahrheit unser Herz erfüllen möge.
»Amen«, sagte Mama schließlich; dann, im selben Atemzug, wandte sie sich zu mir um und sagte: »*Sie benutzt es ständig!* Ich habe ihr ein Körbchen für den Pekinesen geschickt. Also, Bertie, ich möchte offen mit dir sprechen.«
Ich fragte: »Können wir nicht zuerst aufstehen? Meine Knie sind schon ganz taub.«
Also begannen wir um den Grabstein zu promenieren. Sie sagte: »Ich muß mit dir über eine Person sprechen.«
Hier muß ich erklären, daß in Mamas Vokabular eine Person nicht eine Person ist, wie Sie oder ich sie verstehen

würden, sondern ein Unerwünschter, ein Gestrauchelter, ein Monster an Ungeheuerlichkeit. Ich ließ rasch die Personen Revue passieren, die ich etwa in der letzten Woche getroffen hatte: Myrtle, den Squire, Carrie Montrose. Jeder von ihnen wäre nach Mamas Urteil unter diesen Begriff gefallen.

Ich fragte so beiläufig, wie es ging: »Meinen Sie jemanden aus meiner Bekanntschaft?«

»Gewiß.«

»Eine Dame?« Eine unergiebige Frage, bemerkte ich, kaum hatte ich sie gestellt, denn eine Person mochte zwar weiblich sein, aber eine Dame konnte sie nicht sein.

»Gewiß nicht.«

Es trat eine Pause ein, während der wir nur gingen und nichts sagten. Seltsamerweise schien Mama zu zögern, das Thema weiterzuverfolgen, jetzt wo sie es begonnen hatte.

»Eine Person mit Titel?« erkundigte ich mich.

Sie machte ein Geräusch in ihrer Kehle wie eine Art ersticktes Lachen, aus dem jedoch weder Freude noch Belustigung herauszuhören waren. Ironie, vielleicht. Sie sagte bitter: »Es würde mich nicht überraschen, wenn das als nächstes käme.«

Jetzt blickte ich überhaupt nicht mehr durch. Ich sagte: »Ich fürchte, ich weiß nicht, wen Sie meinen.«

»Mr. Boehm.«

»Den Bildhauer Boehm? Edgar Boehm?«

»Wen sonst?«

Welche Erleichterung! Ich hätte beinahe einen Freudentanz um das Grabmal meines Vaters vollführt. Ich sagte: »Hat es etwas mit dem Wellington-Statuen-Komitee zu tun?«

»Liegt das nicht auf der Hand?«

»Und mit unserer Zuerkennung des Auftrages an Edgar? Gibt es da Schwierigkeiten?«
Sie schrie mich so laut an, daß die schwarzen Straußenfedern an ihrem Hut wackelten: »Du nennst ihn beim Vornamen, als wäre er dein Busenfreund? Ich bringe es kaum über mich, überhaupt von dieser Person zu sprechen.«
Ich war sprachlos. Edgar Boehm war ein alter Freund der Familie. Vater hatte ihm persönlich Modell gesessen und die Bronzebüsten, die er angefertigt hatte, gutgeheißen. Seine Skulpturen von mehreren von uns waren in der Ausstellung der Königlichen Akademie gezeigt worden. Ich mochte die Reiterstatue von mir aus dem Jahre 1872, die mich als Oberst der Zehnten Husaren zeigte, so sehr, daß ich ihn aufgefordert hatte, eine Büste von Prinzessin Maud anzufertigen, welche er charmanterweise nach ihrem Spitznamen in der Familie, »Little Harry«, genannt hatte. 1878 hatte er von mir eine Figur zu Pferde angefertigt, die im Katalog als kolossal bezeichnet wurde. Ich machte sie anläßlich meines Besuches in Indien der Stadt Bombay zum Geschenk. Er hatte sogar meine Mutter, die Königin, in Marmor verewigt.
Ich sagte: »Vergeben Sie mir. Ich hatte keine Ahnung, daß er Sie beleidigt hat.«
Sie sagte: »Nicht nur mich. Seine Künstlerkollegen auch. Man hat mich unterrichtet, daß man diesbezüglich gestern morgen an dich herangetreten ist.«
Die Königin ist im Besitz von empfindlichen Antennen. Sie mag von der Welt abgeschlossen wirken, aber sie hat ihre Kanäle, an Informationen heranzukommen. Als Detektiv war ich neben ihr ein blutiger Anfänger.
Ich gab zu: »Sir Frederick Leighton kam, um mit mir in dieser Angelegenheit zu sprechen, ja. Es herrscht offensicht-

lich bei einigen in der Akademie der Eindruck, daß ich das Komitee ungebührlich beeinflußt habe.«
»Hat er dich gebeten, die Entscheidung zurückzunehmen?«
»So direkt hat er das nicht gesagt.«
»Hat er irgendwelche Versprechungen gemacht?«
»Nicht gerade Versprechungen«, sagte ich ausweichend. »Wie auch immer, angesichts Ihrer Empfindungen in dieser Angelegenheit werde ich das Komitee so rasch wie möglich wiedereinberufen. Es ist noch nicht zu spät, es sich noch einmal zu überlegen. Wir haben einige durchaus akzeptierbare Entwürfe zurückgewiesen.«
Zu meiner Bestürzung blieb sie stehen, drohte mir mit der Faust und sagte: »Du Dummkopf!«
Ganz ruhig bleiben. Ich sagte: »Mama, ich habe es gerade erklärt. Ich kann die Entscheidung rückgängig machen lassen.«
Sie sagte: »Ich *will nicht,* daß sie rückgängig gemacht wird! Leighton ist ein Unruhestifter, dem man seinen Titel abnehmen sollte. Die Entscheidung muß bestehen bleiben. Boehm ist der Sieger. Ist das verstanden worden?«
Es war zur Kenntnis genommen worden, aber keineswegs verstanden.
Wir drehten eine weitere Runde um das Grabmal, bevor sie wieder das Wort ergriff. Sie seufzte und fuhr fort: »Ich kann dein Schweigen verstehen. Tatsache ist, daß in der Vergangenheit etwas vorgefallen ist, etwas, das Mr. Boehm jetzt in die Lage versetzt, darauf zu bestehen, daß wir ihn begünstigen.«
»Aha.«
»Dein Komitee hat die richtige Entscheidung getroffen. Wir dürfen es nicht zulassen, daß dieser Simpel von Leighton sie in Frage stellt.«

Ich grub tief in meiner Erinnerung, bis ins Jahr 1870, in Balmoral. Eine Familienkrise. Man hatte mich dazu aufgefordert, meiner Schwester Louise ins Gewissen zu reden, die sich in einen Bürgerlichen verliebt hatte: einen sympathischen fünfunddreißigjährigen Bildhauer mit Namen Erasmus Boehm. Er änderte ihn später in Edgar um, was dem Ganzen einen englischeren Klang gab. Louise war damals zweiundzwanzig, eine talentierte Künstlerin und sehr beeinflußbar. Die Romanze hatte auf recht unschuldige Weise ihren Anfang genommen. Die Königin hatte Boehm nach Balmoral eingeladen, um eine Skulptur von John Brown anzufertigen, dem Jagdaufseher, dem sie auf törichte Weise verbunden war. Boehm war mit Sack und Pack für drei Monate in das Schloß eingezogen. Er fühlte sich von Louise angezogen und gab ihr schon bald Unterricht im Tonmodellieren und, wie ich vermute, noch vielem anderem. Eines Morgens hatte Mama beschlossen, nachzusehen, welche Fortschritte die Statue von Brown machte. Sie fand Louise allein im Studio mit Boehm vor.
In dem Tohuwabohu, das folgte, erklärte Louise ihre unsterbliche Liebe zu dem Bildhauer. Die Königin war erst einmal sprachlos, und so rief man mich, um ihr die Leviten zu lesen, während Mama ihre Wut abreagierte, indem sie einen Ehemann für ihre ungeratene Tochter fand. Boehm konnte unmöglich in die Familie einheiraten; er war Mitglied der Königlichen Akademie, und das war das einzig Königliche an ihm. Eines will ich zu seinen Gunsten sagen: In Anbetracht seiner Situation benahm er sich mit Würde und Charme, sonst hätte ich auch nie seine Werke weiterhin in Kommissionen begutachtet.
Louise wurde im März darauf mit dem Marquis of Lorne verheiratet. Ich fürchte, es ist keine glückliche Verbin-

dung. Sie sind kinderlos geblieben und gehen praktisch getrennter Wege. Unter Boehms unermüdlicher Anweisung ist Louise eine sehr fähige Bildhauerin geworden.
Ich hatte angenommen, daß die ganze Episode von Mama vergeben und vergessen gewesen sei, denn sie hat zwei oder drei Jahre lang danach noch für Boehm Modell gesessen. Ich persönlich habe eine ganze Menge für den Jungen übrig. Ob er im Moment meiner Schwester noch den Hof macht, kann ich Ihnen nicht sagen, aber zumindest hat er den Anstand, es für sich zu behalten.
Oder – da kam mir ein beunruhigender Gedanke – hatte er das Ganze benutzt, um vorwärtszukommen?
Ich fragte meine Mutter direkt: »Hat das mit jenem Vorfall in Balmoral zu tun, in dem Jahr, als Boehm die Statue von Brown machte?«
Sie sagte bitter: »Mußt du da noch fragen?«
Ich sagte: »Er will also den Ruf einer Dame gefährden, um sich einen Vorteil zu verschaffen? Das ist bedauerlich!«
»Abscheulich ist es!« murmelte meine Mutter.
Ich sagte: »Aber ich hatte den Eindruck, als wäre er Louise recht ergeben.«
Sie hob den Schleier und starrte mich mit ihren blaßblauen Augen an. »Es hat nichts mit Louise zu tun. Absolut nichts.« Sie riß den Schleier wieder herunter und ging weiter, hinaus aus dem Raum, in dem das Grabmal meines Vaters stand.
Ich folgte ihr. Alles war mir ein Rätsel.
Draußen im Vorraum blieb sie kurz neben der Tafel stehen, die im Gedenken an John Brown, den anzüglichen, ungehobelten Hochländer, den ich bereits erwähnt habe, angebracht worden war.
Es wurde nichts mehr gesagt, und die Königin verließ das

Mausoleum, aber für mich hatte sich das Rätsel gelüftet. Es war nicht der Ruf meiner Schwester gewesen, der als Ergebnis von Boehms Aufenthalt in Balmoral 1870 bedroht gewesen war, sondern der meiner Mutter.

16

In einem privaten Zimmer im Marlborough Club verbrachte ich am Freitag, dem 3. Dezember, mehrere Stunden mit Christopher Sykes, um die Hausparty in Brantingham Thorpe zu planen. Ich erfuhr, daß die Einladungen schon herausgeschickt und ein kleines Orchester engagiert war und das Hauspersonal in Brantingham bereits die Räume und Menüs vorbereitete. Wie immer scheute der Große Christopher keine Mühen, trotz all seiner Bedenken.

Was war dann überhaupt noch zu tun, das uns so lange im Marlborough Club aufhielt? Es war, natürlich, die *raison d'être* der Party: den Squire in die Falle zu locken. Wenn Sykes als Organisator von Parties unerreicht ist, möchte ich in aller Bescheidenheit meinen guten Ruf als Jäger ins Feld führen. Eines Tages in Nepal schoß ich sechs Tiger, zwei von ihnen Menschenfresser. Ich habe das schnellste Landtier der Welt, den Geparden, und das größte, den Elefanten, erlegt; in Bayern war ich einmal bei einer Jagdgesellschaft von zehn Mann, die in zehn Tagen alle Rekorde brach, indem sie über 20000 Rebhühner schoß. Ich bin jedoch der erste, der zugibt, daß, wenn der Jäger den Abzug drückt, dies nur der letzte Akt in einem Vorgang ist, bei dem eine kleine Armee von Jagdaufsehern, Treibern und Ladern ihre Arbeit tut; daher auch die absolute Notwendigkeit der Planung. Und daher auch unsere Überlegungen im Marlborough House.

Ich bereitete mich also als Jäger auf die Aufgabe vor, indem ich die Wildinstinkte meines Beutetiers in Betracht zog. Der Squire war gefährlicher als der Tiger, heimtückischer als der Leopard. Ich vermute, wenn man seine Tötungsmethoden in Betracht zog, ähnelte er dem Geier, der den anderen den Angriff überläßt, aber es wäre töricht gewesen, ihn überhaupt irgendeiner Kategorie zuzuordnen. Gewiß war er in der Lage, mich zu töten, wenn ich ihm die Gelegenheit dazu gab.

Ich blieb bis Dienstag, dem 7., in London, ging eifrig meinen offiziellen Pflichten nach und bereitete mich dabei auf das gefährliche Zusammentreffen vor, das mir bevorstand. Im Marlborough House fand eine erfreuliche Zeremonie statt, als Prinz Komatsu von Japan, stellvertretend für den Kaiser, mir die Insignien des Kaiserlich Japanischen Chrysanthemenordens verlieh. Alix, die ebensowenig über Japan weiß wie über das Protokoll, konnte nicht verstehen, warum sie nicht eine passendere Blume ausgesucht hatten, etwa die Narzisse (für Wales, wissen Sie?). Ich sagte ihr, daß sie die Chrysantheme genommen hätten, weil sie groß, rund und ausgefranst ist, was zeigt, daß mich mein Humor auch in schwierigen Zeiten nicht verlassen hatte.

Später am Nachmittag verließen wir die Innenstadt, denn wir waren zu Gast beim dänischen Minister und seiner Frau, Madame de Falbe, auf ihrem herrlichen Landsitz in Luton Hoo. Ich freute mich auf ein paar schöne Abschüsse und Alix darauf, daß sie einmal wieder nach Herzenslust auf dänisch schnattern konnte. Ich hatte bereits angekündigt, daß ich am Samstag nicht an der Gesellschaft teilnehmen würde. Staatsgeschäfte, sagte ich zu meinem Gastgeber. Alix würde sicher eine sarkastische Bemerkung auf dänisch über meine Staatsgeschäfte machen, aber diesmal täuschte sie sich.

Und jetzt, kraft meines Federhalters, werde ich uns nach Brantingham Thorpe versetzen. Es ist der Abend des 11. Dezember. Glauben Sie mir, die Bahnreise von Luton nach York an einem Samstagnachmittag bedarf keiner Beschreibung.

Meine Ankunft vollzog sich unter größter Geheimhaltung. Glücklicherweise bin ich im Betreten von Häusern über die Stallungen oder den Dienstboteneingang ein alter Hase. Bis zu den Augenbrauen vermummt, ging ich vom Bahnhof aus schnurstracks durch den Holzhof in die Küche, von wo aus ein eingeweihter Butler mich, mit einer Kerze bewaffnet, die Hintertreppe hoch und durch einen Filzvorhang bis in den Flügel führte, wo Sykes seine Gäste unterbrachte.

Wir hatten verabredet, daß ich das Beverley-Zimmer bewohnen solle, ein eichengetäfeltes Schlafzimmer bescheidenen Ausmaßes, in dem, wie ich zu meiner Zufriedenheit feststellte, ein lustiges Kaminfeuer brannte und, sogar noch mehr willkommen, ein Tisch zum Abendessen gedeckt war: Toast und Sardellenpaste, Austern mit braunem Brot und Butter, Hühnerbrüstchen und gebratener Schinken, Wachteleier, Froschschenkel in Aspik, eine Auswahl Käse und eine große Schüssel Stachelbeercreme. Nachdem mir der Butler etwas Chablis eingeschenkt hatte, entließ ich ihn und machte mich über das Essen her, denn ich hatte einen Bärenhunger.

Es verging eine beträchtliche Zeit, bis ich neben den inneren menschlichen Bedürfnissen um mich herum etwas wahrnahm. Als ich zu Portwein und Zigarren übergegangen war, hörte ich schwach die Klänge des Orchesters von unten. Sie spielten einen schottischen Volkstanz. Um diese Zeit war die Hausparty bereits voll im Gange, und der geselligste Mensch im ganzen Haus war im ersten Stock eingesperrt! Es war zum Mäusemelken.
Ich wußte genau, was gerade passierte. Die Gäste, einschließlich unserer Beute, dem Squire, waren viel früher eingetroffen als ich. Ein Nachmittag um das Piano herum hatte den Damen in ihrer Cocktailkleidung Gelegenheit gegeben, ihre Talente vorzuführen, und den Herren, sie zu beurteilen. Die Flirttätigkeit und das frivole Benehmen hatte erst richtig während des Abendessens begonnen, als Lady Jessica und ihre lebenslustigen Freundinnen in aufreizendem Dekolleté erschienen. Nach fünf oder sechs Gängen und den entsprechenden Weinen waren die Damen verschwunden, um ihr Parfüm aufzufrischen und sich auf die kommenden Aufregungen vorzubereiten, während die Herren bei Brandies und dicken Zigarren ihre Eroberungen aushandelten.
Lieber Leser, da ich maßgebend an der Einführung der Hausparty als Modeerscheinung der besseren Gesellschaft beteiligt war, möchte ich Ihnen hier kurz die Verhaltensmaßregeln erklären. Sie müssen verstehen, daß Hauptziel das Vergnügen und Hauptbeschäftigung Spiele für Erwachsene sind (am beliebtesten dabei das Seitensprungspiel), weshalb man besondere Sorgfalt auf die Auswahl der Gäste legt. Der auswählende Gastgeber sorgt dafür, daß seine Gäste diesen Spielchen nicht abgeneigt sind, dazu attraktiv und amüsant, und darauf beruht der ganze Er-

folg des Wochenendes. Man erwartet nicht von Eheleuten, daß sie zusammen schlafen. Jeder ist in einem Einzelzimmer untergebracht. So wird es den verheirateten Gästen ermöglicht, unabhängig voneinander ihren Poussierverhältnissen nachzusteigen, vorausgesetzt natürlich, daß die Ehefrau vorher der Konvention Genüge getan hat, indem sie ihrem Ehemann ein männliches Kind geschenkt hat. Frauen ohne Söhne sind für Gentlemen tabu, ebenso wie unverheiratete Mädchen. Wenn eine Liaison bekannt ist, werden dem glücklichen Paar Räume in vernünftiger Nähe zugewiesen. Ansonsten gilt, wie in diesem Fall, freie Fahrt und kein Pardon.

Für meine Person hielt die Nacht etwas weniger Köstliches in Aussicht. Ich würde im Beverley-Zimmer bleiben und auf den Moment warten, in dem mir der Squire in die Falle gehen würde.

Im Erdgeschoß hört ich Sykes rufen: »Darf ich bitten, meine Damen und Herren, darf ich bitten!« Als Zeremonienmeister hatte er die Aufgabe übernommen, das Tanzprogramm mit Nach-Tisch-Spielen aufzulockern. Die gutgelaunte Menge, die wir eingeladen hatten, würde sich nicht allzusehr von dem mürrischen Gesicht ihres Gastgebers beeinträchtigen lassen. Scharaden und Dummer August würden schon bald anderen Spielen wie dem Sardinenspiel weichen, bei denen Verstecken, Tollerei und Pfänder eine Rolle spielten. Das Pfänderspiel! Da ist etwas am englischen Charakter, das ihm Vergnügen bereitet, sich selbst oder andere in Verlegenheit zu bringen. Das ist auch der Grund, warum der Großteil der Salonspiele zu dem ausdrücklichen Zweck konzipiert wird, Pfänder zu nehmen.

Wie immer würde der Höhepunkt des Abends das »Pfänderrufen« sein. Jeder, der ein Pfand geben muß, reicht dem Gastgeber einen persönlichen Gegenstand, wie etwa ein Schmuckstück, einen Schlüssel oder eine Uhr. Einige, die mehrere Pfänder gesammelt haben, sind auch verpflichtet, mehrere Gegenstände abzugeben. Diese Besitztümer werden erst dann zurückgegeben, wenn die Pfänderaufgaben zu jedermanns Zufriedenheit erfüllt wurden.

Die Pfänder werden von jeweils zweien der Gäste ausgerufen. Einer, bekannt als der Pfandmeister, sitzt und hat die Pfänder auf seinem Schoß. Der andere (gewöhnlich eine Dame) bekommt die Augen verbunden und muß vor dem ersteren knien, welcher ein Objekt aussucht, es hochhält und ruft: »Hier ist ein Ding, und ein sehr hübsches Ding. Was soll der Besitzer dieses sehr hübschen Dings tun?« Die Dame mit den verbundenen Augen fragt: »Gehört es einer Dame oder einem Herrn?« Dann nennt sie eine entsprechende Aufgabe, und der bemitleidenswerte Besitzer muß die mehr oder weniger peinliche Aufgabe erfüllen. Eine ausgelassene Party kann sich auf diese Weise von einem Jux zum anderen hochschaukeln.

Ich habe mir deshalb einige Mühe gemacht, zu erklären, wie das Ganze funktioniert, weil ich das Ausrufen der Pfänder in meinen Plan eingebaut hatte. Ich verließ mich auf Sykes, die ganze Sache in die Tat umzusetzen. Während des Abends würde er den Squire genau beobachten, um festzustellen, welche der Damen seine Leidenschaft am meisten weckte. Wenn er sich sicher war, würde er kurz hinausgehen und eine Silberkette nebst Medaillon herausziehen, die ich ihm besorgt hatte. In dem Medaillon würde ein Stückchen Papier stecken, auf dem folgendes stand: *»Heute nacht, im Beverley-Zimmer, schöner Squire. Ich werde voller Ungeduld warten.«* Sykes würde dann eine fingierte Unterschrift daruntersetzen – von eben der Dame, die der Squire bewunderte.

Haben Sie verstanden, wie der Trick funktioniert? Der Squire wird von Sykes zum Pfandmeister bestimmt. Die Pfänder, einschließlich des Medaillons mit dem Zettel, werden auf seinem Schoß aufgehäuft. Natürlich wird, wenn er das Medaillon hochhält, es niemand für sich beanspruchen. Neugierig geworden, wird der Squire es öffnen und die Nachricht lesen.

Also mußte ich mich in Geduld fassen. Wenn Geduld die Tugend des Bettlers ist, wie man sagt, ist sie dann so bemerkenswert, daß ein Prinz ohne sie sein kann? Ich hasse Untätigkeit, und ich erwartete meinen Besucher frühestens in ein paar Stunden. Sykes hatte in weiser Voraussicht einen Stapel Magazine und Zeitungen für mich hingelegt, und so machte ich es mir gemütlich, um mir mit ihnen die Zeit zu vertreiben und gleichzeitig die Ohren vor den Geräuschen höchsten Vergnügens zu verschließen, die von unten heraufkamen.

Ich griff nach der *Sporting Life,* dankbar dafür, daß jemand meinen Lesegeschmack kannte. Ich studierte die Resultate von Sandown Park. Keine Gewinner von gestern – nicht einmal eine Plazierung. Das Steeplechase übt auf mich einfach nicht den Reiz aus wie das Flachbahnrennen. Auch ohne Sprünge gibt es dabei schon genug Unwägbarkeiten. Ein Artikel über Archer sprang mir ins Auge. Ein eher überraschender Artikel. Sein Besitz belief sich auf 60000 Pfund – ein ansehnliches Vermögen für die meisten, aber deutlich weniger als das, was alle vorausgesagt hatten, alle außer Charlie Buckfast. Die geringste Schätzung, die ich in der Presse gesehen hatte, war der Betrag von 100000 in der *Reynolds's News* gewesen, und einige waren auf eine

halbe Million hochgegangen. Hauptnutznießer war Archers kleine Tochter Nellie Rose, die jetzt in der Obhut der Großeltern lebte. Acht weitere Verwandte und Freunde waren auch bedacht worden.
Da ich mich auf die Zeitungen nicht länger konzentrieren konnte, rauchte ich zwei oder drei Zigarren und sinnierte dabei über Archer und die Tragödien nach, die über ihn hereingebrochen waren. Selbst nach seinem Dahinscheiden hatte der Tod weitere Opfer gefordert, als sei die Rechnung für seinen Genius noch immer nicht beglichen. Wer wollte sagen, daß der Preis überhaupt schon ganz bezahlt war?
Ich erschauderte, und das nicht etwa deshalb, weil mir kalt war.
Meine düsteren Gedanken wurden von einem schrillen Kreischen von unten gebannt, dem schadenfrohes Gelächter folgte. In den Pausen zwischen den Tänzen versuchte Sykes immer noch tapfer, die Salonspiele im Griff zu behalten. Nach den hysterischen Reaktionen gewisser Damen zu schließen, hatte er entweder einen glänzenden Erfolg dabei, oder er war schmählich gescheitert. Wie es mich in den Fingern juckte, sie alle zu überraschen! Offen gesagt war Lady Florence Dixie an Sykes regelrecht verschwendet. Sie ist ein quirliges, schalkhaftes Biest, und ich hatte nie die Gelegenheit, die Tiefen ihres Schalks auszuloten. Einmal bildete sie in Blenheim zusammen mit Bay Middleton und einem anderen Paar, zu dem auch Gladys de Grey gehörte (damals Lady Lonsdale), eine Quadrille. Sie warf einen Blick auf die elegante Gladys, piepste: »Warum kann ich nicht so groß sein wie Sie?« und sprang hoch in die Luft wie eine Akrobatin.
Einige Zeit nach Mitternacht hörte die Musik auf. Für

mich würde der Abend erst jetzt beginnen. Ich warf meinen Zigarrenstummel ins Feuer und stand, aufmerksam lauschend, von meinem Lehnstuhl auf. Ich holte ein paarmal tief Luft und wappnete mich für ein Zusammentreffen mit dem Squire. Meine Haut prickelte, und meine Hände zitterten ein wenig, als ich sie zusammenpreßte. In Hofkreisen hat man nicht oft Gelegenheit zu Nahkämpfen. Immerhin, dachte ich, werde ich die Überraschung auf meiner Seite haben.
In diesem Moment hörte ich ein Geräusch unter meinem Fenster. Ich zog den Vorhang einen Spaltbreit zurück und sah die Musikkapelle, die ihre Instrumente in einen Lastwagen lud. Das Ganze dauerte etwa zehn Minuten. Dann gaben sie dem Pferd die Peitsche und fuhren los.
Als nächstes gingen die Damen mit viel Kichern und Rockrascheln zu Bett. Ich schlich durch das Zimmer, um zu lauschen. Als ihre Stimmen deutlicher wurden, hörte ich eine wehmütig sagen: »Er ist göttlich. Aber er wird nie erfahren, wo ich bin.«
Eine beruhigende Stimme sagte zu ihr: »Daisy, Liebling, er muß nur den Weg hier entlang finden. Der Mond wird ihm schon leuchten.«
»Und Daisy hat ja zur Not auch noch ein Lämpchen!« bemerkte eine andere, quittiert von kreischendem Gelächter. Eine Stunde lang folgte eine relative Stille, bevor auch die Party im Rauchsalon aufgehoben wurde und schwerere Schritte die Treppe hochtrotteten. Das starke Geschlecht ist bei solchen Gelegenheiten eher wortkarg. Ich hörte es ein paarmal »Gute Nacht, alter Knabe«, murmeln. Türen wurden geschlossen, und das war alles.
Der Anstand verlangte eine weitere Pause von mindestens einer halben Stunde, bis die ersten nächtlichen Wanderun-

gen einsetzten. Wie jeder sonst, möchte ich behaupten, öffnete ich meine Tür einen Spaltbreit und wartete auf das Knirschen einer Diele. Ich drehte das Licht herunter, bis es nur noch ein kleines, blaues Flackern war.

Ich hatte mich links neben der Tür aufgestellt, in der Absicht, den Squire zu packen, sobald er hereinkam. Ich bin nicht sehr geübt im Ringkampf, aber ich war zuversichtlich, es mit einem Kerl aufnehmen zu können, der weniger als fünfundsechzig Kilo auf die Waage brachte. Außerdem befand sich der unentbehrliche Sykes auf dem Flur gegenüber, bereit, mir zur Hilfe zu eilen, sobald ich ihn rief.

In den nächsten circa zwanzig Minuten übte ich mich in vorbildlicher Geduld. Dann bemerkte ich irgendwo ganz in der Nähe eine Bewegung.

Ich lauschte angestrengt.

Die ersten Schritte auf Zehenspitzen kamen den Korridor entlang, rasch und ihres Zieles überaus sicher. Ich drückte mich an die Wand. Die Schritte kamen auf die Höhe des Beverley-Zimmers – und wurden nicht einmal langsamer. Ich hörte ein leises Klicken, als eine Tür aufging und sich wieder schloß, gefolgt von einer gedämpften Begrüßung, dann war wieder Stille.

Nach einer angespannten Lücke machte wieder jemand einen Vorstoß und tappte entschlossen in meine Richtung.

Ich hielt den Atem an.

Er blieb tatsächlich vor meiner Tür stehen. Er war so nahe, daß ich ihn atmen hörte. Ich hörte ihn schnuppern. Er nahm sich unerhört lange Zeit, um hereinzukommen. Ich konnte mich kaum zurückhalten, die Tür aufzureißen und ihn hereinzuziehen.

Dann – ist das zu fassen? – schlich er wieder weg!

Es ist wahr – die Schritte entfernten sich den Korridor entlang.
Um alles Gold der Welt – warum?
Die Tür zum Beverley-Zimmer war deutlich genug beschildert, und er hatte bestimmt keine Schwierigkeiten gehabt, sie zu sehen, denn sie war, wie die Damen bemerkt hatten, vom Mondlicht beschienen. Ein Lichtstrahl fiel durch den Spalt in der Tür und über den Teppich. Mein Auge verfolgte ihn zur Tür zurück, und so kam es, daß ich etwas auf den Dielen bemerkte. Erst dachte ich, da krabbelte etwas, aber der gesunde Menschenverstand sagte mir, daß die Küchenschaben auf Brantingham Thorpe unmöglich so groß sein konnten.
Ich blieb stehen und hob es auf.
Mein Medaillon und die Kette. Er hatte es durch die Tür durchgeschoben. Ich kam mir vor wie eine verschmähte Frau.
Was, zum Teufel, war schiefgelaufen? Das alles paßte ganz und gar nicht zum Squire. Er hatte keinen Grund, sich so zu verhalten. Er war ungefähr ebenso verschämt wie Casanova.
Ein häßlicher Verdacht breitete sich in mir aus: Hatte Christopher Sykes auf irgendeine Art und Weise den Plan vermasselt?
Ich klappte das Medaillon auf, holte das Stück Papier heraus und las, was darauf stand. Das war auf jeden Fall die Einladung, die ich geschrieben hatte. Und wie ich angeordnet hatte, war eine Unterschrift angefügt: *Jessica.*
Ich konnte Sykes keinen Vorwurf machen. Er hatte meine Anweisungen genau befolgt, selbst wenn das bedeutete, zuzugeben, daß seine eigene Schwägerin die Auserwählte des Squire war.

Also konnte ich niemandem die Schuld geben. Der Plan war gescheitert, und ich konnte mir nicht vorstellen, warum.
Dann drehte ich den Papierfetzen um und sah, daß jemand etwas auf die Rückseite geschrieben hatte:
Sie sollten aufhören, Zigarren zu rauchen – Damen bekommt das nicht.

Der Squire hatte den Rauch bemerkt.
All diese ausgetüftelten Vorbereitungen, all die Gedanken, die ich an dieses Wochenende verschwendet hatte, und mein Plan war gescheitert, weil ich es mir nicht verkneifen konnte, eine Zigarre zu rauchen.
Ich rief leise nach Sykes, und er eilte herbei, bewaffnet mit einem Schürhaken. Ich sagte ihm, daß wir ihn nicht brauchen würden, und erklärte ihm, warum. Ich muß sagen, daß er mehr erleichtert als verärgert schien.
»Schlafen Sie besser darüber, Sir«, schlug er vor. »Morgen früh denken wir uns etwas anderes aus.«
Ich sagte: »Hören Sie auf, wie meine alte Kinderfrau mit mir zu reden, Sykes. Ich habe vor, das noch heute nacht zu regeln.«
»Heute nacht?« Er sah noch besorgter aus als sonst.
»Auf der Stelle.«
»Aber was können Sie denn tun, Sir? Er wird doch jetzt auf der Hut sein.«
Ich sagte grimmig: »Er wird mit dem ersten Zug zurück nach Newmarket fahren, wenn wir ihn nicht zurückhalten.«
Ich fragte Sykes nach dem Namen des Schlafzimmers des Squire. Dann schickte ich ihn mitsamt seinem Schürhaken an den Fuß der Treppe, für den Fall, daß es eine Verfol-

gungsjagd gab. Ich hatte vor, mich in die Höhle des Löwen zu begeben.
Der Raum hieß York und lag auf demselben Stockwerk wie der meine, um zwei Ecken herum. Sie können mich beim Wort nehmen, daß ein indianischer Späher nicht lautloser durch das Haus geschlichen wäre als ich. Ich ging wie auf rohen Eiern. Trotzdem würde ich es mit jedem aufnehmen in dem Versuch, die losen Dielen in Brantingham Thorpe zu meistern. Als ich eine unheilverkündende Bewegung unter den Schuhen spürte, verursachte ich mehr ein Rascheln als ein Knirschen. Ich erstarrte.
Ein verführerisches Flüstern weiblichen Ursprungs antwortete aus einer Tür, die einen Spalt offen stand. Ich weigerte mich, mich ablenken zu lassen.
Bei der ersten Kurve zögerte ich, und ich tat gut daran, denn in diesem Moment kam eine männliche Gestalt im Morgenrock ziemlich rasch auf mich zu. Er hatte zuviel Umfang, um der Squire zu sein, und bewegte sich derart schnurgerade vorwärts, daß ich vermutete, das Badezimmer am anderen Ende des Korridors sei sein Ziel.
Ich trat rasch zurück, in die offene Tür, durch die das Flüstern gekommen war, und zog sie fast ganz hinter mir zu.
Auf einmal fragte die Stimme der Dame: »Bist du das?«
Ich antwortete: »Nein.«
Sie sagte großzügig: »Ist mir auch egal.«
Die lose Diele draußen gab ein erschreckendes Quietschen von sich, und zu meiner Bestürzung ging die Tür auf. Der Mann im Morgenrock schritt direkt an mir vorbei auf das Bett zu.
Die Dame im Bett fragte interessiert: »Sind da jetzt zwei von euch?«
Ich sagte: »Ja, und dieser hier geht jetzt.« Was ich auch tat.

Meine zweite nächtliche Wanderung wurde mit größerer Zielstrebigkeit durchgeführt. Ich ließ alle Heimlichkeit sausen, schritt kühn einher und machte das York-Zimmer aus. Die Tür war geschlossen, weshalb ich zuerst mein Ohr daran legte und dann, als ich nichts hörte, die Klinke herunterdrückte. Sie ließ sich leicht bewegen, aber die Tür gab nicht nach. Ich war ausgeschlossen – oder der Squire eingeschlossen. Ich klopfte und erhielt keine Antwort.
Was für ein verdammtes Glück!
Ich klopfte fester und wußte dabei mit sinkendem Mut, daß der Squire nicht antworten würde, was immer ich auch versuchte. Ich wollte nicht, daß das ganze Haus zusammenlief und sich über die Störung beschwerte, also kehrte ich widerwillig zum Beverley-Zimmer zurück.
Ich schlüpfte hinein und griff gerade nach der Portweinflasche, als mich von hinten jemand am Kragen packte und hochriß, wobei er mir praktisch die Luft abdrückte.
Ich mußte einen ziemlichen Lärm veranstaltet haben, denn mein Angreifer sagte mit einer Stimme, die ich nicht erkannte – dem heiseren, kehligen Brummen eines Ungebildeten: »Halt die Klappe, Mensch, sonst knall ich dir das Gesicht an die Wand.«
Da ich ein vernünftiger Mensch bin, hielt ich die Klappe und wurde zum Dank für mein Entgegenkommen aufs Bett geschleudert. Mein Kopf krachte gegen das hölzerne Ende, und ich sah ein Feuerwerk, das dem Kristallpalast alle Ehre gemacht hätte.

17

Durch den Schmerz hindurch sagte ich: »Wissen Sie, wer ich bin?«
Mein Angreifer kam mit einem Gesicht unvergleichlicher Brutalität auf ein paar Zentimeter Entfernung an meines heran und sagte: »Ja, Euer Durchlaucht. Sie sind der Prince of Wales. Und ich bin Charlie Mitchell, der Champion von England. Sie haben einen Titel, und ich hab einen. Der Unterschied ist, daß ich für meinen hab kämpfen müssen.«
Das ist unmöglich, sagte mir mein umnebeltes Gehirn. Der Squire hatte ausdrücklich allein kommen sollen.
Mitchell, werden Sie sich erinnern, war der Anführer der Spießgesellen des Squire, der berühmteste Preisboxer von ganz England. Der berüchtigte Boxer war also in Brantingham Thorpe eingeschmuggelt worden, damit er es mit mir aufnahm. Er war 1883 in Amerika gewesen, um mit John L. Sullivan, dem Boxweltmeister, abzurechnen. Mit seiner dunklen Hautfarbe, glattrasiert, ohne einen Schimmer von Intelligenz, der seine bedrohlichen Züge belebt hätte, erinnerte er mich stark an meinen widerlichen Schwager, den Marquis of Lorne.

Bertie, sagte ich mir, wenn du jetzt nicht schwer auf Zack bist, gehst du den Weg von Buckfast und Myrtle.
Ich fragte ihn gutmütig: »Wollen Sie Geld?«
Mitchell erwiderte mit einem höhnischen Grinsen: »Sie können mir den Hosenbandorden verleihen, wenn Sie wollen.« Hiermit stopfte er mir als Knebel ein, wie ich vorziehe zu glauben, unbenutztes Taschentuch in den Mund, grabschte meinen Seidenschal vom Mantelhaken an der Tür, preßte ihn mir quer übers Gesicht und zog meinen Kopf nach oben, um den Schal hinten zu einem Knoten zu binden. Seine Hände fühlten sich an wie gut eingelaufene Schuhe. Er drehte mich auf den Rücken und fesselte mich an den Handgelenken. Dann warnte er mich überflüssigerweise: »Keine Mätzchen, ja? Wir gehen die Treppe runter.«
Er wollte mich also im Freien ermorden, schloß ich daraus. So war es unwahrscheinlich, daß er die Leute im Haus aufweckte, und er konnte leichter fliehen.
Er packte meinen linken Arm am Bizeps und zerrte mich vom Bett und auf die Tür zu. Es war schrecklich, seine Kraft am eigenen Leib zu spüren.
Es gab nur eine Hoffnung auf Rettung, und ich wagte nicht, allzusehr auf sie zu setzen. Christopher Sykes wartete am Fuß der Treppe mit einem ein Meter langen Schürhaken. Selbst bei seiner beachtlichen Körpergröße würde Sykes den Schürhaken mit wundersamer Kraft führen müssen, und rasch noch dazu, um Charlie Mitchell mit einem Schlag zu Boden zu strecken. Zu einem zweiten Versuch würde er, so sicher wie das Amen in der Kirche, nicht kommen. Aber wenn ich aufpaßte und flink war, konnte mir das vielleicht die Flucht ermöglichen.
Unglücklicherweise tat es das nicht, denn anstatt zur

Haupttreppe zu gehen, lenkte mich Mitchell nach links, und jetzt waren längst alle Schlafzimmertüren geschlossen. Wir gingen ohne Unterbrechung am Zimmer des Squire vorbei, bogen nach rechts ab, durch den Filzvorhang und die Dienstbotentreppe hinunter in die Küche, welche bis auf ein paar Katzen verlassen war.
Mitchell zog den Riegel zurück und zwang mich, über einen kopfsteingepflasterten Hof und an den Ställen vorbeizumarschieren. Der Himmel war wolkenlos und bescherte uns helles Mondlicht und eine durchdringende Kälte. Barhäuptig und noch nicht einmal mit einer Jacke bekleidet fühlte ich mich auf schreckliche Weise an königliche Hinrichtungen erinnert, die anscheinend immer zur unwirtlichsten Zeit des Jahres stattfinden.
Auf der anderen Seite des Hofes befand sich ein hohes, graues Gebäude mit einem ziegelgedeckten Dach, auf dem schon der Rauhreif glitzerte. Das Gerätehaus, vermutete ich, was sich bestätigte, als Mitchell eine Tür auftrat und mich hineinschob. Gerätehaus oder Schlachthaus?
Vor mir standen vier oder fünf Fahrzeuge und dahinter eines mit erleuchteten Lampen. Viel Zeit, um meine Umgebung zu studieren, hatte ich nicht, denn eine Gestalt in Zylinder und Paletot trat aus dem Lichtschein heraus und kam schwankend auf uns zu. Das freche Grinsen, eingerahmt von sandfarbenen Koteletten, war wahrlich kein Trost, obwohl ich nicht erwartet hatte, der Squire würde meinem Ende beiwohnen.
Er riß sich den Hut vom Kopf und schwenkte ihn in einer unverschämten, übertriebenen Verbeugung vor sich. An Mitchell gerichtet, sagte er: »Charles, mein Guter, es besteht keine Notwendigkeit, den Prinzen wie eine Stakstange festzuhalten. Momentan wird er uns wohl nicht davon-

laufen. Und nimm ihm doch diesen Schal vom Gesicht. Er sieht aus wie ein Bankräuber. Es reicht, um uns alle in Schwierigkeiten zu bringen.«
Mitchell band mich los und nahm den Knebel ab. Ich hustete, als wieder frische Luft durch meine Kehle strömte.
»Gott bewahre, Eure Königliche Hoheit, das Geräusch gefällt mir aber gar nicht«, kommentierte der Squire. »Sie werden sich noch den Tod holen, wenn wir uns nicht um Sie kümmern. Warum nehmen Sie nicht in meinem privaten Brougham Platz? Da ist eine Decke, die Sie sich um die Schultern legen können.«
Ich ließ mich durch seine zur Schau getragene Besorgnis nicht täuschen, war aber so erleichtert darüber, daß man mir etwas anderes anbot als eine Kugel durch den Kopf, daß ich nicht zweimal darüber nachdachte, ob ich dem Vorschlag Folge leisten sollte. Ich kletterte in die Kutsche (Sie haben recht: Es war die mit den erleuchteten Lampen, aber das schien mir zu der Zeit keine Bedeutung zu haben), nahm mir die Decke und wickelte mich darin ein.
Der Squire stieg nach mir ein, setzte sich auf den Platz mir gegenüber und schloß die Tür. Das Licht, das durch das Fenster hereinfiel, zeigte die Spuren eines ausschweifenden Lebens in seinem Gesicht, obwohl er, wie ich wußte, kaum älter als fünfundzwanzig war. Seine wulstigen Lippen waren ständig zu einem höhnischen Grinsen verzogen und seine Augen verquollen, als hätte er Mitchell als Sparringspartner gedient.
»Jetzt, wo wir allein sind, Eure Königliche Hoheit«, sagte er, »werde ich frei sprechen. Ich bin aufs tiefste beleidigt.«
Es war schon ein Trost, daß er vorhatte, überhaupt zu sprechen. Meine beste Chance auf eine Gnadenfrist bestand

darin, ihn daran zu erinnern, wer ich war, also sagte ich: »Ich danke Ihnen, daß Sie etwas Respekt zeigen.«

»Einen schönen Respekt, den Sie mir erwiesen haben«, gab er zurück, »mit mir einen so billigen und uralten Trick zu versuchen wie den mit der Botschaft im Medaillon.«

Ich wandte den Blick ab. Seine Tiraden anzuhören, war ich nicht verpflichtet.

Aber aus lauter Neugierde tat ich es doch. Er fuhr fort: »Ihr kriecherischer Freund Sykes hat diese Hausparty offensichtlich nicht zu seinem eigenen Vergnügen gegeben. Ich wußte, daß Sie dasein würden, und ich wußte, warum. Es ist wegen Myrtle, nicht wahr?«

Erstaunt darüber, daß er die Frechheit besaß, das Thema anzuschneiden, sagte ich: »Ja. Da wir jetzt offen miteinander reden, Mr. Baird, möchte ich wissen, warum Sie sie getötet haben.«

Er starrte mich auf eine Weise an, die ich nur als wahnsinnig bezeichnen kann. »*Ich* hätte sie umgebracht? Sie beschuldigen *mich,* Myrtle getötet zu haben?«

»Sie oder Ihre Horde Schakale.«

Er protestierte in einem Schwall von Worten, die mich nicht im geringsten beeindruckten: »Niemand spricht so mit mir. Niemand. Sie war mein Mädchen, mein Gast in Bedford Lodge. Ein Mädchen zum Anbeißen. Ich hätte ihr nicht ein Haar gekrümmt.«

»Aber Ihre Spießgesellen haben es.«

»Das ist eine gemeine Unterstellung!«

»Es war ein gemeines Verbrechen«, sagte ich. »Sie haben auch Captain Buckfast überfallen und ermordet. Bevor Sie es leugnen: Ich war auch da. Sie haben mich in die Themse geworfen – mich, den Thronfolger –, und ich hätte sehr wohl ertrinken können wie er.«

Ohne mehr Besorgnis zu zeigen als ein Fischhändler für einen Hummer, sagte er: »Wollen Sie damit sagen, daß Sie dabei waren, als Buckfast umgebracht wurde?«
»Soll ich es noch deutlicher ausdrücken?« Er schien mir immer noch nicht zu glauben, also fügte ich hinzu: »Haben Ihre beiden Schläger Ihnen das nicht gesagt?«
Er war für ein paar Minuten still. Ich würde nicht so weit gehen, zu sagen, ich hätte ihn k. o. geschlagen, aber ich hatte ihn immerhin sprachlos gemacht.
Draußen hatte Mitchell die großen Tore am Ende des Gebäudes entriegelt, und jemand anderer führte ein Paar Grauschimmel herein.
Der Squire schlug einen versöhnlicheren Ton an: »Ich versuche, mir einen Reim darauf zu machen. Welchen Grund sollten ich oder meine Freunde haben, Buckfast zu töten und Sie anzugreifen?«
Etwas Bluff von seiner Seite war zu erwarten gewesen, und ich wollte mich nicht lange damit aufhalten. Ich sagte: »Es beeindruckt mich gar nicht, wenn Sie hier den Unschuldigen spielen, Baird.«
»Sehen Sie?« sagte er. »Sie beschuldigen mich, und Sie können nicht erklären, warum.«
»Natürlich kann ich erklären, warum!« erwiderte ich wütend. »Wir waren zu nahe an der Wahrheit über Ihre Geschäftchen mit Fred Archer.«
»Geschäftchen? Was für Geschäftchen?«
Jetzt begann mich mein Überzeugungswille zu übermannen. »Buckfast hatte eine Woche in Newmarket verbracht, um Beweise zu sammeln. Er brach in Bedford Lodge ein –«
Er wiederholte ungehalten: »Was für Geschäftchen?«
Ich starrte ihn finster an und sagte: »Die Erpressung, die ihn dazu brachte, sich zu erschießen.«

»Erpressung!« sagte er und tat sein Bestes, dabei empört zu klingen.
»Sie haben Archer mit Schmiergeldern korrumpiert und dann gedroht, es an die Öffentlichkeit zu bringen.«
»Das habe ich nicht. Fred hat nie in seinem Leben Schmiergeld genommen.«
Welche Ironie, daß ausgerechnet ich, der ich am Anfang immer geglaubt hatte, daß Archer unbestechlich war, mich jetzt in der Lage befand, diesem widerlichen Halunken seine Sünden aufzuzählen. Ich sagte: »Er hat regelmäßig Rennen manipuliert, und Sie haben ihn dafür bezahlt. Sie hatten ihn in der Tasche, um mit Ihren Worten zu sprechen.«
»Wer hat Ihnen gesagt, daß ich diese Worte benutzt habe?«
»Buckfast. Er hat gehört, wie Sie in ganz Newmarket damit geprahlt haben.«
»Dann hat er gelogen.«
»Warum sollte mich Buckfast anlügen? Übrigens«, fügte ich hinzu und formulierte damit einen Verdacht, den ich mir für dieses Zusammentreffen aufgespart hatte, »verstehe ich jetzt, warum das Rennen in Cambridgeshire so seltsam ablief. Sie und Archer haben jedermann zum Narren gehalten.«
»Am Cambridgeshire war überhaupt nichts faul«, beharrte er. »Ich habe bloß den Buchmachern die Form meines Pferdes verschwiegen, das ist alles.«
»Wirklich? Wie viele Jockeys sind in der Lage, Archer in einem knappen Finish zu schlagen? Zwei oder drei, wenn's hoch kommt? Cannon vielleicht und Wood. Wer saß denn auf Ihrem Pferd – Albert White? Kommen Sie. *Albert White!* In einem fairen Finish hätte der gegen Archer keine Chance gehabt. Fred hat ihn offensichtlich an sich vorbei-

ziehen lassen. Und was ist aus Carlton geworden, dem Favoriten? Er ist im Nichts gelandet. Warum? Weil Sie seinen Jockey, Woodburn, bestochen haben.«
Er sagte trotzig: »Ich habe Woodburn gar nichts bezahlt.«
»Wenn Sie es nicht waren, dann hat Archer das Geld übergeben. Sie hatten Archer am Wickel. Sie waren nur allzu bereit, ihn als Partner zu übernehmen, und bluteten dafür seinen Ruf aus.«
Er sagte: »Für keinen dieser Vorwürfe gibt es einen Beweis.«
Ich sagte: »Doch. Deshalb brach Buckfast auch in Bedford Lodge ein.«
»Wann war das?«
»Gestern vor zwei Wochen. Die Nacht, als Sie zu dem Hundekampf im Greyhound gingen.«
Das Ausmaß meiner Kenntnisse begann ihn deutlich zu beunruhigen. Er sagte zahm: »Wir sind oft im Greyhound.«
Ich sagte: »Er ist in Ihr Zimmer vorgedrungen und hat zwei Ihrer Männer überrascht...«
»In meinem Schlafzimmer?«
»... wie Gott sie geschaffen hat und auf eine Weise beschäftigt, die er bestimmt nicht gewollt hat.«
Er schnaubte ungläubig.
Ich sagte: »Dieselben Männer sind Buckfast am Samstag nach London gefolgt und haben diesen Mordanschlag verübt.«
Er bat mich, sie zu beschreiben, was eine Abkehr von allem Leugnen war und ein Hinweis darauf, daß ich ihn beeindruckt hatte. Als ich ihm so gut wie möglich eine Beschreibung gegeben hatte, sagte er in eher gedämpftem Ton: »Wenn daran auch nur ein Körnchen Wahrheit ist, werde

ich dafür sorgen, daß diese Männer gehängt werden. Ich weiß nicht, wen Sie meinen, aber ich werde jeden meiner Begleiter dazu befragen.«

»Schieben Sie nicht die Schuld auf andere, Mr. Baird«, sagte ich streng zu ihm. »Ich mache Sie immer noch für drei Tode verantwortlich.«

»Drei?«

»Archer, Buckfast und Miss Bliss.«

»Sie reden Unsinn«, knurrte er. »Bei Gott, Sie haben unrecht von Anfang an, und ich werde es beweisen.« Er stieß die Kutschentür auf und rief: »Spann diese verfluchten Pferde ein und fahr los.«

18

Jene Fahrt durch die Nacht im Brougham des Squire war eine Erfahrung, die ich lieber nicht noch einmal machen möchte. Wir rasten die Auffahrt von Brantingham Thorpe hinunter, als wäre uns ein Rudel Wölfe auf den Fersen. Ich rechnete fest damit, daß wir jeden Moment ein Rad verlieren würden. Diesbezügliche Ermahnungen belasteten Charlie Mitchell nicht, der auf dem Bock neben dem Kutscher saß und ihm wiederholt zurief, er solle den Pferden die Peitsche geben.

Im Inneren der Kutsche, wo man so sehr hin und her geschüttelt wurde, daß man sich nur mit Mühe auf dem Sitz halten konnte, erkundigte ich mich, wohin wir so spät und mit solcher Geschwindigkeit unterwegs waren. Der Squire weigerte sich, es mir zu sagen. Er hatte sich in ein ungehobeltes Schweigen zurückgezogen, das mich immens verärgerte. Wenn überhaupt jemand Grund hatte, bekümmert zu sein, so war ich es.

An der Hauptstraße bogen wir mit einem gewaltigen Knirschen von Eisen auf Schotter nach links ab, und ich wurde einer beunruhigenden Möglichkeit gewahr. Ich wußte von nichts, das in dieser Richtung lag, außer dem Nordufer des

Humber-Flusses. Mein geglücktes Entkommen aus den Fluten der Themse war mir noch allzu lebendig in Erinnerung. Damals hatte ich mich mittels mehrerer kräftiger Paddelschwimmzüge gerettet, aber der Humber ist an manchen Stellen bis zu zwei Meilen breit. Wenn sie vorhatten, mich diesmal gründlicher zu erledigen, würde der breite, verlassene Flußarm südlich von Brantingham Thorpe ideal für diesen Zweck sein. Man würde meine Leiche niemals finden. Wie sehr bereute ich es, so offen über die Schuld des Squire gesprochen zu haben! Ich war noch nie dafür bekannt, meine Zunge hüten zu können. Immer wieder hat sie mich in Teufels Küche gebracht. Ob man mich in heißem Wasser siedet oder in kaltem ertränkt – ich kann das Zeug nicht ausstehen.

Bertie, dachte ich, das kann nicht zugelassen werden. Wenn sich je dem redegewandten Charme der Sachsen-Coburgs eine Herausforderung gestellt hat, dann war es diese. Ich unterdrückte also mein Zittern und brachte ein brüderliches Lächeln zustande. »Mr. Baird«, sagte ich höflich, »was auch immer unsere Differenzen sein mögen, wir respektieren beide Fred Archer als den größten Jockey, der je gelebt hat.«

Er ignorierte mich.

Beharrlich fuhr ich fort: »Deshalb habe ich mich auch für das Rätsel seines Selbstmordes zu interessieren begonnen.«

Er sah durch mich hindurch.

Ich fügte in demselben versöhnlichen Ton hinzu: »Jedenfalls komme ich langsam zu der Ansicht, daß es sinnvoll wäre, wenn ich die ganze unglückliche Affäre vergessen würde.«

Wissen Sie, was dieses mehr als großzügige Angebot dem

Squire entlockte? Nichts, nicht einmal das Anheben einer Augenbraue. Der Mann war für Charme wie für Kompromißbereitschaft unzugänglich, und ich weigerte mich, vor ihm in die Knie zu gehen, solange es nicht absolut nötig war.
Ich verfiel wieder in Schweigen und bemühte mich, meinen Ärger im Zaum zu halten, indem ich mich anderen Dingen zuwandte. Was würde ein erfahrener Detektiv jetzt tun? Er würde aus dem Fenster schauen und versuchen, herauszufinden, wohin man ihn brachte.
Ich lugte hinaus. Was ich sah, sagte mir herzlich wenig. Noch konnte ich kein Wasser entdecken, und dabei hätten wir bei dem wilden Tempo, das wir zugelegt hatten, meinen Schätzungen nach den Humber jetzt erreicht haben müssen. In diesem Moment bot mir eine scharfe Linkskurve Anlaß zu gewissem Optimismus. Das gleichmäßigere Rumpeln der Räder ließ vermuten, daß wir uns auf einer Hauptstraße befanden. Es konnte also durchaus sein, daß wir nach Osten in Richtung auf die Stadt Hull fuhren.
Es stellte sich heraus, daß das nicht der Fall war. Mein Orientierungssinn hatte mich völlig im Stich gelassen, denn wir näherten uns Beverley. Ich wußte, daß es Beverley war, denn ich sah im Mondlicht die vertrauten Umrisse der beiden Türme an der Westfront des Münsters. Wenn ich sage »vertraut«, so sollte ich hinzufügen, daß ich nie einen Gottesdienst im Münster besucht habe; ich komme gewöhnlich auf meinem Weg zur Rennbahn daran vorbei. Sie befindet sich auf freiem Feld südlich der Stadt.
Wir fuhren weiter in die Stadt hinein und hielten am Markt, wo Mitchell abstieg und nach hinten zu uns kam. Er fragte, in welche Straße wir denn wollten, und ich beugte mich neugierig vor. Ich hörte jedoch nichts von Belang,

weil der Squire ihn bloß beschimpfte und anordnete, die Plätze zu tauschen. Mitchell ließ sich nicht zweimal bitten. Als er hereingeklettert kam, sah ich, daß die Vorderseite seines Mantels dick mit Rauhreif bedeckt war.
Unser Ziel war, wie sich herausstellte, ein Reihenhaus in einer schmalen Straße, die vom Marktplatz ausging. Als die Kutsche anhielt, machte ich mich automatisch bereit, auszusteigen. Mitchell brummte und wackelte verneinend mit dem Finger, und ich sank in meinen Sitz zurück. Der Squire marschierte zur Tür hinüber und klopfte. Ich fragte mich, welchen Empfang man ihm zu dieser Stunde bereiten würde, denn ich hatte es drei schlagen hören, als wir durch die Stadt kamen.
Fast im selben Moment noch ging im ersten Stock ein Fenster auf. Unglücklicherweise konnte ich nicht hören, was gesagt wurde. Nach einem kurzen Wortwechsel kam der Squire zur Kutsche herüber, öffnete die Tür und befahl mir auszusteigen.
Ich zermarterte mir das Hirn, was das alles wohl zu bedeuten hatte, wobei mir einige schreckliche Möglichkeiten durch den Kopf schossen. Wenn ich diesmal nicht ertränkt werden sollte, so war es mir vielleicht vorbestimmt, einen Schlag auf den Kopf zu erhalten und im Hof verscharrt zu werden. Oder planten sie, mich in einen Metallkoffer zu stecken und auf hoher See zu bestatten?
Während ich mit dem Squire über das glatte Kopfsteinpflaster ging, sagte er: »Ich habe ihm nicht gesagt, wer Sie sind.«
»Diese Unkenntnis beruht auf Gegenseitigkeit«, antwortete ich.
Aber dann kam mir das Gesicht *doch* bekannt vor, als die Tür von einem schmächtigen, rattengesichtigen jungen

Kerl im Nachthemd geöffnet wurde. Er war wahrscheinlich nicht einmal zwanzig Jahre alt. Seine Züge waren vom Schlaf verquollen, und ich konnte nicht viel von seinen Augen erkennen, aber ich kannte ihn. Ich hatte ihn schon oft gesehen. Das Verflixte war nur, daß ich nicht wußte, wo, noch wer er war.

Der Squire sagte brüsk zu ihm: »Es wird nicht lange dauern. Wo können wir reden?«

»Im hinteren Zimmer, Mr. Baird, solange Sie leise sprechen.«

Ich wußte nicht, wo ich ihn hinstecken sollte. Die Stimme, die als kehliges Krächzen herauskam, war mir nicht geläufig. Für Akzente habe ich überhaupt kein Gehör.

Er führte uns – das heißt mich, den Squire und Mitchell – durch einen muffig riechenden Gang in ein kleines Zimmer, in dem die Reste eines Feuers noch schwach glühten. Ein Hänfling in einem Käfig zwitscherte unserem Gastgeber zu, als er eine Öllampe anzündete. Die Flamme beleuchtete ein paar spärliche Möbelstücke. Ich nahm einen hölzernen Lehnstuhl, der dem Feuer am nächsten stand, für mich in Anspruch, und die anderen setzten sich auf Stühle an beiden Enden eines kleinen, quadratischen Tisches, der mit Öltuch bedeckt war.

Bei dem besseren Licht sah ich mir den jungen Mann, den ich unseren Gastgeber genannt habe, genauer an und suchte nach einem Anhaltspunkt dafür, wo ich ihn wohl schon gesehen hatte. Mein erster Eindruck von ihm als »rattengesichtig« war vielleicht lieblos, aber wenn Sie seine Knopfaugen, die scharfe Nase und die vorstehenden Zähne gesehen hätten, wären Sie zweifellos zu einem Schluß gekommen, der dem meinen nicht allzu fern gewesen wäre. Seltsamerweise hatte ich, trotz seiner schmächtigen Statur, das Gefühl, ich sei daran gewöhnt, zu ihm aufzublicken.

Das fand ich verblüffend, denn normalerweise sollen die Leute ja zu *mir* aufblicken. Ich werde ständig durch irgendeine Art Plattform oder Rednertribüne über die Öffentlichkeit erhoben. Selbst bei Rennen stand ich auf einer Kutsche, um besser zu sehen.

Die Rennen.

»Ich hab's!« platzte ich heraus. »Sie sind Jockey!«

Er hob erschrocken die Hände und sagte mit belegter Stimme: »Leise, Kumpel. Meine Wirtin schläft im ersten Stock.«

Der Squire nickte mir zu und sagte: »Das ist Woodburn.«

»Woodburn – natürlich!«

Die Szene in Newmarket kam mir wieder in den Sinn. Ich sah das Feld wieder den Hügel hochstürmen, wie es in der Linse meines Fernglases scharf wurde. Woodburn war der Reiter in Blau mit weißen Punkten auf Carlton, dem Favoriten, und er führte im Galopp, Melton und St. Mirin dicht auf den Fersen. Er hatte nichts zuzusetzen, als sie ihn einholten. Für die Menge war er eine große Enttäuschung.

Es gab ein Geräusch – wahrscheinlich von Woodburns Wirtin –, als sich jemand ein Stockwerk höher im Bett umdrehte. Der Jockey legte einen Finger an die Lippen und zeigte an die Decke.

Der Squire beachtete ihn gar nicht. Er hatte sich endlich dazu durchgerungen, den Zweck dieses bizarren Zusammentreffens zu erklären. »Woodburn macht hier Winterdienst mit Tom Green, dem Trainer in Beverley, der für einige meiner Pferde sorgt. Ich gebe Ihnen hiermit die Gelegenheit, ihn zu befragen, Eure Königliche Hoheit.«

Ich war so überwältigt davon, daß das wirklich Woodburn,

der Jockey, war, und nicht (soweit mir bewußt war) ein Mörder oder Beförderer von Leichen, daß ich einen Moment lang nicht wußte, was ich ihn denn fragen sollte.
Der Squire brachte mich darauf. »Wegen Fred Archer«, fügte er hinzu.
»Archer, ja.« Ich nickte heftig. Was ich jetzt brauchte, war ein starker Drink, um meine Gedanken in Ordnung zu bringen. Ohne lang nachzudenken, wandte ich mich an den jungen Woodburn und fragte: »Hätten Sie vielleicht so etwas wie einen Cognac?«
Woodburn verzog das Gesicht und wollte vom Squire wissen: »Ist das einer von Ihren berühmten Scherzen, Mr. Baird? Ich meine, verlangt man wirklich von mir, daß ich diesen alten Opa für den Prince of Wales halte?«
Der Squire antwortete kurz angebunden: »Es ist kein Witz.«
»Man kann nicht leugnen, daß eine gewisse Ähnlichkeit besteht«, polterte Woodburn dümmlich weiter, obwohl man ihm, wie ich finde, kaum einen Vorwurf dafür machen konnte, daß er auf seinem Fehler beharrte. Vor ein paar Minuten noch hatte er tief geschlafen. Ich vermute, selbst wenn meine Mutter, die Königin, im Krönungsgewand neben mir gestanden hätte, hätte er es immer noch nicht geglaubt.
An mich gerichtet, sagte der Squire gereizt: »Machen Sie schon, verflucht noch mal.«
Ohne Zweifel, mein sensibler Leser, sind Sie entsetzt darüber, daß jemand so mit mir reden konnte. Sie können sich vielleicht vorstellen, welche Gefühle ich dabei empfand. Für den Moment hielt ich sie zurück, denn ich hatte all meinen Verstand zusammengenommen. Mir war bewußt geworden, daß sich mir eine perfekte Gelegenheit bot, die

Wahrheit über die Behauptung des Squire herauszufinden, daß weder er noch Archer an Woodburn ein Schmiergeld gezahlt hatten. Ich war davon überzeugt, daß er in Kürze die Quittung erhalten würde.

An Woodburn gerichtet, sagte ich: »Ich möchte einige ehrliche Antworten von Ihnen, mein Freund. Ich möchte dem Resultat des Cambridgeshire auf den Grund gehen.«

Woodburn sah ausgesprochen beunruhigt aus, wie ich es erwartet hatte. Er sagte: »Das Cambridgeshire?« Er wandte sich an den Squire und sagte: »Was ist das hier, Mr. Baird – ein Rennbehördenverhör?«

Ich antwortete grimmig: »Es ist einiges mehr als das. Sie haben Carlton geritten, den Favoriten, und er ist gelaufen wie ein Ladenhüter. Ich will wissen, warum.«

Er rutschte auf seinem Stuhl hin und her. »Selbst ein guter Gaul macht manchmal ein schlechtes Rennen.«

Ohne auf dieses Ausweichmanöver zu achten, kam ich zur Sache und fragte: »Stimmt es, daß Sie von diesem Herrn hier ein Schmiergeld genommen haben?«

Woodburn blinzelte, schaute den Squire an und dann mich, als hätte ich den Erzbischof von Canterbury angegriffen. »Von Mr. Baird? Niemals.«

Daraufhin schob der Squire triumphierend seine dicke Unterlippe nach vorn, und ich überlegte, wie sinnlos diese Übung doch war. Natürlich würde Woodburn zum Squire halten, wenn sie unter einer Decke steckten.

»Also dann von Archer?« schlug ich vor.

»Fred Archer?«

»Reizen Sie mich nicht, Woodburn.«

Er sagte: »Man hat Fred angeboten, Carlton zu reiten, und er hat abgelehnt.«

»Sie haben meine Frage nicht beantwortet.«

Der Squire sprang für ihn in die Bresche. »Aber das hat er. Wenn Fred den Ritt abgelehnt hat, muß er gewußt haben, daß St. Mirin das bessere Pferd ist.«
»Nicht unbedingt«, sagte ich. »Vor dem Cambridgeshire hat es ein Proberennen gegeben, und Carlton hat St. Mirin ohne Schwierigkeiten geschlagen. Was sagen Sie dazu, Woodburn?«
Der Jockey befeuchtete nervös seine Lippen. »Fred wollte auf Carlton reiten, aber er hatte eine andere Verpflichtung, Sir.«
Ich registrierte dieses »Sir«. Also machte ich Eindruck auf ihn. »Eine Verpflichtung? Wem gegenüber?«
»St. Mirins Besitzerin gegenüber: der Herzogin von Montrose. Sie ist eine sehr nachdrückliche Dame.«
»Das ist mir bekannt.«
»Ich war mit Fred drüben in Irland zum Curragh-Oktober-Rennen und dabei, als er ein Telegramm öffnete. Es lautete: *Mein Pferd läuft beim Cambridgeshire. Rechne damit, daß Sie es reiten – Montrose.* Für Fred bedeutete das, daß er sein Gewicht auf knapp fünfundfünfzig Kilo herunterbringen mußte. Das bedeutet für einen Mann seiner Größe einen gewaltigen Gewichtsverlust.«
Ich sagte: »Sie weichen immer noch meiner Frage aus. Haben Sie nun Schmiergeld von Archer angenommen oder nicht?«
In Woodburns Augen tauchte ein Blick auf, den ich schwerlich beschreiben kann. Da war Verlegenheit, was ich erwartet hätte, und Trotz.
Und da war etwas, das ich nicht erwartet hatte: Angst, geradezu panische Angst.
Der Squire mußte das auch bemerkt haben, denn er hielt es für angezeigt, sich eine Art offene Beeinflussung des Zeu-

gen zu leisten. »Um Gottes willen! Fred war grundehrlich. Beantworten Sie die Frage, verdammt noch mal!«
»Ich kann nicht«, sagte Woodburn. »Ich traue mich nicht.«
»Warum?«
Zu jedermanns Verwunderung und Verwirrung sagte Woodburn: »Es könnte sein, daß er zuhört.«
Nach einer atemlosen Pause erkundigte ich mich: »Wen genau meinen Sie?«
»Fred.«
Wieder verblüfftes Schweigen.
In dem Versuch, vernünftig zu klingen, erklärte Woodburn: »Ich glaube nicht wirklich an solche Sachen, aber wenn mir Leute, die ich kenne, ehrliche, zuverlässige Leute, sagen, daß sie ihn so deutlich wie das Tageslicht gesehen haben, kann ich das doch nicht einfach ignorieren, oder?«
»Wen gesehen?« fragte der Squire.
»Seinen Geist.«
»Heiliger Bimbam!« sagte Mitchell.
Woodburn fügte rasch hinzu: »Sie sagen, es ist ein ruheloser Geist. Fred will nicht in seinem Grab bleiben.«
»Absurd!« sagte ich und wünschte, aus mir hätte mehr Überzeugung gesprochen. Sie müssen wissen, daß mir Mama ständig etwas von Psychophänomenen, Stimmen und Erscheinungen erzählt, und das färbt anscheinend ab, sosehr man auch versucht, eine vernunftbetonte Haltung einzunehmen.
Der Squire sagte: »Darüber hat etwas in der Zeitung gestanden. Er ritte in Newmarket umher, auf einem Geisterpferd.«
»In diesem Fall«, sagte ich geistesgegenwärtig, »wird er in Beverley nicht erscheinen. Geister suchen immer bloß einen Ort heim.«

»Das ist eine Tatsache«, sagte Mitchell, obwohl ich mir nicht vorstellen kann, wie er auf die Idee kam, sich als Experte für Übernatürliches aufzuspielen.

Ich sagte: »Sie können uns die Wahrheit sagen, Woodburn. Haben Sie Schmiergeld genommen?«

Der Squire stand von seinem Stuhl auf und legte dem jungen Jockey zur Ermutigung eine Hand auf die Schulter. »Sie brauchen nicht einmal zu sprechen, um die Frage zu beantworten. Schütteln Sie nur den Kopf.«

»Oder nicken Sie, wenn die Antwort ja lautet«, sagte ich mit einem finsteren Blick auf den Squire.

Die Nagetierzüge zuckten. Woodburn war ein sehr nervöser junger Mann.

Ich sagte: »Sie haben das Rennen aufgegeben, nicht wahr?«

Er senkte kurz und bestätigend den Kopf.

»Und Archer hat Sie dafür bezahlt?«

Noch ein Nicken.

Das war zuviel für den Squire. Er packte Woodburn am Nachthemd und zog ihn von seinem Stuhl hoch. »Was, zum Teufel, sagst du da, du kleiner Arschkriecher – daß der größte Jockey, der je gelebt hat, ein Betrüger war? Schau mir ins Gesicht und sag es.«

»Es ist wahr«, flüsterte Woodburn. »So wahr ich hier stehe, es stimmt, Mr. Baird.«

Der Squire wurde plötzlich sehr blaß.

Charlie Mitchell, der nur begriff, daß der kleine Arschkriecher frech geworden war, stand auf und machte Anstalten, ihn zu Boden zu schlagen, doch der Squire gab ihm ein Zeichen, sitzen zu bleiben.

Ein Gefühl des Triumphs flackerte in mir auf. Ich hatte meine Vermutung bewiesen. Statt eines Hinterzimmers in einem bescheidenen Reihenhaus in Beverley hätte dies ebensogut das Große Strafgericht im Old Bailey sein können. Ich war bereit, meinen Platz unter den großen Anwälten der Rechtsgeschichte einzunehmen.

Es war nur ein kleiner Sprung von dort zur Richterbank. Ich sagte ernst zu Woodburn: »Sie haben genug gesagt, um Ihrer Jockeykarriere ein frühzeitiges Ende zu bereiten, aber es braucht nicht außerhalb dieser Mauern zu dringen, wenn Sie frank und frei die Einzelheiten gestehen. Verstehen Sie?«

»Ja, Sir.« Er befingerte den Kragen seines Nachthemds. Seine Hände zitterten.

»Wieviel hat man Ihnen bezahlt?«

»Zweihundert, Sir.«

»Um Carlton zu stoppen?«

»Ja, Sir.«

»Und wann genau hat Archer Ihnen das Schmiergeld übergeben?«

»Gar nicht, Sir.«

»Was?«

»Fred hat mich nicht bezahlt. Das hat Charlie Buckfast getan.«

»Buckfast?« Ich hörte, wie meine eigene Stimme lächerlich hoch piepste.

»Er handelte in Freds Auftrag«, sagte Woodburn, der merkte, daß er rasch etwas erklären mußte. »Fred konnte nichts unbeobachtet tun. Die Leute haben Fred nie aus den Augen gelassen, also hat der Captain die Sache für ihn erledigt. Er trat am ersten Tag des Rennens in Houghton an mich heran. Er übergab die Hälfte des Geldes am Tag vor dem Cambridgeshire und den Rest am Morgen danach.«

»Sie hatten also nicht direkt mit Archer zu tun?« sagte der Squire.

»Fred wollte es lieber so, Sir.«

Ich glaube, der Squire bekam noch etwas über das Geld aus Woodburn heraus und wie es in einer Zigarrenschachtel in einem Vierräder zurückgelassen worden war, der am Ende des Renntages auf ihn gewartet hatte, aber meine Konzentration war am Ende. Ich war wie vom Donner gerührt bei der Vorstellung, daß Charlie Buckfast, mein Assistent, ein Offizier und Gentleman, nicht nur an der Schmiergeldaffäre beteiligt gewesen war, sondern eine aktive Rolle darin gespielt und mir nichts davon gesagt hatte. Es war unvorstellbar. Und bedauerlich. Eine üble Verleumdung eines Toten.

Ich fragte mich, ob Woodburn und der Squire die Geschichte zusammen ausgebrütet hatten. Ich war versucht zu glauben, daß es so war, und doch war ich auch gezwungen zuzugeben, daß Woodburns Aussage der des Squire widersprach. Nach Meinung des Squire war Archer praktisch ein Heiliger, unfähig einer solch hinterhältigen Sache wie einer Bestechung. Woodburns Feststellung, daß Archer korrupt gewesen war, hatte den Squire zutiefst schokkiert. Nehmen Sie mein Wort darauf; ich kann es beurteilen, wann ein Mann einen Wutanfall bekommt. Sein Ausbruch war zweifellos echt gewesen.

Was sollte ich nun damit anfangen? Ich konnte nur vermuten, daß Woodburn völlig aus der Fassung war. Die Möglichkeit war mir in den Sinn gekommen, als er begonnen hatte, von Archers Geist zu sprechen, obwohl man sagen muß, daß auch weisere und herausragende Köpfe Anhänger solcher Ideen waren. Dennoch war die Geschichte über Charlie Buckfast grotesk. Verrückt.

Ich glaubte kein Wort davon.
Kurz darauf fuhren wir nach Brantingham Thorpe zurück. Den größten Teil der Fahrt schwiegen wir. Erst als wir in die Auffahrt einbogen, fragte der Squire: »Sind Sie zufrieden?«
»Nicht im geringsten«, sagte ich aufrichtig zu ihm.
»Werden Sie die Sache weiterverfolgen?«
»Bis zum Ende, Mr. Baird. Bis zum bitteren Ende.«
Er grinste dreist. »In diesem Fall sehen wir uns dann dort ... wenn Sie es überleben.«

19

Am Sonntag morgen gab es auf Brantingham Thorpe keine Frühaufsteher. So verspielt waren Lady Jessica und ihr Kreis an einem Dezembermorgen, wenn die Feuer jeglicher Art erloschen sind, denn doch nicht. Frühstück wurde nicht einmal in Erwägung gezogen. Allein der Gedanke an eine Erneuerung sozialer Kontakte bei Haferbrei und Räucherfisch muß für die Nachthemdvagabunden der vergangenen Nacht wie ein Ausblick auf die Hölle gewesen sein. So war es mir möglich, am späteren Morgen aus dem Haus zu verschwinden, unbemerkt von allen außer Sykes, der mich anständigerweise nach York fahren ließ, wo der Stationsvorsteher, ein braver Mann, einen Sonderzug bereitstellen ließ.

Ich nahm meine Nachforschungen am Nachmittag des folgenden Dienstags, dem 14. Dezember, wieder auf. Ich fuhr hinunter nach Newmarket und ließ mich in meiner Privatsuite im Jockey-Club nieder. Ich war überzeugt davon, daß meine Detektivarbeit in der Stadt, die wir Rennbegeisterte als das Hauptquartier bezeichnen, zu einem triumphalen Abschluß kommen würde, und so war es auch, wie Sie sehen werden.

Nach einem herzhaften Abendessen verbrachte ich einen aufschlußreichen Abend mit Captain James Machell, einem wandelnden Lexikon über die Rennbahn und ihre Persönlichkeiten. Machell ist ein jämmerlich aussehender Kauz mit einer bissigen Ausdrucksweise, der sich im Lauf der Jahre viele Feinde gemacht hatte, aber ich habe ihn immer für einen anregenden Gesprächspartner gehalten, und bei der Beurteilung von Pferden gibt es keinen zweiten wie ihn. In der Geschichte des Rennsports wird man ihn immer mit Hermits Sieg beim Derby von 1867 in Verbindung bringen. Eine Woche vor dem Rennen platzte bei Hermit in Newmarket eine Ader. Henry Chaplin, der Besitzer, wollte ihn aus dem Rennen nehmen, doch Machell päppelte das Pferd wieder hoch, bestand darauf, daß es lief, und wettete persönlich 3 000 auf ihn. Es gewann bei sensationellen 1000:15. Und als man später Hermit in die Zucht gab, zeugte er mehrere herausragende Pferde, darunter zwei Derby-Gewinner und eines, dessen Name vertraut sein wird: St. Mirin.
An diesem Abend war der Captain in blendender Form und erzählte die letzte Episode aus seinem endlosen Zwist mit seiner Nachbarin in Newmarket, Carrie Montrose, die er als »diese supergut abgehangene Lebedame« bezeichnete. Carrie, so stellte sich heraus, war mit einem jungen Mann von zweiundzwanzig aus London zurückgekehrt, welchen sie »bei Morgengrauen für einen Ritt über die Limekilns aus einem Erschöpfungsschlaf gerissen hatte«. Nach einer Nacht mit Carrie war der junge Mann nicht in der Verfassung für einen Galopp. Sein Klepper hatte ausgeschlagen, seinen Reiter abgeworfen und war in Machells Gestüt eingebrochen, woraufhin zwischen Carrie und dem Captain ein solcher Streit entbrannt war, daß nie-

mand bemerkte, daß der junge Mann sich ein Bein gebrochen hatte.
Unsere Unterhaltung wandte sich unweigerlich Archer zu, und Machell erzählte mir, daß Fred ihn vor ihrem Zerwürfnis tatsächlich konsultiert hatte, ob es angeraten sei, Carrie Montrose zu heiraten. Er hatte wissen wollen, ob ihn das zu einem Herzog mache. Armer enttäuschter Archer! Ich schüttelte mich vor Lachen, als ich das hörte.
Von da an war es nur ein kleiner Schritt zu den Märchen, die im Umlauf waren und nach denen man Archers Erscheinung in Newmarket gesehen hatte. Sehr zu meiner Verwunderung verkündete Machell, er habe ihn selbst gesehen. Ich hätte nicht einen Heller darauf gewettet, daß dieser alte listige Zyniker einen Geist gesehen hatte, aber er meinte es ernst. »Ich komme über den Tod dieses armen Kerls einfach nicht hinweg«, sagte er zu mir. »Wir hatten eine Meinungsverschiedenheit, ich bedaure es zu sagen, kurz bevor er sich erschoß. Er empfahl mir, etwas auf Seller in Newmarket zu setzen, und der wurde um Kopflänge durch Wood geschlagen. Dann hörte ich von einer befreundeten Dame auf der Tribüne, daß Archer ihr geraten habe, sie solle auf Wood setzen. Ich hatte eine schreckliche Woche hinter mir und war so dumm, ihr zu glauben. Als ich Fred auf dem Sattelplatz traf, schnitt ich ihn. Kehrte dem Menschen den Rücken zu, der mehr Siegerpferde für mich geritten hatte als jeder andere. Auf die Worte einer geschwätzigen Frau hin. Wie sehr wünschte ich, die Uhr zurückdrehen zu können! Es war das letzte Mal, daß ich ihn ... lebend sah.«
Ich sagte mit gebührendem Ernst: »Aber Sie glauben, Sie hätten ihn noch einmal als Geist gesehen?«
»Letzte Woche, Freitag nacht, Sir. Ich lag wach – und

schwöre auf die Heilige Schrift, daß ich hellwach war –, als ich Archer neben meinem Bett stehen sah. Er war in Jokkeymontur, obwohl ich Ihnen nicht sagen kann, welche Farben er trug. Ich betrachtete ihn ein paar Minuten lang, und ich weiß nicht, ob ich sprach oder nicht. Nach einer Weile streckte er die Hand aus und tätschelte mich sanft an der Schulter, was mich, seltsam, es zu sagen, so beruhigte, daß ich einschlief und seither wieder gut schlafe.«

Ich fragte ihn, wieviel er am Abend vorher getrunken hatte, aber er wich keinen Fingerbreit von seiner Geschichte ab. Er war sicher, daß Archers Geist in Newmarket umging und sich um unerledigte Geschäfte kümmerte. Spät eines Abends hatte ein Polizist ein seltsames helles Leuchten im Falmouth House bemerkt, welches seit der Untersuchung leer und verschlossen war. Als er nachschauen ging, war niemand drinnen. Außerdem behaupteten mehrere Leute vom Ort, den Geist nach Mitternacht auf der Rennbahn gesehen zu haben, wie er die Cambridgeshire-Strecke abgaloppierte. Man nahm also an, daß der arme Fred noch immer versuchte, das Rennen zu gewinnen, das er zu Lebzeiten nie hatte gewinnen können, obwohl dies, wie ich hervorkehrte, ohne sichtbare Gegnerschaft ein allzu leichter Sieg war, auf den der große Jockey wohl kaum Wert gelegt hätte.

Ich zog mich zu später Stunde zurück, und der skeptische Leser wird sich freuen zu hören, daß ich während der Nacht keinen Besuch erhielt, ob nun sterblich oder unsterblich.

Am nächsten Morgen begann ich mit dem, was sich als die entscheidende Phase meiner detektivischen Nachforschungen erweisen sollte. Ich besuchte zuerst das Heath House, die Trainingseinrichtung, in der Archer im Alter von elf Jahren bei dem respektgebietenden Mat Dawson in die Lehre gegangen war. Momentan war Mats Neffe George Manager, den ich bereits gesehen hatte, weil er einer der Testamentsvollstrecker von Archer gewesen war. Meine Absicht: herauszufinden, ob es in den Rechnungen einen Hinweis gab, der Woodburns Geschichte von einem Schmiergeld von 200 stützen konnte.

Ich wurde mit der gebührenden Höflichkeit empfangen (eine angenehme Abwechslung nach meinen Erfahrungen in Beverley) und in das Wohnzimmer geführt, welches fürwahr ein Museum des Rennsports war, wobei Archer mit zwei Ölgemälden und einer Reiterstatue von Edgar Boehm, dem Bildhauer und Erpresser der Königin, dominant vertreten war. Der erste Punsch der Ballsaison war für mich zubereitet worden, und ich bekam den Eindruck, daß der junge Dawson sich auf eine nette Plauderei eingestellt hatte. Wenn dies so war, so enttäuschte ich ihn. Ich kam ohne lange Vorrede zu meiner Befragung.

»Ich wünschte, ich könnte da helfen, Sir«, antwortete er auf meine Frage, »und Sie können gerne die Rechnungsbücher einsehen, so wie sie sind.«

»Das klingt nicht sehr vielversprechend.«

»Um die Wahrheit zu sagen, es ist ausgesprochen schwer, einzelne Ausgabeposten festzumachen. Fred erledigte die meisten seiner vielen Transaktionen in bar. Er wettete viel gegen Ende seines Lebens und hob das Geld zu Beginn jedes Monats in größeren Summen bis zu tausend Pfund ab.«

»Das klingt gar nicht nach Tinman«, kommentierte ich.

»Er verdiente ein Vermögen und gab es aus, Sir, trotz seines Rufes als Pfennigfuchser. Die Hauptbücher bestätigen das. Möchten Sie sie jetzt gerne einsehen?«

Alles Kaufmännische ist wie ein Buch mit sieben Siegeln für mich, also sagte ich ihm, was ich genau suchte. Er fuhr mit dem Finger die Spalten entlang. Wie ich schon befürchtet hatte, war es unmöglich, die 200 zu finden, die er angeblich an Woodburn bezahlt hatte. »Wurden diese Rechnungsbücher von Captain Buckfast geführt?« fragte ich.
»Ja, Sir.«
»Sind sie korrekt?«
»Sie gehen auf, wenn Sie das meinen, Sir.«
»Aber Sie sagen doch, daß jeden Monat bis zu tausend Pfund abgehoben wurden.«
»Die Einnahmen sind hier, Sir, wenn Sie bitte schauen wollen.«
»Es ist also möglich, daß die zweihundert Pfund, nach denen wir suchen, wirklich an Mr. Woodburn gezahlt wurden und trotzdem hier nicht auftauchen.«
Er hielt es für angebracht, Charlie in Schutz zu nehmen. »Ich bin sicher, daß Captain Buckfast sein möglichstes tat, um Fred von der Notwendigkeit zu überzeugen, die Geschäftsregeln besser einzuhalten, aber das war verlorene Liebesmüh. Für Fred war das Rennen das einzige, was zählte, nachdem seine Frau Helen gestorben war.«
»Nicht ganz das einzige«, bemerkte ich.
»Was meinen Sie, Sir?«
»Ich meine eintausend pro Monat. Wohin ist das alles gegangen – an Frauen?«
Die Direktheit meiner Frage schockierte ihn. Nun galt es den Familienruf zu retten. »Auf gar keinen Fall, Sir. Ich fürchte, er hat mehr gespielt, als irgendeinem von uns bewußt war.«
»Und verloren?«

»Ich kann mir nicht denken, wo es sonst hingegangen sein kann.« Dawson schloß das Buch.

Das war nicht die Gelegenheit, meine Theorien auszubreiten. Ich sagte: »Da gibt es noch eine andere Sache, die ich ansprechen möchte. Als Sie Archers Papiere durchgingen, sind Sie da auf irgendwelche Dokumente oder Entwürfe von Dokumenten gestoßen, die auf eine mögliche finanzielle Übereinkunft mit einer anderen Partei schließen ließen?«

»Woran denken Sie genau, Sir?«

»Heiratspläne vielleicht?«

Die Genugtuung einer erneuten schockierten Reaktion blieb mir verwehrt. Er antwortete ganz ruhig: »Hat das mit dem Gerücht zu tun, daß Fred eine gewisse Herzoginwitwe heiraten wollte?«

»Könnte sein – wenn es darauf einen Hinweis gibt.«

»Ich habe keinen gesehen, Sir.«

Hatte nicht viel Sinn, ihn zu diesem Thema weiter zu bedrängen. »Vielleicht sind Sie auf etwas anderes gestoßen: einen Hinweis auf eine Partnerschaft, die mit Mr. George Alexander Baird zur Debatte stand.«

»Dem Squire?« Er sah eine Spur schockierter aus als vorhin, als es um eine Verbindung mit Carrie Montrose gegangen war. »Der Herr hat einen üblen Ruf, höre ich.«

»Nicht ohne Grund«, informierte ich ihn.

»Ich kann mich nicht erinnern, etwas Derartiges in den persönlichen Papieren gesehen zu haben.«

»Möglicherweise nicht«, sagte ich und fügte entschlossen hinzu: »Ich würde sie gerne selbst durchschauen.«

»Ich bin sicher, daß wir das arrangieren können. Sie liegen in Freds altem Heim, Falmouth House, im Schreibtisch.«

»Das kenne ich.«

»Ja, Sir. Ich fürchte, im Moment ist es verrammelt. Wir hatten Sorge wegen eventueller Souvenirjäger.«
»Haben Sie den Schlüssel?«
»Sein Kammerdiener hat ihn; ein Mann namens Sarjent.«
Ich erinnerte mich an Sarjent, den großen jungen Mann, der bei der Untersuchung ausgesagt und nachher mit großer Sorgfalt meinen Hut und Mantel ausgebürstet hatte.
»Wo kann ich ihn finden?«
»Er müßte heute nachmittag drüben sein, Sir. Er sieht nach den Pferden.«
Er bot mir an, mich in den Jockey-Club zurückzufahren, aber ich wollte die kurze Strecke lieber zu Fuß gehen. Es war ein frischer Dezembermorgen, und ich habe nicht oft die Gelegenheit zu einem Spaziergang auf öffentlichen Straßen, also machte ich das Beste daraus und vermißte nur meinen Hund Peter als Gesellschaft.
Nach einem kräfteweckenden Mittagessen machte ich mich wieder zu Fuß auf den Weg, diesmal in Richtung Falmouth House. Nach nur wenigen Minuten auf der Ely Road erblickte ich schon die Giebelfront zu meiner Linken, etwa eine Dreiviertelmeile außerhalb der Stadt. Als ich mir meinen vorigen Besuch in dem Haus und all das, was in der Zwischenzeit passiert war, ins Gedächtnis rief, fiel es mir schwer zu glauben, daß nur fünf Wochen vergangen waren.
Ich ging die Kiesauffahrt hoch auf das Unglückshaus mit seinen zugezogenen Vorhängen zu und fragte mich, ob jemals wieder jemand darin wohnen würde. Ich selbst hätte lieber nicht darin gelebt.
Ich wollte gerade seitlich um das Haus und durch den Küchengarten auf die Ställe zugehen, als ich ein »He da!« hörte. Ich blieb stehen.

Es war nur ein Gärtner, der um die Ecke gekommen war, und ich war bereit, seine mangelhaften Manieren zu übersehen, aber aus irgendeinem unerfindlichen Grund läuteten bei seinem Anblick Alarmglocken in meinem Kopf. Er war nicht besonders furchterregend. Seine Züge waren mir auch nicht bekannt. Ich konnte nur vermuten, daß sein Körperbau und seine Haltung – die unverhältnismäßig breiten Schultern auf einem untersetzten Körper – mich an etwas Unangenehmes aus meiner Vergangenheit erinnerten. Ich habe schon so viele unangenehme Leute getroffen, daß mir das auch nicht weiterhalf, außer daß nur wenige von ihnen, wenn überhaupt, Gärtner waren.

Er rief: »Was wollen Sie?« Seine Stimme war so unflätig, daß ich sicher war, ich hätte sie erkannt, wenn ich sie je zuvor gehört hätte, aber ich konnte sie in meiner Erinnerung einfach nicht zuordnen.

Ich fragte nach Sarjent, und er zeigte auf das Gebäude, auf das ich zugesteuert war, bevor er mich angehalten hatte.

Es war ein Stall mit vier Boxen, in denen zwei Jagdpferde, ein Kutschpferd und Archers Grauer standen. Jemand rief vom Sattelraum her, und dort fand ich den Kammerdiener Sarjent, zurückgelehnt in einem Stuhl, der auf die Hinterbeine gekippt war, eine Zigarre im Mund und die langen Beine über eine Bank gelegt, auf der das Geschirr zum Polieren lag.

Als ich eintrat, fiel er buchstäblich vom Stuhl. Im Gegensatz zum Gärtner erkannte er mich sofort, und ich machte mir seine Erschrockenheit zunutze, indem ich bemerkte: »So sieht also jetzt Ihr Dienst für Ihren ehemaligen Herrn aus?«

Er warf die Zigarre weg, drückte sie mit dem Absatz aus

und ging mit derselben Bewegung in Habachtstellung wie ein Gardesoldat. Er hatte auch die entsprechende Größe.

Schnüffelnd erkundigte ich mich: »Wie kann denn ein Mann Ihrer Klasse sich leisten, Havannas zu rauchen? Haben Sie die aus dem Haus stibitzt?«

Das stachelte ihn zu einer Erwiderung an. Er protestierte heftig: »Ich würde Mr. Archers Sachen nicht anrühren. Ich habe sie selbst bei dem Tabakhändler in der High Street gekauft. Sie können ihn fragen, wenn Sie wollen.«

Ich war bei unserem ersten Zusammentreffen recht positiv von ihm beeindruckt gewesen. Ich sagte schneidend: »Wenn Sie mich ansprechen möchten, dann haben Sie bitte den Anstand, dabei die Form zu wahren. Ich habe mit Mr. Dawson, dem Testamentsvollstrecker, gesprochen, und möchte jetzt einen Blick ins Haus werfen.«

»Gewiß, Ihro Majestät.«

»*Sir* wird genügen.«

Als wir durch den Küchengarten gingen, schaute ich mich nach dem Rüpel um, der mich vorher angebellt hatte, aber er war nicht mehr zu sehen. Ich fragte Sarjent: »Der Gärtner, den ich gesehen habe: Wie lange war er in Diensten von Mr. Archer?«

»Parker, Sir? Mindestens fünf oder sechs Jahre.«

»Was wird jetzt mit ihm geschehen?«

»Er kauft eine Wirtschaft in Cambridge, Sir.«

»Ich hoffe, er schreit nicht seine Gäste an.«

Nach den Geschichten, die ich gehört hatte, in Archers abgedunkeltes Haus zu treten, war eine Erfahrung, die mich doch etwas nervös machte. Es roch muffig. Eine Standuhr ragte stumm in der Halle auf. Sarjent führte mich in das Wohnzimmer, in dem die gerichtliche Untersuchung ab-

gehalten worden war. Er zog die Vorhänge zurück und öffnete mir den Schreibtisch.
»Möchten Sie lieber allein sein, Sir?«
In einem Spukhaus? Gott bewahre!
»Nein«, sagte ich so beiläufig wie nur möglich, »Sie können bleiben. Haben Sie schon eine neue Stellung gefunden?«
»Ich habe vor, ein Jahr auszusetzen, Sir, und meinen Bruder in Neuseeland zu besuchen.«
»Dann haben Sie also etwas Geld gespart?«
»Ja, Sir.«
»War Mr. Archer großzügig zu seinen Angestellten?«
»Ich empfand das durchaus so, Sir.«
Ich machte mich an die Arbeit und schaute die Papiere durch, die in einer schrecklichen Unordnung waren. Ich bemerkte es Sarjent gegenüber, und er sagte: »Sie waren in Ordnung bis gestern, Sir.«
»Was ist denn gestern passiert?«
»Mr. Baird hat sie durchgesehen.«
Ich sah ihn entsetzt an. »Der Squire? Was hatte *er* denn hier zu schaffen?«
»Er suchte nach etwas, das ihm gehörte, so wie ich ihn verstand, Sir.«
»Den Teufel hat er gesucht!« sagte ich. »Hat er es gefunden?«
»Ich habe keine Ahnung, Sir.«
Ich verschwendete eindeutig meine Zeit, wenn der Squire schon hier gewesen war. Ich schob die Papiere wieder in die Schublade und schloß sie. »Kann eigentlich Hinz und Kunz hierherkommen und in Archers Privatpapieren herumschnüffeln?«
Es war eine rhetorische Frage, und er hatte soviel Verstand,

sie nicht zu beantworten, obwohl ich den Eindruck hatte, die Spur eines Lächelns um seine Mundwinkel gesehen zu haben.
Entschlossen, diesen Besuch wenigstens zu etwas zu nutzen, fragte ich: »Wie gut kannten Sie Captain Buckfast?«
»Er war oft im Haus, Sir. Er kümmerte sich um Mr. Archers Korrespondenz und ähnliches.«
»Also hatte er Gelegenheit, mit Ihnen zu sprechen?«
»Er zahlte uns unseren Lohn aus.«
»Ich glaube, Sie sind von der Polizei gebeten worden, seine Leiche zu identifizieren.«
»Jemand aus dem Haus mußte es tun, Sir. Der Captain hatte, soweit wir gehört hatten, keine Familie. Also haben Parker und ich die traurige Pflicht übernommen.«
»Parker, der Gärtner?« Ich versuchte, die Unterhaltung etwas aufzulockern, was geschrieben etwas herzlos aussieht, aber so war es nicht gemeint. »Eine kleine Abwechslung vom Stutzen und Unkrautjäten. Haben Sie seither etwas von der Polizei gehört?«
»Einige Kriminalbeamte waren gestern hier, Sir.«
»Haben sie Mr. Abington Baird befragt?«
»Heute morgen, wie ich gehört habe, Sir. Er wurde in die Stadt gebracht, um einem Herrn mit Titel Fragen zu beantworten, der extra von Scotland Yard herunterkam.«
Ich kann nicht umhin zuzugeben, daß ich ein gewisses boshaftes Vergnügen bei dem Gedanken empfand, daß Sir Charles Warren den Squire am Schlafittchen hatte.
Es gab noch eine wichtige Angelegenheit zu klären. Ich bemerkte: »Zweifellos haben Sie die Geschichten von Archers Geist gehört, den man gesehen haben will.«
Sarjent sagte: »Ich glaube nicht daran, Sir«, aber ich bemerkte, wie bei der Frage ein Muskel seitlich seines Kinns

zu zucken begann. Derlei Dinge entgehen einem Detektiv meines Kalibers nicht.
»Sie haben nichts hier bemerkt?« drängte ich. »Man sprach von Lichtern, die bei Nacht gesehen wurden.«
»Ich bin nachts nie hier, Sir.«
»Ist überhaupt jemand da?«
»Das Haus ist leer und verschlossen.«
»Ist auch besser so«, kommentierte ich. »Es ist schon unheimlich genug bei Tageslicht. Ich versichere Ihnen, es ist hier kälter als draußen. Wie in einem Grab. Ich vermute, Sie wissen nicht zufällig, wo Archer seinen Whisky aufbewahrte?«
Sarjent eilte davon wie ein Sträfling auf Bewährungsurlaub.
Der Whisky war nur ein Vorwand meinerseits gewesen. Die wenigen Momente, die ich allein im Zimmer war, erlaubten mir, zum Fenster hinüberzugehen und den Riegel zurückzuschieben, so daß man es von außen öffnen konnte. Als Sarjent zurückkam, saß ich wieder auf meinem Platz vor dem Kamin.
Aufgewärmt und klüger kehrte ich in den Jockey-Club zurück.
Aber was jetzt?
Zuerst ein heißes Bad.
Lieber Leser, ich lade Sie ein, mir Gesellschaft dabei zu leisten.

20

Ah, dieser göttliche Moment des Eintauchens, wenn das warme Wasser über die Gänsehaut schwappt. Ich bin ein überzeugter Anhänger der kräfteweckenden Wirkung eines Vollbades. Ja, ich würde sogar noch weiter gehen. Ein genüßliches Untertauchen im Wasser bringt auch den Gedanken Klarheit. Es kann sogar zu einer Inspiration führen.

Eines der wenigen Dinge, die mir von meiner klassischen Bildung her noch in Erinnerung sind, ist die Geschichte von Archimedes. Ich habe vergessen, was genau er in seinem Bad entdeckte, aber die Erfahrung selbst hat wohl nach all den Jahrhunderten immer noch ihre Gültigkeit. Sie entspannen sich in der Wanne, lassen das Wasser genüßlich langsam über Ihren Bauch laufen. Plötzlich haben Sie eine Eingebung.

Würden Sie es einmal versuchen? Ich werde nicht darauf bestehen, daß Sie dieses Kapitel in der Badewanne lesen (obwohl es auch nicht schaden kann, solange Sie darauf achten, daß das Buch trocken bleibt). Ich werde nicht darauf bestehen, daß Sie es überhaupt lesen, wenn Sie nicht daran interessiert sind, die Mörderin oder den Mörder

oder die Mörder (lassen wir dem schönen Geschlecht ruhig den Vortritt) zu entlarven.
Was nun folgt, ist der gedankliche Prozeß, der mich dazu brachte, *»Heureka!«* zu rufen, als ich die Lösung des Rätsels entdeckte. Bitte verstehen Sie, daß ich dies aus ganz lauteren Motiven heraus anbiete, und ich hoffe, daß Sie es im selben Geiste annehmen werden. Ich habe nicht die Absicht, drei schreckliche Todesfälle abzuhandeln wie ein Gesellschaftsspiel. Aber die Hoffnung, daß die Wissenschaft der Kriminologie letztlich von meinen Erfahrungen als Detektiv profitieren wird, erfüllt mich mit Freude.
Lehnen wir uns also zurück, buchstäblich oder im übertragenen Sinne, je nach den Umständen, und bedenken wir die essentiellen Tatsachen des Falles, wie ich es an jenem entscheidenden Nachmittag im Jockey-Club tat.
Drei Menschen sind eines gewaltsamen Todes gestorben (sagte ich mir). Fred Archer durch eigene Hand; Charlie Buckfast, von zwei maskierten Männern bewußtlos geschlagen und ertränkt; und Myrtle Bliss, von einem unbekannten Eindringling in den Kopf geschossen.
Buckfast und Myrtle starben, nachdem sie zugestimmt hatten, mir bei der Untersuchung von Archers Selbstmord zu helfen. Deshalb hat es den Anschein, als liege der Schlüssel zu dem Rätsel in Archers Tod. Ich mußte den Grund dafür entdecken und konnte dann durchaus auch herausfinden, warum die anderen beiden ermordet worden waren.
Soweit alles genehm? Soll ich noch ein wenig heißes Wasser einlassen?
Das Urteil der gerichtlichen Untersuchung, daß Archer durch den Typhus geistig aus den Fugen geraten war, muß stark angezweifelt werden. Es beruht auf vagen medizini-

schen Beweisen. Ich bin kein Arzt, spreche aber aus persönlicher Erfahrung mit der Krankheit, und ich habe die Unterstützung durch das British Medical Journal, das schrieb: *»Die Tatsache, daß ein akutes Delirium mit Wahnvorstellungen selbstmörderischen Charakters während des Frühstadiums auftritt, mag vielen neu sein.«* Ich persönlich habe meine Zweifel, ob der arme Kerl an mehr litt als einer fiebrigen Erkältung, die durch ungenügende Bekleidung auf der Rennbahn verursacht worden war. Es hatte keine Verlautbarung gegeben, daß Typhusverdacht bestand, bis zu dem Tag, an dem er starb, und an ebendiesem Tag war seine Temperatur normal, er war in der Lage, vernünftige Unterhaltungen zu führen, und fühlte sich, nach den Aussagen mehrerer Zeugen, einschließlich seines Hausarztes, besser. Es liegt nahe anzunehmen, daß die Ärzte sich um Archers Familie und seines Rufes willen auf Typhus einigten. Sie wünschten die Möglichkeit auszuschließen, daß er sich bei vollem Verstand und kaltblütig umgebracht hatte. Nehmen wir nun also die wahrscheinlichere Vermutung an, daß Archers Verstand normal arbeitete und er willentlich aus dem Leben schied. Was konnte ihn zu einer solch verzweifelten Tat veranlaßt haben?
Der offensichtlichste Anlaß für einen Selbstmord ist Verzweiflung. Archers Leben war in den letzten drei Jahren zweimal vom Tod überschattet gewesen: erstens, als das kleine Söhnchen im Januar 1884 nur wenige Stunden nach der Geburt gestorben war; und dann im November desselben Jahres, als seine Frau Helen Rose nach der Geburt ihrer kleinen Tochter aus dem Leben schied. Der Tod eines Kindes in zartem Alter ist schmerzlich, aber keineswegs ungewöhnlich, wie Alix und ich bestätigen können. Der Verlust der Ehefrau im Kindbett ist ebenfalls nicht ganz

ungewöhnlich, wenngleich härter zu erdulden, dessen bin ich mir sicher. Jeder war der Meinung, daß Archer zutiefst betrübt darüber war. Um sich nach der Tragödie zu beschäftigen und abzulenken, besuchte er in Gesellschaft von Charlie Buckfast Amerika. Als er zurückkehrte, war sein Appetit auf Rennen unvermindert. Als Jockey war er besser denn je und gewann vier der fünf Classics 1885. In diesem Jahr fügte er sein fünftes Derby und sein sechstes St. Leger hinzu. Zwei Jahre waren seit dem Tod seiner Frau vergangen, also hatte er die schlimmste Zeit hinter sich. Er hatte eine zweijährige Tochter, für die er lebte, und die Aussicht auf noch viele Jahre als Jockey in vorderster Reihe.

Nein, ich kann nicht glauben, daß er sich aus Kummer erschoß.

Im Gegenteil, er zog sogar in Betracht, sich wieder zu verheiraten. Carrie Montrose gab mir gegenüber zu, daß sie »beschlossen hatte, ihn zu heiraten«. Er mußte es ernst genommen haben, denn er fragte Captain Machell, ob er durch die Heirat Herzog würde. Fred war neunundzwanzig; Carrie Montrose achtundsechzig. Sie ist allerdings eine unvergleichlich energische Achtundsechzigjährige und extrem reich dazu, die Besitzerin der größten Zucht von Vollblütern im ganzen Königreich.

Jetzt drehen wir besser das heiße Wasser ab, weil wir beim Cambridgeshire angelangt sind, und das wird mit Sicherheit die Temperatur ins Unermeßliche steigen lassen.

Archer ritt Carries Pferd St. Mirin im großen Rennen und ließ die Welt wissen, daß er damit rechnete, zu gewinnen. Nach Aussage des jungen Woodburn wurde ein Bestechungsgeld gezahlt, um den Favoriten zu stoppen, damit St. Mirin den Siegerkranz erringen konnte. Der Plan wur-

de vereitelt, weil St. Mirin am Pfosten von einem Außenseiter geschlagen wurde.
Meine Nachforschungen haben ergeben, daß der *de facto*-Besitzer des Siegerpferdes der Squire war, und das reicht schon, um jeden den Braten riechen zu lassen. Die Wahrscheinlichkeit, daß er in diese Verbrechen verwickelt war, ist kaum zu übersehen.
Lassen Sie uns die drei Todesfälle betrachten. Zwei Wochen nach dem Cambridgeshire erschoß sich Archer, nachdem er jene rätselhaften letzten Worte gesprochen hatte: »Kommen sie?« Diese vordergründig bedeutungslose Frage wurde bei der Untersuchung als Beweis für das Delirium angeführt. Ich stimme dem nicht zu. Dem Patienten ging es besser. Er sprach am Morgen vernünftig mit seinen Freunden. Nach Aussage seiner Schwester war sein Verhalten ziemlich normal bis zu dem Moment, in dem der seltsame Vorfall stattfand.
Jene letzten Worte können nicht außer acht gelassen werden. Sie könnten durchaus den Schlüssel zu dem Geheimnis in sich bergen.
Während wir uns noch immer mit Archer beschäftigen, möchte ich auch einer anderen »Ente« den Garaus machen. Ich habe die Vermutung äußern hören, daß sein Selbstmord auf obskure Weise mit den ständigen Bemühungen zusammenhing, die er unternehmen mußte, um Gewicht zu verlieren. Gewiß hatte er für einen Mann seiner Größe Untergewicht, aber das haben zahllose andere Jockeys auch. Als Profisportler nehmen sie diese Bedingungen für ihren Sport in Kauf. Der Mangel an Nahrung mochte ihn reizbar gemacht haben, aber es ist sehr unwahrscheinlich, daß er auch seinen Verstand ausklinken ließ.
Wo sonst soll ich nach einer Erklärung suchen? Im finan-

ziellen Bereich? Er gab in den letzten Monaten seines Lebens viel Geld aus, entnahm seinem Vermögen große Summen Bargeld, angeblich für Wetten. Er hinterließ ein geringeres Vermögen, als man allgemein vermutet hatte, Charlie Buckfast ausgenommen, der Archers geschäftliche Angelegenheiten regelte und korrekt geschätzt hatte, daß der Betrag nicht höher sein würde als 60 000 Pfund. Summa summarum sind sechzig Mille mehr, als die meisten Menschen in ihrem ganzen Leben verdienen. Wo liegt also der Sinn, sich zu erschießen, wenn man immer noch ein Vermögen besitzt?

Der zweite Todesfall, den wir näher betrachten müssen, war der Mord an Charlie Buckfast – der einem Doppelmord gefährlich nahe kam.

Sie werden sich erinnern, daß ich Charlie nach Newmarket schickte, um den Squire zu überwachen. Als er zurückkam, sagte er mir, daß er mit angehört habe, wie der Squire davon sprach, er hätte Archer zu einer Partnerschaft gezwungen. Aufgrund dieser Information war er in Bedford Lodge eingebrochen, um nach Beweisen zu suchen. Die beiden Männer, die er überraschte, waren ihm nach London gefolgt. Zwei Männer, auf die dieselbe Beschreibung paßte, verübten ihren mörderischen Überfall auf Charlie und mich vor Carrie Montroses Haus. Charlie wurde bewußtlos geschlagen und in die Themse geworfen, aus der man später seine Leiche barg und identifizierte. Ich hatte das Glück, mit dem Leben davonzukommen. Ergebnis war, daß mein Verdacht dem Squire gegenüber fast zur Gewißheit seiner Schuld geworden war.

Und der Squire steht in Verbindung mit dem dritten Tod, dem von Myrtle Bliss.

Myrtle war die letzte Spielgefährtin des Squire gewesen.

In der Nacht des Cambridgeshire fuhr er nach London und feierte seinen Gewinn mit ihr. Buckfast und ich besuchten bald darauf das Varieté, in dem sie auftrat. Ich betrieb immer noch meine Nachforschungen, als der Squire uns in Myrtles Zimmer in der Mile End Road störte. Später schrieb sie mir und bot mir ihre Hilfe an. Nach Charlies vorzeitigem Tod sah ich sie ein zweites Mal und nahm ihr Hilfsangebot an. Sie ging als Gast des Squire nach Newmarket und als meine Beobachterin. Ich arrangierte ein Treffen mit ihr in London für die folgende Woche. Zu meinem Entsetzen fand ich sie tot in ihrer Garderobe.

Auf so tragische Weise meiner beiden Assistenten beraubt, habe ich seither meine Erkundigungen allein eingezogen. Natürlich konzentrierte ich mich dabei auf den Squire, denn alles weist darauf hin, daß die Morde auf seinen Befehl hin ausgeführt wurden. Ich mußte ihm ein Geständnis abringen, beschloß ich, und er würde bereitwillig die beiden Bösewichte benennen, die sein blutiges Handwerk für ihn erledigten.

Unglücklicherweise überlistete er mich in Brantingham Thorpe. Mehr noch, er zauberte Woodburn aus seinem Ärmel, und der ganze Fall kehrte sich um. Ich zögerte zuerst, Woodburns Geschichte zu glauben, daß er ein Schmiergeld angenommen hatte, um den Favoriten zu stoppen. Wenn er, wie er zugab, empfänglich für Bestechung war, was hätte dann den Squire davon abhalten können, ihn zu bestechen, damit er mir einen Sack voll Lügen auftischte?

Und doch kam Woodburns Eingeständnis niemandem gelegen. Der Squire hatte vorher mir gegenüber darauf beharrt, daß Archer ehrlich gewesen war. Er hatte nicht erwartet, von Woodburn zu hören, daß ein Schmiergeld von 200 Pfund gezahlt worden war, um den Favoriten zu stoppen. Und *ich* hatte nicht erwartet zu erfahren, daß Charlie Buckfast das Geld übergeben hatte.

Ist es denkbar, daß Woodburn die Wahrheit gesagt hatte? Sein Geständnis war gewesen wie das Zwinkern einer Bischofsfrau: so unwahrscheinlich, daß ich ein Narr war, wenn ich es ignorierte. Und was konnte man daraus folgern?

Zum einen bedeutet es, daß das Ergebnis des Cambridgeshire Archer mehr schockiert haben muß, als irgend jemand von uns bemerkte, denn er hatte unehrlich gehandelt, um einen Gewinn für St. Mirin zu erwirken, nur um dann von einem 25:1-Außenseiter geschlagen zu werden. Warum nahm er auf dem Gipfel seines Ruhms ein solches Risiko auf sich? War es deshalb, weil seine Spielleidenschaft ihn so in den Klauen hatte, daß er sie höher schätzte als seinen Ruf? Oder war es, weil er Hochzeitsglocken läuten hörte? War es, um St. Mirins Besitzerin, Carrie Montrose, zu Gefallen zu sein?

Und noch etwas bedeutet Woodburns Geschichte, wenn sie stimmt – nämlich daß Charlie Buckfast mir sein Wissen vorenthalten hat, als wir über das Cambridgeshire sprachen, und das ist für mich eine bittere Pille. Gut, ich hatte keinen Anlaß dafür, ihn nach einer illegalen Transaktion zu fragen, denn damals hegte ich nicht im entferntesten einen solchen Verdacht. Aber in all unseren Diskussionen hatte er nie auf diese Möglichkeit angespielt.

Wenn Woodburn bezüglich der Bestechung log, kann ich mir die Gründe dafür nicht vorstellen. Er hatte nichts zu gewinnen, wenn er sie zugab. Er hätte sie leugnen können, hätte die Worte sprechen können, die der Squire von ihm hören wollte, und sich so selbst eine reine Weste erhalten. Bertie, denke ich, während ich meine Beine ausstrecke und

mich aufstütze, da ist etwas von Grund auf faul an dem Ganzen. Irgendwo ist mir ein Denkfehler unterlaufen.
Und dann rufe ich: *»Heureka!«*
Habe ich Sie, lieber Leser, dasselbe rufen hören? Werden Sie sich festlegen? Haben Sie Ihren Schluß schon gezogen? In diesem Fall lassen Sie uns nach einem Badetuch greifen und aus der Wanne steigen, denn ich höre sie fast, die letzten Worte des sterbenden Archer.
»Kommen sie?«

21

Bevor ich in die Wanne gestiegen war, hatte ich meinen Kammerdiener angewiesen, eine Auswahl an Abendkleidung für mich herauszulegen, die Sie vielleicht überraschen mag: eine lose Jacke mit Gürtel, Knickerbocker und Gamaschen, die ich normalerweise für die Jagd trage. Massie, meinen Kammerherrn, überraschte das nicht. Er ist ein verdrießlicher Hochländer, der sich schon so lange um meine Kleidung kümmert, daß er sich unmöglich noch über etwas wundern kann. Ich trank Tee in meinen Gemächern und verließ nach Einbruch der Dunkelheit den Jockey-Club, nachdem ich noch einen Umhang und eine Pirschmütze übergezogen hatte. Ich glaube, meine Kleidung war meinem Vorhaben angepaßt, und dieses Vorhaben lautete Geisterjagd.

Ich hatte beschlossen, den Geist von Frederick James Archer zur Strecke zu bringen.

Nach den Geschichten zu urteilen, die im Jockey-Club erzählt wurden, konnte es ziemlich leicht passieren, daß Archers ruheloser Geist neben einem an der Bettkante erschien, doch ungünstigerweise konnte man ihm nicht befehlen, sich zu zeigen, weshalb einem jeden, der ihn unbedingt sehen wollte, geraten wurde, bei Nacht auf die Rennbahn hinauszugehen und auf das Donnern von Geisterhufen zu warten. Ich hatte einen besseren Plan. Ich würde den verstorbenen Mr. Archer in seinem Zuhause in Falmouth House besuchen, wo ich ihn das letzte Mal in seinem Sarg hatte liegen sehen und wo der Polizist des Ortes nach eigenen Aussagen ein »helles Leuchten« beobachtet hatte.

In der Tasche meines Überziehers befand sich der kleine silberne Revolver, den ich vor einigen Jahren von Dougall, meinem Waffenschmied, gekauft hatte. Damals waren die Anarchisten auf dem besten Wege gewesen, den gesamten Hochadel Europas zur Strecke zu bringen. Nein, ich brauche Ihnen nicht zu erzählen, daß eine Kugel durch einen richtigen Geist glatt hindurchgehen würde; ich hatte trotzdem das Gefühl, ich bräuchte einen geladenen Revolver, und daraus mögen Sie Ihre eigenen Schlüsse ziehen.

Die frische Abendluft war ein hervorragendes Antidot gegen morbide Gedanken. »Ghule und Geister und langbeinige Tiere und Dinge, die in der Nacht herumpoltern« verbreiten einen größeren Schrecken, wenn man zu Hause vor dem Kaminfeuer sitzt und ein langer Schatten durch den Raum fällt, als draußen im Lampenschein der High Street von Newmarket – oder so sagte ich mir jedenfalls. Vor dem Rutland-Wappen am östlichen Ende gaben die Sternsinger eine scheppernde Version von »The First Noel« zum besten. Wenn etwas seine Krallen nach mir ausstreckte, dann war es die Vorweihnachtszeit. Die Geschäfte waren voller Weihnachtskarten, und ich hatte noch keine einzige geschrieben. Haben Sie gewußt, daß die Sitte, diese blöden Dinger zu schicken, von meinem verehrten Papa – Gott

hab ihn selig – eingeführt wurde? Es gelingt ihm immer noch auf heimtückischste Weise, mein Gewissen in Unruhe zu versetzen.
Ich ließ die Lichter von Newmarket hinter mir und marschierte unerschrocken die Ely Road hoch in Richtung Falmouth House. Ich hatte beschlossen, die Strecke zu Fuß zu gehen, weil ich nicht wollte, daß Kutschenräder meine Ankunft verrieten. Nach zehn Minuten auf jener verlassenen Straße wurde meine zuversichtliche Stimmung ein wenig gedämpft durch ein Schild, das den Weg zu Phantom House wies. Wie, um alles in der Welt, kommen Leute auf die Idee, sich einen so schaurigen Namen für ihre Heimstatt auszusuchen? Fast gleich darauf überraschte ich einen Fasan, der in einer Hecke schlief, und ich weiß nicht, wer von uns lauter kreischte. Schlimmer noch, ich ließ meinen Flachmann fallen und verschüttete kostbaren Whisky auf der Straße.
Das Haus, das Archer gebaut hatte, kam hinter offenem Feld zu meiner Linken in Sicht; auf der gegenüberliegenden Seite der Straße lag Bedford Lodge. Das Mondlicht schimmerte mit einer Intensität auf den weißen Planken unter den Giebeln, die mein Befinden nicht gerade verbesserte. Trotzdem kippte ich mir die Reste aus meiner Flasche hinter die Binde und trat durch das Tor. Meine Stiefel machten auf dem Kies ein Geräusch wie bei einer Wachablösung, und ich trat neben die Auffahrt und nahm den leisen Weg über den Rasentennisplatz, in Richtung Südseite des Hauses.
Wenn es dort drinnen etwas Übernatürliches gab, so hatte es bislang seine Anwesenheit noch nicht zu erkennen gegeben. Die Vorhänge waren an allen Fenstern zugezogen, und kein Lichtschimmer zeigte sich von innen, ob nun ge-

spenstischen Ursprungs oder als Gratisgabe der Gasgesellschaft.
Kühner geworden, näherte ich mich dem Wohnzimmerfenster, das ich ein paar Stunden vorher entriegelt hatte, packte es unten am Rahmen und stieß es einen Spaltbreit auf. Dabei stellte ich zu meiner Zufriedenheit fest, daß es noch weiter zu öffnen war. Es ging ganz leicht, und so öffnete ich es ganz, legte ein Bein auf die Fensterbank und kletterte hinein.
Ohne damit prahlen zu wollen, kann ich hier im Vertrauen feststellen, daß ich ebensoviel Erfahrung im nächtlichen Herumschleichen in Landhäusern habe wie jeder Einbrecher, den Sie mir benennen mögen. Ich fand meinen Weg durch das Zimmer, ohne an einen einzigen Gegenstand zu stoßen. An der Tür angelangt, drehte ich den Türknopf und verharrte in dieser Stellung, bis ich sicher sein konnte, daß niemand in der Halle war.
Wo fängt man an, wenn man einen Geist sucht? Im ersten Stock oder Parterre? Im Speicher oder im Keller? Ich wählte das letztere.
Gewöhnlich kann man sich auf mich verlassen, was den Lagerungsort des Champagners angeht. Man weiß nie, wann man diese gottgegebenen Talente einmal brauchen kann. Die Tür zum Keller lag in der Spülküche. In der Küche fand ich zu meiner großen Freude eine Kerze auf der Anrichte. Ein Raucher ist nie ohne seine Streichhölzer, also hielt ich eine Flamme an den Docht, öffnete die Kellertür und begann, die Steintreppe hinabzusteigen. Das Kerzenlicht flackerte unruhig in der Zugluft.
Nach ein paar Schritten ging die Kerze aus. Ich suchte nach einem weiteren Streichholz und wollte es gerade anstreichen. Da hielt ich inne.

Warum genau, kann ich nicht erklären, aber ich war zu der Überzeugung gekommen, daß ich nicht allein im Keller war. Ich kann nicht sagen, daß ich etwas hörte oder mit meinen anderen Sinnen etwas wahrnahm, sofern man nicht an den sechsten Sinn glauben will.
Bleib besser im Dunkeln, dachte ich. Warum mich dem Etwas oder Jemand, der da drunten war, zeigen! Ich steckte die Streichhölzer in die Tasche zurück, stellte die Kerze ab und holte meinen Revolver hervor. Gleichzeitig drückte ich mich mit dem Rücken an die Wand und lauschte.
Nichts.
Ich wartete vielleicht eine halbe Minute, bevor ich mich zwei Stufen weitertastete. Vor mir tiefste Dunkelheit, so schwarz wie ein Blick in den Höllenschlund.
Dann bewegte sich etwas in der Tiefe des Kellers. Ein winziges, aber wahrnehmbares Geräusch.
Ich sagte sofort: »Wer ist da?«
Keine Antwort. Möglicherweise hatte ich eine Ratte gehört; möglicherweise nicht. Mit der Vorsicht eines Mannes, der seinerzeit Leoparden erlegt hat, schlich ich die verbliebenen Stufen bis zum Kellerboden hinab. Ich tastete mit meiner freien Hand die Dunkelheit ab, bis ich das erste Weinregal entdeckte. Als ich es gefunden hatte, schob ich mich am Regal vorwärts, immer mit den Fingerspitzen die Flaschen entlang. Ich wollte bloß weg von der Stelle, an der ich die drei Worte gesprochen hatte.
Von meinem vorigen Besuch im Keller zusammen mit Charlie Buckfast wußte ich noch, daß sich die Regale in sieben parallelen Reihen übereinander erstreckten und von einem Ende zum anderen mindestens zwanzig Meter maßen. Darüber hinaus waren da Fässer und andere Behälter, die an den Wänden gestapelt waren.

Ich kam bei der letzten Flaschenreihe an. Meine Hand griff ins Leere, aber mein Fuß stieß gegen etwas, das ungewöhnlich laut über den Steinboden kratzte.
Ich duckte mich und hielt den Atem an.
Der Gegenstand, an den ich gestoßen war, hatte deutlich nach einem Stück Geschirr geklungen, einem Teller oder Unterteller, was auf dem Boden von Archers Weinkeller nicht viel zu suchen hatte, zumal mir dieser bei meinem letzten Besuch geradezu peinlich ordentlich erschienen war. Und noch unwahrscheinlicher war der Laib Brot, auf den meine tastende Hand stieß: zweifellos ein Laib, frisch, knusprig und erst vor kurzem aufgeschnitten. Der Anschnitt war weich und gab nach, als ich daraufdrückte.
Ich hatte keine Gelegenheit, über die Bedeutung dieses Fundes nachzudenken, denn es geschah etwas am anderen Ende des Kellers. Von meiner Position aus konnte ich einen schwachen Lichtschimmer ausmachen, der die Balken darüber plastisch hervorhob. Er flackerte, wurde schwächer, dann wieder stärker.
Beim heiligen Christophorus! Es bewegte sich zwischen den Regalen direkt auf mich zu!
Wenn es einen Moment gab, in dem meine Nerven auf die Probe gestellt wurden, dann diesen. Ich kauerte mich nieder und wartete. Ich griff nach meiner Waffe. Etwas Genaues sah ich nicht, nur immer wieder aufblitzende Lichtreflexe auf den Flaschen. Der Schimmer wurde heller, glitt wie substanzlos an den Reihen entlang.
Das Ding war fast bei mir angelangt, als ich einen Schuß abgab.
Er war als Warnschuß gedacht gewesen und erschreckte mich selbst doch am meisten, denn es war mir gelungen, gleich mehrere Flaschen von Archers Champagner zu zer-

trümmern, die eine regelrechte Fontäne aus Schaum und Glas auf mich herabregnen ließen.
Das Licht wich zur Seite aus, und es zeigte sich, daß es von nichts Übernatürlicherem herrührte als einer gewöhnlichen Bullaugenlaterne.
Wer auch immer die Laterne in der Hand hielt, ergriff mit einem lauten Sohlenklappern die Flucht, das überhaupt nicht zur Geisterwelt passen wollte. Ich nahm die Verfolgung auf, denn er war eindeutig auf dem Weg zur Tür. Ich forderte ihn auf, stehenzubleiben, aber er raste die Treppe hinauf, hielt nur kurz inne, um die Laterne nach mir zu werfen, rannte durch die Tür und warf sie ins Schloß. Dann hörte ich, wie der Schlüssel umgedreht wurde.
Ich tastete mich die Treppe hoch und warf mich gegen die Tür, wobei es mir jedoch nur gelang, zu bestätigen, wie solide das Haus gebaut worden war. Ich war am ganzen Körper richtig betäubt durch den Aufprall. Einen Moment lang flimmerte alles vor mir, bevor mir einfiel, meinen Revolver zu benutzen. Ich trat zurück, feuerte zweimal auf das Schloß und versetzte ihm dann einen so gewaltigen Tritt, daß das Zapfenloch durchbrach.
Wo war jetzt aber mein Gegner? Das mondbeschienene Innere der Küche schien mir nach dem Dunkel im Keller so hell wie der Tag. Vor mir schwang die Tür zur Halle noch in den Angeln. Also mußte gerade jemand dort durchgegangen sein. Ich setzte ihm nach, sah einen Augenblick lang eine laufende Gestalt, feuerte über ihren Kopf hinweg und traf durch einen glücklichen Zufall einen ausgestopften Hirschkopf, der über der Tür angebracht war und herunterfiel. Der Kerl blieb instinktiv stehen, als das Ding auf ihn zukam. Nur ein halber Meter, und es hätte ihn am Kopf getroffen.

Der Schreck fuhr ihm ordentlich in die Glieder. Er konnte kaum die Hände heben, als ich ihm befahl, sich zu mir umzudrehen. Mit einemmal sah er sehr kümmerlich aus. Er war höchstens eine halbe Portion.

Als er sah, wer ich war, rief er: »Allmächtiger Gott!«

Es war der Squire.

Ich kann gar nicht beschreiben, wie wütend ich wurde, als ich ihn erkannte. Mein Temperament ist berüchtigt, aber in diesem Moment übertrafen meine Gefühle alles, was ich bisher erlebt hatte. Ich weiß nicht, wie ich mich selbst davon abhielt, auf ihn loszuballern, bis das Magazin meines Revolvers leer war.

Er hatte Angst, daß ich es tun würde. Mit feigem Stammeln flehte er mich an, ihn zu schonen, während ich verzweifelt nach den Worten suchte, die dem Moment angemessen waren. Jetzt erkläre ich vielleicht besser den Grund für meinen Zorn, oder Sie ziehen möglicherweise falsche Schlüsse. Der Squire war nicht der Mörder. Ich hätte Marlborough House gegen eine Mietskaserne verwettet, daß er nicht der Mörder war. Er war ein Spielverderber, ein Saboteur, eine furchtbare Nervensäge, die mir einen Schreck eingejagt und mich kostbare Zeit hatte verlieren lassen. Und er war mit aller Wahrscheinlichkeit schuld daran, daß der wirkliche Mörder entkommen konnte.

Schließlich fragte ich: »Was, zum Teufel, tun Sie hier?«

»Ich versuche, die Wahrheit über Archer herauszufinden ... Eure Königliche Hoheit.«

»Wie sind Sie hereingekommen?«

»Durch die Vordertür. Ich habe einen Abdruck von dem Schlüssel gemacht, als ich ihn mir gestern ausborgte.« Er fing an, eine Art Rechtfertigung herauszusprudeln: »Ich werde von der Polizei verfolgt. Sir Charles Warren will mir

alles anhängen. Die Morde. Archers Selbstmord. Was glauben die denn, was für ein Unmensch ich bin?«
Ich sagte: »Das ist mir in höchstem Maße gleichgültig, Baird.«
Er sagte: »Um Himmels willen, Sir, ich kam hier herein, um den Mörder zu schnappen.«
»Das wenigstens will ich Ihnen glauben«, kommentierte ich. »Da war jemand im Keller, und zwar bis vor wenigen Stunden.«
»Haben Sie das Brot gefunden?«
Ich sagte voller Verachtung für eine solch primitive Annahme: »Zu dem Schluß war ich schon längst gekommen.«
Darüber ließ ich ihn nachgrübeln, während ich versuchte, einen Weg zu finden, wenigstens das Beste aus diesem Debakel zu machen. »Entgegen allen vorliegenden Indizien werde ich Ihnen wohl glauben müssen, Baird«, fuhr ich fort. »Ich weiß, wo der Mörder zu finden ist.«
»Wirklich?« flüsterte er.
»... aber ich verlange Ihre Hilfe.«
»Ich gebe sie Ihnen, Sir. Wohin gehen wir?«
»Ich werde allein dorthingehen.«
»Ist das denn nicht gefährlich?«
»Durchaus, aber es gibt noch andere Dinge, um die man sich kümmern muß, und da werde ich mich auf Sie verlassen müssen.«
»Sie können sich ganz sicher fühlen, Sir.«
Was für eine Frechheit! Man stelle sich jemanden vor, der sich auf den Squire verläßt und sich sicher fühlt! Aber ich hatte keine andere Wahl.
Er fragte: »Wo ist es? Wohin werden Sie gehen?«
»Nach Sefton Lodge«, antwortete ich. »Zur Residenz der Herzoginwitwe von Montrose.«

22

Also ... Carrie Montrose.

Meine Entscheidung, die Dame zu besuchen und sie mit der Wahrheit zu konfrontieren, mag einigen gewissen klugen Köpfen unter meinen Lesern als naheliegend und längst überfällig erscheinen; wenn Sie zu ihnen gehören, lüpfe ich vor Ihnen meine Pirschmütze und warne Sie, nicht zu selbstgefällig zu sein. Die Geschichte ist noch nicht zu Ende.

Die hinterherzockelnde Mehrheit (Gott schütze Sie!) wird wissen wollen, was, zum Kuckuck, ich vorhatte. Wenn Sie dazugehören, lesen Sie bitte weiter.

Sefton Lodge liegt an der Bury Road, gegenüber von Bedford Lodge, dem Hauptquartier des Squire, und ist ein graues Herrenhaus mit großem Grundstück, das an den Rennplatz grenzt. Nebenan liegt eine Kirche, die von der Herzogin als Mausoleum für William Stirling Crawfurd, ihren zweiten Ehemann, gebaut wurde. Sie trug »Craw« 1883 in Cannes zu Grabe, ließ ihn zwei Jahre später exhumieren und den ganzen Weg bis nach Newmarket zurückbringen, damit er ihr als Nachbar Gesellschaft leiste, was in der Sportpresse als Beweis einer fast beispiellosen Ergebenheit gewertet wurde (das andere Beispiel ist das Blaue Zimmer in Windsor, in dem noch heute für meinen verstorbenen Papa die Kleider ausgelegt werden, zusammen mit heißem Wasser und einem frischen Handtuch, und das fünfundzwanzig Jahre nach seinem Dahinscheiden). Die Kirche ist übrigens bekannt als St. Agnes, was Carries zweiter Vorname ist.

Um kostbare Zeit zu sparen, nachdem ich den Squire seiner Wege geschickt hatte, verließ ich bei der ersten Gelegenheit die Straße und wanderte quer über die Severals. Der Mond war im Abnehmen, aber noch voll genug, um einen blassen Lichtschein über die vereiste Galoppbahn zu werfen. Es war ein tückischer Weg, und ich war froh, als ich die Bury Road erreichte. Als Sefton Lodge zur Rechten ins Blickfeld kam, brannte in allen Fenstern Licht.

Auf mein Klopfen hin machte dieselbe Zofe auf, die »Jerusalem!« gerufen hatte, als ich am Cheyne Walk tropfnaß aus der Themse gekommen war. Ich fragte mich, ob sich ihre Kenntnisse der Heiligen Schrift überhaupt auf mehr erstreckten, aber der Empfang, den ich diesmal bekam, war enttäuschend, gelinde ausgedrückt. Sie schaute mich flüchtig von oben bis unten an, drehte sich um und rief über die Schulter: »Ist alles in Ordnung, Ma'am – es ist nicht er.«

Spontane Ausbrüche von Ehrfurcht bei Dienstboten kann ich noch hinnehmen, aber ich will verdammt sein, wenn ich zulasse, daß sie mich ignorieren, also trat ich näher ans Licht, zog meinen Hut ab und sagte schneidend zu ihr: »Ich wäre sehr verbunden, wenn Sie Ihrer Herrin mitteilten, daß er es *doch* ist.«

Sie sagte: »Himmelkreuzdonnerwetter!« und floh.

Da ich nicht gewillt war, auf der Türschwelle zu Eis zu erstarren, trat ich ins Haus und fand mich in einer marmor-

überwölbten, eichegetäfelten Halle mit einem Kristallkandelaber über mir und einem Treppenhaus vor mir wieder. Fast im selben Moment erschien Carrie Montrose am oberen Ende der Treppe, in einem schwarzen Kostüm, das vor Jett glitzerte. Ich hatte erwartet, sie zu überraschen, mir dabei aber nicht eine solch melodramatische Szene vorgestellt. Sie war ungewöhnlich erregt, murmelte vor sich hin und machte ausladende Gesten mit den Armen. Sie fing an, so gefährlich zu schwanken, daß ich schon erwartete, sie fallen zu sehen. Instinktiv trat ich an den Fuß der Treppe und streckte die Arme nach ihr aus.
Sie klammerte sich an das Geländer und rief zu mir herunter: »Bertie, jede Nacht, aber nicht heute!«
Ich sagte mit ruhiger Autorität: »Herzogin, ich warte darauf, empfangen zu werden.«
Sie schüttelte den Kopf. »Das ist nicht angebracht.«
Dies stachelte mich zu einer scharfen Zurechtweisung an: »Seien Sie nicht blöd. Niemand spricht so mit mir. Ich befehle Ihnen, sofort herunterzukommen, oder ich komme zu Ihnen hinauf.«
Sie rollte überaus komisch mit den Augen und sagte: »Das ist Musik in meinen Ohren, Liebling – aber heute nacht geht es nicht!«
Ich sagte eisig: »Sie mißverstehen mich. Ich bin gekommen, um Sie etwas zu fragen.«
»Die Antwort muß nein sein.«
Ich stellte meinen Fuß auf die erste Stufe. Sie hielt voller Angst den Atem an und sagte: »Nein!«
»Kommen Sie dann also jetzt herunter?«
»Unmöglich.«
»Herzogin«, sagte ich, schwer bemüht, trotz allem sachlich zu sein, »Sie haben keine Wahl.«

Nach einigem Zögern fragte sie: »Geben Sie mir einen Moment Zeit?«
»Wenn er kurz ist.«
»Dann warten Sie bitte im Wohnzimmer.«
Ich trat in einen Raum von würdevollen Proportionen, ganz in Pink, mit ovalen Vertäfelungen, auf denen Jagdszenen abgebildet waren. Karikaturen von Jockeys waren über dem Kamin arrangiert, Archer, wie zu erwarten, in der Mitte.
Auf der einen Seite hing die Zeichnung aus der *Vanity Fair* von Lib aus Newmarket von 1885. Darauf zu sehen war die gesamte Rennelite, die sich um eine Gestalt scharte, welche vermutlich ich sein sollte, wenngleich meiner Meinung nach mit nur geringer Ähnlichkeit. Carrie war rechts von mir mit Postbotenmütze und Seehundfellmantel abgebildet, und über uns allen Archer, auf dem Rücken von Ormonde, wie ich glaube.
Während ich noch immer versuchte, die einzelnen Figuren zuzuordnen, ertönte Carries Stimme so nah hinter mir, daß es dröhnte wie durch ein Megaphon: »Ich werde hier in der offenen Tür stehenbleiben.«
Ich drehte mich um und fragte: »Wen sonst erwarten Sie denn noch?«
»Wen sonst?« Ohne die Frage zu beantworten, legte sie eine Hand an ihr Haar und begann, mit theatralischen Gesten die gelbroten Löckchen zu ordnen, die über ihre Ohren hingen. Der Anblick einer nervösen Carrie Montrose war eine ganz neue Erfahrung für mich. Sie schien Hummeln im Hintern zu haben. Sie sagte: »Was schlagen Sie vor?«
»Kommen Sie, Sie haben doch gehört, was das Mädchen gesagt hat, als sie mir die Tür aufgemacht hat.«

»Ah.« Sie griff sich an die Kehle. »Bertie, ich bin in einem fürchterlichen Zustand.«
»Das ist offensichtlich, Herzogin.« Ich schaute sie durchdringend an. »Hat das zufällig etwas mit Archer zu tun?«
Sie nickte circa sechsmal. »Man hat ihn gesehen, wissen Sie – zuverlässige Zeugen haben ihn gesehen. Lord Rossmore. Und Machell. Machell ist ein Sülzkopf ohne die geringsten Manieren, aber er läßt sich von niemandem zum Narren halten.«
Ich sagte verächtlich: »Sie glauben doch nicht etwa an Geister, oder?«
Als Antwort begann sie mit Schicksalsstimme einen Knittelvers zu rezitieren, den ich mich erinnerte im *Newmarket Journal* gesehen zu haben:

»Über die Heide und die Rennbahn,
auf 'nem Geistergaul, so sagt man,
der größte Jockey aller Zeiten
reitet nächtens in des Mondlichts Weiten.«

Ohne einen Zweifel daran zu lassen, daß ich unbeeindruckt war, bemerkte ich: »Ich habe Sie immer für jemand gehalten, der mit beiden Beinen auf dem Boden steht.«
Sie sagte dramatisch: »Wenn Fred in Newmarket erscheint, wird er auch zu mir kommen. Früher oder später wird er kommen. Als Sie klopften, dachte ich, er wäre es.«
»Er wird nicht zu klopfen brauchen«, hob ich hervor. »Er kann einfach durch die Wand gehen.«
Sie sagte: »Spotten Sie nicht über die Toten, Bertie.«
Ich sagte beschwichtigend: »Vor Geistern braucht man keine Angst zu haben.«
»Ich habe keine Angst!« quietschte sie in einem Ton höch-

ster Entrüstung. »Ich will den Kerl fangen und ihn fragen, warum er mir den Laufpaß gegeben hat.«
Und das meinte sie auch noch ernst. »Da Sie so begierig darauf sind, ihn zu sehen«, sagte ich voller Berechnung, »warum gehen Sie dann nicht hinaus auf den Rennplatz? Vielleicht reitet er gerade.«
Carrie schüttelte den Kopf. »Ich kann das Haus nicht verlassen.« Sie zeigte mit dem Finger zur Decke und verzog gleichzeitig das Gesicht zu einem Ausdruck vielsagender Gequältheit.
In Erinnerung an Machells Geschichte von dem jungen Mann mit dem gebrochenen Bein bemerkte ich mit getragener Stimme: »Ich habe mit Bedauern von dem Unfall Ihres jungen Gastes gehört.«
Sie sagte beiläufig: »Gilbert? Er hat keine Schmerzen. Sie haben ihm Morphium gegeben, und er wird ein paar Stunden schlafen.«
Die Bemerkung bestätigte, was ich durchaus erwartet hatte zu hören: daß nämlich der Grund für ihren aufgeregten Zustand ganz woanders lag. Ich sagte: »Als wir uns das letzte Mal trafen, fragte ich Sie nach dem Cambridgeshire; insbesondere nach dem Gerücht, daß Archer Woodburn bestochen hat. Sie haben das nachdrücklich verneint.«
Sie sagte mit zerstreuter Stimme: »Habe ich das?«
Ich fuhr fort: »Letztes Wochenende habe ich mit Woodburn gesprochen. Zu meiner Überraschung gab er zu, daß das Gerücht stimmt. Er sagte, Captain Buckfast hätte ihm zweihundert Pfund bezahlt.«
Carrie gab keinen Kommentar.
Ausflüchte wollte ich nicht gelten lassen. Ich sagte: »Herzogin, ich muß Sie fragen, ob Sie diese schändliche Transaktion bestätigen können?«

Ihre Antwort darauf übertraf alles, denn sie nickte nachdrücklich und sagte gleichzeitig: »Natürlich kann ich sie nicht bestätigen. Ich wußte nichts von einem Schmiergeld.«
»Also leugnen Sie es?«
Sie antwortete: »Mit Nachdruck, jawohl!« – und schüttelte zur gleichen Zeit den Kopf.
Das erinnerte stark an das alte Gesellschaftsspiel, das »Die Regel des Gegenteils« heißt und bei dem die Spieler Anweisungen erhalten und genau das Gegenteil durchführen müssen. Freilich spielten Carrie und ich ein weitaus gefährlicheres Spiel, und der Preis konnte sogar der Tod sein.
Ich sagte so ruhig wie nur möglich: »Es sind Leute ermordet worden, Herzogin. Sind Sie nun bereit, mir zu helfen, oder sind Sie es nicht?«
Sie nickte dreimal mit dem Kopf und sagte: »Ich bin nicht in der Lage, Licht in das Dunkel zu bringen. Habe ich mich klar genug ausgedrückt?«
Ich sagte: »Wenn Sie nicht mit mir sprechen, fürchte ich, muß ich die Polizei bitten, Sie zu verhören.«
Das beunruhigte sie, wie ich erwartet hatte, noch mehr, denn sie schüttelte heftig den Kopf und schlug die Hände zusammen, um mich davon abzubringen.
Der Grund für diese Pantomime war mir nun überdeutlich klargeworden. Ich hob fragend die Augenbrauen und zeigte an die Decke, und Carrie antwortete mit enthusiastischem Kopfnicken.
Ich schaute auf die Messinguhr auf dem Kaminsims. Ich war durchaus empfänglich für ihre Aufforderung zu bleiben, ganz gleich, was sie Gegenteiliges gesagt hatte. Natürlich hatte ich noch nicht die Absicht zu gehen. Ich hoffte nur bei Gott, daß ich mich auf den Squire verlassen konnte, damit er seinen Teil des Plans erfüllte.

Ich sagte: »Wollen Sie nicht von der Tür weggehen und sich setzen? Ich bestehe nicht darauf, daß Sie in meiner Gegenwart stehen. Damen sehen auf Stühlen besser aus.«
Carrie sah mich durchbohrend an und antwortete: »Das wird nicht möglich sein.« Ohne auch nur Luft zu holen, ließ sie eine Schmährede vom Stapel über die Stellung der Frauen in der Gesellschaft und ihren lebenslangen Kampf, sich ihre Unabhängigkeit zu bewahren. Offensichtlich hatte sie schon in den vierziger Jahren Plaidhosen auf der Jagd getragen, Jahre bevor Mrs. Bloomer eine Mode daraus machte. Was das mit der Angelegenheit zu tun hatte, die aufzudecken ich gekommen war, war alles andere als klar, aber ich wollte sie gerne fortfahren lassen, solange es möglich war.
Was als nächstes passierte, wird Ihr Vertrauen in meine Leichtgläubigkeit stark strapazieren, da bin ich mir sicher. So leibhaftig ich hier stehe, es ist wahr. An einem gewissen Punkt hörte ich auf, Carrie zuzuhören. Der Gedanke an Damen in Hosen übt keinen besonderen Reiz auf mich aus, und meine Ohren hatten ein anderes Geräusch aufgeschnappt. Ich war nicht sicher, ob ich mir das nur einredete, und lauschte angestrengter, weil mir schien, daß ich das Donnern von Hufen auf Torf gehört hatte, und es kam von der Rennbahn her.
Carrie hörte es auch, denn sie unterbrach ihre Ansprache und fragte: »Was war das?«
»Etwas im Feuer«, sagte ich zu ihr, um von meinem Zittern abzulenken.
Sie sagte: »Für mich klang das wie ein Reiter.«
»Das bilden Sie sich ein. Bitte fahren Sie fort. Mit Karomuster, sagten Sie? Wie überaus amüsant!«
Obwohl sie weiterredete, hätte sie sich ihren Atem auch

sparen können, denn ich hörte kein Wort mehr. Mein Herz schlug doppelt so schnell, und ich mußte mit den Händen meine Knie festhalten, damit sie nicht zitterten. Archer galoppierte da draußen auf seiner Geisterstute. Er war einmal vorbeigeritten und kam jetzt zurück.

Carrie hörte auf zu reden. Wir konnten jetzt beide den Hufschlag hören, und sie kamen näher, immer näher. Der Rhythmus verlangsamte sich, vom gestreckten Galopp zum langsamen, dann zum Trab.

Wir starrten uns an.

Ein Schrei hallte durchs Haus. Carries Mädchen kam mit lautem Trappeln aus dem Dienstbotenquartier.

»Gott schütze uns, Ma'am, er ist es – der Geist! Ich weiß, er ist es!«

»Sei still, Mädchen!« wies Carrie sie zurecht. »Seine Königliche Hoheit wird sich darum kümmern.«

Seine Königliche Hoheit befand sich bereits hinter dem Sofa. Ich hatte mit Archer keinen Streit gehabt; eigentlich waren wir gut miteinander ausgekommen, aber jetzt, wo er tot war, legte ich keinen großen Wert auf ein Wiedersehen.

Das Mädchen wimmerte; »Er ist im Garten.«

Zu meiner beträchtlichen Überraschung nahm Carrie dies als Ermutigung. Sie gab den Befehl: »Drehen Sie das Gas aus und ziehen Sie die Vorhänge zurück.«

Ich war dem Kandelaber am nächsten und hatte nichts dagegen, uns in Dunkelheit zu versetzen, wenn wir dann von draußen weniger sichtbar waren, aber ich war nicht so vorschnell, die Vorhänge zurückzuziehen. Carrie marschierte quer durchs Zimmer und tat es selbst mit einer schwungvollen Armbewegung.

Sie sagte in einer flachen, tranceähnlichen Stimme: »Da ist er. Er trägt meine Farben, und er reitet auf St. Mirin.«

Ich dachte, sie sei verrückt, und wagte mich nahe genug ans Fenster vor, um die Wahrheit ihrer Feststellung zu überprüfen, woraufhin ich lernte, wie es ist, wenn es einem ganz langsam eiskalt über den Rücken läuft. Bei mir marschierte es wie eine ganze Schildkrötenarmee.
Keine zehn Meter von uns entfernt auf dem reifbedeckten Rasen, blaß im Mondlicht, saß ein Jockey zu Pferde. Es war Archer. Der Reitstil, die Art zu sitzen, die langen Beine fast gerade in den Steigbügeln, so daß die Füße deutlich sichtbar unter dem Bauch des Tieres hingen; die gebeugten Schultern und die Art, wie er die Kappe trug, den Schild über der Stirn hochgeklappt.
Pferd und Reiter standen reglos da und schauten zum Haus.
»Der Herr habe Erbarmen mit mir, einer armen Sünderin«, flüsterte das Mädchen.
Carrie verkündete: »Ich gehe zu ihm.«
»Nein, Ma'am!« flehte das Mädchen sie an. »Ma'am, das ist gefährlich!«
Aber Carrie marschierte schon los wie ein Laternenanzünder. Für ein Schwergewicht bewegte sie sich mit einer erstaunlichen Geschwindigkeit durch das Zimmer und in die Halle. Ich hörte die Vordertür gehen, bevor ich begann, ihr zu folgen. Allein hätte ich keinen Fuß vor die Tür gesetzt, aber als Carrie sich auf den Weg machte, um ihrer Abrechnung mit dem Geist entgegenzugehen, entdeckte ich, daß Neugier das beste Mittel ist, wenn man die Hosen voll hat. Sie hatte sich noch nicht einmal die Zeit genommen, sich einen Mantel überzuziehen. Im Abendkleid stürmte sie quer über den Rauhreif und rief: »Fred Archer, ich will ein Wörtchen mit dir reden!«
Eins muß man dem Pferd lassen – so geisterhaft es selbst

auch war, der Anblick der Herzoginwitwe von Montrose, die auf es zupreschte, muß schrecklich gewesen sein. Es hielt tapfer die Stellung, bis sie auf etwa vier Meter herangekommen war, dann bäumte es sich leicht auf, wieherte und trabte davon, auf eine Immergrünanpflanzung an der Ecke des Rasens zu, wobei sein Reiter den Rückzug zuließ, nicht ohne jedoch den Kopf zu drehen, um zu sehen, ob er verfolgt wurde, was auch der Fall war.

»Fred, ich will wissen, warum!« rief Carrie.

Soweit es mich betraf, sprach sie für uns beide. Ich tappte hinter ihnen her, all meine Furcht war verflogen. Das heißt, bis er hinter dem Immergrün abdrehte und ich einen Schrei von Carrie hörte, der mich wie erstarrt stehenließ. Es war ein Schrei aus vollem Hals, der mittendrin unterbrochen wurde, wie abgewürgt, als wäre sie in Ohnmacht gefallen.

Dann hörte ich eine Stimme sagen: »Heb doch bitte mal jemand die Dame auf!«

Hinter dem Holunderbusch waren Leute.

Ich vermutete, daß es Leute waren und keine Geister. Schon weniger sicher war ich mir, als ein Hut über dem oberen Rand des Blattwerks auftauchte: ein Zweispitz, wie ihn der verstorbene Duke of Wellington getragen hatte. Einen schreckstarren Moment lang glaubte ich, daß der Eiserne Herzog erschienen war, um seinen Beitrag zur Jagd zu leisten, und zweifellos zu dem Behufe, eine Klage über seine verdammte Statue loszuwerden. Dann sah ich ein Monokel aufblitzen und erinnerte mich an Sir Charles Warren.

»Sie sind jetzt in Sicherheit, Königliche Hoheit«, sagte der Polizeipräsident zu mir, als ich um den Holunderbusch bog.

Ich starrte auf das, was sich hinter der Immergrünanpflanzung abspielte. Drei Polizisten in Hemden und Reithosen lagen auf den Knien und machten Wiederbelebungsversuche bei Carrie Montrose, die sie in ihre Jacken eingewickelt hatten. Ein weiteres Dutzend oder mehr beobachtete mit gezogenen Gummiknüppeln das Haus. Und Archers »Geist« war abgestiegen und band das Pferd an einen Baum. Er war der Grund dafür, daß die Herzogin in Ohnmacht gefallen war, denn es war nicht Fred Archer, sondern ihr Erzfeind, der Squire.

»Sie!« sagte ich.

Der Squire zeigte ein unerträgliches Grinsen. »Habe ich Sie auch an der Nase herumgeführt, Sir? Nicht schlecht, die Ähnlichkeit, was? Ich habe von Fred reiten gelernt, und mein Körperbau ist ähnlich, also kann ich ihn recht gut nachmachen. Und mein Pferd gleicht St. Mirin auch aufs Haar.«

Ich schnaubte verächtlich und fragte, was, zum Teufel, denn eine solche Theatervorstellung rechtfertige. Sie war ganz gewiß nicht auf meine Anweisungen hin geschehen.

Er erklärte: »Ich habe die Polizei alarmiert und sie hierhergebracht, wie Sie befohlen haben, Sir. Wir haben das Haus umstellt und warteten auf ein Zeichen von Ihnen, aber es kam keins.«

Ich sagte frostig: »Ich habe nicht gesagt, ich würde eins geben.«

Der Squire fuhr fort, als spräche er im Namen von Sir Charles Warren und der gesamten Polizei. »Als die Zeit verstrich, machten wir uns zunehmende Sorgen um Ihre Sicherheit. Wir konnten die Polizei nicht hineinschicken, solange Sie noch in Gefahr waren, also beschlossen wir, Sie und die Herzogin irgendwie aus dem Haus zu locken.

Nichts Geringeres als Archers Geist würde die Herzogin nach draußen bringen, also schlug ich diese Theatervorstellung hier vor, und Sir Charles war einverstanden. Haben wahrscheinlich Ihrer beider Leben gerettet.«
»Den Teufel haben Sie«, sagte ich. »Wir werden wahrscheinlich an Lungenentzündung sterben.«
In diesem Moment zischte mir Warren ins Ohr: »Würden Sie die Güte haben, sich zu bücken, Sir?«
»Was?« Ich begann an meiner eigenen Zurechnungsfähigkeit zu zweifeln oder an der der anderen.
»Wir werden jetzt das Haus stürmen«, erklärte Warren.
»Um den Mörder zu arretieren«, sagte der Squire mit verachtungswürdiger Selbstgefälligkeit, als würde ihm ein Teil des Verdienstes gebühren.
Wohl oder übel mußte ich Warrens Bitte nachkommen und sank wie eine leckgeschlagene Gallone in Deckung.
»Wie viele Leute sind nach Ihren Kenntnissen jetzt im Haus, Sir?« erkundigte sich Warren.
»Nach meinen Kenntnissen? Drei. Das Mädchen und ein junger Mann namens Gilbert. Er hat ein gebrochenes Bein und ist stillgelegt.«
»Und der dritte?«
»Der Mörder. Ich habe ihn nicht gesehen. Er war im ersten Stock, habe ich von der Herzogin erfahren.«
Von Carrie kam ein Stöhnen. Sie erlangte langsam ihr Bewußtsein wieder. Sie sagte: »Ich bin unschuldig. Er hat sich den Einlaß erzwungen und gedroht, Gilbert umzubringen. Er hielt eine Pistole an Gilberts Kopf.«
»Das tut er immer noch, Hoheit«, sagte Warren, woraufhin die Herzogin erneut in Ohnmacht sank.
Warren zog eine Trillerpfeife hervor, blies hinein, und alle außer Carrie standen auf und stürmten über den Rasen auf

das Haus zu. Überall im Garten sprangen Polizisten hinter Mauern und Hecken hervor. Ein paar Schüsse wurden abgegeben. Ich konnte nicht sagen, woher sie kamen. Ich hielt meinen Kopf geduckt.

Schließlich fand ich mich in einem Pulk Polizisten wieder, die vor einem Fenster warteten, welches in diesem Moment vom Squire aufgedrückt wurde. »Alles in Ordnung«, versicherte er uns. »Er ist immer noch oben.«

Fünfzehn oder mehr von uns kletterten über die Fensterbank in das Wohnzimmer. Warren war schon bei der Tür und gab seinen Männern Anweisungen. »Die mit Waffen vortreten«, befahl er, und einige taten es.

Jemand sagte zu mir: »Sie haben doch einen Ballermann.« Er hatte recht. Ich hatte ihn aus meiner Tasche gezogen, während wir auf das Haus zurannten.

»Das ist der Prince of Wales, Kumpel«, sagte jemand anderer.

»Den Abzug kann er wohl drücken«, sagte der erste.

Seine schlichte Logik versetzte mir einen inneren Stoß. Meine Stunde war gekommen, und ich hatte sie beinahe verpaßt. Die Polizei wäre nicht da, hätte ich sie nicht gerufen. Meine Nachforschungen standen kurz vor einer gelungenen Auflösung, und, bei Gott, ich würde sie selbst in die Hand nehmen.

Ich befahl Warren, zur Seite zu treten. Er machte den Mund auf, schluckte und gehorchte.

Ich wünschte, ein Maler von historischen Augenblicken wäre anwesend gewesen, um die Szene festzuhalten. Kerzengerade an der Spitze des Aufgebots stehend, zeigte ich mit meiner Pistole die Treppe hoch. Mit kraftvoller, klarer Stimme sprach ich meinen Gegner, den Mörder, an, den ich schließlich in die Ecke gedrängt hatte. »Hier spricht der

Prince of Wales. Legen Sie die Waffe nieder und kommen Sie mit erhobenen Händen herunter.«

Wir alle beobachteten das obere Ende der Treppe.

»Seien Sie vernünftig, Mann«, rief Warren hoch. Er konnte einfach seinen Mund nicht halten und die Sache mir überlassen.

Oben war ein Geräusch zu hören, ein Stuhl wurde knirschend zurückgeschoben, und etwas fiel mit einem dumpfen Aufprall zu Boden. Schritte kamen über den Treppenabsatz.

»Hände hoch«, befahl ich.

Eine Gestalt kam in Sicht. Sie hielt einen Arm hoch. Der andere hing schlaff an der Seite herunter. Wenn Sie geglaubt hatten, alle Geister in Newmarket wären zur Ruhe gebettet, so haben Sie sich getäuscht.

Wir blickten auf Charlie Buckfast.

23

Ehrfürchtiges Schweigen, als Buckfast ohne ein Wort die Treppe herabstieg und in Handschellen gelegt wurde.
Ich hörte den Squire flüstern: »Ich dachte, der ist tot.« Einen Moment später fügte er, etwas lauter, hinzu: »Verdammt, seine Leiche wurde doch aus der Themse gezogen. Sie trug seine Kleider. Er wurde identifiziert.«
»Durch seine Komplizen«, hob ich hervor und machte dabei klar, daß meiner Ansicht nach jeder Idiot darauf hätte kommen können, »– die Herren Sarjent und Parker, der Kammerdiener und der Gärtner in Falmouth House. Ich schlage vor, Sie schicken jemanden hin und lassen sie festnehmen, Sir Charles.«
»Sarjent und Parker – jawohl, Sir«, antwortete der Polizeipräsident. Er drehte sich zu dem glücklosen Polizeichef von Newmarket um und sagte: »Inspektor, haben Sie das bereits veranlaßt?«
»Sehr verdächtige Figuren«, kommentierte der Squire, der offensichtlich versuchte, etwas Respekt wiederzuerlangen. »Hab ihnen gar nicht getraut.«
Natürlich beeindruckte er damit niemanden.
»Ich schlage vor, Sie nehmen den Gefangenen mit und

stellen ihm ein paar sachdienliche Fragen«, riet ich Sir Charles. Jeder außer mir schien unfähig eines Gedankens oder einer Handlung zu sein, vor Verblüffung, wie ich annehme, über die sensationelle Wende, die die Dinge genommen hatten. Selbst Buckfast starrte mich an, als hätte ich mich in den Geist aus der Flasche verwandelt.
Sir Charles sagte: »Gewiß doch, Eure Königliche Hoheit.« Dann räusperte er sich, wurde über und über rot und fragte mich in gedämpfter Stimme: »Möchten Sie uns gerne zum Bahnhof begleiten, Sir?«
Ich schenkte ihm einen starren Sachsen-Coburg-Blick. »Das wäre nicht ziemlich, Herr Polizeipräsident.«
»Ich habe es nur aus egoistischen Gründen vorgeschlagen: um uns in den Genuß Ihres unverzichtbaren Ratschlags zu bringen, Sir«, kroch er zu Kreuze.
Der erbärmliche Kerl hatte nicht die leiseste Ahnung, was er zu Buckfast sagen sollte.
Ich sagte: »Captain Buckfast, sind Sie bereit, Ihre ehrenvolle Pflicht zu erfüllen?«
»Und zu gestehen?« sagte Buckfast. Er reckte die Schultern, was – unbeabsichtigt, daran habe ich keinen Zweifel – wie ein Hohn auf das Regiment wirkte, dem er einmal mit Auszeichnung gedient hatte. »Ja, sehr bereit. Ich werde reinen Tisch machen.«
»Dem Polizeipräsidenten gegenüber?«
»Gewiß.«
Ich wandte mich an Sir Charles Warren. »Wenn das der Fall ist, Herr Präsident, dann werde ich zum Abendessen in den Jockey-Club zurückkehren. Sollte ich geneigt sein, so kann ich zu einer späteren Stunde auf der Polizeistation vorbeischauen.«
Ungefähr um ein Uhr nachts, nachdem ich mit Hilfe einer

guten schottischen Brühe, Schneehuhn-Pie, Saubohnen und Schinken, Plumpudding und Champagner wieder ich selbst geworden war, führte man mich in das Verhörzimmer, ein schmales, nüchternes Gemach mit Gitterfenstern, weißgetünchten Wänden und einem Steinboden. Ich setzte mich dem Mörder Buckfast gegenüber, mit nur einem Schreibtisch zwischen uns und einem schwächlichen Constable, der seinen Dienst versah.

Der Mörder Buckfast. Es hat einen seltsamen Klang, nicht wahr? Seine Festnahme und Inhaftierung waren allein mir zu verdanken, aber einem Zusammentreffen mit ihm sah ich mit gemischten Gefühlen entgegen. Glauben Sie mir, ich könnte mir angenehmere Beschäftigungen denken, sich eine Nacht um die Ohren zu schlagen. Ich wußte sowieso das meiste von dem, was er mir wahrscheinlich sagen würde. Trotzdem gab es da ein paar kleinere Dinge zu klären, und wie Sie mittlerweile gemerkt haben, bin ich ein großer Freund von Details.

Zunächst einmal sah ich den Kerl kühl an. Vor nicht mehr als einem Monat hatte ich ihn zu meinem Assistenten ernannt. Er sah nur wenig anders aus als der aufrechte Exoffizier, diskret, zuverlässig, der damals einen so angenehmen Eindruck auf mich gemacht hatte. Der einzige deutliche Unterschied war das Fehlen jenes prächtigen Reiterschnurrbarts, und das konnte ich ihm nicht zur Last legen.

Ich hütete mich, ihn zu begrüßen. Der feige Mord an Myrtle stand allzu deutlich vor meinem geistigen Auge.

»Ich habe Ihre Aussage gelesen. Ich entnehme daraus, daß Sie ein volles Geständnis abgelegt haben.«

Er weigerte sich, mir in die Augen zu sehen, achtete aber immerhin auf die korrekte Anrede. »Jawohl, Sir.«

»Ich bin mehr an Ihren Beweggründen interessiert als an dem, was Sie getan haben. Was brachte Sie dazu?«
Ein Seufzer, möglicherweise aus Reue, möglicherweise aus purer Erschöpfung. »Mir stand das Wasser bis zum Hals, Sir.«
Ich wollte gerade bemerken, daß er da nicht der einzige gewesen war, als mir bewußt wurde, daß er metaphorisch sprach.
»Ich habe meine Freundschaft zu Archer ausgenutzt. Er bat mich, seine geschäftlichen Angelegenheiten zu regeln, weil er mit Reiten und Reisen so beschäftigt war, und mir wurde ziemlich schnell klar, daß er ungebildet und nicht in der Lage war, mir auf die Schliche zu kommen. Ich nahm von seinem Geld und verwendete es zu eigenen Zwekken.«
Ich sagte angewidert: »Unterschlagung.«
»In bombastischem Ausmaß, Sir. Ich habe seine Geldquellen systematisch angezapft.«
»Das war beklagenswert.«
»Ab wann hatten Sie mich in Verdacht, Sir?«
»Nun, daß etwas eindeutig faul war, wurde offenkundig, nachdem das Testament veröffentlicht worden war«, teilte ich ihm mit. »Er hätte mehr wert sein müssen als sechzig Mille.«
»Für mich war er das auch«, bemerkte Buckfast so kühl, als diskutierten wir über einen Verkauf an der Börse. Ich lernte eine ganze neue Seite seines Charakters kennen.
»Unglücklicherweise für Sie«, bemerkte ich, »hat dann jemand anderer ein Interesse an ihm entwickelt. Ein Heiratsinteresse.«
»Die Herzogin von Montrose.«
»Die rastlose Herzogin.«

Er zog eine Grimasse. »Sie mögen denken, daß es eine groteske Mesalliance war. Das dachte ich auch, auf jeden Fall, aber ich habe die Herzogin unterschätzt. Fred war nach dem Tod seiner Frau ein einsamer Mann. Er verlor das Interesse an allem außer dem Rennsport, und natürlich traf er Carrie Montrose weiterhin auf den Limekilns und auf der Rennbahn. Er ritt für sie, und sie bezahlte ihn großzügiger als jeder andere Besitzer. Sie schmeichelte ihm, indem sie seinen Rat einholte. Sie war praktisch die einzige Frau, die er sah, außer seiner Schwester. Eines Tages erzählte er mir, Carrie hätte ihm die Ehe angeboten. Er fragte mich, was ich darüber denke. Ich hielt es für einen Scherz, bevor mir bewußt wurde, daß er wirklich meine Meinung dazu hören wollte.«

»Was Sie in ein schweres Dilemma stürzte.«

»Genau, Sir. Wenn er die Herzogin heiratete, würde man nach seinen Finanzen fragen. Sie würde schon bald die Bücher durchsehen und um Erklärungen bitten. Mein erster Impuls war, alles zu tun, was in meiner Macht stand, um Fred davon abzubringen. Aber wenn ich es so recht bedachte, war es so sicher wie das Amen in der Kirche, daß die Herzogin früher oder später den Sieg davontragen würde. Ihre Willensstärke überwog bei weitem die von Archer. Also entschloß ich mich nun, anders vorzugehen. Ich würde gemeinsame Sache mit der Herzogin machen.«

»Und ihrem Ansinnen, Archers Braut zu werden, Nachdruck verleihen«, sagte ich und machte keinen Hehl aus meiner Abscheu.

Er nickte. »Ich würde effektiv als Heiratsvermittler agieren.«

»Aus finanzieller Gewinnsucht.«

»Mehr aus Selbstschutz, Sir. Eine Chance, wieder etwas in die Kasse zu bringen. Ich sagte Carrie, es sei Archers größter Wunsch, das Cambridgeshire zu gewinnen. Wenn sie ihn mit einem Siegerpferd versorgen könne, glaubte ich, würde er einer Heirat zustimmen. Ich erinnere mich noch, daß dabei ihre Augen aufleuchteten wie die einer Sechzehnjährigen am Valentinstag. Sie erzählte mir, daß ihr Pferd St. Mirin eine solide Gewinnchance habe, wenn Archer es ritt. Eigentlich wußte ich, daß Carlton die besseren Chancen hatte, aber ich hatte einen Plan, wie ich aus dem schlimmen Schlamassel, in dem ich mich befand, herauskommen und sowohl Archer als auch der Herzogin einen Gefallen tun konnte. Ich würde eine große Summe auf St. Mirin setzen –«

»... und Woodburn bestechen, daß er Carlton stoppte«, sagte ich.

»Haben Sie das herausgefunden?« fragte Buckfast mit einem Stirnrunzeln.

»Im Verlauf meiner Ermittlungen«, murmelte ich beiläufig. Vielleicht schmeichele ich mir da selbst, aber ich glaube, er war beeindruckt.

Er fuhr fort: »Wenn Woodburn absichtlich zurückblieb, war ich sicher, daß St. Mirin gewinnen und ich genug absahnen würde, um die Rechnungen wieder auszugleichen, bevor ich sie in die Hände der Herzogin gab.«

»Sie wollten kündigen?«

»O ja, Sir. Ich konnte Carrie Montrose nicht ausstehen. Ich zeigte es freilich nicht. Ich sprach mit ihr wie ein jüngerer Bruder und ermutigte sie, einen Entwurf für einen Ehevertrag aufzusetzen. Ich versprach ihr, dafür zu sorgen, daß Archer St. Mirin ritt und die Verbindung mit seinem ersten Sieg beim Cambridgeshire besiegelte.«

»Sie haben der Herzogin nichts davon gesagt, daß Sie Woodburn bestachen?«
»Himmel, nein, Sir. Sie glaubte, ihr Pferd würde nach allen Regeln der Kunst gewinnen.«
»Was haben Sie Archer gesagt?«
»Nichts – außer daß ich einen Tip erhalten hätte, daß Carlton Husten habe und möglicherweise aus dem Rennen genommen werden müsse. Bis zu einem gewissen Punkt lief alles blendend.«
Ich gestattete mir ein schwaches Lächeln. »Dem Punkt, an dem Sailor Prince die Nase vorn hatte.«
»Ja, Sir. Eine Katastrophe für uns alle.«
»Außer dem Squire.«
»Hol ihn der Teufel.«
Aus dem Munde eines geständigen Mörders klang der Fluch besonders zahm.
Buckfast fuhr fort: »Ich war in ernsthaften Schwierigkeiten nach dem Rennen. Mir schwammen alle Felle davon. Ich hatte weitere tausend von Archers Geld verloren. Die Herzogin war fuchsteufelswild und verkaufte St. Mirin. Jedem gab sie die Schuld, außer Archer. Sie war immer noch entschlossen, ihn zu heiraten, und erwartete von mir, ich solle das Wunder zustande bringen. Fred hatte es schwer getroffen, daß er das Rennen verloren hatte. Er hatte gehungert, um sein Gewicht herunterzudrücken, und bald darauf bekam er eine Erkältung. Es vergingen Tage, bis ich mit ihm über die Sache reden konnte. Nach dem Wochenende mit Fieber ging es aufwärts mit ihm.«
»Wir kommen jetzt also zu dem Tag, an dem er sich erschoß?«
»Ja, Sir. Das habe ich auch auf dem Gewissen, obwohl ich es nie beabsichtigt habe, glauben Sie mir.«

»Haben Sie an jenem Morgen allein mit ihm gesprochen?«
»Ja.«
»Und er war in der Lage, ein Gespräch zu führen?«
»Absolut. Er hatte sich ganz unter Kontrolle.«
»Was haben Sie ihm erzählt?«
»Alles. Ich gab zu, daß ich das Bestechungsgeld gezahlt und Woodburn gesagt hatte, es sei auf Archers Anweisung. Ich gab zu, daß ich seit über zwei Jahren Gelder veruntreut hatte und daß seine Mittel schrecklich geplündert waren. Ich ließ ihn wissen, daß die Herzogin erwartete, ihn zu heiraten. Das, schlug ich ihm vor, würde seine Rettung sein.«
»Was für eine Rettung! Wie nahm er es auf?«
»Er war natürlich schockiert.«
»Bereit, Sie auszupeitschen, könnte ich mir vorstellen.«
Buckfast räusperte sich auf eine Weise, die ein weiteres Geständnis signalisierte. »Eigentlich habe ich ihm keine große Wahl gelassen. Ich sagte ihm, ihm bliebe nichts anderes übrig, als die Herzogin zu heiraten.«
»Warum?«
»Weil ich, wenn er sich weigerte, die Rennleitung informieren würde, daß ich auf seine Anweisung hin an Woodburn ein Schmiergeld gezahlt hatte. Das hätte nicht gestimmt, aber Woodburn glaubte es, und ich war mir verdammt sicher, daß ich die Herzogin überzeugen konnte, ihren ganzen Einfluß geltend zu machen, wenn sie wußte, was auf dem Spiel stand. Archer war kein Dummkopf, er kannte die Folgen. Er würde von den Rennen ausgeschlossen. Seine Karriere, sein ganzer Lebensinhalt würden dahin sein. Selbst wenn er die Klage abweisen konnte, würde etwas Dreck an ihm hängenbleiben. Mit seinem Ruf absoluter Integrität wäre es vorbei.«

»Charlie«, sagte ich, »Sie haben ihn getötet.«
»Er hatte eine Chance«, erwiderte Buckfast ungerührt. »Er konnte die Herzogin heiraten und mich meinen Dienst bei ihm quittieren lassen, ohne Fragen zu stellen. In der Tat stimmte er zu. Ich sagte, ich würde zur Herzogin gehen und ihr die gute Nachricht überbringen. Nach nur kurzer Zeit würden wir mit dem Ehevertrag zurückkommen, damit er ihn unterzeichnete.«
»Und dem hat er zugestimmt? Sind Sie sicher?«
»Absolut. Ich bin schnurstracks zur Herzogin gegangen, um es ihr mitzuteilen.«
»Was seine letzten Worte erklärt, ›Kommen sie?‹«, sagte ich. »Sie und Carrie Montrose. *Kommen sie?* Er meinte Sie beide.«
Buckfast fuhr ohne Interesse an meiner Beobachtung mit seiner Geschichte fort. »Bei der gerichtlichen Untersuchung haben sie gesagt, daß Fred von Sinnen war, als er sich erschoß. Ganz falsch. Es war sein Wille. Ich hatte mich verschätzt. Er wollte die Herzogin nicht heiraten.«
Und das sagte er ohne eine Spur von Reue oder Mitgefühl! Während ich Buckfast zuhörte, verstand ich, was einen Mörder von den anderen Menschen trennt. Es ist die Logik, die keinerlei menschliche Gefühle zuläßt.
Ich sagte: »Sie müssen beunruhigt gewesen sein, als Sie erfuhren, ich wollte an der Untersuchung teilnehmen.«
Er dachte einen Moment lang nach. »Ich machte mir keine Gedanken, bis Sie mir anvertrauten, daß Sie das Urteil bezweifelten.«
Eine vielsagende Bemerkung. Ich horchte auf. »Aha. Mit Recht, wie?«
»Ja, Sir.«
»Besonders, als ich Ihnen sagte, ich hätte vor, Nachfor-

schungen anzustellen. Und nicht nur das, ich wollte Sie als meinen Assistenten! Das kam ungelegen, gelinde gesagt.« Er hatte die ungeheure Frechheit zu sagen: »Die Ungelegenheit war nicht so groß, Sir. Insgesamt betrachtete ich es als Vorteil. Es war mir möglich, eine falsche Fährte zu legen. Zu meinem Glück hatten Sie den Squire fast von Anfang an in Verdacht, und das unterstützte ich. Ich wollte nicht, daß Sie zu Woodburn oder zu Carrie Montrose gingen. Also war ich entzückt, als Sie mich baten, dem Squire nachzuspionieren.«

Ich ließ mich nicht von ihm ärgern. Ich sagte gleichmütig: »Und haben Sie? Haben Sie meine Anordnungen befolgt?«

»Natürlich nicht. Ich ging nach Newmarket, näherte mich aber weder dem Squire noch Bedford Lodge. Ich nutzte die Zeit, um mein Verschwinden vorzubereiten.«

»Wollen Sie damit sagen, das, was Sie vom Squire erzählten, nämlich daß er von einer Partnerschaft mit Archer gesprochen habe, sei Ihre Erfindung gewesen?«

»Größtenteils ja, Sir. Der Squire hat einmal einen solchen Vorschlag gemacht, aber Fred wollte nichts davon wissen. Das war vor zwei Jahren.«

»Großer Gott. Und der Zwischenfall in Bedford Lodge – als Sie einbrachen und die beiden Männer zusammen fanden?«

»Reine Phantasie. Es paßte in meinen Plan.«

»Den Plan, der Welt vorzugaukeln, Sie wären ermordet worden?«

»Ja.«

Er hielt inne. Anscheinend wollte er mir Zeit geben, die Bedeutung dessen zu begreifen, was er mir gerade gesagt hatte. Ich muß leicht benommen ausgesehen haben. Ich

fühlte mich wie ein Faustkämpfer, der einen Tiefschlag eingesteckt hat.
Bildlich gesprochen trat ich wieder in den Ring und sagte: »Sie erzählen mir jetzt besser, was wirklich in jener Nacht an der Ufermauer passierte.«
»Zuerst«, sagte er, »würde ich Ihnen gerne sagen, warum es nötig war. Bevor ich nach Newmarket ging, kündigten Sie an, daß Sie vorhätten, die Herzogin zu besuchen. *Cherchez la femme,* sagten Sie.«
»Ich erinnere mich.«
»Das war das Schlimmste, was Sie mir sagen konnten. Wenn Sie und Carrie zusammentrafen, würde sie Ihnen gewiß erzählen, wie nah sie einer Heirat mit Archer gekommen war, und schon bald würden Sie auch wissen, daß ich die treibende Rolle dabei gespielt hatte.«
»Wie es der Zufall will, habe ich das nicht. Die Dame war vermutlich zu stolz, Ihnen eine Beteiligung daran zuzugestehen.«
»Das konnte ich nicht wissen«, sagt er wehmütig. »Ich mußte das Schlimmste annehmen, und das Schlimmste war, daß Sie immer weiterforschen würden, bis Sie die Wahrheit über die Unterschlagung herausfinden würden. Darauf stehen vierzehn Jahre Zuchthaus. Ich wußte keinen Ausweg mehr, um Sie aufzuhalten.«
»Ich bin sehr hartnäckig, in der Tat.«
»Also beschloß ich, mich mit einer Nacht-und-Nebel-Aktion aus dem Staub zu machen. Lag auf der Hand. Als ich begann, es zu planen, sah ich meine beste Chance darin, den Eindruck zu erwecken, ich sei tot. Tot, dachte ich? Besser noch ermordet.«
»Warum? Dem kann ich nicht ganz folgen.«
»Ich versuchte, es von Ihrem Standpunkt aus zu sehen, Sir.

Ein Mord würde Sie ruckartig aus Ihren Träumen reißen. Mord ist nicht etwas, in das der Thronfolger verwickelt werden sollte. Es ist eine Angelegenheit für die Polizei. Ich vertraute darauf, daß Sie die Nachforschungen fallenlassen würden wie eine heiße Kartoffel.«

»Dann haben Sie sich getäuscht.«

»Offensichtlich.«

»Also in Newmarket haben Sie Ihre Pläne ausgeheckt?«

»Ja. Ich brauchte zwei Männer, die als die Spießgesellen des Squire auftreten konnten.«

»Sarjent und Parker. Sie stehen unter Arrest. Sie sind heute abend in Exning festgenommen worden.«

Buckfast zeigte keinerlei Betroffenheit. »Ich kannte sie gut aus meinen zwei Jahren in Falmouth House. Es war meine Aufgabe, ihnen die Gehälter auszuzahlen, und ich wußte, wieviel Geld den beiden bedeutete. Sie würden alles tun, wenn mehr davon für sie drin war. Archers Tod hatte sie beschäftigungslos gemacht. Sobald der Besitz aufgeteilt war, waren sie am Ende. Ich bot ihnen fünfzig Sovereigns an, um einen Überfall vorzutäuschen.«

»Sie waren die Kerle, die uns an der Uferstraße überfielen.«

Das hatte ich, wie Sie vielleicht zu schätzen wissen, lieber Leser, schon vorher erraten. Vielleicht erinnern Sie sich an meine Bemerkung über das unangenehme Gefühl, das ich hatte, als ich die stämmige, affenähnliche Konstitution des Gärtners sah. Auch Sarjent paßte mit seiner Größe zu dem äußeren Erscheinungsbild der maskierten Männer an der Uferstraße. Ich bedeutete Buckfast fortzufahren.

»Ich habe ihnen auch weitere fünfzig geboten, wenn sie die Leiche identifizierten.«

»Aber wessen Leiche?«

»Von irgendeinem armen Teufel, den sie in derselben Woche aus der Themse fischten. Es werden jeden Tag drei oder vier aus dem Fluß gezogen, von Schiffern, denen die Polizei einen Schilling zahlt, wenn sie sie nach Wapping bringen. Ich ging nach Blackfriars hinunter, stellte Nachforschungen in einem der Hafenpubs an und bot ein Pfund für einen glattrasierten männlichen Leichnam. Am nächsten Tag hatte ich eine Auswahl von vier. Ich nahm den, der meinem Alter am nächsten kam, fuhr mit ihm etwa eine Meile flußaufwärts in einem kleinen Boot, entkleidete ihn, zog ihm meine Kleider über und warf ihn ins Wasser zurück. Ein Ertrunkener hat nach ein paar Tagen im Wasser keine große Ähnlichkeit mehr mit seiner lebendigen Version. Aber um ganz sicherzugehen, traten, als man ihn fand und in Newmarket Nachforschungen angestellt wurden, Sarjent und Parker auf den Plan und identifizierten ihn.«
»Warum hat man nicht einen von Ihren Verwandten darum gebeten?«
»Ich habe keine näheren Verwandten. Die Archer-Familie war noch zu sehr mit ihrer eigenen Trauer beschäftigt, um solch eine traurige Pflicht zu erfüllen, und so nahm man Sarjents Angebot dankbar an.«
»Was war mit Ihrem Arm – Ihrer Kriegsverletzung?«
»Sie wurde nicht erwähnt. Die Themsenwache wußte nichts über mich. Sie sahen meine Kleider und mein Notizbuch und andere Besitztümer als positive Beweismittel an. Die Identifizierung war eine reine Formalität.«
Ich persönlich hatte die Beschreibung dieser grausigen Prozedur als ziemlich ekelhaft empfunden, aber Buckfast hatte sie so gelassen vorgebracht, als handelte es sich um einen Spaziergang auf dem Strand.

Ich fragte: »Was geschah, nachdem man Sie in den Fluß geworfen hatte? Sie *wurden* doch hineingeworfen, oder?«
Er konnte es nicht leugnen.
»Ja, Sir. Es war ziemlich seicht da, Sir.«
»Seicht?«
»Ebbe. Seicht genug für mich, daß ich einfach an den Landesteg waten konnte.«
»Großer Gott. Ich dachte, es sei tiefer gewesen.«
Er zuckte teilnahmslos mit den Schultern. »Ich habe Ihr Herumpaddeln beobachtet.«
»Wo waren Sie?«
»Im Wasser am anderen Ende des Landestegs. Ich wartete, bis Sie draußen waren und an die Tür der Herzogin hämmerten, dann kletterte ich hinaus und traf mit meinen Verbündeten zusammen.« Er hielt inne. »Das hätte das Ende von Charlie Buckfast sein sollen.«
Ich wartete, damit er mir den Rest der Geschichte in seinen eigenen Worten erzählen konnte.
Er sagte mit düsterer Stimme: »Sir, ich bedaure es, Myrtle getötet zu haben. Ich habe schon gestanden, und ich verdiene es, dafür gehängt zu werden. Sir Charles Warren war etwas entsetzt, als ich das Thema von selbst anschnitt. Er hat wohl gehört, daß ein Mädchen in einem Varieté erschossen worden war, aber ich bin sicher, er hatte keinerlei Verdacht, daß ihr Tod mit dem zu tun hatte, was hier geschah. Ich vermute, Sie möchten wissen, wie ich es über mich brachte, ein solch grausiges Verbrechen zu verüben.«
Buckfast seufzte, und es klang wie ein aufrichtiger Ausdruck von Ekel vor sich selbst. »Ich glaubte zu der Zeit, daß Myrtle ganz bestimmt meinen Plan ruinieren würde. Erinnern Sie sich, wie Sie mir den Brief zeigten, den sie Ihnen geschrieben hat?«

Ich hatte das unangenehme Gefühl, er versuchte mich in die Sache hineinzuziehen, also antwortete ich nicht.
Er sagte, wie um mich milde zu stimmen: »Ich versuche nicht, die Schuld von mir abzuwälzen, Sir. Es war Myrtles Pech, daß Sie mir zufällig den Brief zeigten. Sie erzählten mir, Sie hätten die Absicht, ihr Angebot anzunehmen. Sie wollten immer noch den Beweis für die Geschäfte des Squire mit Archer. Als ich das hörte, war ich am Boden zerstört. Nicht nur, daß sie entdecken würde, daß meine Geschichte von einer Partnerschaft eine reine Erfindung war, sondern sie würde auch erfahren, daß ich die ganze Woche nie auch nur in der Nähe des Squire gewesen war und daß ich ganz gewiß nicht in Bedford Lodge eingebrochen war.«
Er schaute weg, als könne er meinen vorwurfsvollen Blick nicht ertragen. »Jenes Wochenende ging ewig langsam für mich vorbei. Mein Plan hatte wie am Schnürchen geklappt, und dennoch war Myrtle in der Lage, alles zunichte zu machen. Wenn Sie erfuhren, daß ich Sie getäuscht hatte, fürchtete ich, daß Sie weitermachen würden, bis Sie über die Wahrheit stolperten.«
»Stolperten?« sagte ich empört, aber er hörte mir gar nicht zu.
Er sagte: »Ich dachte immer an die vierzehn Jahre für die Unterschlagung plus Gott weiß wieviel sie mir für die Verschwörung und den Überfall auf den Prince of Wales geben würden. Am Montag abend nahm ich also die Untergrundbahn nach Aldgate und ging durch das East End bis zu dem Varieté, wo Myrtle auftrat. Ich fand ihre Garderobe. Ich brachte sie mit meinem Dienstrevolver zum Schweigen.«
Mich schauderte. In dem Zimmer schien es um mehrere Grade kälter geworden zu sein.

Irgendwann fragte ich ihn: »Warum sind Sie nach Newmarket zurückgekehrt?«
»Um meine Flucht zu bewerkstelligen. Sarjent kennt in Yarmouth den Kapitän eines Fischkutters, der bereit war, mich bei seiner nächsten Fahrt an Bord zu nehmen und in einem niederländischen Hafen abzusetzen. Ich beschloß, mich in der Zwischenzeit im Keller des Falmouth House niederzulassen. Sarjent hatte den Schlüssel, wissen Sie. Das Haus war leer und abgeschlossen, und ich blieb ungestört, bis gestern, als der Squire darauf bestand, eingelassen zu werden und herumzuschnüffeln. Er kam in den Keller herunter, und ich mußte rasch einen Abgang machen. Er ist sehr schlau, nicht? Ich nehme an, er zählte zwei und zwei zusammen und wußte, daß ich immer noch lebte. Das geschah am hellichten Tag. Wohin konnte ich gehen?«
Ich ignorierte seine Bemerkungen über den Squire, die er offensichtlich aus Bosheit mir gegenüber machte. Buckfasts Benehmen war unerträglich, selbst wenn man ihm zugestand, daß er ja ein gemeiner Mörder war. In einem Ton, der keinen Zweifel an meiner Verachtung für ihn ließ, antwortete ich ihm auf seine Frage: »Sie gingen zu Sefton Lodge.«
»Ja«, sagte er. »Ich konnte mich nirgendwo verstecken, und die Herzogin schuldete mir noch einen Gefallen. Ich hatte keine Mühen gescheut, ihr Archer an den Angelhaken zu bringen.« Der Anflug eines Lächelns legte sich um seine Mundwinkel. »Sie bekam einen ordentlichen Schrecken, als sie mich sah. Hysterisch. Als Sie ins Haus kamen, stand ich im ersten Stock und hielt meine Waffe an den Kopf ihres neuesten Liebhabers. Ich wußte nicht, daß draußen der Squire mit der Polizei wartete.«

Schon wieder der Squire. Ich sagte knapp: »Der Squire handelte auf meine Anweisungen hin.«
Er warf mir einen unverschämten Blick zu, den ich mein Lebtag nicht vergessen werde, und sagte: »Sie brauchen keine Angst zu haben, Sir. Wenn Sie an den Prozeß denken, so ist Ihr Ruf bei mir in besten Händen.«
Ich war erstaunt über seine Schamlosigkeit. Was stellte er sich denn vor – daß ein englischer Richter es zulassen würde, daß mein Name in einem Mordprozeß in aller Munde kam?
Ich sagte: »Ich will keine Gunst von Ihnen, Buckfast. Das wird nicht nötig sein.«
»Sehr wahr, Sir.«
Wie wahr, das wußte ich zu der Zeit, oder auch später, noch gar nicht zu schätzen, bis ich ein paar Tage später erfuhr, daß er tot war. Es war ihm gelungen, sich mit Hilfe seines Hemdes in seiner Zelle im Cambridge-Gefängnis aufzuhängen. Bis zum letzten Moment war er unberechenbar.
Und jetzt, mein treuer Begleiter all diese Seiten hindurch, ist es Zeit, meine bescheidene Erzählung zu beenden und sie unter Verschluß zu bringen. Was denken Sie über meine Detektivarbeit? Ich würde sagen, hie und da habe ich mir einige Schnitzer erlaubt, und Sie könnten versucht sein, daraus zu schließen, es gäbe bessere Detektive als mich. Mir steht es auch fern, Sie vom Gegenteil zu überzeugen. Ich werde nicht nach Komplimenten haschen. Ich danke Ihnen einfach nur, geduldiger Leser, dafür, daß Sie bis zum Schluß ausgeharrt haben, wie ich es tat, auf den Spuren von Wahrheit und Gerechtigkeit. Allein dank meiner Bemühungen wurden ein Mörder und seine Helfer zur Strecke gebracht. Gute Arbeit, Bertie! Das Lob hast du dir verdient.

Nachwort des Herausgebers

Der Leser wird seine eigenen Schlüsse über die Authentizität dieser Erzählung gezogen haben. Es muß sehr in Frage gestellt werden, ob »Bertie«, sei es als Prince of Wales oder als König Edward VII., jemals die Zeit gefunden oder die Neigung verspürt hat, ein Buch zu schreiben. Es ist bekannt, daß er die Anweisung hinterließ, all seine persönlichen Papiere und Briefe nach seinem Tod zu verbrennen, und Sir Francis Knollys erfüllte, treu bis zum Ende, diesen Wunsch. Ob das Dokument in einer »sicheren Metallbox« jemals durch den König oder Knollys an das Staatsarchiv ausgehändigt wurde, kann nicht mehr festgestellt werden. Das Manuskript, das hier zum erstenmal veröffentlicht wurde, ist deshalb mit Vorsicht zu genießen.

Viele der Persönlichkeiten, die diese Seiten bevölkerten, haben jedoch wirklich gelebt, und der Leser mag interessiert daran sein, zu erfahren, was in der Folge aus ihnen wurde.

Caroline Agnes Graham, Herzogin von Montrose, heiratete 1888 im Alter von siebzig Jahren zum drittenmal. Ihr Ehemann, Marcus Henry Milner, war vierundzwanzig. Ihre Pferde liefen auf Milners Namen bis 1893, als es offenbar zu einem Zerwürfnis kam. Sie starb im folgenden Jahr im Alter von 76.

Der Ehrenwerte Christopher Sykes sollte bis zu seinem Ende zur Unterhaltung des Prinzen beitragen. Eines Tages ging seine Schwägerin Jessica nach Marlborough House und teilte Seiner Königlichen Hoheit mit, der »Große Xtopher« stünde kurz vor dem Bankrott. Sie überzeugte den Prinzen, die dringendsten Schulden zu begleichen. Als Sykes 1898 starb, nahm Bertie am Begräbnis in Brantingham Thorpe teil. Der arme Sykes war selbst bei seiner Beerdigung noch eine Quelle der Belustigung, als nach vielen Versuchen und ersticktem Amüsement hinter vorgehaltenen Taschentüchern bekanntgegeben werden mußte, daß sein Sarg so lang war, daß er nicht ins Grab paßte.

George Alexander Baird, der Squire, genoß sein Leben noch weitere sieben Jahre in vollen Zügen, ehe er im Alter von einunddreißig Jahren in New Orleans an einer Kombination aus Malaria, Lungenentzündung und Folgen seiner Ausschweifungen starb. Er hatte viele Erfolge als Reiter und als Pferdebesitzer. 1887 brachte er das Rennestablishment in Rage, als er sich weigerte, sein Pferd Merry Hampton zur Siegerehrung zu führen, nachdem es das Derby gewonnen hatte. 1888 nahm er Charlie Mitchell nach Frankreich mit, wo er zum zweitenmal gegen John L. Sullivan um den Titel im Schwergewicht kämpfte. Nach neununddreißig Runden wurde der Kampf unentschieden abgebrochen.

Sir Charles Warren, Präsident der Londoner Stadtpolizei, blieb zäh weitere zwei Jahre im Amt, trotz wachsender Besorgnis über seine Inkompetenz. 1887 ließ er 4000 Polizisten und 600 Gardisten mit geladenen Musketen und Bajonetten aufmarschieren, um gegen eine Demonstration von

Arbeitslosen am Trafalgar Square vorzugehen. Die Vorfälle gingen als »Blutiger Sonntag« in die Annalen ein. Er trat schließlich 1888 zurück, nachdem er bei den Ermittlungen gegen Jack the Ripper gescheitert war.
Sir Joseph Edgar Boehm, der Bildhauer, genoß weiterhin die Unterstützung durch Königin Victoria und ihre Familie. 1889 wurde er zum Baronet ernannt. Er starb unter fraglichen Umständen im Jahr darauf. Wenn man dem Klatsch der gefeierten Kurtisane Catherine Walters (bekannt als Skittles), der im Tagebuch von Wilfred Scawen Blunt verzeichnet ist, Glauben schenken will, so starb Boehm an einem Blutsturz in den Armen der Prinzessin Louise. Der Öffentlichkeit wurde mitgeteilt, der Tod sei eingetreten, als er eine schwere Statue verschieben wollte. Er wurde mit einer Bestattung in Westminster Abbey geehrt.
Frederick James Archers unglücklicher Geist soll angeblich immer noch in Newmarket spuken. Gelegentlich, wenn auf der Rennbahn ein Pferd aus unerfindlichen Gründen ausbricht oder stolpert, machen manche Archers Geist dafür verantwortlich.
Cocky, ein weißer Kakadu, verbrachte noch viele Jahre bei Königin Alexandra und überlebte jeden, der auf diesen Seiten erwähnt wurde. Nach dem Tod der Königin 1925 soll Cocky dem Londoner Zoo zum Geschenk gemacht worden sein, wo er bis in die Mitte der dreißiger Jahre dem Papageienhaus vorgestanden haben soll, mit einem Schild an seiner Stange, er sei gefährlich. Gelegentlich, wenn Cockys Pfleger ihm eine besonders große Weinbeere zum Fressen gab, murmelte er: »Gott segne den Prince of Wales.«